Dorothea Morgenroth

# Das Licht im Fenster

## Über die Autorin

Dorothea Morgenroth ist gelernte Arzthelferin, hat aber schon früh ihre Liebe zum Schreiben entdeckt. Mit „Der den Himmel lenkt“ und „Die Bank unter der Linde“ hat sie sich einen Namen als einfühlsame Romanautorin gemacht. Sie lebt mit ihrem Mann und vier Kindern in Süddeutschland.

Dorothea Morgenroth

# Das Licht im Fenster

Roman

GerthMedien

MIX
Papier aus verantwortungsvollen Quellen
FSC® C014496

Verlagsgruppe Random House FSC® N001967
Das für dieses Buch verwendete FSC®-zertifizierte Papier
*Enso Classic 95* liefert Stora Enso, Finnland.

Die Bibelzitate wurden, sofern nicht anders angegeben,
der folgenden Bibelübersetzung entnommen:
Revidierte Elberfelder Bibel, © 1985, 1992 R.Brockhaus Verlag, Witten (RE)



1. Auflage 2014
Bestell-Nr. 816936
ISBN 978-3-86591-936-6

Umschlaggestaltung: Hanni Plato
Umschlagfoto: Shutterstock
Satz: DTP Verlagsservice Apel, Wietze
Druck und Verarbeitung: GGP Media GmbH, Pößneck
Printed in Germany

# Prolog

*Liebe Freundin, liebe Reisegefährtin,*
*dies ist ein bedeutsamer Tag in meinem Leben: Heute, am 25. August des Jahres 1853, verlasse ich mein Elternhaus Gut Rixtorf an der holsteinischen Ostseeküste! Lange schon habe ich diesen Tag herbeigesehnt, brenne ich doch geradezu darauf, mehr von der Welt zu sehen, die mein weit gereister Onkel Frederik so verführerisch anzupreisen versteht. Und nun ist es so weit: Der Schiffsleib unter meinen Füßen erzittert vom Ungestüm der mächtigen Wogen, die stolzen weißen Segel schwellen in der Gewalt des Windes, und jedes dieser ungezähmten und unzähmbaren Elemente bringt mich näher an mein Ziel – ein Leben in einem mir nur vom Hörensagen bekannten Land, ein Leben jenseits der Grenzen Gut Rixtorfs und der Ostseeküste!*
*Doch im selben Maße, da ich meinem Ziel näher komme, entferne ich mich von allem, was mir bislang lieb und teuer war. All die altbekannten, lieb gewordenen Orte meiner Kindheit lasse ich hinter mir, ganz zu schweigen von den Personen, die jene Orte bevölkern und in den vergangenen 18 Jahren meines Lebens täglich um mich gewesen waren: meine geliebte Familie. Vor wenigen Minuten noch blickte ich in ihre Gesichter, die mir fast vertrauter sind als mein eigenes; ich umarmte meine Mutter, die ihre Tränen nur mit äußerster Mühe zurückhalten konnte, und meinen Vater, der seine Sorge um mein Wohlbefinden hinter einem gequälten Lächeln verbarg, sowie meine Brüder, welche meine Umarmung in der Öffentlichkeit peinlich berührt über sich ergehen ließen.*

*Dann jedoch, als sie von Bord gingen und das Schiff, das mich nach England bringt, ablegte, entschwanden sie meinem Blickfeld. Kleiner und kleiner wurden ihre winkenden Gestalten am Kai, bis ich durch meinen Schleier aus Tränen nichts mehr weiter erkannte als die immer blasser werdenden Umrisse des Hafens und der Küste. Einige Zeit später zog ich mich in meine Kabine zurück, um Dir, liebe Reisegefährtin, meine Gedanken mitzuteilen. Vermutlich wirst Du in den kommenden Tagen und Wochen, zumindest aber, bis ich an meinem künftigen Aufenthaltsort eine weitere Person meines Vertrauens gefunden habe, noch öfter Zeuge meiner widerstreitenden, wechselnden Gefühle und Gedanken werden …*
*Ehe aber nun eine weitere Träne diesen Bogen Papier benetzt, will ich aufhören, zurückzublicken auf das, was ich hinter mir ließ und meine Augen stattdessen auf das richten, was (nicht nur geographisch betrachtet) vor mir liegt: die englische Küste und mein neues, unabhängiges, selbstständiges Dasein auf einem Landgut in Gloucestershire.*
*Lowerdale Manor, ich komme!!!*

# Kapitel 1

*Wenn jemand nicht im Wort strauchelt, der ist ein vollkommener Mann, fähig, auch den ganzen Leib zu zügeln. Wenn wir aber den Pferden die Zäume in die Mäuler legen, damit sie uns gehorchen, lenken wir auch ihren ganzen Leib. Siehe, auch die Schiffe, die so groß und von heftigen Winden getrieben sind, werden durch ein sehr kleines Steuerruder gelenkt, wohin das Trachten des Steuermannes will. So ist auch die Zunge ein kleines Glied und rühmt sich großer Dinge. Siehe, welch kleines Feuer, welch einen großen Wald zündet es an!*

(Jakobus 3,2–5)

*Gloucestershire, 1855*

Worte – bis zu jenem Tag hatte Charlotte Mechthild von Rixtorf nicht bedacht, welch außerordentliche Macht sie besaßen. Niemals hatte sie sich Gedanken darüber gemacht, welche Kraft einem Wort innewohnen konnte, sei dieses nun mit Bedacht niedergeschrieben oder unbedacht ausgesprochen worden. Niemals hatte sie sich bewusst gemacht, welch gewaltiges Instrument der Zerstörung ein einziges Wort darstellen konnte.

Bis zu jenem Tag waren Worte eine Selbstverständlichkeit für sie gewesen. Unaufhörlich und oftmals kaum als solche registriert, rauschte die Flut der Worte tagtäglich in ihren Ohren wie die stetige Brandung der Ostsee: unbedeutende, harmlose, leicht dahingesagte bis nichtssagende Worte in der Mehrheit, vereinzelt auch einige aussagekräftige, bedeutungsschwere Worte. Letztere waren dann auch imstande, Emotionen zu wecken, seien diese nun positiver oder negativer Art. Dass das selbstverständliche, sanfte Rauschen der Worte sich jedoch in eine Sturmflut verwandeln konnte, in eine Flutwelle voller Urgewalt, die alles mit sich riss, was man bislang für felsenfest und unverrückbar gehalten hatte, erfuhr Charlotte an dem Tag, da sie vollkommen unerwartet auf einen Brief ihres verstorbenen Verlobten stieß. *„Dear Charlie“* lauteten die ersten Worte jenes Briefes …

Fassungslos starrte Charlotte „Charlie“ von Rixtorf, die eigentlich längst Charlie Carrington hätte heißen sollen, auf die auseinandergefalteten Briefbögen in ihrer Hand. „Dear Charlie“, las sie flüsternd ein zweites Mal diese beiden Worte, diesmal mit bebenden Lippen. Auch ihre Hände begannen zu zittern, sodass die Schriftzüge vor ihren Augen auf und ab tanzten, zu unleserlichen, krakeligen Schwüngen wurden und letztendlich alle drei eng beschriebenen, tintenbekleckten Seiten des Briefes zu Boden schwebten.

Das, was Charlie derart aus der Fassung brachte, war allerdings nicht so sehr der Adressat des Briefes an sich, bei dem es sich offenbar um sie selbst handelte, sondern vielmehr das Datum, zu welchem der Brief verfasst worden war, im Zusammenhang mit seinem Verfasser! Obwohl der Brief mittlerweile mit den beschriebenen Seiten nach unten am Boden lag, sah Charlie die entsprechenden Buchstaben vor ihrem inneren Auge, so deutlich hatten sie sich ihr beim ersten kurzen Blick auf den Brief eingeprägt.

*„April 3rd, in The Year of Our Lord 1843“*, stand in der rechten oberen Ecke des Briefbogens, und unter dem dreiseitigen Text fanden sich die Worte *„Yours affectionately, Myles“*! Wie war das möglich? Wie konnte ihr Verlobter Myles Carrington

von Lowerdale Manor vor so vielen Jahren, als elfjähriger Junge (wovon die ausgesprochen schuljungenhafte Handschrift und vereinzelte orthografische Fehler zeugten), einen Brief an seine zukünftige Verlobte geschrieben haben? Wie konnte er ihren Namen gekannt haben, obwohl er ihr nie zuvor begegnet war oder jemals etwas von ihr gehört hatte, ja, nicht einmal in demselben Land gelebt hatte? Geradezu unglaublich war das, wenn nicht gar unheimlich …

Es gab nur einen Weg herauszufinden, was es damit auf sich hatte: Charlie beugte sich hinunter, sammelte die Bögen des Briefes von dem abgetretenen Perserteppich des Kinderzimmers und ging mit bebenden Knien zu dem Lehnstuhl vor dem Fenster. Hier, im Schein des letzten Tageslichtes, das durch die breiten Sprossenfenster fiel, schien Charlie der geeignete Ort zu sein, um die Botschaft aus der Vergangenheit in Ruhe zu lesen. Zuerst aber drückte sie dieselbe mit beiden Händen fest an ihr pochendes Herz.

Die Rüschen am Ausschnitt ihres Tageskleides knisterten unter dem Druck ihrer Hände, während Charlie versuchte, ihrer Aufregung Herr zu werden, und dabei sinnend auf die trübe graue Welt draußen vor dem Fenster starrte. Die Fenster des unter dem Dach gelegenen Kinderzimmers gingen auf das rückwärtige Gelände des Herrenhauses Lowerdale Manor hinaus. Sie offenbarten den Blick auf einen kleinen Teil des Parks mit seinen ehrwürdigen alten Bäumen, deren Kronen sich beinahe auf der Höhe der Kinderzimmerfenster befanden, dem kleinen moosgrünen Teich und dem von meterhohen Rhododendren beschatteten Pavillon, der mittlerweile erste Anzeichen des Verfalls zeigte. Der Lauf des Flüsschens Rye, das Lowerdale Manor samt dem Park, den Wirtschaftsgebäuden, Stallungen und Gewächshäusern von den „Zwillings-Ortschaften" Upperdale und Lowerdale trennte, war in der Ferne eben noch zu erahnen.

Im Frühsommer, wenn die Bäume ihr erstes frisches Grün trugen und die Rhododendren ihr Feuerwerk aus zartrosa und burgunderroten Blüten über den Pavillon breiteten, war der Blick aus diesem Fenster eine wahre Augenweide. An diesem Vorfrühlingstag jedoch bot er nichts weiter als den deprimierenden Anblick eines verregneten, trüben Tages, der im Grunde gar nicht rasch genug zu Ende gehen konnte. Doch selbst wenn das Wetter sich von einer besseren Seite gezeigt hätte – Charlie hätte momentan kein Auge gehabt für die Schönheit ihrer Umgebung. Ihre Sinne galten allein dem Brief an ihrem Herzen. Denn ganz gleich, welches unheimliche Geheimnis sich dahinter verbarg, ganz gleich, welche Worte dieser Brief enthielt oder nicht enthielt – er war eine Hinterlassenschaft ihres Verlobten Myles E. Carrington!

Ein knappes halbes Jahr war es jetzt her, dass Myles von ihr gegangen war, nahezu sechs Monate voller Trauer, Leid und Tränen. Gut gelaunt und voller Tatendrang war er damals, im vergangenen Herbst, zur ersten Fuchsjagd der Saison aufgebrochen. Mit einem Kuss auf die Stirn und einem leicht dahingesagten „Bis später, meine Liebste!" hatte Myles sich von Charlie verabschiedet, seine Sinne vollkommen auf das bevorstehende Vergnügen gerichtet, und war mit seinen Jagdkameraden davongaloppiert. Doch die Unternehmung, die so ausgelassen begonnen hatte, hatte als Tragödie geendet: Myles war vom Pferd gestürzt und hatte sich eine schwere Kopfverletzung zugezogen, an deren Folgen er gestorben war.

In den ersten Tagen hatte der Schock über den Unfall Charlie für alle anderen Gefühle unempfänglich gemacht. Der Augenblick, in dem seine Freunde den seltsam schlaffen, bewegungslosen Körper ihres Verlobten ins Haus getragen hatten, wobei Charlie das Blut gesehen hatte, das als dünnes Rinnsal aus Ohren und Nase lief, hatte ihr Herz vollkommen betäubt. Wie ein Körperteil, das man zu lange in einer Position belastet hatte und das dadurch taub und gefühllos geworden war, so taub und unempfindlich lag Charlies Herz in ihrer Brust. Diese Taubheit ermöglichte es ihr, ruhig und gefasst Abschied von ihrem Verlobten zu nehmen, als Myles für kurze Zeit das Bewusstsein wiedererlangte, ehe er seine Augen für immer schloss.

Selbst als sie an seinem Grab stand, als der polierte und mit glänzendem Messing verzierte Eichensarg mit ihrem geliebten Myles in der dunklen, unheilvollen Tiefe des Erdbodens verschwand und sie die ersten Tränen vergoss, hatte sie den Eindruck, dass dieser ganze grausame Schlag des Schicksals sie nichts anging. Es war, als stände sie irgendwo in der Ferne und beobachtete eine andere zwanzigjährige junge Frau, die ihren Verlobten nur zwei Monate vor der Hochzeit wieder hergeben musste. Wie sonst war es möglich, dass sie nicht den bohrenden, alles verzehrenden Schmerz einer aufrichtig liebenden Hinterbliebenen spürte? Dass sie die heißen, salzigen Tränen nicht fühlen konnte, die über die Wangen dieser fremden jungen Frau strömten? Irgendwann im Lauf der folgenden Wochen jedoch hatte die Taubheit nachgelassen. Mit feinen, zunächst kaum spürbaren Stichen wie von tausend Nadeln war das Gefühl in ihr Herz und ihren Körper zurückgekehrt, und mit ihm Fassungslosigkeit, Kummer und Schmerz, die jeden Tag zuzunehmen schienen.

Bis dahin hatte Charlie nicht geahnt, wie sehr man einen anderen Menschen vermissen konnte.

Selbstverständlich hatte sie auch ihre Eltern und Geschwister vermisst, nachdem sie ihre Familie zurückgelassen hatte und nach Lowerdale Manor im fernen England gezogen war. Doch es war ein enormer Unterschied, ob man einen geliebten Menschen freiwillig verließ und dabei überzeugt war, dass man ihn nach gewisser Zeit wiedersehen würde, oder ob man mit absoluter Sicherheit wusste, dass dieser Mensch unfreiwillig und für immer von einem gegangen war! So kurz Charlie Myles bis dahin auch gekannt hatte, sie konnte es kaum ertragen, ohne ihn zu leben. Sie spürte seinen Verlust nicht nur in ihrem Innern, sondern mit ihrem ganzen Sein. Allein die Vorstellung, nie wieder in seine übermütig funkelnden Augen zu sehen, war qualvoll. Der Gedanke, nie wieder die Berührung seiner warmen, lebendigen Hände zu spüren, nie wieder wohlig zu erschauern, weil sein Mund sie am Ohr kitzelte, während er „Charlie, meine geliebte

Charlie" flüsterte, lähmte ihren ganzen Körper und bewirkte, dass sie sich mehr und mehr in sich selbst zurückzog.

Wen hatte sie denn noch in diesem luxuriösen Haus namens Lowerdale Manor? Myles war es doch gewesen, der ihr den fremden Haushalt in diesem fremden Land zur Heimat gemacht hatte! Ohne ihn und seine Liebe war Lowerdale Manor bei all seinem Luxus zu einem öden, leeren Ort voller Traurigkeit und Einsamkeit geworden; und weder die vielen Bediensteten noch Mallory Cranshaw, als deren Gesellschaftsdame sie angestellt war, oder Sir Edmund C. Carrington, der Hausherr und erhoffte Schwiegervater, waren in der Lage, diese zu mildern. Immer fremder wurde Charlie ihre Umgebung. Immer rascher zog sie sich täglich aus Mallorys Gesellschaft, die sie bis dahin sehr geschätzt hatte, zurück an einen Ort, an dem sie für sich allein sein konnte oder mit dem sie besondere Erinnerungen an Myles verband.

Meist suchte sie Trost in ihrem Schlafzimmer, dessen Tür sie mit einer hörbaren Umdrehung des Schlüssels hinter sich verschloss. An diesem speziellen Tag jedoch war sie die breite Treppe bis zum Kinderzimmer im zweiten Stock emporgestiegen. Hier war – neben dem Pavillon im Park, den die beiden Verliebten oft gemeinsam aufgesucht hatten – der Ort, an dem sie sich Myles am nächsten fühlte. Denn genau hierher hatte er sie bereits in den ersten Tagen nach ihrer offiziellen Verlobung geführt.

„Du sollst schließlich sehen, wo ich einen großen Teil meiner Kindheit verbracht habe!", hatte er erklärt; gleich darauf hatte ein verhaltenes, aber verheißungsvolles Lächeln sein Gesicht zum Strahlen gebracht: „Zudem ist es gut, wenn du dich möglichst bald mit dieser Örtlichkeit vertraut machst, meine geliebte künftige Frau – falls du verstehst, was ich meine!" Sein Zwinkern hatte Charlie eine tiefe Röte auf die Wangen gemalt, während Myles leise fortfuhr: „Zwei Kinder möchte ich mindestens haben, Charlie! Ich selbst fand es nämlich entsetzlich, das einzige Kind im Hause zu sein, und dieses Schicksal möchte ich meinen eigenen Kindern ersparen. Überdies", liebevoll zeichnete er mit seinen Fingern die Konturen von Charlies erröteten Wangen nach, „überdies sollte wenigstens eines unserer Kinder so entzückend erröten können wie seine Mutter – und ich versichere dir, dass ich diese Eigenschaft nicht unbedingt einem Jungen wünsche! Deshalb bleibt uns gar nichts anderes übrig, als …"

Statt seinen Satz zu beenden, verschloss er Charlies Mund, den sie endlich zu einem höchst verlegenen Widerspruch geöffnet hatte, mit einem Kuss.

Und genau hier saß sie nun, ein Jahr später – ohne Verlobten oder Ehemann und ohne die Hoffnung, jemals ein Kind zu haben, das diesem Zimmer Leben einhauchen würde. Mit wehem Herzen hatte Charlie zuerst ihren Blick durch den großen, längst unbewohnten Raum gleiten lassen. Zart war sie mit den Fingern über die verstaubten Bilderbücher im Regal gefahren, die Myles einst betrachtet hatte, über den großen Tisch in der Zimmermitte, an dem Myles gelernt hatte, ehe er mit 11 Jahren ins Internat gekommen war, und über ein fröhliches, kindliches Gemälde, das an der Wand hing. Dabei war es geschehen. Mit ihrem bis heute nicht abgelegten Verlobungsring war sie an einer Ecke des Bilderrahmens hängen geblieben, das Gemälde hatte sich von der Wand gelöst und war zu Boden gefallen – und mit ihm dieser rätselhafte Brief des verstorbenen Myles. Endlich hatte Charlie ihre Erregung darüber so weit bewältigt, dass sie die Papierbögen vor sich ausbreitete und zu lesen begann:

*Dear Charlie,*
*falls Du Dich darüber wundern solltest, wer in aller Welt Dir einen Brief ohne Angabe des Absenders schickt: Ich bin es, Dein kleiner Bruder Myles. Und der Brief hat aus durchaus gutem Grund keinen Absender: Wenn der Postbeamte in Upperdale oder Lowerdale sehen würde, dass jemand aus der Familie Carrington Dir schreibt, würde er den Brief wahrscheinlich gar nicht weiterbefördern. Die Leute aus dem Ort sind so ängstlich darauf bedacht, es sich nicht mit unserem*

*Vater, Sir Edmund, zu verscherzen, dass sie es nicht einmal mehr wagen, Deinen Namen auszusprechen, nach allem, was damals geschehen ist. Sie wissen zwar nicht viel über Deinen Zwist mit Vater, aber allein die Tatsache, dass Du deswegen Dein Zuhause verlassen hast, genügt ja. (Das mit den Leuten aus dem Ort habe ich von einem der Hausmädchen gehört, die es wiederum von der Köchin gehört hat, und ich denke, es soll bedeuten, dass sie einfach Angst vor Vaters zorniger Art haben.)*

*Weil der Postbeamte es mit Sicherheit nicht wagen würde, einen Brief an Dich weiterzubefördern, der aus Lowerdale Manor stammt, weiß ich ehrlich gesagt auch noch gar nicht, wie ich Dir diesen Brief zukommen lassen soll. Ich weiß ja nicht einmal, wo Du eigentlich bist und wohin ich den Brief schicken soll, aber wenn ich ihn erst geschrieben habe, wird mir schon irgendetwas einfallen. Denn Du sollst, nein, Du m u s s t diesen Brief unbedingt erhalten.*

*Ich weiß, Du hast in mir bis jetzt immer nur den kleinen Bruder gesehen, der nichts als Streiche und Unsinn im Kopf hat, aber glaube mir, in dem halben Jahr, seit Du fort bist, bin ich sehr viel vernünftiger und erwachsener geworden. Nächste Woche komme ich bereits ins Internat – und aus diesen beiden Gründen, weil ich bald fortmuss und weil ich in meiner neuen, vernünftigen Art sehe, wie sehr besonders Mutter unter Deinem Fortgehen leidet, schreibe ich Dir diesen Brief mit der Bitte: Komm zurück nach Hause, Charlie! Komm zurück zu uns, nach Lowerdale Manor, zu Deiner Familie!*

*Du hast ja keine Ahnung, wie schrecklich öde und unerträglich das Leben hier geworden ist, seit Du nicht mehr da bist!!! Dein leerer Platz am Esstisch ist wie ein gähnendes schwarzes Loch, Vater wirkt jetzt ständig nur noch ärgerlich und zornig (ich weiß, das war er vorher auch oft, aber in letzter Zeit wird es wahrhaftig immer schlimmer, er schreit alle Bediensteten an und schlägt sogar gelegentlich seinen Hengst A., obwohl*

*er den doch über alles liebt), und Mutter empfängt keine Besuche mehr und geht fast gar nicht mehr aus dem Haus. Sie sitzt den ganzen Tag über ihrer Handarbeit, und ihre Augen sind dabei so rot, dass es unmöglich nur vom angestrengten Betrachten ihrer Stickerei kommen kann. Bestimmt weint sie jedes Mal, wenn gerade keiner von uns hinsieht. Außerdem zündet sie seit einigen Monaten jeden Abend, sobald es dämmert, ein helles Licht im Fenster des Empfangssalons an (der neben dem Haupteingang liegt, wie Du weißt). Als ich sie einmal gefragt habe, weshalb sie das tut, sagte sie nur: „Ich tue es für Charlie. Dieses Licht soll Charlie den Weg zurück nach Hause weisen und ein herzlicher Willkommensgruß sein."*
*Nun kannst Du Dir vielleicht vorstellen, wie sehr sie Dich vermisst, Charlie, und ich denke, wenn ich erst im Internat bin, wird es wohl noch schlimmer werden. Schon jetzt sieht sie mich immer so traurig an, dass ich fürchte, sie bricht auch meinetwegen gleich in Tränen aus. Deshalb also meine Bitte: Komm so bald als möglich nach Hause, Charlie! Egal, welche schlimmen Worte Vater damals zu Dir gesagt hat, die Dich dazu gebracht haben, fortzugehen – bedenke doch, er hat sie im Zorn gesprochen und sicherlich nicht halb so schlimm gemeint, wie sie geklungen haben! Ich weiß ja nicht, welche Worte es waren, aber es waren doch tatsächlich nur Worte! Können die denn wirklich so schlimm sein, dass man deswegen alle Menschen verlassen muss, die man liebt?!? Bitte, bitte, Charlie, besinne Dich, und komm nach Hause, wenigstens Mutter zuliebe! Und vielleicht ein wenig auch mir zuliebe, nachdem ich nun einen so langen Brief geschrieben habe, dass gewiss sogar meine zukünftigen gestrengen Internatslehrer mit mir zufrieden wären!*
*Mit den innigsten Grüßen*
*Dein Myles*

Charlie las den Brief in einem Zug durch. Gelegentlich hatte sie Mühe, eines der Worte zu entziffern und anschließend ins

Deutsche zu übersetzen, doch am Ende war sie sicher, den Inhalt des Briefes richtig zu verstehen. Die Lösung des Rätsels um diesen Brief war demnach nicht im Geringsten unheimlich, sondern lag klar auf der Hand: Myles hatte damals nicht an sie, seine unbekannte künftige Verlobte, geschrieben, sondern an eine andere Person namens Charlie. Dennoch klopfte das Herz der jungen Frau nicht weniger als zuvor. Wenn diese Person namens Charlie, die Adressatin des Briefes, tatsächlich Myles' ältere Schwester war (und anders konnte es nun einmal nicht sein, nachdem er sich selbst als den kleinen Bruder, der immer nur Streiche im Kopf hatte, bezeichnete), dann hatte ihr Verlobter sie belogen: Myles hatte nicht nur das eine Mal hier im Kinderzimmer, sondern des Öfteren davon gesprochen, dass er sich als Einzelkind gelangweilt hatte und dass er es vorgezogen hätte, mit mehreren Geschwistern aufzuwachsen …

Oder hatte sie seine Worte nur falsch interpretiert? Hatte Myles stets nur von der Zeit *danach* gesprochen – *nach* jenen dramatischen Worten, die die Familie Carrington ganz offensichtlich auseinandergerissen hatten? Und war das etwa der Grund gewesen, weshalb er ihren Rufnamen von Lotti, wie ihre deutsche Familie sie genannt hatte, in Charlie geändert hatte?? Als er damals gesagt hatte, dass er schon früher einmal jemanden namens Charlie sehr geschätzt hatte, war sie fast eifersüchtig auf diese Person gewesen. Doch wie es schien, hatte er damals von seiner Schwester gesprochen, deren Namen er eigentlich nicht mehr erwähnen durfte, um seinen Vater nicht zu erzürnen oder seine Mutter traurig zu machen! Aber – das war möglicherweise die wichtigste aller Überlegungen – was für Worte mussten damals gefallen sein, die in der Lage gewesen waren, eine Familie derart zu entzweien? War Sir Edmunds Temperament, das zugegebenermaßen heute noch heftig war, derart mit ihm durchgegangen, dass er seine Tochter Charlie – und mit ihr jede Erinnerung, jedes Andenken, jedes Nennen ihres Namens – für immer aus ihrem Elternhaus vertrieben hatte? Waren bloße Worte tatsächlich imstande, eine solche Tragödie auszulösen? In ihrer eigenen Familie, in der bei aller Strenge des Vaters immer auch ein Grundton beständiger Liebe spürbar gewesen war, konnte Charlie sich das kaum vorstellen – doch sagte das auch etwas darüber aus, wie es in anderen Familien zuging?

Fragen über Fragen. Seufzend massierte Charlie mit den Fingerspitzen ihren schmerzenden Kopf, als plötzlich Schritte an ihr Ohr drangen. Sie näherten sich der Tür des Kinderzimmers, die sie sorgsam hinter sich ins Schloss gezogen hatte. Erschrocken fuhr Charlie auf und starrte in die Dunkelheit, die mittlerweile im Raum Einzug gehalten hatte. Der Inhalt des Briefes hatte sie derart gefesselt, dass sie jegliches Zeitgefühl verloren hatte. Vermutlich war es bald Zeit zum Dinner, und Mallory hatte ihre Zofe ausgeschickt, um sie davon zu unterrichten. Doch die Zofe durfte Charlie keinesfalls mit diesem Brief in der Hand vorfinden! Sie war noch so jung, ein Mädchen von etwa sechzehn, siebzehn Jahren, und wahrscheinlich wusste sie ebenso wenig von diesem Familiendrama, wie Charlie bis jetzt davon gewusst hatte.

Hastig faltete die junge Frau die Briefbögen zusammen und schob sie in den Ausschnitt ihres Kleides. Denn eines stand fest: Es war kein Zufall, dass sie diesen Brief ihres Verlobten gefunden hatte. Selbst wenn er offenbar nie die Gelegenheit gehabt hatte, ihn abzuschicken, war ihm diese Angelegenheit einmal enorm wichtig gewesen – und allein deshalb würde Charlie ihr nachgehen. Auf die eine oder andere Weise würde sie herauszufinden versuchen, was aus jener anderen Charlie, die Myles einmal geliebt hatte, geworden war. Das war sie seinem Andenken schuldig.

Mit einer letzten fahrigen Bewegung glättete Charlie die gefalteten Papiere in ihrem Mieder, damit sie keine verräterische Ausbuchtung verursachten, und eilte der Kammerzofe entgegen.

Es gelang Charlie eben noch rechtzeitig, ihr Tageskleid gegen ein angemessenes Kleid zum Dinner auszutauschen. Das Dinner war auf Lowerdale Manor eine höchst formelle Angelegenheit, zumindest im Vergleich zu einem gewöhnlichen, also ohne Gäste eingenommenen, Abendessen auf Gut Rixtorf. Zu Hause hatte sie als Bewohnerin eines ländlichen Rittergutes meist ein hübsches und dennoch eher durch Langlebigkeit und Robustheit als durch Eleganz hervorstechendes Kleid getragen, zum Essen ebenso wie tagsüber. Außer natürlich, Charlie hatte ihren Nachmittag am Strand oder in Gesellschaft ihrer geliebten Stute verbracht und deshalb entsprechend zweckgebundene Kleidung getragen. Hier jedoch war es üblich, sich zu jedem Dinner „in die vorzüglichsten Gewänder zu hüllen, damit auch das Auge des Dinierenden und nicht nur der Magen sein Vergnügen an der Tischgemeinschaft hat!", wie Mallory es einmal scherzhaft ausgedrückt hatte. Aus diesem Grund war es vollkommen ausgeschlossen, in ihrem schlicht geschnittenen hellgrauen Satinkleid, das momentan deutliche Spuren des Staubes im Kinderzimmer aufwies, an der Tafel zu erscheinen. Den kritischen Augen des Hausherrn entgingen derlei Nebensächlichkeiten selten und Charlie handelte sich äußerst ungern einen Tadel des scharfzüngigen alten Herrn ein.

Doch allen Vorsichtsmaßnahmen zum Trotz erregte ihr Eintreten Sir Edmunds Aufmerksamkeit: Sein vorwurfsvoller Blick zu der großen Standuhr in der Ecke des Speisezimmers und die Art und Weise, wie er seinen Stuhl zurechtrückte, verrieten ihr auch ohne Worte, dass sie sich seinen Unmut zugezogen hatte. Selbst wenn es sich bei ihrer Verspätung um eine Frist von nur drei Minuten handelte.

Verlegen huschte Charlie zu ihrem üblichen Stuhl an der Seite von Mallory, deren sperriger Rollstuhl fast zwei Sitzplätze an der imposanten Tafel einnahm, und setzte sich. Dabei strich sie eine dunkle, aus der hektisch aufgesteckten Frisur gelöste Locke beiseite und murmelte leise: „Bitte verzeihen Sie meine kleine Verspätung, Sir Edmund, ich …"

„Sparen Sie sich und vor allem uns Ihre wortreiche Entschuldigung, Charlotte“, unterbrach der Hausherr sie rüde. Seine ungezähmt wuchernden Augenbrauen hatten sich zu einer geraden grauschwarzen Linie verdichtet, während die Stirn darüber in tiefen Falten lag und seine Mundwinkel samt dem grauen Vollbart deutlich nach unten wiesen. „Wie allen übrigen Mitgliedern dieses Haushalts ist mir durchaus bewusst, dass Sie sich in Ihrer augenblicklichen Trauer am liebsten in Ihre Privaträume oder einen sonstigen stillen Winkel zurückziehen, doch bedenken Sie bitte, dass Sie nicht die Einzige sind, die unter Myles' Tod leidet. Schließlich habe ich selbst nur wenige Jahre nach dem Tod meiner Frau mit Myles auch noch meinen Sohn verloren – meinen einzigen Sohn! – und meine Nichte Mallory hier, die durch ihre gelähmten Glieder eigentlich schon genügend Leid zu ertragen hat, ihren geschätzten Vetter. Und nun sehen Sie uns an: Sitzen wir deshalb den lieben langen Tag in einer Ecke und grübeln, statt unseren Pflichten nachzukommen? O nein, das tun wir ganz und gar nicht!“

Sir Edmunds volltönende Stimme schwoll in einem stetigen Crescendo, sodass Mallory sich mühsam in ihrem Rollstuhl aufrichtete und über die Tischplatte hinweg ihre Hand auf seinen Arm legte, um ihn zu besänftigen. Ohne nennenswerten Erfolg allerdings, denn Sir Edmund fuhr in unverminderter Lautstärke fort: „Deshalb sage ich Ihnen in aller Deutlichkeit, Charlotte – und ich hoffe, dass Sie diese Offenheit zu schätzen wissen –: Entweder Sie besinnen sich darauf, Ihre Pflichten als Mallorys Gesellschafterin, für die ich Sie schließlich bezahle, ab sofort wieder ernsthaft wahrzunehmen, oder aber Sie verlassen mein Haus und gehen zurück zu Ihren Eltern nach Holstein oder was immer Sie sonst zu tun belieben!“

„Ich verstehe, Sir Edmund.“ Charlies Antwort war kaum mehr als ein Wispern, das von ihrem tief gesenkten Kopf aufstieg.

„Dann sehen Sie mich bitte auch an, wenn ich mit Ihnen spreche, Mädchen – ich meine es doch nur gut mit Ihnen! Sie sind ein hübsches junges Geschöpf aus guter Familie und haben

Besseres verdient, als hier in einem Haus mit einem einsamen Greis und einer auf fremde Hilfe angewiesenen jungen Frau vor sich hin zu trauern, verstehen Sie?“

„Ja, Sir Edmund“, antwortete Charlie, nur wenig lauter als zuvor. Sie fühlte sich wie damals als Siebzehnjährige, als sie ohne Erlaubnis ihres Vaters seinen überaus temperamentvollen, ungebärdigen Hengst geritten und deswegen eine ebenso kräftige Standpauke erhalten hatte. Graf Philip hatte fast dieselben Worte gebraucht wie Sir Edmund, als er sie aufgefordert hatte, ihr bei seiner Strafpredigt ins Gesicht zu sehen. Bei ihrem Vater jedoch war sie, zumindest im Nachhinein, auch sicher gewesen, dass er es tatsächlich gut mit ihr meinte – bei Sir Edmund war dies nicht unbedingt der Fall.

In seinem Fall war sie nicht einmal überzeugt davon, dass er sie generell als Mensch, als Frau, akzeptierte oder leiden mochte. Nicht einmal in den Monaten vor Myles' Unfall, in denen er sie als künftige Schwiegertochter betrachtet hatte, hatte er es fertiggebracht, sie wie alle anderen bei dem vertrauten Namen zu nennen, den Myles ihr gegeben hatte: Charlie. Dennoch hob sie jetzt gehorsam wie ein Kind ihren Kopf und blickte in Sir Edmunds Respekt gebietendes Gesicht mit den blaugrünen Augen. Sie funkelten so kalt wie die Wogen der Ostsee, wenn diese an einem stürmischen Tag von einem verirrten Sonnenstrahl getroffen wurden. Nur mit Mühe brachte Charlie die Kraft auf, ihren Blick nicht sofort wieder auf die Tischdecke zu senken.

„Gut“, konstatierte Sir Edmund ihre Anstrengung. „So gefallen Sie mir schon etwas besser. Falls Sie sich nun noch dazu entschließen würden, meinen Vorschlag in Ruhe zu überdenken, Charlotte, könnten wir endlich zu unserem Mahl übergehen!“

Eine Antwort auf diese Aufforderung schien er nicht für nötig zu halten, denn noch im selben Atemzug gebot er dem Hausmädchen: „Wir sind so weit, Dorie. Tragen Sie bitte die Vorspeise auf!“

Dienstbeflissen eilte das Mädchen zur Anrichte, nachdem es sich bislang möglichst unauffällig im Hintergrund gehalten hatte.

Die meisten Dienstboten auf Lowerdale Manor besaßen jahrelange Übung darin, ihre Handreichungen nahezu unsichtbar sowie unhörbar zu verrichten, zumindest, wenn ihr Herr jene Anzeichen besonderen Unmutes zeigte, wie er es augenblicklich tat.

Auch Charlie hätte nichts dagegen einzuwenden gehabt, sich vor den Augen ihres Arbeitgebers unsichtbar zu machen. Doch die Höflichkeit und ihre Pflicht als Mallorys Gesellschafterin geboten ihr, an Ort und Stelle zu bleiben und das Dinner in aller Form hinter sich zu bringen. Schweigend verspeiste sie den heißen, duftenden Inhalt ihrer Suppenschale, beobachtete, wie die Schale verschwand und an ihre Stelle eine Platte mit Hirschragout trat, das im gleichmäßig flackernden Licht der Tafelleuchter rotgolden aufleuchtete, und bemühte sich, auch diese Platte so weit als möglich zu leeren.

Sir Edmund verspürte offenbar ebenso wenig Interesse an einer weiteren Unterhaltung mit Charlie oder seiner Nichte. Bis auf eine harmlose Bemerkung Mallorys über das ungemütliche, nasskalte Wetter dieses Abends war während der gesamten Mahlzeit nichts weiter zu hören als das leise Klirren von Besteck auf Porzellan und vereinzelte dezente Schluckgeräusche der Speisenden. Erleichtert atmete Charlie auf, als endlich auch der letzte Gang, eine leichte Zitronenspeise, verzehrt war und Sir Edmund das Dinner beendete, indem er sich erhob und den beiden jungen Frauen eine erholsame Nachtruhe wünschte. Der alte Herr zog sich meist schon kurz nach der Mahlzeit in sein Schlafzimmer zurück.

„Ich hoffe, du nimmst dir Sir Edmunds Worte nicht zu sehr zu Herzen, Charlie“, wandte Mallory sich an ihre Gesellschafterin, sobald die Tür hinter demselben ins Schloss gefallen war. Ein mitfühlender Ausdruck lag auf ihrem Gesicht mit den von der Krankheit leicht eingefallenen Wangen. Ganz im Gegensatz zu ihrem Onkel war Mallory Cranshaw eine geduldige, sanfte Persönlichkeit und nicht wesentlich älter als Charlie selbst. Nachdem Charlie vor knapp zwei Jahren die Stelle als ihre Gesellschafterin angetreten hatte, hatte es nicht lange gedauert, bis die beiden jungen Frauen, die dunkelhaarige, blauäugige deutsche Gutsherrentochter und die blasse, zarte blonde Engländerin im Rollstuhl, Freundinnen geworden waren. „Du weißt doch: Er kann nicht anders, als bei jedem Anlass laut zu werden und zu poltern, obwohl er es im Grunde wirklich gut meint!"

„Ja gewiss, mit dir schon." Charlie bedeutete dem Dienstmädchen, das sich eben an Mallorys Rollstuhl zu schaffen machte, beiseitezutreten und legte ihre eigenen Hände an den Griff. Behutsam schob sie Mallory durch das geräumige Speisezimmer zur Tür. „Bei mir dagegen bin ich mir da nicht so sicher."

„Und doch verhält es sich so, Charlie! Glaub mir, ich kenne Sir Edmund wahrscheinlich besser als alle anderen Menschen in diesem Haus: Gerade bei den Personen, die er am meisten schätzt, legt er scheinbar die rauesten Umgangsformen an den Tag. Das ist schon immer so gewesen, seit ich mich erinnern kann, und nachdem er Tante Isabella, seine Frau, schon so früh verloren hat, wurde es noch schlimmer. Du weißt doch, wie Myles ihn immer mit einem Hund verglichen hat, der zwar bellt, aber nicht beißt! Da ist es nicht mehr als eine logische Konsequenz, dass er jetzt, nachdem auch Myles von uns gegangen ist …"

Mallory schluckte schwer. Auch sie litt noch immer unter der Tatsache, dass ihr Vetter Myles nie mehr wiederkehren würde. „Er ist schlicht und einfach verbittert, verstehst du, und das ist meiner Meinung nach der Grund, warum er niemanden mehr an sich heranlässt. So, als ob er unbewusst beschlossen hätte, niemanden mehr zu lieben, aus Furcht, dass auch dieser Mensch wieder aus seinem Leben verschwindet! Und ebendas ist auch bei dir der Fall: Als künftige Schwiegertochter hatte er eben begonnen, dich zu mögen, als Myles ihm genommen wurde, und deshalb …"

„Deshalb gibt er sich jetzt alle Mühe, mich mit Knurren und Bellen aus seinem Haus zu vergraulen!", beendete Charlie den Satz rigoros. Sie schob Mallorys Rollstuhl über die Türschwelle und steuerte auf den Gang zu, an dem die Räumlichkeiten der Gelähmten lagen.

„Ja, aber nur, um zu vermeiden, dass du ihm noch mehr ans Herz wächst. Es ist … seine Haltung ist gewissermaßen ein Schutzmechanismus. Ein Schutzwall, den er aufbaut, sowohl für sich selbst als auch für uns, die er gern hat.“

„Ich muss zugeben, das klingt einleuchtend, Mallory. Dennoch ist es nur eine mögliche Erklärung für sein Verhalten und ändert nichts an der Tatsache, dass er mir die Stellung als deine Gesellschafterin quasi gekündigt hat. Oder habe ich das falsch verstanden?!“ In ihrer Erregung schritt Charlie so rasch vorwärts und gab damit dem Rollstuhl solchen Schwung, dass Mallory erschrocken ihre Finger in die Armlehnen krallte. Doch ihre Antwort kam ohne das geringste Zögern.

„Aber nein, er hat dir *nicht* gekündigt, Charlie! Er wollte dich nur aufrütteln aus deiner Trauer! Dir deutlich machen, dass das Leben weitergehen muss – auf die eine oder andere Weise.“ Mallorys Stimme war leise und sanft wie immer, und doch sprach sie mit einer Eindringlichkeit, die Charlie mehr ans Herz ging als Sir Edmunds Zurechtweisung. Während dieses letzten Satzes war das Gesicht ihrer Freundin wenn möglich noch blasser geworden und in ihren klaren graugrünen Augen schimmerten mühsam zurückgehaltene Tränen.

Ihr Anblick ließ keinen Zweifel offen: Falls Charlie nach Sir Edmunds unerwünschtem Ratschlag tatsächlich erwägen sollte, ihre Stellung als Mallorys Gesellschafterin aufzugeben, wäre Mallory diejenige, die am meisten darunter leiden würde. Sie wäre diejenige, die eine Freundin hergeben und sich wieder an eine neue Gesellschafterin gewöhnen müsste – falls überhaupt so rasch eine geeignete Dame gefunden werden könnte … Nein, Charlie hatte keineswegs die Absicht, ihrer vom Schicksal benachteiligten Freundin diesen zusätzlichen Schmerz zuzufügen.

Und dennoch – dennoch hatte Sir Edmunds Vorschlag, in ihre deutsche Heimat zurückzukehren, etwas, das gewissermaßen in den Ohren juckte. Etwas, was sie noch nicht genau benennen konnte, worüber nachzudenken es sich jedoch lohnte. Tief in Gedanken versunken, erfüllte Charlie Mallorys Wunsch und brachte sie auf ihr Zimmer statt wie nach dem Dinner üblich in den kleinen Salon, ehe sie ihr eigenes Schlafzimmer aufsuchte.

Es lag im ersten Stock, unmittelbar über Mallorys Räumen, die ihres Rollstuhls wegen als einziges Familienmitglied im Erdgeschoss untergebracht war. Ein massives Bett mit gedrechselten Pfosten aus Mahagoni und einem Baldachin aus dunkelgrünem Samt nahm die Stirnseite des Zimmers ein. Der Toilettentisch, ein schwerer, mit Schnitzereien versehener Kleiderschrank, ein Mahagonisekretär mit zahlreichen kleinen Schubladen und ein Sessel mit geblümtem Brokatbezug vor dem Kamin vervollständigten die Einrichtung des Schlafraumes. Wie immer zu dieser Jahreszeit brannte ein helles Feuer im Kamin. Seine stetig wechselnden Schatten tanzten über die Seidentapete der Wände, die geschlossenen Gardinen und den mit Teppichen belegten Zimmerboden.

Dankbar stellte Charlie sich dicht davor und streckte ihre Hände den wärmenden Flammen entgegen. Der lange Aufenthalt im Kinderzimmer und die frostige Atmosphäre während des Dinners hatten sie gründlich ausgekühlt. Doch es waren nicht ihre mühsam wieder erwärmten Gliedmaßen, die Charlie nicht zur Ruhe kommen ließen, als sie bald darauf ins Bett sank. Es waren ihre Gedanken, die sie sich vorher, in Mallorys Anwesenheit, nicht hatte eingestehen wollen: Sir Edmunds Vorschlag, zu ihren Eltern zurückzukehren, klang schlicht und einfach verlockend. Wenn sie sich nur vorstellte, nach Holstein zurückzukehren, nach Hause, zu ihren Eltern – in eine vertraute Umgebung, in der nicht jeder Raum, den sie betrat, und jeder Hausbewohner, dem sie begegnete, sie an den Verlust von Myles erinnerte …

Vielleicht würde es ihr dort gelingen, ihre Trauer um den Verlobten zu überwinden; möglicherweise konnte sie dort sogar ein ähnlich unbeschwertes Leben führen wie zu der Zeit, ehe ihre Sehnsucht nach fernen Ländern sie nach England geführt hatte! Auf der anderen Seite jedoch stand die Frage: Wollte sie ihren geliebten Myles wirklich vergessen? Wollte sie ihre Freundin Mallory alleine zurücklassen? Und jenes lange vergessene Dokument aus dem Kinderzimmer – hatte sie sich nicht erst vor wenigen Stunden vorgenommen, um Myles' willen das Geheimnis zu ergründen, das dahintersteckte?

Gequält richtete Charlie sich aus ihrer liegenden Haltung auf, ballte zwei kleine Daunenkissen zu einer Nackenstütze zusammen und starrte in die Dunkelheit, während vor ihrem inneren Auge Bilder aus der Vergangenheit erschienen.

Mit welchem Enthusiasmus hatte sie damals ihre Heimat verlassen! Nur zu gut erinnerte sie sich an jenen ersten „Brief" an ihre Reisegefährtin, der nichts anderes war als ein Eintrag in das Tagebuch, das ihre Mutter Sophie ihr mitgegeben hatte: „... zunächst als Reisegefährtin und später als Freundin, der du all deine Gedanken anvertrauen kannst und die dir allzeit eine geduldige Zuhörerin sein wird, auch wenn du sonst niemanden hast!", hatte sie erklärt. „Denn vermutlich wirst du gerade in der Anfangszeit, ehe du tiefere Beziehungen zu deinen Mitbewohnern geknüpft hast, manchmal einen Gesprächspartner vermissen, vor allem einen, der deine Muttersprache spricht. Natürlich würde ich mich freuen, wenn du in diesem Falle einen langen, ausführlichen Brief an deine Eltern zu Hause schreibst, damit wir auch weiterhin an deinem Leben teilhaben können – und glaube mir, ich werde jeden einzelnen dieser Briefe voller Sehnsucht erwarten und gewiss zehnmal hintereinander lesen. Doch für all jene Gedanken und Gefühle, die ein junges Mädchen lieber mit einer gleichaltrigen Freundin teilt als mit ihrer Familie, gebrauche dieses Tagebuch! Nur eines darfst du darüber nie vergessen, Liebling: nämlich all deine Sorgen und Gedanken auch vor deinem Vater im Himmel auszubreiten, der dein Leben in seiner Hand hält und nur das Beste für dich will. Nur im Vertrauen auf ihn kann ich dich überhaupt in die Fremde ziehen lassen."

Gemäß diesen Worten hatte Charlie vom Tag des Aufbruchs an ihr Tagebuch tatsächlich in Form von Briefen an eine Freundin geschrieben. Wehmütig wanderten ihre Gedanken zurück in die Zeit vor diesem allerersten Eintrag ...

# Kapitel 2

*Einmal entsandt, fliegt das Wort unwiderruflich dahin.*
(Horaz)

Mit einem glücklichen Seufzer zügelte Charlotte von Rixtorf ihre Stute. Vor ihr lag die unendliche Weite des Meeres. So glatt, wie es nur an einem windstillen, heißen Sommertag wie diesem möglich war, erstreckte sich die weite Wasserfläche von einer Linie direkt von den Hufen ihres Pferdes bis an den Horizont. Sonnenstrahlen glitzerten auf dem Wasser und zauberten dunkelblaue bis tiefgrüne Nuancen in das endlose Grau-Blau-Grün, das von ungewöhnlich zartem weißem Schaum gekrönt war. Von einem nahen Felsen ertönten die durchdringenden, ungeduldigen Schreie junger Seevögel, die von ihren Nestern aus ihre tägliche Futterration einforderten, und ein kaum spürbares Rollen und Ziehen des Wassers verriet die allmählich einsetzende Ebbe. Ansonsten war alles still.

Charlottes jüngere Brüder, die sich an einem solchen Tag mit Vorliebe in den verhältnismäßig warmen Wogen vergnügten, saßen unter Aufsicht ihres Hauslehrers daheim über irgendwelchen Aufgaben. Die älteren Zwillinge befanden sich seit vergangener Woche wieder an der Universität und die Eltern waren mit der Beaufsichtigung des Haushalts beziehungsweise der Landwirtschaft beschäftigt. Nur Charlotte selbst hatte einige Minuten der Muße dazu genutzt, sich leise aus dem Haus zu stehlen, ihr Pferd zu satteln und einen ausgiebigen Ritt am Strand entlang zu genießen. Mit einem breiten Lächeln betrachtete sie noch einmal die ganze Schönheit der vor ihr liegenden Szenerie, dann lenkte sie ihre Stute ein paar Schritte weit ins Meer hinein und galoppierte an.

Was gab es an einem Tag wie diesem Schöneres, als schnell wie der Wind die Flutlinie entlangzugaloppieren, sodass das salzige Wasser möglichst hoch aufspritzte? Mit einem entzückten Aufschrei begrüßte die Sechzehnjährige den ersten Schwall Meerwasser, der ihre Füße und ihr Reitkleid erreichte und einen Regen von feinen, erfrischenden Wassertropfen über Gesicht und Kopf niedergehen ließ, und trieb ihr Pferd noch einen Schritt tiefer in die See hinein. Minutenlang stob sie auf diese Weise durchs Wasser, hohe Fontänen von Gischt hinter sich herziehend. Selten hatte Charlotte sich so frei gefühlt, so berauschend lebendig!

Doch gleichzeitig spürte sie eine unterdrückte Sehnsucht in sich aufsteigen, eine Sehnsucht nach mehr: Sie wollte die See nicht nur tröpfchenweise auf ihrem Körper spüren – sie wollte die Wellen unter ihrem Körper spüren, diese gewaltige, tragende Kraft der Wogen, während sie auf einem Schiff darüber hinwegglitt, weiße Segel sich stolz in den Himmel blähten und der Fahrtwind in ihren Ohren sauste! Ihr sehnlichster Wunsch war es, übers Meer zu segeln, und zwar nicht nur nach Kopenhagen zu ihrem Onkel wie bisher, sondern weiter, viel weiter … bis nach Großbritannien oder gar Afrika, Indien und Amerika.

Dabei war es vor allem der letztgenannte Kontinent, für den Charlotte sich begeisterte, seit Onkel Frederik ihr nach seiner letzten Überseereise ein Buch mit dem Titel „The Leatherstocking Tales" überreicht hatte. Frederik Kjeldsen war Inhaber einer Schiffswerft und seine Geschäftsreisen führten ihn oft weit über Europa hinaus. Er kannte Charlottes Vorliebe für Bücher im Allgemeinen und für spannende Geschichten über das Leben in fernen Ländern im Besonderen, deshalb waren die „Leatherstocking Tales" nicht das erste Buch dieser Art, das sie erhielt. Und doch hatte gerade dieses es Charlotte besonders angetan – obwohl sie sich mithilfe eines Wörterbuches mühsam durch den englischen Text kämpfen musste. Stundenlang konnte sie sich verlieren in der Vorstellung, selbst einmal diese fremde, aufregende Welt der Wälder Nordamerikas zu betreten. Ihr Interesse für den Englischunterricht, den sie seit ihrem 12. Lebensjahr erhielt, stieg beträchtlich, ebenso ihr Hunger nach weiteren Büchern dieser Art.

Philip und Sophie von Rixtorf, ihre Eltern, betrachteten Charlottes Vorlieben mit Verständnis – solange ihre Tochter um deretwillen nicht ihre übrigen Schulfächer und anderen Pflichten vernachlässigte. Wenn sie allerdings, wie es gelegentlich vorkam, derart in ein Buch oder ihre Träume vertieft war, dass sie zu spät zum Essen erschien oder eine der kleinen Aufgaben vergaß, welche ihre Mutter ihr übertrug, war es mit der Nachsicht ihrer Eltern vorbei. Charlotte hatte in dieser Beziehung bereits einige tadelnde Worte einstecken müssen, die sie sich jedes Mal sehr zu Herzen nahm. Bis sie das nächste Mal in dieselbe Falle tappte, zumindest …

Heute allerdings durfte ihr das nicht passieren, ermahnte sie sich. Sie warf einen prüfenden Blick zur Sonne – und erschrak: Die Sonne stand bereits im Begriff unterzugehen. Soeben sandte sie ihre letzten Strahlen über die Felsklippen oberhalb des Strandes, Horizont und Meer trugen einen rötlichen Schein. Hektisch griff Charlotte in die Zügel und lenkte ihre Stute fort vom Wasser zu dem schmalen Pfad, der zwischen den Klippen zum Gut zurückführte. Wenn sie nur nicht ausgerechnet heute zu spät zum Essen kam – an dem Tag, da Onkel Frederik nach langer Zeit wieder einmal erwartet wurde! Noch während die Stute ihrem Stall zustrebte, schüttelte Charlotte den langen, weiten Rock ihres Reitkleides aus, dass die Wassertropfen in alle Richtungen stoben, sprang kurz darauf vom Pferderücken, so rasch der umständliche Damensattel es zuließ, rief einen der Stallknechte herbei, um ihr Pferd von ihm versorgen zu lassen – was sie sonst lieber selbst erledigte –, und eilte ins Haus. Sie konnte nur hoffen, ungesehen in ihr Zimmer zu gelangen, um ihr Kleid loszuwerden, das trotz allen Ausschüttelns noch deutlich zu nass war.

Doch es war zu spät. Auf der Dienstbotentreppe, die sie vorsichtshalber benutzt hatte, lief Charlotte ihrer Mutter in die Arme.

„Lotti, wo in aller Welt steckst du nur wieder?“, rief Sophie von Rixtorf ärgerlich aus. „Ich suche dich schon eine geraume Weile! Du solltest doch der Köchin zur Hand gehen, um das Festessen für Onkel Fred-“

Mit einem vorwurfsvollen Blick auf den durchnässten Rock ihrer Tochter unterbrach sie sich selbst. „Das ist es also – du warst am Strand und hast alles andere vollkommen vergessen, schon wieder einmal!“

Schuldbewusst senkte Charlotte den Kopf und murmelte: „Es tut mir wirklich leid, Mutter, ich …“

Doch Sophie ließ sie nicht ausreden. „Für lange Entschuldigungen ist jetzt keine Zeit, Lotti. Geh in dein Zimmer, zieh dir etwas Vernünftiges an und komm sofort in die Küche. Über alles andere sprechen wir später! In dieser Art und Weise kann es allerdings nicht länger weitergehen mit dir, das steht eindeutig fest.“ Ärgerlich wandte ihre Mutter sich um, während Charlotte bekümmert die Treppe hinaufeilte.

„Schon wieder einmal“, wie Mutter es eben ausgedrückt hatte, hatte sie es fertiggebracht, diese zu erzürnen, und zwar vollkommen ohne Absicht! Angesichts der Arbeit, die in der Küche auf sie wartete, und der Vorfreude auf ihren Onkel Frederik hielt ihr Kummer jedoch nicht lange vor.

Als Frederik Kjeldsens Landauer vor dem Gutshaus hielt, eilte sie ihm erwartungsvoll entgegen. So zurückhaltend Charlotte Fremden gegenüber war, so herzlich war sie gegenüber ihrer Familie und den Menschen, die sie kannte und mochte. Wobei Onkel Frederik unter diesen Menschen eine ganz spezielle Position einnahm …

Charlottes jüngere Brüder erreichten die Kutsche schneller als sie. „Onkel Frederik, da bist du ja endlich!“, rief der elfjährige Peter, während sein neunjähriger Bruder Gustav versuchte, ihn zu übertönen: „Wir warten schon so lange auf dich. Ich hab bestimmt schon eine ganze Stunde lang nach deinem Wagen Ausschau gehalten!"

Damit stürzten sich beide Jungen gleichzeitig auf ihren Onkel, sodass dieser, kaum der Kutsche entstiegen, gefährlich ins Schwanken geriet. „Das ist ja schön, Jungs!", entgegnete er und umfing die beiden grinsend mit seinen Armen. „Ich freue mich ebenso, euch zu sehen!"

„Hast du uns denn auch was Schönes mitgebracht?" Gustav war entschlossen, keine wertvolle Zeit zu vergeuden. Dafür waren ihm die Geschenke, die Onkel Frederik den Kindern mitzubringen pflegte, viel zu wichtig. Erwartungsvoll lächelnd wand er sich aus der höchst überflüssigen Umarmung.

„Schscht!", raunte Peter dem Jüngeren ins Ohr. „Es ist unhöflich, sofort nach den Geschenken zu fragen. Damit musst du schon bis nach dem Essen warten!"

„Richtig erkannt, Peter! Ich sehe schon, du wirst allmählich ein vernünftiger junger Mann!" Über den Kopf der beiden Jungen hinweg lächelte Frederik Charlotte zu, die am oberen Ende der Eingangstreppe stand. „Doch wenn ihr beiden eurem Hausknecht helfen wollt, meine schweren Koffer ins Haus zu tragen, dürft ihr euch gerne schon einmal überlegen, welche Überraschungen für euch sie wohl enthalten könnten!"

Und während Gustav und Peter sich eifrig nach den Koffern ausstreckten, die der Kutscher und der Hausknecht eben abluden, erklomm Frederik mit großen Sprüngen die Treppe. „Meine liebe Lotti!", begrüßte er seine Nichte. „Ich muss sagen", er griff nach ihrer Hand, „jedes Mal, wenn ich dich sehe, hast du wieder ein Stück mehr von einer schönen jungen Dame an dir und ein bisschen weniger von dem niedlichen kleinen Mädchen, das du einst gewesen bist!" Damit hauchte er scherzhaft so etwas wie einen Kuss auf Charlottes Hand.

„Ach, Onkel Frederik!" Verlegenheit und Freude über dieses Kompliment ihres hochgewachsenen, breitschultrigen blonden Onkels ließen Lotti sanft erröten. Sie konnte nur hoffen, dass er es nicht bemerkte oder genauso großmütig darüber hinwegsehen würde wie über die Tatsache, dass sie sich nicht nur für seine jeweiligen Mitbringsel begeisterte, sondern auch für ihn selbst. Immerhin war Onkel Frederik nur dreizehn Jahre älter als sie selbst – ein lediger, gut aussehender Mann mit Humor, Weltgewandtheit und Erfahrung und damit genau jenen Eigenschaften, die Charlotte sich für den idealen Mann erträumte. Hastig eilte sie dem Gegenstand ihrer Schwärmerei voran ins Haus.

Später, als die ganze Familie im Speisesaal beim Essen saß, hing sie mit großen Augen an Frederiks Lippen, während dieser von seinen letzten Geschäftsreisen berichtete. Wie Lotti gehofft hatte, hatte eine davon ihn tatsächlich nach Nordamerika geführt.

„Ich sage euch, meine Lieben, dieses Land besitzt ein schier unglaubliches Potenzial! Allein seine Größe, seine unendliche Weite sind überwältigend!" Frederiks Gesicht leuchtete vor Begeisterung, seine Hand mit der Gabel blieb auf halbem Wege zum Mund in der Luft hängen. „Von New York, einer der größten Küstenstädte im Osten, aus bin ich ein Stück weit in nördliche Richtung gesegelt, fast bis nach Neuschottland, und was ich hier zu sehen bekommen habe, war unglaublich: eine Küste, die an Schönheit und ungezähmter Schroffheit ihresgleichen sucht; Flüsse und kleinere Wasserläufe ohne Ende und Wälder – oder vielleicht sollte ich besser sagen *Urwälder* –, so weit das Auge reicht, immer wieder unterbrochen von kleinen, aber aufstrebenden Siedlungen voller Menschen mit ehrgeizigen Plänen. Gegen diesen Anblick, meine Lieben, sind Dänemark, England oder die deutschen Lande ein – entschuldige bitte diesen Ausdruck, Sophie –" Frederik grinste seine wesentlich ältere Adoptivschwester entschuldigend an, „ein winziger, unbedeutender Fliegendreck auf der Weltkarte! Wenn ich nur daran denke, in diesem Land der unbegrenzten Holzvorkommen Schiffe zu bauen, schlägt mein Schiffsbauerherz einen Purzelbaum!"

Jetzt endlich fand die Gabel voll Rinderbraten ihren Weg in Frederiks Mund. Charlottes Vater nutzte das dabei entstandene Schweigen. „Du denkst also ernsthaft daran, mit deinen Werften bis nach Amerika zu expandieren?", fragte er.

Frederik nickte kauend.

„Aber", warf Sophie ein, „fürchtest du nicht, der Siegeszug der modernen Dampfschifffahrt, der sicher auch vor Amerika nicht haltmachen wird, könnte den Segelschiffbau, wie du ihn betreibst, auf Dauer überflüssig machen?"

„Nein, niemals!" Frederik schluckte hastig und fuhr abschließend mit der Serviette über seinen Mund. „An einer derart schroffen, zerklüfteten Küste wie dort oben in Neuengland wird der Bau von windschnittigen, wendigen und leicht manövrierbaren Segelschiffen niemals überflüssig werden – nicht einmal in hundert oder zweihundert Jahren!"

In der nun folgenden Stille klangen Charlottes Worte doppelt so laut wie gewöhnlich: „Oh, was gäbe ich darum, all dies einmal mit eigenen Augen sehen zu können!" Erschrocken fuhr sie zusammen: Es war nicht ihre Absicht gewesen, diesen Wunsch laut zu äußern. Doch der träumerische Ausdruck, der sich während Frederiks Bericht auf ihre Züge gelegt hatte, verriet mindestens ebenso viel von ihrem Fernweh wie ihre Worte.

Frederik musterte sie verständnisvoll. „Mir scheint, Philip", wandte er sich an seinen Cousin und Schwager, „in den Adern deiner Tochter fließt das unruhige Blut eines Seefahrers, oder zumindest einer Abenteurerin!"

„Das nicht gerade", widersprach Charlotte. „Mir steht der Sinn nicht nach Entdeckungen oder Ähnlichem, ich möchte nur einmal etwas sehen von dieser Welt. Ich möchte fort aus unserm kleinen Dorf, in dem sich niemals etwas ändert, ich möchte fremde Länder kennenlernen, ich möchte sehen, wie die Menschen dort leben …" Charlotte verstummte, ihr Blick verlor sich in der Ferne.

„Ich verstehe", erklärte Frederik mit einem Zwinkern.

Ihr Vater fügte hinzu: „Das wirst du auch, Lotti! Eines Tages wirst du deine gewohnte Umgebung verlassen und in die Welt hinausziehen – und sollte es dann immer noch dein Wunsch sein, ins Ausland zu gehen, werden wir es dir auch ermöglichen. Doch vorläufig ist dein Platz hier zu Hause."

Philip warf seiner Frau einen auffordernden Blick zu, sodass diese zögernd fortfuhr: „Vater und ich sprachen vorhin über die kleinen, nun, sagen wir einmal Versäumnisse, die du dir in letzter Zeit geleistet hast …“

Lotti errötete. Ihre Mutter würde sie doch hoffentlich nicht in Anwesenheit von Onkel Frederik für ihre Träumereien zur Rechenschaft ziehen?

Ihre Sorge war umsonst. Ohne näher auf die Einzelheiten einzugehen, erklärte Sophie: „… und dabei kamen wir zu folgendem Entschluss, Lotti: Du wirst, sobald du in wenigen Wochen deine Schulausbildung beendet hast, von mir gewissermaßen in deine künftigen Pflichten als Hausfrau eingewiesen. Wie du weißt, pflege ich nicht wie viele andere Damen und Gattinnen von Gutsherren, sämtliche Arbeiten den Hilfskräften zu überlassen. Folglich wirst du innerhalb der nächsten ein bis zwei Jahre selbst erlernen, wie man einem großen Haushalt vernünftig vorsteht. Ich weiß, du hast auch in den letzten Jahren gelegentlich mit Hand angelegt, doch dies hier wird etwas anderes sein, so etwas wie eine Ausbildung. Wir möchten doch, dass du später einmal aufs Beste vorbereitet in eine Ehe gehen kannst!“

„Aber ich …“, setzte Lotti an, entschloss sich jedoch gleich darauf, nicht zu widersprechen. Im Grunde war dieser oder ein ähnlicher Entschluss ihrer Eltern zu erwarten gewesen, nachdem sie ihre Schulzeit nun so gut wie hinter sich hatte, und sie würde sich wohl oder übel mit der wenig geliebten Hausarbeit vorläufig abfinden müssen. Solange sie dabei noch Zeit zum Lesen, Ausreiten und Träumen fand, gab es sicherlich ein schlimmeres Schicksal. Ergeben sah sie von ihrer Mutter zu ihrem Vater und nickte.

„In Ordnung. Ich werde mir Mühe geben, das verspreche ich euch!“

„Ja, denkt ihr denn, dass Lotti wirklich einmal heiraten und einen eigenen Haushalt haben wird? Sie kann doch nicht einfach von zu Hause fortgehen, sie ist doch unsere Schwester!“, mischte sich Gustav unvermittelt ein. Seinen weit geöffneten

Kinderaugen war deutlich anzusehen, wie befremdlich ihm diese Tatsache erschien.

Sämtliche Erwachsenen am Tisch sowie Lotti und Peter brachen daraufhin in lautes Gelächter aus, und Gustav nutzte die Gunst des Augenblicks für eine weit wichtigere Feststellung: „Jetzt sind wir endlich alle fertig mit unserem Essen, Onkel Frederik – möchtest du uns da nicht unsere Geschenke übergeben?"

„Na gut, du Lausejunge, sonst lässt du mir ja doch keine Ruhe!", erklärte Frederik sich einverstanden.

Gustav strahlte auf. Wenig später hielten er und Peter jeweils einen kleinen Eisenbahnwaggon in der Hand, den sie ihrer bereits vorhandenen Spielzeugeisenbahn hinzufügen konnten. Lottis Geschenk dagegen bestand aus „Oliver Twist", einem englischen Gesellschaftsroman, und Frederiks spontanem Versprechen, ihr das Abonnement eines wöchentlich erscheinenden englischsprachigen Magazins zu verschaffen. Sprachlos vor Freude über diese Möglichkeit, an den wichtigsten Geschehnissen eines fremden Landes teilzuhaben, drückte Lotti ihrem Onkel die Hand, ehe sie sich mit dem neuen Buch in ihr Zimmer zurückzog.

In den folgenden beiden Jahren wurde „The Weekly Herald" zu Lottis ständigem Begleiter. Die Ankunft der jeweils neuesten Ausgabe am Dienstag jeder Woche ließ ihr Herz schneller schlagen, und jeder Herald wurde sorgsam in der großen Tasche ihrer Kleiderschürze verstaut, die sie zur Hausarbeit trug, bis sie eine ruhige Minute zum Lesen fand. Exakt dazu nutzte Lotti jede Möglichkeit: Sie las den Herald im Wagen, wenn sie das Hausmädchen zu Besorgungen in einen weiter entfernt gelegenen Ort begleitete, sie las ihn in ihrer Freizeit am Strand oder auf einem Strohballen im Stall bei ihrer geliebten Stute, und sie las ihn abends im Bett.

Ein einziges Mal musste ihre Mutter eingreifen, um Lottis zielgerichteten Leseeifer zu dämpfen. Es ereignete sich während der Einkochzeit: Lotti stand am Herd, um die gezuckerten Gartenhimbeeren abzukochen, ehe sie als Marmelade in Gläser abgefüllt wurden. Doch während sie in dem bauchigen, fast bis zum Rand gefüllten Topf rührte, ruhten ihre Augen auf dem Text des Weekly Herald in ihrer freien Hand – mit dem Ergebnis, dass die duftende, klebrige Himbeermasse über den Topfrand und die gesamte Herdplatte hinwegsprudelte, ehe Lotti überhaupt merkte, was geschah. Die Köchin schlug die Hände über dem Kopf zusammen, und Mutter Sophie, die just in diesem Augenblick die Küche betrat, riss ihrer Tochter energisch die Zeitschrift aus der Hand, um sie ihr erst am folgenden Tag wieder auszuhändigen. Nach diesem Zwischenfall bewahrte Lotti den Herald in ihrem Schlafzimmer auf statt in der Schürzentasche, um ihn künftig tatsächlich nur noch in ihrer Freizeit zu lesen.

Auf diese Weise erweiterten sich Lottis Sprachkenntnisse und ihr Einblick in das Leben im viktorianischen England täglich, bis sie tatsächlich begann, nachts in englischer Sprache zu träumen.

Auch die Haushaltsführung erwies sich als abwechslungsreicher, als sie vermutet hatte. Seite an Seite arbeitete Lotti mit ihrer Mutter, während die Monate verstrichen und schlussendlich der zweite Sommer seit jenem denkwürdigen Besuch ihres Onkels anbrach. Zu dieser Zeit begann Lotti, ihre lang gehegten Träume vom Leben in fernen Ländern in konkrete Überlegungen bezüglich ihrer Zukunft umzugestalten. Ein Verehrer – oder vielmehr ein Verehrer, der auch nur annähernd ihren Vorstellungen von einem geeigneten Ehepartner entsprach (so, wie Onkel Frederik es noch bis vor Kurzem getan hatte) – war nicht in Sicht, sodass ihrem Wunsch, für längere Zeit ins Ausland zu gehen, im Grunde nichts entgegenstand. Die große Frage war jedoch: Was sollte sie im Ausland, ganz gleich, in welchem Land, mit sich anfangen? Für sie als alleinstehende junge Dame kam es ja keinesfalls in Betracht, auf gut Glück umherzureisen, um Land und Leute kennenzulernen!

Nächtelang grübelte Lotti über dieses Problem, beriet sich mit ihren Eltern und Onkel Frederik, doch letztendlich war es eine Anzeige im Weekly Herald, die dasselbe löste. Ein gewisser Sir Edmund auf Lowerdale Manor in Gloucestershire suchte eine Gesellschafterin für seine bedauerlicherweise im Rollstuhl sitzende Nichte. Eine gebildete junge Dame aus guter Familie sollte die Gesellschafterin sein, interessiert an Literatur und Kunst und vor allem daran, das Leben ihrer künftigen Arbeitgeberin so kurzweilig und angenehm als möglich zu gestalten.

Wie vom Blitz getroffen fuhr Lotti in ihrem Bett auf, als sie diese Anzeige las. Weshalb war sie nur nicht früher auf den Gedanken gekommen, im Ausland eine Stellung anzunehmen? Obendrein eine *solche* Stellung, die ihrem Stand als Gutsherrentochter durchaus gerecht wurde? Denn eines war sonnenklar: Diese Tätigkeit als Gesellschafterin passte für sie wie ein maßgeschneidertes Kleid. Lotti stammte aus guter Familie, nämlich einem alten holsteinischen Rittergeschlecht, war jung, gebildet, interessiert an Literatur – und nicht eine der genannten Voraussetzungen sprach ausdrücklich davon, dass es sich bei der Bewerberin um eine Person aus England handeln musste!

Außer sich vor Aufregung las Lotti die Anzeige ein zweites Mal, diesmal laut. Sie schauderte wohlig: Allein die Worte „Sir Edmund auf Lowerdale Manor“ und „Gloucestershire“ zergingen auf ihrer Zunge wie ein zartschmelzendes Karamellbonbon! Ohne weiter zu überlegen, sprang Lotti trotz der späten Stunde aus dem Bett und stürzte ins Schlafzimmer ihrer Eltern, um ihnen die aufregenden Neuigkeiten mitzuteilen.

Zwei Monate später passierte die englische Mietkutsche mit Lotti an Bord das Eingangstor von Lowerdale Manor, und während sie langsam durch den Park aufs Haus zufuhr, schmolz Charlottes anfängliches Selbstvertrauen merklich dahin. Wie hätte sie auch ahnen können, welch imposantes Anwesen Lowerdale Manor darstellte!

Dieser ausgedehnte, äußerst gepflegte Park überstieg die Vorstellungen, die sie sich von ihrem künftigen Arbeitsplatz und Wohnort gemacht hatte, bei Weitem, ganz zu schweigen von dem Herrenhaus selbst ... Verglichen mit den klaren Proportionen ihres Elternhauses und seiner eindeutigen Gliederung in einen Haupt- und zwei Seitenflügel, bildete es einen regelrechten Gebäudekomplex, der aus zahlreichen spitzen Giebeln, halbrunden Erkern, Kaminen und zinnenbesetzten Türmchen zusammengesetzt war. Einer dieser Türme, genau in der Mitte des Gebäudekomplexes gelegen und mit dunkelgrünem Efeu bewachsen, diente als Eingangsportal. Im Schein der Morgensonne, die dem ganzen beeindruckenden Gebilde aus gelbem Stein einen honigfarbenen Glanz verlieh, wirkte es auf Charlotte wie ein romantisches Schloss, das direkt einem ihrer schönsten Träume entstiegen war! Einen Moment lang hielt sie den Atem an: Wer in einem solchen Anwesen lebte, musste um einiges bedeutender und reicher sein als ihre eigene Familie!

Eine Tatsache allerdings fügte sich nicht in das liebliche Bild: Rechts und links des Eingangsportals erhoben sich zwei hüfthohe Granitsockel, auf denen jeweils ein ebenfalls aus Granit gehauener, Furcht einflößend dreinblickender Löwe thronte. Der gleiche grimmig-abweisende Löwenkopf begrüßte Charlotte auch in Form des schweren, auf Hochglanz polierten Messingtürklopfers, als sie sich mit zögernden Schritten näher wagte.

„Falls dies eine Maßnahme der Hausbesitzer sein soll, unwillkommene Besucher abzuschrecken, könnten sie damit durchaus Erfolg haben!“, fuhr es Charlotte durch den Kopf. Zum ersten Mal seit ihrer Ankunft in England beschlichen sie Zweifel, ob sie, die Tochter eines unbedeutenden deutschen Grafen, vor einer Familie wie derjenigen von Sir Edmund Carrington würde bestehen können. Unwillkürlich sah sie sich dabei nach der Kutsche um, ihrer letzten und einzigen Verbindung mit der Heimat.

Möglicherweise wäre es doch besser gewesen, wenn sie, wie ihre Eltern es vorgesehen hatten, an Onkel Frederiks Seite durch diese Tür in ihr künftiges Leben geschritten wäre? Doch in Anbetracht der Tatsache, dass Frederik sie bereits bis zu ihrem englischen Ankunftshafen geleitet hatte, hatte sie seine Begleitung auf diesem letzten Stück ihres Weges ausgeschlagen, und die Mietkutsche hatte bereits gewendet. Folglich gab es nun, da Lotti vor der Tür des Herrenhauses stand, kein Zurück mehr.

Mit einer sichtlich zitternden rechten Hand griff sie nach dem Türklopfer, mit einem deutlich hörbaren Geräusch schlug der Messingring gegen das massive Holz. Beinahe wäre sie in Versuchung gekommen, sich die Ohren zuzuhalten, derart laut klang das Klopfen in der Stille des Morgens! Bereits Sekunden später schwang die Tür auf und ein untersetzter, in eine dunkle Livree gekleideter Mann wurde sichtbar. Sein Gesichtsausdruck erschien Charlotte nicht sehr viel einladender als derjenige der steinernen Löwen.

„Sie wünschen?", erkundigte er sich kurz angebunden.

Charlotte nahm ihren ganzen Mut zusammen, um die wenigen Sätze loszuwerden, die sie so sorgfältig in ihrem besten Englisch einstudiert hatte: „Guten Morgen, Sir! Ich bin … mein Name ist Charlotte von Rixtorf. Ich bin die neue Gesellschafterin, die Sir Edmund Carrington für seine Nichte eingestellt hat. Ich denke, Sie oder vielmehr Sir Edmund erwarten mich bereits!"

„So, denken Sie?", gab der Diener mit unbewegter Miene zurück. Zumindest aber trat er einen Schritt beiseite und bedeutete Charlotte mit einer Handbewegung, einzutreten. „Wenn Sie bitte einen Augenblick hier in der Halle warten möchten, Miss? Ich werde dem Herrn Ihre Ankunft melden – wenngleich er soeben dabei ist, sein Frühstück einzunehmen!"

Die bedeutungsvolle Art und Weise, wie der Diener die Wörter „wenngleich" und „Frühstück" betonte, ließ Charlotte aufhorchen. War dies die übliche Art der englischen Dienerschaft, alles möglichst vornehm zu formulieren – oder drückte der Mann damit eher sein Missfallen über die Störung aus, die Charlotte verursachte?

Sie räusperte sich unbehaglich. Gleichzeitig legte sie sich in ihrem Kopf eine Antwort zurecht, um sie anschließend laut ins Englische zu übersetzen: „Danke, das ist sehr freundlich von ..."

Sie kam nicht dazu, ihren Satz zu beenden. Vom hinteren Teil der Eingangshalle her erklang eine weitere Männerstimme: „Danke, Mortimer, aber Sie brauchen sich nicht weiter zu bemühen. *Ich* übernehme diese Aufgabe! Sie dürfen stattdessen dafür sorgen, dass das Gepäck unseres Gastes aufs Zimmer gebracht wird."

„Sehr wohl, Mr Carrington", erklärte Mortimer mit einer leichten Verbeugung. Er wandte sich Charlottes Reisetruhe zu, die in der offen stehenden Tür zu sehen war, während ihr Blick den Sprecher im Hintergrund suchte.

Er stand auf einem Absatz der elegant geschwungenen Treppe zum oberen Stockwerk: ein junger Mann mit dunkelblondem Haar und einem glatt rasierten Gesicht. Sein körpernah geschnittener Reitmantel, die blütenweißen Reithosen und hohen Stiefel betonten seine hochgewachsene, schlanke Figur.

Charlottes Augenlider flatterten nervös. Konnte dies Sir Edmund selbst sein? Aber nein, der saß laut Auskunft des Dieners ja beim Frühstück, und *diesen* Mann, der nur wenige Jahre älter sein dürfte als sie, hatte der Diener mit „Mr Carrington" angesprochen, nicht mit Sir Edmund! War er folglich der Sohn des Hauses, und wenn ja, war es an ihm, sie zu begrüßen – oder schrieb die englische Etikette möglicherweise etwas anderes vor?

Mr Carrington sah großmütig über ihre Unsicherheit hinweg. Mit einem strahlenden Lächeln eilte er ihr entgegen. „*Sie* sind also Miss Charlotte von Rixtorf, die neue Gesellschafterin meiner Cousine! Ich bin Myles Carrington, der Sohn von Sir Edmund, Ihrem Arbeitgeber, und gleichzeitig außerordentlich erfreut, Sie kennenzulernen!"

Mit beiden Händen ergriff er Charlottes Rechte, die sie ihm rein mechanisch entgegenstreckte, beugte sich tief darüber und hauchte einen Kuss darauf. Als er sich wieder aufrichtete, streifte der Blick aus seinen übermütig blitzenden braunen Augen Charlottes Gesicht aus nächster Nähe.

Unwillkürlich wich sie einen Schritt zurück. Dieser Blick, dazu die unverkennbar englische Art, ihren deutschen Vornamen auszusprechen, raubte ihr den Atem.

Und als ob der Sohn des Hauses ihre Verlegenheit nicht bemerken würde, fuhr er fort: „Sie geben gewiss eine weitaus entzückendere Gesellschafterin für die liebe Mallory ab als diejenige, die sie früher gehabt hat, Miss Charlotte. Dieselbe war nämlich – nun ja, ‚jung' ist zwar ein dehnbarer Begriff, aber selbst wenn sie jung gewesen sein sollte, hat ihr Anblick dem Betrachter nicht dasselbe Vergnügen bereitet, wie der Ihre es tut, das steht felsenfest! Doch nun sollte ich wohl besser meine vorlauten, wenngleich charmanten Äußerungen für mich behalten", endete er mit einem bezeichnenden Blick auf Charlottes brennende Wangen, „und Sie endlich meinem Vater vorstellen. Wenn Sie mich bitte begleiten wollen!" Damit schritt er auf eine Tür am Fuß der Treppe zu. Er öffnete sie mit einer schwungvollen Bewegung und wartete höflich, bis Charlotte sie vor ihm passiert hatte.

„Der kleine Salon oder auch das Empfangszimmer", erklärte er, während die beiden den Raum durchquerten. „Auf ihn folgt der große Salon, dann der Speisesaal und das Frühstückszimmer, wo wir auf Sir Edmund und Mallory treffen werden."

Charlotte nahm Mr Myles Carringtons Erklärung schweigend hin. Von der luxuriösen Ausstattung der Räume, die sie an seiner Seite durchschritt, nahm sie nicht das Geringste wahr. Ihre Gedanken weilten immer noch bei Mr Carringtons überschwänglicher Begrüßung. Sie stimmte so ganz und gar nicht mit der vornehmen Reserviertheit überein, die sie bei einem Engländer erwartet hätte.

Ob sie seine blumigen Komplimente überhaupt richtig verstanden hatte? Möglicherweise war sie ganz grundlos verlegen geworden, nur weil sie Mr Carringtons Worte nicht korrekt übersetzt hatte!! Denn bei all ihren theoretischen Englischkenntnissen – mit einem Wortschwall dieser Art, der wie ein Platzregen über sie hereingebrochen war, war deutlich schwieriger klarzukommen als mit einem geschriebenen Text … Ob wohl alle Engländer in einer solchen Geschwindigkeit sprachen? Für Charlottes Begriffe erreichten sie die Tür zum Frühstückszimmer viel zu rasch.

Hier machte Mr Carrington noch einmal halt. „Auf ein Wort noch, Miss Charlotte von Rixtorf!"

Fragend blickte Charlotte zu ihm auf. War das etwa Besorgnis, die sie in diesen braunen Augen mit den kleinen grünen Sprenkeln (oder waren sie eher grün mit braunen Sprenkeln?) las?

Myles Carrington erwiderte ihren Blick mit einem beinahe entschuldigenden Lächeln. „Wenn Sie in wenigen Augenblicken meinem Vater gegenüberstehen werden", erläuterte er, „dann denken Sie bitte immer an eines, Miss Charlotte: Hunde, die bellen, beißen nicht!"

„Zumindest nicht, *solange* sie bellen", stellte Charlotte richtig. „Doch was wollen Sie damit …"

„Schscht!" Mahnend legte Mr Carrington einen Finger über seine Lippen: „Sosehr ich mich auch freue, dass Sie Ihre Stimme wiedergefunden haben – die im Übrigen genauso angenehm klingt, wie ich es erhofft habe –, schweigen Sie jetzt bitte! Behalten Sie meine Worte einfach im Hinterkopf! Und nun …" Damit ergriff er sie sachte beim Ellbogen, während er mit der freien Hand die Tür vor ihr öffnete.

„Vater", Myles Carrington deutete eine respektvolle Verbeugung an, nachdem er einige Schritte ins Zimmer hineingetan hatte, „Mallory, entschuldigt bitte die Unterbrechung eurer Mahlzeit, doch wir haben an diesem wunderschönen sonnigen Morgen bereits Besuch bekommen!" Noch einmal beugte er kurz seinen Kopf, diesmal in Richtung Charlottes, die schüchtern einen Schritt zurückgewichen war. „Darf ich vorstellen: Miss Charlotte von Rixtorf, Mallorys neue Gesellschafterin!"

Während er sprach, wagte Charlotte einen ersten Blick in die zwei Gesichter, sie sich ihr vom Tisch her zuwandten: in das eines gewiss 60 Jahre alten Herrn mit grauem Haupthaar und Vollbart und in das einer blonden Dame etwa in ihrem Alter, die in einem Rollstuhl am Tisch saß.

„So, Sie sind Miss Charlotte von Rixtorf aus dem deutschen Holstein, mit der ich bereits das Vergnügen hatte zu korrespondieren?“, eröffnete Sir Edmund das Gespräch.

„Die bin ich, Sir Edmund. Ich freue mich, Sir, Sie zu sehen, und hoffe …“, stammelte Charlotte, doch eine unwillige Handbewegung des alten Herrn ließ sie verstummen.

Wie zuvor Mr Carringtons Augen musterten nun auch die seinen Charlotte von oben bis unten, allerdings alles andere als wohlwollend, fürchtete Charlotte. Und tatsächlich war seine Stimme dem Bellen eines Hundes nicht unähnlich, als er fortfuhr: „In diesem Fall beantworten Sie mir doch bitte folgende Frage, Miss Charlotte von Rixtorf: Ist es bei Ihnen“, er räusperte sich betont, „in Holstein üblich, um diese frühe Tageszeit bereits Besuche abzustatten oder gar in einem fremden Hause vorzusprechen?“

„Oh nein, gewiss nicht, Sir Edmund“, versicherte die junge Frau rasch, die sich nichts sehnlicher wünschte, als die Zeit ihrer Ankunft geschickter gewählt zu haben oder, da dies leider nicht mehr zu ändern war, auf der Stelle im Boden zu versinken. „Doch aufgrund des Regens der vergangenen Tage waren die Straßen zwischen Plymouth und Upperdale nahezu unzumutbar aufgeweicht, sodass die Kutsche mehrmals beinahe stecken geblieben wäre und den Ort erst so spät am gestrigen Abend erreichte, dass ich es nicht mehr wagte, Sie zu belästi…“

Erneut unterbrach eine ungeduldige Geste ihre langatmige Erklärung, während der Charlotte immer wieder nach den richtigen Worten hatte suchen müssen. Dennoch wagte sie es hinzuzufügen: „Auf jeden Fall bedauere ich es sehr, Sie beim Frühstück gestört zu haben, Sir Edmund. Bitte verzeihen Sie! Auch Sie, Miss Cranshaw, bitte ich um Entschuldigung!“

„Aber das ist doch selbstverständlich, Miss Charlotte, natürlich verzeihen wir Ihnen. Nicht wahr, Onkel Edmund – nicht wahr, Myles?", erwiderte diese, und ein sanftes Lächeln erhellte ihr blasses, schmales Gesicht.

Eine Antwort erhielt Charlotte allerdings nur von Myles Carrington, der übers ganze Gesicht grinste: „So ist es, Miss Charlotte, wir verzeihen Ihnen mit Freuden!"

„Dann sei so lieb und bestell in der Küche noch ein weiteres Gedeck für unseren Frühstückstisch, Myles. Denn gewiss möchten Sie mit uns speisen, Miss Charlotte?"

„Ich ... natürlich, wie Sie wünschen, Miss Cranshaw", stimmte Charlotte zu, obwohl sie sicher war, vor Aufregung keinen einzigen Bissen herunterzubekommen.

„Zu Befehl, liebe Cousine!" Scherzhaft schlug Myles Carrington die Hacken seiner Reitstiefel zusammen. „Jedoch werde ich nicht ein, sondern zwei weitere Gedecke beordern. Ich lasse mir doch nicht die Gelegenheit entgehen, in Gesellschaft deiner neuen Gesellschafterin zu speisen, Mallory, selbst wenn ich eigentlich längst gefrühstückt habe!"

Damit verschwand Mr Carrington durch eine andere Tür aus dem Frühstückszimmer, während von Sir Edmunds Platz am oberen Tischende ein unmutiges Ächzen zu hören war.

Im Lauf der folgenden Wochen gewöhnte sich Charlotte an den ruppigen Umgangston des Hausherrn, nicht zuletzt, weil sie ihn außerhalb der Mahlzeiten kaum zu Gesicht bekam. Den größten Teil des Tages verbrachte sie wie vorgesehen mit Miss Cranshaw.

Mallory Cranshaws heiter-stilles Wesen war ein wohltuender Ausgleich zu Sir Edmunds Charakter. In ihrem elften Lebensjahr war sie an Kinderlähmung erkrankt und seitdem stark gehbehindert, hatte sich aber trotz aller Schmerzen und Einschränkungen ihrer Bewegungsfreiheit in den vergangenen zehn Jahren eine positive Lebenseinstellung bewahrt.

„Anfangs hatte ich wohl mit meinem Schicksal zu kämpfen", erklärte sie Charlotte bereits an deren erstem Tag als Gesellschafterin. „Ich besaß ein Pony, das ich heiß und innig liebte, und konnte mir nicht vorstellen, nie mehr ausreiten, durch den Wald spazieren oder im Teich schwimmen zu können. Es wollte partout nicht in meinen Kopf hinein, dass mein Körper mir nicht mehr gehorchte. Doch irgendwann begriff ich, dass nicht ich selbst schwach geworden war! Nicht das, was mich wirklich ausmacht, nämlich Geist und Seele, sind schwach, sondern nur mein Körper. Seit diesem Zeitpunkt stecke ich alle Energie, die vorher mein Körper verbrauchte, in meinen Geist: Ich lese sehr viel, ich male und handarbeite oder musiziere, und bis auf wenige Ausnahmen kann ich damit sehr gut und zufrieden leben. Es vergeht kaum ein Tag, an dem ich Gott nicht dafür danke, dass er mich mit einem gesunden, beweglichen Geist beschenkt hat!"

„Das nenne ich wahre Tapferkeit, Miss Cranshaw! Ich bezweifle sehr, dass ich selbst mich mit einem Schicksal wie dem Ihren abfinden könnte." Bewundernd betrachtete Charlotte ihr Gegenüber.

Mallorys zarter Körper versank schier in dem sperrigen Rollstuhl, und dennoch strahlten ihre Augen, ihr ganzes Gesicht innere Stärke und Frieden aus. Kein Wunder, dass nicht einmal Sir Edmund dieses liebenswerte Wesen auf dieselbe Weise „anbellte" wie alle übrigen Hausbewohner, einschließlich seines Sohnes! Charlotte würde es jedenfalls niemals übers Herz bringen, Mallory Cranshaw Kummer zu bereiten. Im Gegenteil, sie nahm sich fest vor, die beste Gesellschafterin zu sein, die Mallory je gehabt hatte.

Dieser Augenblick war der Beginn einer echten Freundschaft zwischen den beiden jungen Frauen. Innerhalb kürzester Zeit ließen sie alle Förmlichkeiten beiseite und sprachen einander mit dem Vornamen an, Charlotte kutschierte Mallory in ihrem Rollstuhl geduldig durchs Haus und über sämtliche Pfade des großen

Parks, sie lasen einander ihre Lieblingsbücher vor und tauschten ihre Gedanken darüber aus. Zudem half Mallorys betont deutliche und langsame Sprechweise Charlotte über die letzten sprachlichen Barrieren hinweg, sodass sie sich immer wohler fühlte in diesem fremden Land.

Auf diese Weise verflogen Charlottes erste Monate auf Lowerdale Manor sehr schnell, das Weihnachtsfest nahte und mit ihm die Ankunft von Myles Carrington. Myles war, nur wenige Tage nachdem Charlotte ihre Stelle angetreten hatte, an seinen Studienort Oxford zurückgekehrt und hatte seitdem nur zwei kurze Wochenenden zu Hause verbracht, sodass Charlotte ihn bislang kaum kennengelernt hatte. Diesmal jedoch würde er mehrere Wochen auf Lowerdale Manor verbringen und Mallory fieberte seiner Ankunft sehnsüchtig entgegen.

Charlotte konnte ihren Gemütszustand nur zu gut nachvollziehen. Myles' Gegenwart, sein Charme und sein Witz erfüllten den sonst so stillen, eher langweiligen Alltag auf Lowerdale Manor mit sprudelndem Leben, so viel hatte sie während der wenigen Tage mit ihm bereits festgestellt. Und mit Sicherheit war genau dies – *und nur dies* – der Grund, weshalb auch ihr Herz spürbar klopfte, sobald von seiner Heimkehr die Rede war. Sobald sie im Stillen an Mr Carrington dachte – sobald sie daran zurückdachte, wie überschwänglich er sie auf Lowerdale Manor begrüßt hatte … wie sie während jenes ersten gemeinsamen Frühstücks und bei den folgenden Besuchen immer wieder seine braunen Augen auf sich ruhen fühlte … Nur gut, dass Mallory in ihrer eigenen Aufregung nicht bemerkte, wie sich der Blick ihrer Freundin oft träumend in der Ferne verlor!

Drei Tage vor Weihnachten war es so weit. Mallory und Charlotte, die den größten Teil des ausgesprochen unfreundlichen, nebligen Tages im kleinen Salon verbracht hatten, hörten das unverkennbare Rattern von Wagenrädern vor dem Haus.

„Das ist er!“, jubelte Mallory nach einem kurzen Blick aus dem Salonfenster. „O, wie sehr ich mich auf ihn freue! Du nicht auch, Charlotte?“

Zu Charlottes Erleichterung erwartete sie aber keine Antwort, sondern bat umgehend: „Bitte, bring mich hinüber in die Halle, ich möchte Myles sofort begrüßen!“

Noch ehe die Kutsche knirschend auf dem Schotter vor dem Eingangsportal zum Stehen kam und der Butler Mortimer die Haustür öffnete, standen die beiden jungen Frauen in der Halle bereit.

„Da bist du endlich, Myles!“, rief Mallory freudig, sobald Myles’ schlanke Gestalt in der Haustür erschien. „Du ahnst ja gar nicht, wie sehr ich dich vermisst habe!“

„Nun ja“, mit langen Schritten eilte Myles seiner Cousine entgegen, „wieso solltest du auch nicht? Ich meine, einen so gut aussehenden, gebildeten jungen Herrn wie mich muss man einfach vermissen! Aber Scherz beiseite“, Myles hatte Mallorys Rollstuhl erreicht, ging vor ihm in die Hocke und strich ihr liebevoll über die Wange, „du siehst gut aus, Mall. Diese roten Wangen stehen dir – und ein wenig voller sind sie auch geworden, wenn ich mich nicht irre. Muss wohl an deiner ausgezeichneten Gesellschaft liegen!“

„Das ist wahr, Myles!“, antwortete Mallory enthusiastisch. „Seit Charlotte da ist, halte ich mich sehr oft draußen an der frischen Luft auf und habe deshalb auch einen viel besseren Appetit. Am Ende werde ich noch dick und rund, du wirst sehen!“

„Das freut mich für dich, Cousinchen!“ Myles lächelte ihr zu, anschließend hob er seinen Blick zu Charlotte.

Stumm, aber mit heftig pochendem Herzen hatte sie die herzliche Begrüßung der beiden verfolgt.

„Und es freut mich auch für Sie, Miss Charlotte, denn wie ich sehe, sind Sie meiner Cousine in der kurzen Zeit, die Sie bislang hier verbracht haben, bereits unentbehrlich geworden!“ Wie bei ihrer ersten Begegnung beugte sich Myles galant über Charlottes Hand und fuhr fort: „Einen schönen guten Tag wünsche ich Ihnen übrigens!“

„D-danke, den wünsche ich Ihnen auch, Mr Carrington“, gab Charlotte mit unsicherer Stimme zurück.

„Oh, keine Sorge, den habe ich bereits, denn was könnte schöner und besser sein, als zwei hübschen jungen Damen auf einmal gegenüberzustehen!“, zwinkerte Myles. „Am liebsten würde ich den ganzen restlichen Tag in eurer anregenden Gesellschaft verbringen. Doch ich fürchte, daraus wird nichts.“ Seine Miene verdüsterte sich. „Vater ließ mir mitteilen, dass er mich unverzüglich nach meiner Ankunft in der Bibliothek erwartet. Sicher soll ich ihm wieder einmal von meinen Fortschritten im Studium berichten!“

„Das ist doch nicht weiter tragisch – jedenfalls kein Grund für eine solche Trauermiene!“

Doch Mallorys Versuch, Myles aufzumuntern, schlug fehl: „Es wäre nicht weiter tragisch, wenn ich tatsächlich Fortschritte machen würde“, murmelte er trübsinnig, ehe er sich wohl oder übel auf den Weg zu seinem Vater machte.

Myles’ Trübsinn hielt nicht lange vor, wie Charlotte bald feststellte. Statt seinen Versäumnissen beim Studium nachzutrauern, stürzte er sich voller Elan ins Feiertagsvergnügen. Er sorgte dafür, dass Charlotte zuliebe zum ersten Mal in der Geschichte von Lowerdale Manor ein Weihnachtsbaum in der Halle aufgestellt wurde; wenn das Wetter es zuließ, unternahm er interessante Ausfahrten mit Mallory und Charlotte, damit sie „zur Abwechslung mal etwas anderes zu sehen bekamen als Haus und Park“, und er verwandelte die gemeinsamen Mahlzeiten mit Sir Edmund, die üblicherweise eine langweilige, schweigsame Angelegenheit waren, in ihr genaues Gegenteil. Selbst Sir Edmund verzog gelegentlich den Mund zu einer einem Grinsen nicht unähnlichen Grimasse, wenn Myles die beiden Damen mit seinen Scherzen aufzog.

In all dem Trubel, den seine Anwesenheit mit sich brachte, fand Charlotte während der Weihnachtsfeierlichkeiten kaum Zeit, ihre Heimat oder ihre Familie zu vermissen, wie es sonst an einem Fest wie diesem vermutlich der Fall gewesen wäre. Erst nach dem üppigen Weihnachtsessen, als Mallory und Sir Edmund sich zu einem Verdauungsschläfchen zurückgezogen hatten und Myles einen Ausritt unternahm, brach so etwas wie Heimweh über sie herein. Kurz entschlossen hüllte Charlotte sich in ein warmes Umschlagtuch, nahm den Weihnachtsbrief ihrer Eltern und eilte zum Pavillon in der Mitte des Parks. Hier, wo niemand sie störte, wollte sie den Brief in aller Ruhe noch einmal lesen und so das Gefühl bekommen, ihren Eltern nahe zu sein.

Mit klammen Fingern – sie hatte es versäumt, Handschuhe überzuziehen – faltete sie den Briefbogen auseinander, doch statt auf dem Text ruhte ihr Blick zunächst auf ihrer Umgebung. Eher grau als grün, wie leblos hingen die Blätter des Rhododendrons rund um den Pavillon an ihren Ästen, tropfend von der sie umgebenden Feuchtigkeit, die einem Gemisch aus Sprühregen und feinem Nebel entsprang. Dieselbe feuchttrübe Masse verschluckte den Ausblick über Park und Haus, den der Pavillon üblicherweise bot, und kroch Charlotte unter das Umschlagtuch, bis sie es fröstelnd dichter um sich wickelte.

Von dem Weihnachtswetter, das sie auf Gut Rixtorf gewohnt war, mit scharfem, frostigem Wind und reifbedeckten Bäumen, im besten Fall sogar mit Schnee, der das umliegende Land in einen watteweichen Mantel hüllte, war auf Lowerdale Manor nichts zu spüren.

Seufzend richtete Charlotte den Blick auf das Papier in ihren Händen: „Liebste Lotti!" (mit dieser Anrede begann ihre Mutter Sophie alle Briefe an ihre Tochter), las sie halblaut, und allein der vertraute Kosename veranlasste sie erneut, wehmütig zu seufzen.

Das Geräusch herannahender Schritte beendete ihren Seufzer. Zwischen den Rhododendronblättern hindurch spähte Charlotte über den Rasen: Mr Carrington war es, der seinen Ausritt beendet und sie auf seinem Weg zurück ins Haus hier im Pavillon entdeckt hatte.

Noch ehe sie sich darüber ärgern konnte, dass ihre ersehnte Ruhe bereits unterbrochen wurde, grüßte Myles Carrington strahlend: „Welch angenehme Überraschung, Sie hier draußen anzutreffen, Miss Charlotte, nachdem ich mich auf meinem Ausritt so verlassen gefühlt habe, als wäre ich der einzige Mensch auf diesem trüben grauen Planeten!"

Unwillkürlich lächelte Charlotte zurück, während Myles mit einem großen Sprung die beiden Stufen hinauf zum Pavillon nahm. Im selben Augenblick registrierte er den Brief in ihrer Hand. „Oh, Sie lesen! Tut mir leid, das wusste ich nicht – ich will auf keinen Fall stören! Dann werde ich Sie besser wieder alleine lassen."

Zögernd wandte er Charlotte den Rücken zu, doch ihr „Nein, nein, bleiben Sie, Mr Carrington" hielt ihn auf.

„Ich störe also nicht?! Das ist schön!"

Unaufgefordert nahm er neben Charlotte Platz und deutete auf den Brief: „Post von zu Hause?"

Charlotte nickte.

„Sie vermissen Ihre Familie, richtig?", folgerte er.

Charlotte nickte erneut: „Besonders heute, an Weihnachten! Ich habe noch nie ein Weihnachtsfest getrennt von meiner Familie verbracht, müssen Sie wissen."

„Ich kenne dieses Gefühl – ich kenne es nur zu gut." Mitfühlend sah Myles sie von der Seite her an. „Vielleicht würde es Ihnen helfen, mir den Brief laut vorzulesen? Auf diese Weise könnten Sie sich Ihrer Familie näher fühlen – und ich verstehe ohnehin nichts von diesen Worten in Ihrer Muttersprache! Sie müssen also nicht befürchten, dass ich etwas mitbekomme, was nicht für meine Ohren bestimmt ist. Also, was halten Sie davon?"

Erstaunt musterte Charlotte ihr Gegenüber. Durch den Ritt waren Mr Carringtons aristokratisch gerade Nase und seine Wangen gerötet, auch sein blondes Haar war merklich zerzaust, wie sie bemerkt hatte, sobald er im Pavillon seine Reitkappe abgenommen hatte. Am meisten überraschte sie jedoch, dass das neckende Lächeln, das sonst meist auf seinen Lippen lag, verschwunden war. Stattdessen war da ein Ausdruck, den sie nicht anders deuten konnte denn als Wärme, Verständnis und echtes Mitgefühl.

Ehe sie recht wusste, was sie tat, ging sie auf seinen Vorschlag ein: „Liebste Lotti!", begann sie zum zweiten Mal und las dann mit unsicherer Stimme den vollständigen Brief vor.

„Schön!", bemerkte Myles, als sie geendet hatte. „Der Länge dieses Briefes nach zu urteilen, vermisst Ihre Familie Sie auch. Ich gewann fast den Eindruck, sie berichteten Ihnen alles, was sich in der Heimat abspielt, solange Sie fort sind!"

„Ja, genau so ist meine Mutter: Sie will mich nach wie vor an allem teilhaben lassen. Keinen Dummejungenstreich meiner beiden kleinen Brüder versäumt sie mir zu berichten!" Zum ersten Mal, seit sie den Brief zur Hand genommen hatte, lächelte Charlotte.

Ermutigt fuhr Myles fort: „Gestatten Sie mir nur eine Frage, Miss Charlotte: Was bedeuten diese ersten Silben, die Sie lasen – ‚liebslotti' oder so ähnlich? Ist das die deutsche Art und Weise, Ihren Namen auszusprechen?"

„Nun, nicht ganz", erläuterte Charlotte. „‚Liebste' würde in diesem Fall ‚dear' bedeuten, und Lotti ist tatsächlich eine Kurzform meines Namens, so etwas wie ein Kosename!"

„Das ist es also!" Myles versenkte seine grünlich gesprenkelten Augen in die dunkelblauen der jungen Frau, während er nachdenklich fortfuhr: „Wenn ich mich in der glücklichen Position befände, Sie mit einem Kosenamen ansprechen zu dürfen, würde ich Sie Charlie nennen! Genau diesen Namen trug nämlich eine Person, die ich früher einmal kannte und sehr ..." Eine Sekunde lang zögerte Myles, dann beendete er seinen Satz: „... schätzte!"

Verwirrt schlug Charlotte die Augen nieder. Meinte Mr Carrington tatsächlich, was er soeben von sich gegeben hatte, oder war er lediglich in seine Angewohnheit, stets charmante Scherze zu machen, zurückgefallen? Denn wenn es ihm wahrhaftig ernst sein sollte mit dieser Bemerkung, bedeutete es womöglich, dass er sie …?

Mit brennenden Wangen versuchte sie, seine Aufmerksamkeit von ihrer Person abzulenken. „Sie erwähnten vorhin, dass Sie das Gefühl kennen, jemanden zu vermissen, Mr Carrington. Darf ich fragen, ob Sie dabei von einer bestimmten Person sprachen?"

Erleichtert stellte sie fest, dass Myles auf ihr Ablenkungsmanöver einging. „Allerdings! Meine Mutter starb, als ich vierzehn Jahre alt war. Damals befand ich mich zwar für den größten Teil des Jahres im Internat, also in einer Welt, zu der sie nie leibhaftig gehört hatte, doch jedes Mal, wenn ich nach Hause kam, überfiel mich eine schreckliche Sehnsucht nach ihr. Dieses Gefühl legte sich selbstverständlich im Lauf der Jahre – dennoch gibt es auch ganz aktuell in meinem Leben Situationen, in denen ich bestimmte Personen vermisse. Seit vergangenem Spätsommer beispielsweise: Sobald ich nach meinen viel zu seltenen freien Tagen ans College zurückkehre, vermisse ich jene Person ganz entsetzlich!"

Myles schluckte, zögerte offenbar einen Augenblick, doch schon im nächsten traf er eine Entscheidung. „Eigentlich wollte ich Sie damit nicht so rasch überfallen, nachdem wir nun aber ganz unbeabsichtigt in diese Situation geraten sind, kann ich nicht anders, als …"

Mit sanftem Griff entwand Myles Charlottes Händen den Brief und wollte dieselben an sich ziehen, schrak aber entsetzt zurück: „Oh, Ihre Hände sind ja eiskalt, Miss Charlotte! Sie hätten nicht derart leicht bekleidet, obendrein noch ohne Handschuhe, ins Freie gehen dürfen. Kommen Sie, ich werde Sie aufwärmen!"

Myles riss sich seinen eigenen Umhang von den Schultern, wickelte Charlotte hinein und rückte ihr so nahe, dass ihre eisigen Hände an seiner Brust zu liegen kamen.

„Begreifen Sie, was ich Ihnen sagen möchte, Miss Charlotte?" So warm und eindringlich klang seine Stimme, dass sie erschauerte. „Ich vermisse *Sie*! Seit unserer ersten Begegnung, als Sie derart schüchtern und ein wenig verloren in unserer Halle standen, kann ich nicht mehr aufhören, an Sie zu denken! Schließe ich meine Augen, sehe ich Ihre vor mir, blau wie ein klarer Teich, in dem sich der Himmel spiegelt; und öffne ich sie wieder, um mich auf etwas anderes zu konzentrieren, höre ich Ihre Stimme, Ihren drolligen Akzent, in dem sie mich wegen meiner Bemerkung über den bellenden Hund verbessert haben … Bitte, Miss Charlotte, erlauben Sie mir, Sie ab heute voller Zuneigung *Charlie* zu nennen! Erlauben Sie mir, um Sie zu werben!“

„Aber …“ Der markante Duft von Myles’ Umhang um ihre Schultern und das Gefühl ihrer Hände an seiner Brust nahmen Charlotte schier die Luft zum Atmen, dennoch versuchte sie zu widersprechen: „… was würde Ihr Vater dazu sagen, Mr Carrington? Ich bin sicher, er wäre nicht sehr davon angetan, Sie mit einer Deutschen verbunden zu wissen!“

„Ich gebe zu, er wird wie üblich eine Weile laut knurren und bellen – und sich schließlich doch mit dem Gedanken anfreunden! Vor allem wird er sich mit Ihnen anfreunden, Miss Charlotte, da Sie die erste und einzige Frau sind, in die ich mich jemals ernsthaft verliebt habe und auch jemals verlieben werde!“ Mühsam beherrscht strich Myles eine kastanienbraune Locke zurück, die Charlotte in die Stirn gefallen war, doch die Leidenschaft in seiner Stimme konnte er nicht verbergen.

Charlotte bebte am ganzen Körper. Ohne etwas zu erwidern, löste sie die rechte Hand von seiner Brust, griff damit nach seiner Hand und schob sie sanft aus ihrem Gesicht. Ihr Blick jedoch sprach eine andere Sprache.

Und Myles verstand: Er legte seine Arme um ihren Nacken und zog sie noch dichter an sich, vergrub seine Hände in den glänzenden braunen Locken und murmelte leise: „Damit machst du mich zum glücklichsten Mann der Welt, meine liebe Charlie!“

*Liebe Freundin,*
lautete an diesem Abend Charlottes Eintrag in das Tagebuch, dessen Seiten sich allmählich zu füllen begannen.
*Alles, was ich Dir während der letzten Monate bezüglich meiner Gefühle und Hoffnungen anvertraut habe, hat sich heute als wohlbegründet erwiesen: Myles erwidert die Gefühle, die ich für ihn hege! Er hat sich in mich verliebt!!!!! Noch immer bin ich völlig außer mir über diese Tatsache, die er mir heute gestand. Wenn ich nur daran denke, wie er mich heute Nachmittag als Zeichen seiner Zuneigung „Charlie" nannte, steigt mir das Blut zu Kopf, meine Knie werden weich, und mein Herz rast, als wollte es davongaloppieren …*
*Schließe ich meine Augen, dann sehe ich die seinen vor mir, wie er es umgekehrt von sich behauptete, und seine faszinierenden grünen Augen mit den winzigen braunen Sprenkeln sind voller Zuneigung und Wärme, die mein Inneres zum Schmelzen bringen und meine Füße mindestens einen halben Meter über dem Boden schweben lassen …*
*Ist das Leben nicht herrlich, liebe Freundin?!?*

Nach dem Sommersemester war Myles Carrington nach Gut Rixtorf gereist, um persönlich um Charlottes Hand anzuhalten, und im Herbst war die Verlobung der beiden jungen Menschen offiziell bekannt gemacht worden. Die Hochzeit sollte allerdings erst stattfinden, nachdem Myles sein Studium abgeschlossen und Charlotte ihren 21. Geburtstag gefeiert hatte, also ein Jahr später, im Winter. Doch zu jener Hochzeit war es niemals gekommen …

# Kapitel 3

*Was dein Wort zu bedeuten hat,*
*erfährst du durch den Widerhall, den es erweckt.*
(Marie von Ebner-Eschenbach)

Charlie erwachte mit rasenden Kopfschmerzen. Stöhnend entfernte sie die beiden kleinen Kissen aus ihrem Nacken, die dafür gesorgt hatten, dass ihr Kopf tiefer lag als der Rest ihres Körpers, und somit auch für ihre Kopfschmerzen verantwortlich waren, und brachte ihren verkrampften Oberkörper in eine sitzende Position. Noch herrschte Dunkelheit in ihrem Schlafzimmer, lediglich gemildert von einem sanften Schimmer Morgenlicht, das durch die Gardinen drang.

Eher tastend als sehend stellte Charlie fest, dass sie vollständig bekleidet und mit noch immer aufgestecktem Haar im Bett lag: Sie musste am vergangenen Abend eingeschlafen sein, während ihre Gedanken in die Vergangenheit gewandert waren – zurück in die Zeit, als Myles noch am Leben gewesen war und sie beide sich in den schönsten Farben eine gemeinsame Zukunft ausgemalt hatten, die es nun niemals geben würde. Stattdessen hatte Sir Edmund am gestrigen Abend sogar in aller Deutlichkeit ausgesprochen, dass Charlie sich auf eine Zukunft außerhalb der Mauern von Lowerdale Manor einstellen müsse …

Leider war dieser Gedanke im Moment nicht im Geringsten dazu geeignet, Charlies Kopfschmerzen zu lindern. Mit steifen Gliedern erhob sie sich und entzündete die Petroleumlampe auf ihrem Nachttisch, hielt die Flamme jedoch möglichst niedrig, um nicht geblendet zu werden. Dabei fiel ihr Blick auf den Brief, Myles' Brief aus der Vergangenheit. Sie hatte ihn samt ihrer Halskette auf dem Nachttisch abgelegt, als sie vor dem Dinner ihr Kleid gewechselt hatte. Eine weitere Erinnerung an den vergangenen Abend, eine weitere Mahnung, sich über die Zukunft Gedanken zu machen!

Seufzend massierte Charlie ihren Nacken, während sie ihr Zimmer durchquerte. Am Waschtisch machte sie halt, goss eine Handvoll Wasser aus dem hohen Porzellankrug in die Waschschüssel und benetzte damit ihr Gesicht. Das Feuer im Kamin war im Laufe der Nacht erloschen, daher war das Wasser kalt und angenehm erfrischend. Genau das Richtige, um ihrem schmerzenden Kopf ein wenig Klarheit zu verschaffen, wie Charlie dankbar registrierte. Vermutlich würde ein wenig frische Luft diesen Effekt noch verstärken.

Da sie jedoch zu dieser frühen Morgenstunde kaum das Haus verlassen konnte, ohne jemanden zu wecken, trat Charlie an eines der Fenster, zog die schweren Brokatsamtgardinen zurück und öffnete es. Augenblicklich drang ein Schwall kalter Morgenluft in den Raum. Charlie nahm die Wolldecke mit Tartanmuster, die stets griffbereit über der Sessellehne hing, seit Myles sie ihr von einer Schottlandreise mitgebracht hatte, schlang sie um ihren Körper und kniete sich auf die gepolsterte Fensterbank. Die Ellbogen auf den kalten Fensterrahmen gestützt, den Oberkörper weit nach vorne gelehnt, streckte sie ihren Kopf ins Freie.

Ein leichter Windzug wirbelte ihre vom Schlafen stark mitgenommene Frisur vollends durcheinander, bis die kastanienbraunen Locken in voller Länge über ihren Rücken hingen und ihr Gesicht umspielten. Genießerisch sog Charlie die frische Luft in ihre Lungen und spürte, wie der Druck auf ihren Kopf allmählich nachließ.

Nach einigen Minuten, die sie unbewegt in dieser Haltung verharrte, fand sie sich sogar wieder imstande, andere Dinge wahrzunehmen als einzig ihre Kopfschmerzen: Aus einer nahen Robinie ertönte der Gesang eines Vogels, der es offenbar eilig hatte, den neuen Tag oder aber den beginnenden Frühling zu begrüßen, und der östliche Himmel überzog sich mit einem zarten rosa Schein. Plötzlich wurde es auch unterhalb von Charlies Fenster hell. Zwei klar umrissene gelbliche Rechtecke zeichneten sich auf dem Boden vor dem Herrenhaus ab. Jemand hatte Licht entzündet in einem der ebenerdig gelegenen Räume.

Charlie stutzte. Eines der betreffenden Fenster befand sich exakt unterhalb ihres eigenen Fensters, weshalb es sich bei dem Raum nur um Mallorys Zimmer handeln konnte. Andererseits hatte Charlie noch nie erlebt, dass die junge Frau sich vor halb neun Uhr morgens wecken ließ. Ihr geschwächter Körper brauchte sehr viel Schlaf, um sich ausreichend zu regenerieren, wie ihr Arzt stets betonte. Dass Mallory ausgerechnet an diesem Tag schon bei Sonnenaufgang wach war, konnte folglich nur eines bedeuten: Ihrer Freundin erging es nicht viel besser als ihr selbst.

Die Gedanken an Sir Edmunds gestrige Worte hatten offenbar auch Mallory nicht wirklich zur Ruhe kommen lassen. Zwar hatte sie sofort ihr Bestes getan, um Charlie zu beruhigen, doch im Dunkel einer langen, schlaflosen Nacht wurde so mancher Gedanke, den man bei Tageslicht ganz nüchtern und rational beurteilen konnte, zu einem wahren Schreckgespenst, wie Charlie aus eigener Erfahrung wusste. Wer weiß, vielleicht wurde Mallory bereits von der konkreten Vorstellung geplagt, Charlie würde Sir Edmunds Rat befolgen und schon in Kürze in ihre Heimat zurückkehren? Mallory ahnte ja nicht, in welchem Maß diese Vorstellung auch sie selbst quälte – und gleichzeitig verlockte!

Charlie lachte freudlos auf. Da lagen beziehungsweise knieten sie nun, zwei Freundinnen im selben Haus, getrennt nur durch eine Zimmerdecke, und quälten sich mit ein und demselben Problem, ohne sich miteinander auszusprechen, weil nämlich die Verlockung und der Neuanfang für die eine äußerst düstere Aussichten und das Ende für die andere bedeuteten. Denn für Mallory wäre es das Ende, zumindest das vorläufige Ende allen

Vergnügens, wenn Charlie sie hier zurückließe, alleine mit dem verbitterten alten Herrn in einem Haus, aus dem seit Myles' Unfall alles Leben gewichen war! Weitere Angehörige, die für ihr Wohlergehen sorgen könnten, hatte Mallory nicht – ihre Eltern waren selbst kränklich, ihr Elternhaus klein und völlig ungeeignet für eine Rollstuhlfahrerin …

Doch war sie tatsächlich selbstlos genug, um Mallorys willen ihr eigenes Glück hintanzustellen? War sie Myles' Andenken treu genug ergeben, um sein damaliges Anliegen, die Familie wieder zu vereinen, über ihre eigenen Wünsche zu stellen? Unentschlossen zog Charlie ihren Kopf zurück, schloss das Fenster und begann, sich zu waschen und anzukleiden. Je eher sie zu ihren alltäglichen Pflichten überging, desto eher würde sie hoffentlich Ruhe finden vor diesen bohrenden Fragen – wenn schon keine Antwort in Sicht war.

Nach dem Frühstück, das gemeinsam mit Sir Edmund eingenommen wurde, zogen sich die beiden jungen Frauen für gewöhnlich in Mallorys privaten kleinen Wohnraum zurück, um zu lesen oder zu handarbeiten; bei entsprechendem Wetter unternahmen sie gelegentlich einen ersten Spaziergang durch den Park.

An diesem Morgen jedoch zeigte sich der Park wenig einladend – das herrliche Morgenrot war wie üblich der Vorbote eines trüben, nassen Tages gewesen –, außerdem hatten sie die Novelle, die sie zuletzt gelesen hatten, am Vortag beendet.

„Lass uns in die Bibliothek gehen und sehen, ob wir dort etwas zu lesen finden“, schlug Mallory deshalb vor. „Mir ist heute nach etwas Besonderem zumute, nach ein paar außergewöhnlich schönen Versen von Shakespeare, denke ich.“

„Gut, wie du wünschst!“ Charlie löste die Handbremse des Rollstuhls und schob Mallory vorwärts, während sie ihr von hinten einen prüfenden Blick zuwarf. Mallory war sich dessen möglicherweise nicht bewusst, doch sie als Außenstehende hatte das bereits nach wenigen Monaten in Mallorys Gesellschaft festgestellt: Ihr Wunsch, Shakespeare zu lesen, war stets das Anzeichen eines besonderen Gemütszustands, entweder ein Anzeichen von freudiger Erregung oder aber von Melancholie.

Diesmal handelte es sich um Zweiteres, das war weder zu übersehen noch hatte Charlie es anders erwartet: Mallory war vollkommen übernächtigt. Tiefe Schatten lagen unter ihren Augen, sie war noch blasser als üblich und hatte beim Essen kaum etwas zu sich genommen. Zudem hatte sie Charlie noch nicht ein einziges Mal an diesem Morgen in die Augen gesehen. Fürchtete sie, darin etwas zu erkennen, was sie nicht erkennen wollte – nämlich Charlies bereits gefassten Entschluss, Sir Edmunds Vorschlag in die Tat umzusetzen? Auch jetzt, während die beiden sich auf den Weg zur Bibliothek machten, mied sie Charlies Blick. Stumm und unbewegt nach vorne starrend, statt sich wie sonst mit Charlie zu unterhalten, saß sie in ihrem Rollstuhl.

„So kann das nicht länger weitergehen", entschied Charlie im Stillen. „Wir müssen miteinander sprechen! Ich muss eine Entscheidung treffen, wenn ich nicht unsere Freundschaft aufs Spiel setzen will!"

Noch während sie überlegte, wie und vor allem was sie Mallory mitteilen würde, erreichten die beiden ihr Ziel. Sir Edmunds Bibliothek war Charlies Ansicht nach der prächtigste Raum auf Lowerdale Manor. Über drei vollständige Wände erstreckten sich die Bücherregale vom Boden bis unter die sicherlich drei Meter hohe stuckverzierte Decke. Im Zentrum der vierten Wand befand sich ein Kamin, dessen ausladender Sims aus hellem italienischem Marmor einen reizvollen Kontrast zu den Rot- und Brauntönen der Teppiche, Regale und ungezählten ledergebundenen Buchrücken darstellte. Mehrere kleine Sitzgruppen, bestehend aus einem oder zwei bequemen Sesseln und einem runden Tischchen zur Ablage der Bücher, verteilten sich über den Raum, während der Schreibtisch des Hausherrn einen zentralen Platz nahe des Kamins einnahm.

Dieser Schreibtisch war ein Prachtstück aus schwerem, glänzend poliertem Nussbaumholz. Hinter der mit grünem Leder bezogenen Platte stand ein ebenso grüner, ausladender Ledersessel.

Eine Lampe mit grün-goldenem Schirm, ein Fässchen schwarze Tinte und eine beeindruckende Sammlung von Schreibfedern vervollständigten die Ausstattung des Schreibplatzes.

Hier, dicht neben dem Schreibtisch, platzierte Charlie Mallorys Rollstuhl. Sie selbst stellte sich vor das Regal, das Shakespeares gesammelte Werke enthielt. „Welches Buch darf ich dir bringen, Mallory", fragte sie, „Hamlet, den Sommernachtstraum oder eher die Sonette?"

Entschieden schüttelte Mallory den Kopf, noch immer ohne Charlie anzusehen. „Auf keinen Fall, diese drei kenne ich so gut, dass ich sie fast auswendig zitieren kann, selbst die Sonette. Lies mir einfach alle Titel der Reihe nach vor, dann werde ich selbst etwas finden!"

Gehorsam begann Charlie, Mallory die einzelnen Buchtitel zu nennen. Am Ende der Buchreihe angekommen, verstummte sie, doch noch immer schüttelte Mallory den Kopf.

„Ich fürchte, hier war das Passende noch nicht dabei", erklärte sie vage. „Vielleicht entscheide ich mich doch besser für etwas anderes, irgendetwas Modernes …"

Unglücklich glitten ihre Augen über die Bücherregale, bis Charlie nicht mehr an sich halten konnte. „Nein, Mallory – ich glaube, du willst in Wahrheit gar nichts lesen. Stattdessen sollten wir miteinander sprechen! Ich spüre doch, wie sehr dich unser Gespräch von gestern Abend be-"

„Ah, jetzt hab ich's!", fuhr Mallory fort, als wäre Charlies Vorschlag gar nicht an ihr Ohr gedrungen. „Wir nehmen doch nichts von Shakespeare, sondern eines der Bücher dort ganz oben!" Sie wies auf die oberste Reihe eines Regals, wo die Bücher nahezu eine Stuckrosette der Zimmerdecke berührten. „Die habe ich noch gar nie recht beachtet – und wenn ich es mir überlege, habe ich auch Sir Edmund nie mit einem davon gesehen. Wer weiß, was für Schätze sich unter ihnen befinden!"

Verständnislos wandte Charlie sich um. Es sah Mallory so gar nicht ähnlich, einem klärenden Gespräch aus dem Weg zu gehen. Trotzdem befolgte sie, ohne zu widersprechen, deren Anweisung.

Sie stellte die Klappleiter, die man auf Rollen frei durch die ganze Bibliothek bewegen konnte, an die richtige Stelle und stieg hinauf.

Die Bücher, von denen Mallory gesprochen hatte, waren von einer dicken Staubschicht bedeckt. Offenbar hielten die Hausmädchen es nicht für notwendig, Bücher abzustauben, die sich dem Blick des Betrachters sowieso entzogen. Vorsichtig pustete Charlie den größten Teil der fedrigen Flusen beiseite, ehe sie mit einem Armvoll Bücher auf den sicheren Boden zurückkehrte.

„Hier, bitte, Mallory, aber wir sollten wirklich zuerst ...“, unternahm sie einen zweiten Anlauf, Mallory zu einer Aussprache zu bewegen, der prompt zum zweiten Mal ignoriert wurde.

Mallory nahm eines der Bücher von dem Tischchen, wo Charlie sie abgelegt hatte, und rief erstaunt: „Sieh nur, Charlie, es sind Kinderbücher! Auf welche Weise die wohl in Sir Edmunds Bibliothek gelangt sind, obendrein in eine Ecke, in der kein Kind sie jemals entdecken könnte?“

Nicht minder verwundert nahm Charlie eines der Bücher von dem Stapel. „Dies hier ist aber kein Kinderbuch, es ist ein Werk von Shakespeare: ‚Die lustigen Weiber von Windsor‘“, widersprach sie. „Offenbar besitzt Sir Edmund Shakespeares Werke zumindest teilweise in zweifacher Ausfertigung – was immerhin den Umstand erklären würde, dass diese Bücher fast außer Reichweite verstaut waren.“

„Möglich“, stimmte Mallory zu, die sich bereits dem nächsten Buch zugewandt hatte.

Indessen schlug Charlie den schweren Buchdeckel der „Lustigen Weiber“ zurück – und erstarrte. Auf der Innenseite des Buchumschlags stand, in stark nach rechts geneigter Handschrift und dennoch halbwegs lesbar, ein Name: „Charlie L. Carrington“!

Erst an Mallorys Reaktion bemerkte Charlie, dass sie diese Worte laut ausgesprochen hatte: Mit einem entgeisterten „Was sagst du da?“ warf Mallory das Kinderbuch beiseite, beugte sich nach vorne, riss Charlie den Shakespeare aus der Hand und starrte fassungslos auf den handschriftlichen Eigentumsvermerk.

Charlie musterte sie verwundert. Sie selbst war, gelinde gesagt, überrascht, dass dieser Name ihr hier zum zweiten Mal innerhalb von weniger als vierundzwanzig Stunden begegnete, nachdem sie ihn in ihren mittlerweile zwei Jahren Aufenthalt auf Lowerdale Manor niemals gehört hatte. Doch der Ausdruck auf Mallorys Gesicht fiel in eine andere Kategorie: Ihre anfängliche Fassungslosigkeit verwandelte sich zusehends in etwas, was Charlie am ehesten als Wehmut bezeichnet hätte, als Sehnsucht … und wurde schließlich von einem unverkennbaren Ausdruck der Furcht abgelöst.

Als ob sie in der Gefahr stünde, ihre Finger daran zu verbrennen, warf Mallory auch dieses Buch beiseite und stieß heiser hervor: „Nimm diese Bücher, und bring sie auf der Stelle wieder dorthin zurück, wo du sie geholt hast, Charlie! Nicht auszudenken, was geschehen würde, wenn Sir Edmund sie hier vorfände!"

„*Bitte*, Charlie!", drängte sie, als ihre Freundin nicht sofort reagierte.

Charlie blieb keine andere Wahl, als ihrer Bitte nachzukommen. In aller Eile ergriff sie den Bücherstapel, erklomm erneut die Leiter und stellte die Bücher an ihren Platz zurück. Das oberste Regal war jedoch so vollgepackt, dass Charlie Mühe hatte, alle Bücher wieder ordnungsgemäß unterzubringen. Angestrengt schob und drückte sie den letzten Band in die verbliebene Lücke, bis er schließlich ruckartig hineinglitt.

Das Buch gab so abrupt nach, dass Charlie, als plötzlich der Gegendruck fehlte, aus dem Gleichgewicht geriet. Ihr Schwanken nach vorne brachte die Leiter ins Rollen, und Charlie, die keinen Halt mehr fand, stürzte. Mit einem dumpfen Aufschlag landete sie auf dem Teppich.

Das Erste, was Charlie erblickte, als sie ihre Augen wieder aufschlug, war Mallorys Gesicht. Mit einem Ausdruck tiefster Sorge beugte es sich über sie, während Charlie hinter den Umrissen von Mallorys Kopf den himmelblauen Baldachin eines Bettes erkannte.

„Aber, Mallory – dein Bett!“, stieß sie erstaunt hervor. „Wie bin ich denn hierhergelangt? Eben waren wir doch noch miteinander in der Bibliothek!“

„Richtig! Aber du bist von der Leiter gestürzt, erinnerst du dich? Und da du nicht sofort wieder zu dir gekommen bist, habe ich Mortimer gerufen, der dich hierher ins nächstgelegene Schlafzimmer gebracht hat!“ Vor Aufregung klang Mallorys Stimme unnatürlich hoch.

„Ja, ich glaube, ich erinnere mich.“ Mit einem Schlag stand Charlie vor Augen, wie die langen Buchreihen vor ihr zu schwanken begonnen hatten, während die Leiter unter ihr ins Rollen geraten war. „Da bin ich wohl einen Moment lang ohne Bewusstsein gewesen, vermute ich. Wie lange ist das her?“

„Nicht lange, erst fünf oder zehn Minuten. Wie fühlst du dich jetzt?“ Ängstlich beugte Mallory sich noch dichter über ihre Freundin, sodass ihr Atem deren Gesicht streifte.

Nachdem Charlie prüfend Arme und Beine bewegt hatte, griff sie an ihre gerunzelte Stirn. „Alles in Ordnung, denke ich. Dies hier ist die einzige Stelle meines Körpers, die wirklich schmerzt!“

„Kein Wunder! Genau da hast du nämlich eine hässliche Beule, die sicher bald grün und blau werden wird. Doch wenn alles andere in Ordnung ist, ist das halb so schlimm, vermute ich!“ Mit einem halben Lächeln lehnte Mallory sich ein Stück zurück. „Trotzdem habe ich nach dem Arzt geschickt. Mit einem Sturz aus dieser Höhe ist nicht zu spaßen!“

„Danke, Mallory, das ist lieb von dir. Aber ich bin fest davon überzeugt, dass ich keine ärztliche Behandlung nötig habe“, behauptete Charlie zuversichtlich.

„Nichtsdestotrotz halte ich es für sicherer, dass Dr. Marston dich untersucht und für gesund erklärt, ehe du wieder aufstehst,

Charlie! Schließlich könntest du innere Verletzungen haben wie damals My–" Mallorys sanfte graue Augen weiteten sich, sie blinzelte verzweifelt und brach schlussendlich doch in Tränen aus. Die Anspannung der schlaflosen vergangenen Nacht und dieser schreckerfüllten letzten Minuten war zu viel für sie gewesen. „Ich … du ahnst ja gar nicht, welche Ängste ich ausgestanden habe, als du dort so blass und bewegungslos auf dem Boden lagst. Ich hatte solche Angst, dich auch noch zu verlieren – und noch ist die Gefahr nicht wirklich gebannt, Charlie", schluchzte sie hilflos.

„Aber nein, so darfst du nicht denken, Mallory!" Beruhigend streichelte Charlie die Hand ihrer Freundin. „Mir geht es – Gott sei Dank – wirklich gut. Du brauchst keine Angst davor zu haben, mich so schnell zu verlieren! Ebenso wenig, wie du fürchten musst, dass ich von heute auf morgen zurück nach Gut Rixtorf gehe und dich alleine hier zurücklasse, übrigens", fuhr sie in Bezug auf das fort, was bereits den ganzen Tag über unausgesprochen hinter Mallorys Anspannung gestanden und vermutlich auch diesen Tränenausbruch verursacht hatte.

„*Falls* – und ich sage ausdrücklich *falls* – ich tatsächlich zurückgehen sollte, denn noch habe ich mich nicht endgültig entschieden, werde ich auf jeden Fall so lange bleiben, bis du einen passenden Ersatz für mich gefunden hast, Mallory!" Eindringlich blickte sie ihrer Freundin in die Augen.

Mallory schwieg, doch allmählich verebbte ihr Schluchzen. „Das ist sehr rücksichtsvoll von dir, Charlie – danke. Obwohl ich fürchte, dass es keinen passenden Ersatz für dich geben wird …"

„Aber gewiss gibt es den", versicherte Charlie, „wir müssten vermutlich nur viele Jahre lang suchen, bis wir jemanden finden, der sich überhaupt mit mir messen kann, nicht wahr?"

Ihre scherzhafte Bemerkung zeigte Wirkung: Mallory tupfte ihre letzten Tränen ab und kicherte: „Da könntest du recht haben!"

Ermutigt fuhr Charlie fort: „Dann verrate mir bitte nur noch eins, ehe der Arzt kommt, Mallory: Was hat es mit Charlie L.

Carrington auf sich? Weshalb bist du derart erschrocken, als wir eben in der Bibliothek auf diesen Namen gestoßen sind?“

Mallorys Lächeln erstarb rascher, als es erschienen war. „Daran erinnerst du dich also auch! Und ich hatte schon gehofft …“, flüsterte sie. „Ich … ich kann dir das nicht erklären, Charlie!“

„Weshalb nicht?“, bohrte Charlie, obwohl sie befürchtete, Mallory damit erneut aus der Fassung zu bringen. Nach allem, was bisher geschehen war, erschien ihr diese Angelegenheit aber zu wichtig, um noch länger verdrängt zu werden. „Was geschah mit dieser Person, deren Bücher wir fanden – wer ist Charlie L. Carrington?“

Abwehrend hob Mallory ihre Hände vors Gesicht: „Oh bitte, Charlie, dränge mich nicht! Ich kann es dir einfach nicht sagen – ich *darf* es nicht! Niemand auf Lowerdale Manor darf diesen Namen jemals aussprechen, Charlie, hörst du – niemand, auch du nicht!“

Ihre letzten Worte waren nicht viel mehr als ein Hauch nahe an Charlies Ohr. Es schien beinahe, als gehörten auch sie zu den Worten, die in diesem Haus nicht ausgesprochen werden durften. Trotzdem oder vielleicht sogar gerade deshalb bestätigten sie den Entschluss, den Charlie in den letzten Momenten vor ihrem Sturz endgültig gefasst hatte: Sie würde herausfinden, was es mit jener anderen Charlie auf sich hatte.

Während sie dort oben auf der Leiter gestanden und die verräterischen Bücher beiseitegeräumt hatte, hatte sie sich fest vorgenommen, alles Menschenmögliche zu tun, um jenen Ausdruck der Wehmut, der Sehnsucht in Mallorys Gesicht auszulöschen, den sie zuvor für einen kurzen Augenblick gesehen hatte. Um Mallorys – und selbstverständlich auch um Myles' – willen würde sie alles daransetzen, dieses verschwundene, totgeschwiegene Familienmitglied mit seiner Familie zu versöhnen.

Ihre eigenen Bedürfnisse und ihre mögliche Rückkehr nach Holstein mussten wohl oder übel warten, bis diese Angelegenheit geklärt war. Aus diesem Grund würde sie keine weitere Zeit mehr verlieren, sondern sich an ihre Nachforschungen begeben, sobald

Dr. Marston sie untersucht und für gesund erklärt hatte – woran sie nicht den geringsten Zweifel hegte.

Entgegen ihrer Erwartungen war Charlie letzten Endes dazu gezwungen, zehn Tage lang das Bett zu hüten. Eine leichte Gehirnerschütterung sei bei einem derartigen Sturz nie ganz auszuschließen, hatte der Arzt behauptet, selbst wenn – wie in ihrem Fall – keine konkreten Symptome dafür aufträten, daher müsse er sicherheitshalber eine zehntägige Bettruhe verordnen.

Um Mallory nicht zusätzliche Sorgen zu bereiten, fügte Charlie sich dieser ärztlichen Anordnung, obwohl der leichte, unterschwellige Schmerz in ihrer Stirn weiterhin der einzige Grund zur Beschwerde blieb. Mortimer hatte sie nach dem Arztbesuch in ihr eigenes Schlafzimmer hinaufgetragen, wo Charlie auch sämtliche Mahlzeiten einnehmen musste, sodass sie Mallory in diesen Tagen nicht oft zu Gesicht bekam.

Denn so gern Mallory der Freundin auch die Zeit vertrieben und zur Abwechslung einmal selbst die Gesellschafterin gespielt hätte, war es doch mit großen Mühen verbunden, sie samt ihrem Rollstuhl ins obere Stockwerk hinaufzubefördern, und diese Mühen wollte die bescheidene Mallory niemandem zumuten. Die Haushälterin Miss Fran und das Dienstmädchen Dorie, das ihr die Mahlzeiten brachte, waren deshalb die einzigen Hausbewohner, denen Charlie während der ersten Tage ihrer Bettruhe persönlich begegnete.

Die beiden Frauen standen bereits seit vielen Jahren im Dienst der Familie Carrington, wie Charlie wusste, und ebendiese Tatsache beabsichtigte sie für ihre Nachforschungen bezüglich Charlie L. Carrington zu nutzen. Nach den Erfahrungen, die sie mit Mallory in diesem Bereich bereits gemacht hatte, würde sie es allerdings vermeiden, direkte Fragen zu stellen. Auf irgendeine

Weise musste sie es bewerkstelligen, das Thema anzusprechen, ohne den Namen zu nennen, der offenbar jeden Bewohner Lowerdale Manors sofort zum Schweigen brachte.

Eines Morgens, als Fran Charlies Bettlaken zurechtgezupft und die Kopfkissen aufgeschüttelt hatte und nun beiläufig fragte, ob sie sonst noch etwas tun könnte, um Miss Charlotte einen möglichst angenehmen Tag im Bett zu bereiten, ergriff diese die Gelegenheit beim Schopf: „Das können Sie tatsächlich, Fran, wenn Sie sich für ein paar Minuten Zeit nehmen, um zu plaudern. Denn glauben Sie mir: Nichts ist langweiliger, als den ganzen Tag im Bett zu liegen, die Wände anzustarren und keinen Menschen zu haben, mit dem man sich unterhalten könnte, nachdem Mallorys verehrter Dr. Marston mir sogar das Lesen verboten hat!"

„Nun, ich denke, gegen ein paar Minuten Plaudern ist nichts einzuwenden, ehe ich wieder zurück an meine übrigen Pflichten gehe", räumte die Haushälterin ein. „Vor allem, wenn es dazu dient, Ihnen den Tag zu versüßen!"

„Schön!" Charlie lächelte. „Wenn es Ihnen nichts ausmacht, könnten Sie mir vielleicht ein wenig über Lady Carrington erzählen? Ich lebe nun schon so lange in diesem Haus, dessen Herrin sie einst war, doch mein Wissen über sie beschränkt sich fast ausschließlich auf die Tatsache, dass sie Myles eine gute Mutter gewesen ist. Viel mehr kann Mallory mir nicht berichten, da sie erst nach Lady Carringtons Tod auf Lowerdale Manor eingezogen ist, und Sir Edmund – nun, Sie wissen selbst am besten, wie wenig er zum Plaudern neigt. Dabei wüsste ich so gerne mehr über M…, über die Mutter meines Verlobten, verstehen Sie?"

Wissend nickte die ältere Frau. Wenngleich sie selbst nie verheiratet oder verlobt gewesen war, fühlte sie wie der ganze übrige Haushalt mit der fröhlichen jungen Deutschen, die ihren Verlobten verloren hatte.

„Lady Carrington war eine geduldige, rücksichtsvolle Herrin und vor allem eine gute Mutter, ja, das steht fest."

Während Fran fortfuhr, stellte sie sich vor den Kamin, wobei sie Charlie den Rücken zukehrte, und starrte gedankenverloren in die Flammen. „Sie liebte die Kinder über alles! Wäre es nach ihrem Willen gegangen, hätte sie deren Erziehung auch vollkommen alleine übernommen, doch Sir Edmund bestand darauf, ein Kindermädchen zu beschäftigen. Dennoch verbrachte Lady Carrington sehr viel Zeit im Kinderzimmer, spielte und lachte mit den Kindern, dass es die reine Freude war! Erst in den letzten Jahren vor ihrem Tod wurde sie … ruhiger. Kränklich. Sie empfing fast gar keine Besucher mehr, verbrachte den größten Teil des Tages allein im kleinen Salon …" Fran verstummte.

„Was … unter welcher Krankheit litt Lady Carrington denn?" Nur mit größter Anstrengung gelang es Charlie, dieser Frage einen beiläufigen Tonfall zu verleihen, um ihren inneren Aufruhr zu unterdrücken: Die Haushälterin hatte wahrhaftig von *den* Kindern, also im Plural, gesprochen, vermutlich ohne es zu bemerken. Hier war der erste Hinweis auf Myles' mutmaßliche Schwester Charlie L.!

„Das kann ich leider nicht sagen, Miss Charlotte, darüber wurde in Gegenwart von uns Dienstboten niemals gesprochen!"

„Hatte es möglicherweise mit ihren Augen zu tun – dass sie nicht mehr gut sah und mehr Licht brauchte, meine ich? Ich erinnere mich, dass Myles einmal erwähnte, das Licht im kleinen Salon hätte stets bis spät in die Nacht hinein gebrannt!"

Unwillkürlich errötete Charlie beim Gebrauch dieser Halbwahrheit. Doch welche anderen Mittel standen ihr zur Verfügung, wollte sie auf diesem „Schleichweg" etwas über Charlie L. Carringtons Verbleib herausfinden? Zu ihrer Erleichterung wandte Fran ihr noch immer den Rücken zu, sodass die Haushälterin von der Veränderung ihrer Gesichtsfarbe nichts bemerken konnte.

„So, tat er das? Nun, ich jedenfalls weiß nichts von einer derartigen Augenkrankheit!" Abrupt bückte Fran sich nach dem Schürhaken und begann, in den glühenden Kohlen zu stochern. Funken stoben gegen das Kamingitter, leichter Rauch und ein unangenehmer, durchdringender Geruch durchzogen das Schlafzimmer.

„Und selbst wenn ich etwas über ein brennendes Licht im Fenster wüsste“, durch Rauchschwaden und Gestank hindurch warf sie Charlie einen Blick zu, der mindestens so durchdringend war wie dieselben, „stünde es mir nicht zu, über persönliche Angelegenheiten meiner Herrschaften zu sprechen. Ebenso wenig, wie ich als Haushälterin *mit* meinen Herrschaften darüber sprechen dürfte. In Ihrem Fall allerdings, Miss Charlotte, mag die Sache anders aussehen, immerhin war es vorgesehen, dass Sie in die Familie meines Herrn einheiraten. Falls Sie also eine Frage bezüglich irgendeiner Familienangelegenheit haben sollten, rate ich Ihnen, sich direkt an Sir Edmund zu wenden! Es liegt allein in seinem Ermessen, Ihnen gewisse Dinge mitzuteilen oder auch nicht. So, und damit genug der Plauderei! Ich werde einem der Mädchen auftragen, Ihr Feuer neu zu entfachen, dieses hier verursacht ja mehr Dreck als Wärme!“

Mit einer schwungvollen, endgültigen Bewegung beförderte die Haushälterin den Schürhaken zurück in den dafür vorgesehenen Ständer und eilte aus dem Schlafzimmer.

Zurück blieb eine sprachlose, vollkommen verwirrte Charlie. Frans seltsames Verhalten – dieser Blick, die Erwähnung des Lichts im Fenster, von dem Charlie gar nicht explizit gesprochen hatte – konnte nur eines bedeuten: Sie hatte gewusst oder zumindest geahnt, worauf Charlie mit ihrer Frage hinauswollte, am Ende wusste sie sogar von dem Brief!

Fieberhaft überlegte Charlie, wo sie das verräterische Schriftstück am Morgen ihres Sturzes verstaut hatte: Hatte sie es erneut in ihren Kleiderausschnitt gesteckt – oder unverzeihlicherweise offen auf dem Nachttisch liegen lassen, sodass jedermann es lesen konnte, der ihr Zimmer betrat, um Ordnung zu schaffen? Nach Frans Verhalten zu urteilen, konnte eigentlich nur Letzteres zutreffen …

Charlie richtete sich auf und nahm ihren Nachttisch in Augenschein: Die Stelle des Tischchens, die der Brief eingenommen hatte, war leer, doch in der Schublade wurde Charlie fündig. Sorgfältig gefaltet und mit der unbeschriebenen Seite nach oben lagen hier die Bögen des Briefes. Charlie war sicher, sie nicht selbst derart sorgsam verstaut zu haben! Demnach war Fran tatsächlich auf den Brief gestoßen, hatte ihn, da er offen herumlag, zumindest teilweise gelesen und im Gegensatz zu Charlie natürlich sofort gewusst, um wen und um was es darin ging. Danach hatte sie ihn im Nachtschränkchen verstaut, um ihn vor weiteren unbefugten Blicken zu schützen, nicht aber vor Charlie selbst.

Dennoch hatte die Haushälterin sie weder direkt darauf angesprochen noch ihre Fragen beantwortet, zumindest nicht zufriedenstellend. Entweder war es Furcht vor Sir Edmunds Jähzorn, die es ihr verbot, mit Charlie über dieses Thema zu sprechen (obwohl sie selbst im Grunde vielleicht nichts dagegen gehabt hätte), oder schlicht und einfach ihre Loyalität gegenüber ihrem Herrn. Im Endeffekt, stellte Charlie seufzend fest, verhielt sie sich nicht anders als Mallory – und vermutlich würde jedermann auf Lowerdale Manor, der in das Geheimnis um die verschwundene Charlie L. eingeweiht war, ganz genauso reagieren. Wollte sie dieser Sache also noch weiter nachgehen, blieb ihr in der Tat nichts anderes übrig, als sich an Sir Edmund selbst zu wenden, wie Fran ihr ausdrücklich empfohlen hatte.

Am neunten Morgen nach ihrem Sturz war auch die Rücksicht auf Mallorys Besorgnis nicht mehr länger imstande, Charlie in ihrem Bett zu halten. Draußen lockte zum ersten Mal seit Wochen die Sonne, außerdem verspürte Charlie das dringende Bedürfnis, sich wieder einmal außerhalb ihres Bettes zu bewegen. Noch vor der üblichen Frühstückszeit kleidete sie sich an. Ein ausgiebiger Spaziergang war genau das Richtige, um ihre Lebensgeister nach dem endlosen Liegen und Grübeln über Charlie L. Carrington, das lediglich durch zwei Besuche Mallorys unterbrochen worden war, wieder zu erwecken.

Begierig nahm Charlie den lang vermissten Anblick des Parks in sich auf, nachdem sie das Haus durch den Dienstboteneingang verlassen hatte: Die Luft war mild, die Strahlen der Morgensonne ließen einen feinen weißen Dampf vom feuchtkalten, noch winterlich braunen Rasen aufsteigen und waren bereits imstande, Gesicht und Körper zu erwärmen. Krokusse, Märzenbecher und sogar eine erste Narzisse versahen die sorgfältig gepflegten Blumenbeete mit bunten Farbtupfern …

Beschwingt schritt Charlie aus. Vorbei an den Pferdeställen und der angrenzenden Remise, die Sir Edmunds luxuriöse Kutschen beherbergte, strebte sie dem Fluss zu. Nach dem anhaltenden Regen der letzten Wochen musste er an diesem ersten klaren Frühlingsmorgen einen beeindruckenden Anblick bieten, der den des Parks noch übertraf. Charlie wurde nicht enttäuscht: Lebhaft sprudelte das Wasser bis über das Flussbett hinaus in die angrenzende Wiese, dabei glitzerte es in der Sonne wie ein beweglicher, lebender Strom aus geschliffenen Diamanten.

Fasziniert blickte Charlie den Fluss entlang bis dorthin, wo er mit dem nahen Wald zu verschmelzen schien, und sah dann in die entgegengesetzte Richtung bis zur Brücke, die ins Dorf Lowerdale führte, als hinter ihr plötzlich Hufgetrappel erklang. Ärgerlich über die Störung fuhr Charlie herum. Der langsam näher kommende Reiter war niemand anders als Sir Edmund. Auch ihn, der sonst nur noch selten ausritt, hatte die Frühlingssonne nach draußen gelockt.

Aus seiner missmutig gerunzelten Stirn schloss Charlie, dass er über ihren Anblick ebenso wenig erfreut war wie sie über den seinen. Der Höflichkeit halber zügelte er jedoch sein Pferd, kam neben ihr zum Stehen und grüßte. „Einen schönen guten Morgen, Miss Charlotte. Wie ich sehe, haben Sie die von Dr. Marston verordnete Bettruhe etwas verkürzt! Fühlen Sie sich denn bereits wohl genug, um sich so weit vom Herrenhaus zu entfernen?“

„Durchaus, Sir Edmund. Das Einzige, was mir während der letzten Tage gefehlt hat, war ein wenig Bewegung!“, antwortete Charlie knapp.

„Gut. Wenn dies der Fall ist, dürfen Sie mich ein Stück meines Weges begleiten, Miss Charlotte. Ich habe mit Ihnen zu reden." Ohne ihre Antwort abzuwarten, ließ er sein Pferd antreten.

Charlie blieb nichts anderes übrig, als seiner Aufforderung zu folgen, so wenig einladend Sir Edmunds „Ich habe mit Ihnen zu reden" auch geklungen hatte.

„Zunächst einmal erlauben Sie mir, mich für mein Fernbleiben von Ihrem Krankenzimmer zu entschuldigen, doch ich hatte meine Gründe!"

„Selbstverständlich, Sir Edmund."

„Nichtsdestotrotz bedaure ich natürlich dieses Unglück, das Sie in Ihrer Funktion als Mallorys Gesellschafterin ereilte, und bin erleichtert, dass Sie sich bereits vollkommen wiederhergestellt fühlen! Eines würde mich allerdings brennend interessieren, vor allem, da Mallory mir keine vernünftige Erklärung liefern konnte, sondern lediglich ins Stottern geriet, als ich sie danach fragte: Auf welche Weise kam es eigentlich zu Ihrem Unfall? Was in aller Welt brachte Sie auf die Idee, auf die Leiter zu steigen, um sich ausgerechnet aus dem obersten Bücherregal zu bedienen? Stehen denn in den tieferen Regalen nicht genügend lesenswerte Bücher?!"

Mittlerweile war der vorwurfsvolle Unterton in Sir Edmunds Stimme nicht mehr zu überhören.

„Sicher, Sir Edmund", gab Charlie trotzdem möglichst gleichmütig zurück, denn immerhin hatte sie selbst sich nicht das Geringste vorzuwerfen, „doch Mallory wünschte, etwas Neues zu lesen statt der Bücher, die sie bereits kannte. Da fielen ihr ebenjene Bücher dort oben ins Auge, denen sie noch nie zuvor Beachtung geschenkt hatte. Nachdem ich sie allerdings herbeigeschafft hatte und wir einen Blick hineingeworfen hatten, geschah etwas Seltsames."

Charlie zögerte. War es tatsächlich ratsam, klar und deutlich auszusprechen, was vorgefallen war, und dabei Sir Edmund mit dem verbotenen Namen zu konfrontieren, oder nicht?

Unentschlossen fuhr sie fort: „Mallory befahl mir, die Bücher wieder an ihren Platz zurückzustellen, und zwar so rasch wie möglich. Und in meiner Eile, ihr den Gefallen zu tun – Mallory schien nämlich zutiefst erschrocken, sie fürchtete sich geradezu vor dem Gedanken, dass jemand uns mit diesen Büchern in der Hand sehen könnte –, geriet die Leiter unter mir ins Wanken, und ich verlor das Gleichgewicht!"

„Wie sollte jedoch ein Buch aus *meiner* Bibliothek in der Lage sein, meine Nichte in einen solchen Zustand des Schreckens zu verse-" Abrupt unterbrach sich Sir Edmund.

Er kniff die Lippen zusammen, und sein Gesicht erbleichte, während ihm, wie Charlie vermutete, die Wahrheit dämmerte. Gespannt beobachtete sie, wie er darum rang, ein gleichgültiges, unbeteiligtes Gesicht aufzusetzen – vergeblich. In seinen weit in die Ferne (oder in die Vergangenheit?) gerichteten Augen glaubte Charlie dieselbe Wehmut zu lesen, die sie schon bei Mallory bemerkt hatte. In diesem Moment schob sie alles Zaudern beiseite: Eine passendere Gelegenheit, den Nebel um das Familiendrama bezüglich Charlie L. Carrington zu lüften und damit hoffentlich auch den furchtbaren Familienzwist zu schlichten, gab es vielleicht niemals wieder. Schließlich hatte Sir Edmund selbst das Gespräch auf dieses Thema gebracht, wenn auch vollkommen unbewusst und unbeabsichtigt.

Ohne Rücksicht darauf, dass Sir Edmund ihr die offenen Worte übel nehmen und einen seiner berüchtigten jähzornigen Ausbrüche bekommen könnte, erklärte sie deshalb: „Ich glaube, Sie wissen, wovon ich spreche, Sir Edmund. Charlie L. Carrington, dieser Name, der als Eigentumsvermerk in den Büchern stand, und der Gedanke, dass Sie Mallory mit Charlie L. Carringtons Büchern ertappen könnten, waren der Grund für ihren Schrecken!"

Charlie sprach leise, aber bestimmt, doch Sir Edmund lachte verächtlich auf: „Charlie L. Carrington? Ich kenne keine Person dieses Namens und wüsste folglich nicht, wie eines ihrer Bücher in meine Bibliothek gelangen würde!"

Und als hätte er es bereits die ganze Zeit über beabsichtigt, ließ er sein Pferd antraben.

So leicht ließ Charlie sich jedoch nicht abschütteln. Sie raffte ihre Röcke und lief neben dem Reitpferd her, so schnell der unebene Wiesengrund es erlaubte.

„Oh doch, das tun Sie sehr wohl, Sir!", widersprach sie dabei, fest entschlossen, aufs Ganze zu gehen. Wenn sich jemals etwas ändern sollte, musste Sir Edmund aus diesem Zustand des Verleugnens herausgeholt werden! „Charlie L. Carrington ist Ihre Tochter und Myles' ältere Schwester, die ihr Elternhaus Lowerdale Manor verlassen hat, nachdem sie sich mit Ihnen, ihrem Vater, zerstritten hatte. Und seitdem werden ihr Name und ihr Andenken von allen totgeschwiegen!", konfrontierte sie ihn mit den Schlüssen, die sie aus Myles' Brief und dem Verhalten der anderen Hausbewohner gezogen hatte.

Mit Sir Edmunds Reaktion auf ihre Worte hatte sie allerdings nicht gerechnet. Er riss sein Pferd herum und brachte es, wenige Zentimeter von Charlie entfernt, zum Stehen. Unwillig schnaubte das Tier der erschrockenen Frau mitten ins Gesicht, ehe Sir Edmund ihr Kinn mit der Spitze seiner Reitgerte anhob.

Doch anstelle des Zorns und der Bitterkeit, die Charlie in seinem Mienenspiel zu sehen erwartete, gewahrte sie nichts als Traurigkeit und Resignation. „Dazu habe ich nur eines zu sagen, Sie naseweises junges Ding!", erklärte er heiser. „Gleichgültig, was Sie wissen oder, aus welchem Grund auch immer, zu wissen glauben: Ich habe und hatte niemals eine Tochter namens Charlie, die aufgrund eines Streites mit mir ihr Elternhaus verließ. In Wahrheit nämlich wissen Sie nichts, nicht das Geringste, über meine persönlichen Angelegenheiten! Und falls Sie die Absicht haben sollten, Ihre Tätigkeit als Gesellschafterin meiner Nichte trotz meines kürzlich erteilten Ratschlags noch länger auszuüben, so empfehle ich Ihnen dringend, niemals wieder solche absurden Behauptungen aufzustellen, weder in meiner Gegenwart noch in der eines anderen Hausbewohners, Miss Charlotte!!!"

Damit wendete er sein Pferd auf der Hinterhand und galoppierte in einer Geschwindigkeit davon, die er vermutlich seit Jahren nicht mehr angeschlagen hatte.

Charlie wusste nicht zu sagen, ob ihn ihr Ruf noch erreichen würde, dennoch konnte sie ihn nicht unterdrücken: „Bitte hören Sie endlich auf, diese Geschichte zu leugnen, Sir Edmund, und versöhnen Sie sich stattdessen mit Ihrer Tochter Charlie! Sie ist doch alles an Familie, was Ihnen noch geblieben ist!"

Sir Edmund zeigte keinerlei Reaktion: Sein kerzengerade aufgerichteter Rücken und der donnernde Hufschlag seines Pferdes auf der hölzernen Brücke zum Dorf waren alles, was Charlie an jenem Tag noch von ihm zu hören und sehen bekam. Wie konnte ein Mensch nur derart verbittert, engstirnig und stur sein?

# Kapitel 4

*Sicherlich würde das menschliche Leben weit glücklicher verlaufen, wenn der Mensch ebenso gut zu schweigen wie zu reden vermöchte. Aber die Erfahrung lehrt uns mehr als genug, dass der Mensch nichts so schwer beherrscht wie seine Zunge.*

(Baruch de Spinoza)

Während der folgenden Wochen, als ein nasser, aber warmer Frühling das Land in Besitz nahm, vollzog sich auch in Charlies seelischer Verfassung eine Veränderung. Der Schmerz über Myles' Verlust verlor zunehmend an Schärfe, da ihre Gedanken sich aus der Vergangenheit lösten und immer mehr auf die Probleme der Gegenwart und der nahen Zukunft konzentrierten. In erster Linie beschäftigte sie die Frage nach Charlie L.s Verbleib und der Möglichkeit, eine Versöhnung der Familie Carrington herbeizuführen – als deren Folge wiederum Charlie selbst die Möglichkeit offenstehen würde, in ihre Heimat zurückzukehren.

Die Stunden, die Charlie früher für sich allein, nachdenkend und trauernd, an einem ruhigen Ort verbrachte, wurden sehr viel seltener, stattdessen suchte sie das Gespräch mit den übrigen Hausbewohnern. Zu ihrem großen Bedauern schienen diese ihr jedoch auszuweichen. Nicht einmal die Haushälterin Fran wagte es mehr, ein persönliches Wort mit Charlie zu wechseln. Der Grund für ihr Verhalten war unschwer zu erkennen: Nach jenem denkwürdigen morgendlichen Gespräch mit Sir Edmund zeigte dieser sich allen, nicht nur Charlie gegenüber, mürrischer und verschlossener denn je und versetzte damit den gesamten

Haushalt in einen Zustand angespannten Schweigens. Stumm und scheinbar mit angehaltenem Atem, im besten Fall noch flüsternd huschten die Bediensteten durch die Gänge, während sie ihre gewohnten Arbeiten verrichteten.

Auch Mallorys gewohnter stiller Gleichmut war sichtlich erschüttert. Immer öfter ertappte Charlie sie dabei, wie sie auf der Bank vor ihrem Pianoforte saß und voll Wehmut in die Ferne starrte statt zu musizieren, oder wie sie regelrecht zusammenfuhr, wenn Charlie den Raum betrat oder auch nur das Wort an sie richtete.

Unter diesen Umständen blieb Charlie nichts anderes übrig, als ihre weiteren Nachforschungen heimlich, in aller Stille voranzutreiben. Während Sir Edmunds und Mallorys üblicher Mittagsruhe durchsuchte sie zunächst das Kinderzimmer nach Hinweisen – den Ort, der sie anfänglich auf die Spur des verschollenen Familienmitglieds gebracht hatte. Vergeblich: Bis auf den Brief, den Myles selbst hinter dem Bild versteckt haben musste, lieferte der Raum keinen Beweis für die Existenz eines Kindes, das hier gemeinsam mit Myles gespielt und gelernt hatte. In der Bibliothek verhielt es sich nicht anders, nachdem Sir Edmund die Bücher mit dem verräterischen Eigentumsvermerk noch am Tag seines Gespräches mit Charlie hatte entfernen lassen.

„Es bleiben demnach nur noch die restlichen neunzehn Zimmer auf Lowerdale Manor!“, seufzte Charlie ironisch, während sie auf das leere Regal starrte, das noch vor wenigen Tagen Charlie L. Carringtons persönliche Bücher enthalten hatte. Das Problem war allerdings, dass sie zu der Mehrheit dieser Räume, die zum großen Teil aus ungenutzten Schlafzimmern und Sir Edmunds privaten Gemächern bestanden, keinen Zugang hatte oder bekommen würde, zumindest nicht ohne triftigen Grund … Und welcher Grund würde Fran, die ohnehin von Charlies Nachforschungen wusste, plausibel genug erscheinen, um ihr den Schlüssel zu den Räumen auszuhändigen, die Charlies Wissen nach seit Jahren leer standen und welche außer der Haushälterin niemals jemand betrat – von Sir Edmunds privaten Zimmern ganz zu schweigen?

Frustriert wanderte ihr Blick von der kahlen, blank geputzten Stelle im Bücherregal zu Sir Edmunds imposantem Schreibtisch. Auf der lederbezogenen Platte befanden sich einige offene Schriftstücke sowie ein noch unversiegelter Brief. Eine Schreibfeder mit nur halb getrockneter Tinte an der Spitze, quer über einem Bogen Papier liegend, weckte Charlies Neugier. Offenbar hatte Sir Edmund erst vor Kurzem hier gearbeitet und war unversehens dabei unterbrochen worden, denn eine Arbeit unvollendet liegen zu lassen, entsprach ganz und gar nicht seinem Naturell.

Hatten diese Schriftstücke eventuell – zögernd trat Charlie einen Schritt näher und streckte ihre Hand nach dem beschriebenen Papier aus – etwas mit ihrem Gespräch über seine Tochter Charlie zu tun? Doch selbst wenn dies der Fall wäre, ermahnte sie sich selbst, gäbe ihr das noch lange nicht das Recht, Sir Edmunds private Korrespondenz einzusehen. Ebenso wenig, wie sie das Recht besaß, die mit Schlüsseln versehenen Schubfächer des Schreibtisches zu untersuchen.

Oder rechtfertigte das Ziel, Sir Edmund mit seiner Tochter zu versöhnen, eine solche Verletzung der Privatsphäre? Seufzend riss Charlie sich vom Anblick des Schreibtisches los. Einmal mehr sehnte sie sich nach ihrem Verlobten. Wie viel einfacher, wie viel erfolgversprechender wären diese Nachforschungen mit Myles an ihrer Seite, der seine Ziele grundsätzlich auf direktem Weg angesteuert hatte, ohne sich große Gedanken über eventuelle Reaktionen seiner Mitmenschen zu machen!

Wehmütig blickte sie auf das Porträt über dem Kaminsims, das Lady Carrington in den ersten Jahren ihrer Ehe mit Sir Edmund zeigte und das Charlie stets an Myles erinnerte. Das Haar der hübschen jungen Dame war dunkelblond, wie Myles' Haar es gewesen war; auf ihren Lippen, die in den Mundwinkeln denselben leichten Schwung nach oben besaßen wie diejenigen von Myles, lag ein kaum wahrnehmbares Lächeln, das sich auch in den hellen graugrünen Augen widerzuspiegeln schien.

Das Pendant zu diesem Gemälde, ein Porträt Sir Edmunds in jungen Jahren, hing an der Stirnwand des Speisezimmers. Obwohl dieser äußerlich wenig mit Myles gemeinsam gehabt hatte, hatte auch er sehr gut ausgesehen mit seinem schwarzen Haar, der langen, geraden Nase und den markanten Wangenknochen, die seinem Gesicht jenen männlich-kühnen Ausdruck verliehen, den es noch heute besaß. Die blaugrünen Augen, die heute meist kalt und unbarmherzig dreinblickten, spiegelten auf dem Porträt jedoch dasselbe kaum merkliche Lächeln wider wie diejenigen seiner Ehefrau.

„Ob diese Ähnlichkeit wohl der Fantasie des Porträtmalers entsprungen oder tatsächlich einst vorhanden gewesen ist?", fragte sich Charlie unwillkürlich, während sie auf dem Weg zurück in ihr Schlafzimmer vor dem besagten Gemälde im Speisezimmer innehielt.

„Ein schönes Bildnis des jungen Herrn, nicht wahr?", unterbrach eine weibliche Stimme ihre Überlegung.

Erschrocken wirbelte Charlie herum. Tief in Gedanken versunken, war ihr vollkommen entgangen, dass die Haushälterin sich an der halb leer geräumten Anrichte zu schaffen machte. Auffordernd, als ob sie eine ausdrückliche Zustimmung Charlies erwartete, blickte sie sie an.

Charlie nickte, nicht ohne hinzuzufügen: „Er muss sehr glücklich gewesen sein, damals zu Beginn seiner Ehe. Seine Augen strahlen ja regelrecht! Es sei denn natürlich, der Maler hätte Sir Edmunds einstigen Gesichtsausdruck lediglich so interpretiert, wie es einem jungen Ehemann mit einer hübschen Dame an seiner Seite eben von Rechts wegen gebührt!"

„Wie es einem jungen Ehemann gebührt?", echote Fran fragend und, wenn Charlie sich nicht gravierend täuschte, deutlich verwirrt. Gleich darauf legte sich eine tiefe Röte über ihre Wangen und sie senkte blitzartig den Kopf. „Sicher – ein junger Ehemann –, damit könnten Sie recht haben, Miss Charlotte", murmelte sie in den Kragen ihres steif gestärkten Hausdamenkostüms.

Charlie hatte Mühe, sie zu verstehen. Verwundert überlegte sie, womit sie diese merkwürdige Reaktion der Haushälterin ausgelöst haben könnte, nachdem sie eben erst den Eindruck gewonnen hatte, Fran spräche heute zum ersten Mal wieder etwas offener mit ihr.

Doch die Haushälterin ließ ihr keine Zeit, sich weitere Gedanken über diese Frage zu machen. Sie wandte sich zum Fenster, wobei sie ihr noch immer leicht gerötetes Gesicht vor Charlie verbarg, und deutete hinaus: „Nun sehen Sie sich nur dieses Wetter an, Miss Charlotte: blauer Himmel, warmer Sonnenschein – ein Frühlingstag, wie er im Buche steht! Was würden Sie von dem Vorschlag halten, heute eine kleine Ausfahrt mit Miss Mallory zu unternehmen? Ständig nur hier im Hause zu sein und zu grübeln, das ist doch nichts für Sie, ebenso wenig wie für die arme, blasse Miss Mallory! Sie könnten mit dem Wagen den Barrow Hill hinauffahren und dort oben die Sonnenstrahlen und die wundervolle Aussicht genießen! Und wenn Sie schon einmal dort oben sind – wäre es nicht wundervoll, auch Ihren Tee dort einzunehmen?“

Charlie brachte nicht mehr als ein kurzes Nicken zustande, als Fran bereits in Richtung Küche eilte: „Am besten wird es sein, ich gebe der Köchin sofort den Auftrag, Ihnen beiden ein kleines Picknick zuzubereiten. Dann können Sie aufbrechen, sobald Miss Mallory erwacht ist!“

Vollkommen überrumpelt von der plötzlichen Geschäftigkeit der Haushälterin blieb Charlie im Speisezimmer zurück.

Im Angesicht von Mallorys offensichtlicher Begeisterung für diesen mehr oder minder aufgedrängten Ausflug wich auch Charlies anfängliche Skepsis, und während der Wagen langsam auf das Tor des Herrenhauses zurollte, fanden die Freundinnen zum ersten Mal seit langer Zeit zu einem entspannten Gesprächston. Mit wachsendem Gefallen machten sie sich gegenseitig auf alle Anzeichen des Frühlings aufmerksam, die während der Fahrt in ihr Blickfeld gerieten.

Der nach einer alten Grabstätte benannte Barrow Hill erhob sich ein gutes Stück über die waldigen, sanft gewellten Hügel der Umgebung. Zudem war seine Kuppe abgeflacht und – vollkommen ungewohnt für diese Gegend – unbewaldet, sodass er eine wahrlich grandiose Aussicht bot. Gregory, Sir Edmunds Kutscher, brachte die beiden jungen Frauen bis zum Ende des Fahrwegs nur wenige Meter unterhalb der Spitze des Hügels. An einem trockenen, sonnigen Fleckchen neben einer Schafweide breitete er die mitgebrachte Decke aus. Dann hob er Mallory mit starken Armen aus dem Wagen und setzte sie sorgsam darauf ab, während Charlie ihm mit dem umfangreichen Picknickkorb folgte.

„Oh Charlie, ist das nicht herrlich?!“, rief Mallory enthusiastisch, sobald Gregory sich zurückgezogen hatte. „Diese Aussicht …“, sie breitete ihre Arme weit aus, als wollte sie das ganze Meer der sonnenüberfluteten, lichtgrünen Hügel unter sich damit umfangen, „das frische, saftige Gras … die übermütig tobenden Lämmer dort drüben auf der Weide … die Sonne … Ich spüre geradezu, wie sie mit ihrer wohligen Wärme unter meine winterkalte Haut kriecht!“

Lachend stimmte Charlie der Freundin zu: „Ja, zweifelsohne, der Frühling kommt – und wie mir scheint, weckt er deine poetische Ader, Mallory. Pass nur auf, am Ende wirst du noch zu einer großen Dichterin!“

Charlies gut gemeinte Neckerei störte Mallory jedoch nicht im Geringsten in ihrer Betrachtung. Erregt wandte sie den Kopf von einer Seite zur andern, von der Weide mit den blökenden Schafen zur gegenüberliegenden Hügelflanke, und deutete schließlich ein Stück bergab. „Diese Wiese dort, Charlie – meinst du, es sind Bluebells, die ihr diesen bläulichen Schimmer verleihen?“

„Schon möglich! So genau kann ich das von hier oben auch nicht erkennen“, entgegnete Charlie.

„Ich liebe Bluebells!“, erklärte Mallory daraufhin. „Früher, als ich noch jünger war und“, sie schluckte, „noch laufen konnte, brachte ich meiner Mutter jeden Frühling einen Strauß der blauen Glockenblumen nach Hause. Sie stellte sie in einer Vase auf unseren Esstisch, und jedes Mal, wenn ich daran vorbeikam, steckte ich meine Nase mitten hinein in die Blumen, um den Frühling zu riechen. Bluebells und Frühling – das ist für mich ein und dasselbe!“

„Tatsächlich?“ Ohne ein weiteres Wort zu verlieren, stellte Charlie die Teekanne beiseite, die sie eben aus ihrer wärmenden Hülle wickeln wollte, und lief den Hügel hinab, bis sie die betreffende Wiese erreichte. Beide Hände voll mit den tiefblauen Glockenblumen, um die es sich in der Tat handelte, kehrte sie kurz darauf zurück und überreichte der Freundin die Blumenpracht.

„Herrlich!“, seufzte Mallory noch einmal glücklich, während sie mit bebenden Nasenflügeln den Blütenduft in sich aufsog.

Anschließend widmeten sich die Freundinnen mit gutem Appetit ihrem Picknick. Charlie wählte ein Gurken-Käse-Sandwich, das von der Köchin bereits in mundgerechte Häppchen zerteilt worden war; Mallory griff nach einem der warmen, von Marmelade triefenden Scones.

„Ich muss sagen“, bemerkte Charlie zwischen einem Bissen Gurke und einem Schluck dampfend heißen Tees, „so könnte ich jeden Tag speisen: bei frischer Luft und Sonnenschein, weit oben über dem Tal voll Häuser und Menschen, weit entfernt vom Alltag mit all seinen Sorgen und Problemen!“

„O ja!“, pflichtete Mallory ihr bei. „Dafür könnte ich mich ebenfalls begeistern!“

Charlie musterte sie mit einem nachdenklichen Blick. Mallorys Wangen waren leicht gerötet und ihre Augen strahlten fast im selben Farbton wie der wolkenlose Himmel. Das Lächeln, mit dem sie Charlie bedachte, wirkte vollkommen entspannt. Wie ausradiert waren sämtliche Spuren der schweigenden Bedrückung der vergangenen Tage und Wochen! Konnte sie es in dieser besonderen Situation, fernab aller eventuellen Zuhörer, noch einmal wagen, Mallory nach Charlie L. zu fragen – selbst auf die Gefahr hin, damit die Harmonie dieses wunderbaren Tages zu zerstören? Zaudernd nahm Charlie einen weiteren Schluck Tee, während Mallory ihre Tasse beiseitestellte und sich so bequem zurücklehnte, wie ihr schmerzender Rücken es erlaubte.

Endlich fasste Charlie sich ein Herz. „Weißt du eigentlich, Mallory …“, setzte sie an, doch ein plötzliches Rascheln hinter einem nahen Weißdornbusch unterbrach die beabsichtigte Frage. Die mit Stacheln besetzten, blühenden Zweige des Busches gerieten in heftige Bewegung.

„Was war das?“, fuhr Mallory erschrocken auf.

„Sicher nur ein Vogel, der unversehens aufgeflogen ist“, beruhigte Charlie, doch Mallory widersprach.

„Das glaube ich nicht, dafür war das Rascheln viel zu heftig! Wenn es überhaupt von einem Tier stammte, dann gewiss von einem größeren! Würdest du bitte“, Mallorys Stimme zitterte, „aufstehen und hinter dem Busch nachsehen, Charlie?“

„Aber sicher!“ Charlie erhob sich. Die herrliche Ruhe und damit die einmalige Gelegenheit, Mallory noch einmal nach Charlie L. zu fragen, waren ohnehin vorüber. „Von vornherein zum Scheitern verurteilt“, konstatierte sie insgeheim pessimistisch, „genau wie alle übrigen Nachforschungen bezüglich Charlie L. und vermutlich auch das komplette Unternehmen ‚Versöhnung der Familie Carrington‘ …“

Vorsichtig näherte sie sich dem Gebüsch, bog die Zweige auseinander, die mittlerweile wieder ihre ursprüngliche Position eingenommen hatten, und spähte hinein.

„Hier ist nichts, Mallory“, erklärte sie bestimmt, „genau, wie ich –“

Ein helles, durchdringendes Blöken schnitt ihre restlichen Worte ab. Im selben Augenblick schob sich ein kleiner weißer Körper zwischen Charlies Beinen hindurch, sodass sich der lange

Rock um ihre Füße wickelte und Charlie gefährlich ins Schwanken brachte. Im letzten Augenblick gelang es ihr, einen der Zweige zu fassen und so das Gleichgewicht zu halten.

Der Verursacher des ganzen Unglücks aber, ein Lämmchen mit völlig zerzaustem Fell, galoppierte auf die Bluebells zu, die Mallory neben der Picknickdecke zu einem Strauß geordnet abgelegt hatte, und machte sich gierig darüber her.

Noch ehe sich Charlie und Mallory von ihrem Schrecken erholt hatten, teilten sich die Zweige des Gebüschs erneut, und ein alter, in raue Wolle gekleideter Mann trat in ihr Blickfeld.

„Hier bist du also, du Übeltäter!“, rief er, streckte seinen langen, gebogenen Stab aus, brachte das eifrig kauende Lämmchen damit zu Fall und hob es auf seinen Arm, ehe es erneut davonlaufen konnte. Danach erst wandte er sich an Charlie und Mallory.

„Ich bitte höflichst um Verzeihung, sehr verehrte Ladys, aber dieser kleine Tunichtgut hier reißt mir schon seit Tagen immer wieder aus. Ständig muss ich die andern Schafe alleine lassen, um den hier wieder einzufangen. Er ist so versessen auf diese verflixten Bluebells, dass ich ihn grade eben von der unteren Wiese bis hierher verfolgt hab, wo er tatsächlich schon wieder welche gefunden hat – und allmählich werd ich wahrlich ärgerlich drüber!“ Verdrossen raufte der Schäfer sich mit einer Hand das spärliche graue Haar, das unter seiner Tweedkappe hervorlugte, während die andere das Lämmchen fest an seine Brust drückte.

„Ich konnte also leider nicht anders, als Sie derart aus'm Gebüsch heraus zu überfallen, damit er mir nicht wieder entwischt. Ich hoffe, Sie haben sich nicht allzu sehr erschreckt, die Ladyschaften?“

„Aber nein!“ Erstaunlicherweise war es Mallory, die sich als Erste wieder fasste. Sie bedachte den alten Schäfer mit einem gutmütigen Lächeln. „Das heißt, erschreckt haben wir uns wohl, doch Sie konnten ja nichts dafür, sondern sind lediglich Ihren Pflichten nachgekommen, nicht wahr, Charlie? Außerdem“, sie kicherte mädchenhaft, „kann ich Ihrem niedlichen kleinen Schützling sein Verhalten nicht verübeln, da ich doch dieselbe

Vorliebe für Bluebells hege wie er – mit dem kleinen Unterschied allerdings, dass ich sie für gewöhnlich nicht verspeise!"

„Das ist gut!" Vor lauter Erleichterung verzog der Alte das Gesicht zu einem breiten Grinsen. „Dann werd ich diesen verflixten Ausreißer mal wieder zu seiner Familie zurückbringen. Sehn Sie das dicke alte Schaf, das da ganz am Rand von der Herde steht und sich die Seele aus'm Leib blökt, Ladys? Das is seine Mama, die ihn ruft. Der Kerl hier muss halt erst noch begreifen, dass er bei seiner Familie sehr viel besser aufgehoben ist, als wenn er alleine durch die Gegend streunt! Man hat's doch nirgends auf der Welt so gut wie bei seiner eigenen Familie, nich wahr, du dummer kleiner Racker …"

Weiterhin halblaut vor sich hin murmelnd, entfernte sich der alte Schäfer. Als er die Schafweide erreicht und den Ausreißer neben seiner blökenden Mutter abgesetzt hatte, wandte er sich noch einmal zu den Damen um und tippte grüßend an seine Mütze.

„Ein weiser alter Mann", äußerte Mallory nachdenklich, „wenngleich er nur ein einfacher Schäfer ist!"

Charlie enthielt sich jeden Kommentars, doch aus irgendeinem Grund ließen die Worte des alten Schäfers auch sie nicht mehr los. Während Gregory ihrer Freundin zur Kutsche zurückhalf und sie selbst die Überreste ihres Picknicks im Korb verstaute, kreisten sie unaufhörlich durch ihren Kopf, ebenso wie das Bild des einsamen Mutterschafes, das lautstark nach dem verlorenen Nachwuchs rief …

Der Rückweg nach Lowerdale Manor führte die kleine Gesellschaft durch das Dorf Upperdale, eine bescheidene Ansammlung niedriger, geduckter Reihenhäuser entlang der High Street, die auf einer Seite an den Fluss, auf der anderen an den Wald grenzte. Nur einige wenige Seitenstraßen zweigten von der gepflasterten Durchfahrtsstraße ab. Eine von ihnen führte, wie Charlie wusste, zum Gasthaus des Ortes, in dem sie nach ihrer Ankunft in England übernachtet hatte, und eine zweite bergauf zu einer grasbewachsenen Erhebung. Hier thronte St. Andrews, die normannische Kirche mit ihrem quadratischen, zinnenbewehrten Turm und dem jahrhundertealten Friedhof, gewissermaßen hoch über den Häuptern der Dorfbewohner.

Eben setzte die Dämmerung ein. Der Inhaber des Krämerladens, welcher in einem der wenigen frei stehenden Häuser untergebracht war, verschloss sorgsam seine Eingangstür; die letzten Fußgänger, die diesen langen, lauen Frühlingstag für ihre Besorgungen benutzt hatten, strebten ihren Häusern zu. Die meisten dieser Häuser besaßen einen schmalen Vorgarten sowie ein bis zwei ebenerdige Fenster, die hinaus auf die Hauptstraße wiesen.

Im Vorüberfahren registrierte Charlie, wie hinter vereinzelten Fenstern Licht aufstrahlte, gleich darauf wurden dichte Gardinen vorgezogen, die den Lichtschein lediglich als schwachen Abglanz seiner Quelle in den Vorgarten und auf die Straße dringen ließen. Nur eines dieser Fenster bildete eine Ausnahme: Charlie gewahrte eine Hand, die den Vorhang zurückschob und eine große, hell brennende Petroleumlampe auf dem Fenstersims platzierte, unmittelbar vor der blanken Fensterscheibe. Die Hand verschwand, der Vorhang schwenkte zurück in seine angestammte Lage und verwehrte damit den Blick ins Innere des Reihenhäuschens – doch ein heller, ungedämpfter Lichtschein beleuchtete den Vorgarten und den Eingangsbereich, als wollte er jeden Besucher willkommen heißen.

Charlie beugte sich dichter zum Wagenfenster. Faszinierend, welch einen anziehenden, einladenden Anblick dieses bescheidene Anwesen dadurch im Vergleich zu den äußerlich fast baugleichen Nachbarhäusern bot! Sie wandte ihren Kopf und verfolgte den hellen Fleck mit ihren Augen, solange der Straßenverlauf und die unaufhaltsam rollende Kutsche es zuließen.

Erst später im Lauf dieses Abends, als Charlie, in Myles' Tartandecke gewickelt, in ihrem Schlafzimmer vor dem Kamin saß, wurde ihr bewusst, weshalb der Anblick dieser Lampe im Fenster sie derart gefesselt hatte – genau wie das Bild des Mutterschafes übrigens, das sich „die Seele aus dem Leibe blökte".

Es war die Erinnerung an Myles' Brief, die sich darin verbarg. Die Erinnerung an das Licht, das seine Mutter jeden Abend entzündet hatte, um ihr zweites, schmerzlich vermisstes Kind nach Hause zu rufen, Charlie L.

Das Buch, das Charlie sich als Bettlektüre vorgenommen hatte, sank unbeachtet in ihren Schoß, während sie gedankenverloren in die Flammen starrte. Was mochte jene Person aus dem Dorf heute dazu veranlasst haben, ein Licht ins Fenster zu stellen: Erwartete sie vielleicht späten Besuch, einen lieben Freund oder einen Verwandten, dem sie den Weg erhellen wollte? Oder befolgte sie irgendeine Charlie unbekannte englische Sitte, handelte also aus reiner Gewohnheit? Oder …?

Eine plötzliche Aufregung bemächtigte sich Charlies. Ihr Puls begann zu rasen wie nach einem schnellen, lang andauernden Lauf und ihre Knie wurden weich. War es möglich … konnte es sein, dass diese Lampe im Fenster in Zusammenhang stand mit …?

Charlie sprang auf und durchquerte mit großen Schritten ihr Zimmer. Sie konnte ihre Gedanken, diesen schwach glimmenden Funken der Hoffnung, nicht länger für sich behalten. Mit fliegenden Händen öffnete sie die mittlere Schublade ihrer Kommode, in der sie schon vor Monaten unter Taschentüchern und Schals ihr Tagebuch verstaut und somit aus ihrem Blickfeld verbannt hatte. Rasch holte sie es heraus und ließ sich damit an ihrem Schreibpult nieder. Dann beugte sie sich über das Buch und schrieb.

> *Liebe Freundin,*
> begann sie wie üblich, *viel zu lange ließ ich nichts mehr von mir hören, habe Dich sträflich vernachlässigt. Viel zu lange*

*war ich derart gefangen von meiner Trauer über den Tod meines Verlobten, dass ich keinem weiteren Gedanken mehr Raum zu geben vermochte. Ich igelte mich ein in Trauer und Schmerz, mir fehlte die Kraft, über das Leid, das mich inmitten der Vorbereitungen für meine Hochzeit so unvermutet getroffen hatte, hinwegzusehen. Noch heute kommen mir die Tränen, wenn ich meinen letzten Eintrag, meinen letzten Brief an Dich, lese. Er besteht lediglich aus den drei schlichten Worten „Myles ist tot" und beinhaltet dennoch das ganze kalte Entsetzen, das Grauen vor einer trostlosen Zukunft ohne meinen Geliebten, das mich am Tag seines Todes erfasste.*

*Mittlerweile jedoch scheine ich in der Lage zu sein, meinen Schmerz zumindest teilweise hinter mir zu lassen, denn heute, gerade in den letzten Minuten an ebendiesem Tag, geschah etwas, was ich nicht für mich behalten kann.*

*Ich muss es Dir, meiner allzeit geduldigen, verschwiegenen Freundin, einfach mitteilen: Ich denke – ich meine – ich hoffe und bete, eine Spur gefunden zu haben, einen Anhaltspunkt, um das Rätsel um Myles' Schwester Charlie (ja, sie hat tatsächlich denselben Kosenamen, wie Myles ihn mir verlieh) zu lösen. Und mithilfe dieser Spur ließe sich vielleicht eine Möglichkeit schaffen, dass Sir Edmund und seine Tochter, die einzigen verbliebenen Mitglieder der Familie Carrington, sich miteinander versöhnen.*

*Diese Versöhnung war einst Myles' Wunsch, wie ich unlängst feststellte, und somit ist sie auch zu meinem Wunsch geworden: Meinem Myles zuliebe werde ich alles daransetzen, eine Versöhnung in die Wege zu leiten, ehe ich Lowerdale Manor und England verlasse, um zu meiner eigenen Familie zurückzukehren!*

*So viel für dieses Mal, liebe Freundin, ich melde mich wieder, sobald ich herausgefunden habe, ob diese Spur, die ich hoffe (oh, und wie sehr ich es hoffe!!!) gefunden zu haben, nur ein Produkt meines Wunschdenkens oder in der Tat eine Spur ist – und um Letzteres bete ich so inbrünstig, wie es lange nicht mehr der Fall gewesen ist!*

Wenige Tage später erlebte Charlies Tagebucheintrag seine Fortsetzung:

*Liebe Freundin,*
*ich kann es kaum fassen: Mein Gebet wurde erhört, meine Hoffnung hat mich nicht getrogen! Ich habe in der Tat eine Spur gefunden!!!*
*Es stellte sich heraus, dass meine Intuition bezüglich des Lichts in jenem Fenster des Dorfes begründet war … Doch ich will der Reihe nach berichten. Am Tag nach Mallorys und meinem Ausflug zum Barrow Hill unternahm ich etwa um die Zeit, da die Dämmerung einsetzte, einen Gang nach Upperdale. Ich wollte herausfinden, ob auch an diesem Abend ein Licht in dem betreffenden Fenster entzündet wurde, wie ich es am Vortag beobachtet hatte – weiter reichten meine Pläne zu diesem Zeitpunkt noch nicht. Als Vorwand für den Spaziergang ins Dorf diente mir ein Brief an meine Familie, den ich zur Post bringen musste, denn auf keinen Fall wollte ich riskieren, dass Mallory den wahren Grund erfuhr.*
*Und die gestrige Szene wiederholte sich tatsächlich: Während ich so langsam als möglich, um nichts zu verpassen, und doch so zügig als erforderlich, um nicht das Misstrauen der Dorfbewohner zu wecken, die Hauptstraße entlangwanderte, meine ganze Aufmerksamkeit auf das kleine Haus gerichtet, erschien wie am Abend zuvor jene Hand mit der brennenden Lampe im Fenster. Sie stellte die Lampe auf dem Sims ab, der Vorhang fiel zurück – und der Eingang zum Häuschen erstrahlte im Licht. Vor Aufregung blieb ich unmittelbar am Zaun des*

*Vorgartens stehen und fragte mich, ob das allabendlich wiederkehrende Licht nun tatsächlich zu bedeuten hatte, was ich erhoffte, und wie ich dies in Erfahrung bringen konnte, statt meinen Weg fortzusetzen. Ich erschrak fürchterlich, als plötzlich eine Stimme neben mir erklang: „Kann ich Ihnen helfen, Miss? Möchten Sie uns vielleicht einen Besuch abstatten?"*

*Als ich den Kopf hob, stand ein junges Mädchen, etwa in meinem Alter, mit Umhang und einem Einkaufskorb voller Gemüse am Arm vor mir. Von mir unbemerkt war sie die Dorfstraße herabgekommen und öffnete eben das Gartentor des Häuschens. Offenbar wohnte sie hier. Am liebsten hätte ich auf der Stelle die Flucht ergriffen aus Scham darüber, beim „Ausspähen" eines fremden Heimes ertappt zu werden, doch irgendetwas in dem freundlich fragenden Blick der jungen Dame hielt mich fest. Dazu kam ihre Frage nach meinem Begehr, die fast ebenso sanftmütig klang wie Mallorys Stimme üblicherweise, und ehe ich mich versah, platzte ich, die ich sonst eher zurückhaltend gegenüber Fremden bin, mit meinen Gedanken heraus.*

*„Nein, Miss, ein Besuch lag nicht in meiner Absicht. Ich sah nur dieses Licht in Ihrem Fenster und fragte mich, ob Sie wohl einen bestimmten Grund dafür haben, das Licht nach draußen scheinen zu lassen statt wie üblich im Innern des Hauses?"*

*„Oh!" Die Verwunderung über diese ungewöhnliche, für mich persönlich aber alles entscheidende Frage stand meinem Gegenüber ins Gesicht geschrieben, doch sie war schnell überwunden. „Nun, in diesem Fall sollten Sie mich besser doch ins Haus hineinbegleiten, um mit meiner Mutter zu sprechen. Sie ist diejenige, die für dieses Licht verantwortlich ist!"*

*Bereitwillig öffnete die junge Dame Gartentor und Eingangstür für mich und ich trat tatsächlich hinter ihr ins Haus! (Im Grunde verstehe ich bis jetzt nicht, woher ich den Mut bzw. die Unverfrorenheit zu diesem absolut unüblichen Benehmen nahm! Ich kann es nur auf mein Verlangen zurückführen, nach allen bislang vergeblichen Nachforschungen endlich etwas in Erfahrung zu bringen, was auf irgendeine Weise mit Charlie L. zu tun hat.) Wenige Sekunden später stand die Mutter vor mir, eine grauhaarige, zierliche alte Dame namens Mrs Morgan.*

*Fragend blickte auch sie diese Fremde an, die da unangemeldet ins Haus geschneit kam, während ihre Tochter kurz erklärte, aus welchem Grunde sie mich hereingebeten hatte. Anschließend forderte sie mich auf: „Dann treten Sie bitte näher, Miss! Hier herein in den Salon, wenn ich bitten darf, im Hausflur ist es viel zu kalt und zugig, um eine Angelegenheit zu erläutern, die Ihnen derart wichtig zu sein scheint."*

*Zutiefst erleichtert über diese unverdiente freundliche Aufnahme folgte ich ihr in den Salon und nahm vor dem Kaminfeuer Platz, wie sie es wünschte. Allerdings setzte ich mich auf die äußerste Kante des Sessels und rutschte unruhig hin und her, so unbehaglich fühlte ich mich und war doch begierig, Mrs Morgans Antwort zu vernehmen. Mrs Morgan setzte sich mir gegenüber und warf mir durch ihre randlose Brille hindurch einen kurzsichtig zwinkernden, prüfenden Blick zu, gleich darauf schlug sie sich vielsagend vor die Stirn: „Natürlich, nun erkenne ich Sie, Miss! Sie sind die Verlobte des jungen Herrn von Lowerdale Manor, das heißt ..."*

*Abrupt verstummte sie, und ich sah einen verdächtigen feuchten Schimmer hinter ihren Augengläsern, aber sie war wohl entschlossen, ihren Gefühlen nicht nachzugeben. „Verzeihen Sie, Miss", fuhr sie also fort, „doch das Schicksal dieser Familie geht mir sehr zu Herzen – und gerade deshalb will ich Ihnen gerne erklären, was für eine Bewandtnis es mit diesem besonderen Licht in meinem Fenster hat!"*

*Und so erfuhr ich schließlich, was ich bereits erhofft hatte und doch immer noch kaum fassen kann: Mrs Morgan zündet diese Lampe tatsächlich aus demselben Grunde an, wie Lady Carrington es einst tat. Vor ihrer Heirat nämlich war Mrs Morgan Nanny auf Lowerdale Manor, und obwohl sie*

*die Familie Carrington etwa zehn Jahre vor dem Streit, der diese entzweit hat, verlassen hat, um eine eigene Familie zu gründen, hat sie vor allem Charlie, die sie fast elf Jahre lang betreute, niemals vergessen.*
*„Charlie war ein so reizendes Kind, so entzückend mit diesen blauen Augen und dem schwarzen Haar, dem Vater wie aus dem Gesicht geschnitten! Nur sein Gemüt war anders als das des Vaters, denn das Kind war immer gut gelaunt. Wenn es lachte, ging für mich die Sonne auf – ebenso wie für seine Mutter natürlich", erklärte sie mir ein ums andere Mal, wenn ich alles richtig verstanden habe. Mrs Morgans Aussprache ist nicht so gestochen klar, wie ich es von den Bewohnern Lowerdale Manors kenne, sodass ich nicht sicher bin, wirklich jedes einzelne Wort richtig aufgenommen zu haben.*
*Das Wesentlichste aber, ihre Hauptaussage sozusagen, war eindeutig: Mrs Morgan liebte Charlie wie ein eigenes Kind, und obwohl sie zu dem Zeitpunkt, da Charlie L. ihr Zuhause verließ, um niemals wiederzukehren, selbst verheiratet war und mit einem eigenen Kind in einer weiter entfernten Stadt lebte, stattete sie damals Lady Carrington einen Besuch ab. Lady Carrington schüttete der mitfühlenden ehemaligen Nanny ihr ganzes Herz aus, doch Sir Edmund verbot Mrs Morgan jeden weiteren Besuch und jedes weitere Gespräch mit seiner Frau.*
*Seit jenem Tag, so erklärte mir die alte Dame, entzündet sie wie die leidende Mutter selbst täglich dieses Licht im Fenster und betet dabei für Charlies glückliche Heimkehr – und dies ist nun meine erhoffte Spur: Mrs Morgan kennt Charlie L. Carrington, hofft nach wie vor auf deren Rückkehr und ist im Gegensatz zu allen anderen auch bereit, mit mir über Charlie zu sprechen! Damit ist sie* ***die*** *Person, an die ich mich für alle weiteren Nachforschungen wenden kann. Gestern Abend blieb dafür allerdings keine Zeit mehr, da ich mich bereits viel zu lange bei Mrs Morgan aufgehalten hatte und zurück nach Lowerdale Manor eilen musste, ehe Mallory*

*auf die Idee kam, sich Sorgen wegen meiner langen Abwesenheit zu machen.*
*Doch schon in wenigen Tagen, an meinem freien Nachmittag, darf und werde ich Mrs Morgan erneut aufsuchen und ihr gezielte Fragen stellen, um möglicherweise etwas über Charlies heutigen Aufenthaltsort zu erfahren! Und mit dieser neuen Hoffnung im Herzen, liebe Freundin, mache ich für heute Schluss …*

Viel zu langsam für Charlies Begriffe nahte der folgende Sonntag und mit ihm der Nachmittag, an dem Mrs Morgan sie zum Tee und zur Beantwortung ihrer weiteren Fragen eingeladen hatte. Ungeduldig spielte sie während der langatmigen Predigt am Vormittag mit dem Saum ihres Taschentuches, bis Mallory, die neben ihr in der Kirchenbank saß, sie mit einem mahnenden Blick bedachte. Erfüllt von derselben inneren Unruhe, ließ Charlie das üppige Sonntagsmahl über sich ergehen, um sich bald darauf erleichtert auf den Weg zu machen. Eiligen Schrittes durchquerte sie den Park, ohne dem Pavillon mit seinen allmählich knospenden Rhododendren oder den blühenden Bäumen große Beachtung zu schenken. Einzig auf der Brücke hinüber nach Upperdale hielt sie einen Moment inne, um nach ihrem strammen Marsch Luft zu holen.

Was mochte sie auf der anderen Seite der Brücke, hinter den Mauern des bescheidenen Reihenhäuschens der Morgans, erwarten? Würde sich ihre Hoffnung, von Charlie L.s ehemaliger Nanny etwas über deren heutigen Wohnort zu erfahren, erfüllen?

Mit einem Stoßgebet auf den Lippen setzte Charlie ihren Weg zielstrebig fort. In sonntäglicher Ruhe lag die Dorfstraße vor ihr: Kein Geräusch eiliger Fußtritte, kein Rattern von Wagenrädern auf dem Straßenpflaster wagte es, die Stille des

Feiertages zu durchbrechen. Lediglich ein struppiger schwarzer Hund trottete schnüffelnd und je nach Geruch immer wieder begeistert mit dem Schwanz wedelnd dicht an den Vorgartenmauern entlang.

Mrs Morgans Gartentor gab ein leichtes Quietschen von sich, als Charlie es öffnete. Gemeinsam mit dem Summen der Bienen, die sich allen Regeln des Feiertages zum Trotz geschäftig zwischen Büscheln von nickenden gelben Narzissen und bunten Tulpen bewegten, erinnerte das Quietschen an die Disharmonien eines Orchesters, das versucht, alle Instrumente gleichzeitig zu stimmen. Charlies zögerndes Klopfen an der rot gestrichenen Eingangstür bildete den volltönenden Bass dieses Orchesters.

Bereits nach wenigen Augenblicken schwang die Tür weit nach innen und Mrs Morgans Tochter stand im Türrahmen. Mit einem freundlichen Lächeln führte sie Charlie durch einen kleinen dunklen Vorraum in den Salon.

Nachdem Charlie bei ihrem ersten Besuch in diesem Haus vor lauter Verlegenheit kaum etwas von ihrer Umgebung wahrgenommen hatte, betrachtete sie sie diesmal umso deutlicher. Wie das Äußere des Reihenhauses bereits vermuten ließ, waren die Raummaße im Inneren bescheiden, puppenstubenhaft winzig sogar im Vergleich zu den Räumen auf Lowerdale Manor oder Charlies heimatlichem Landgut. Nahezu jeder Quadratzentimeter des Bodens war belegt mit Sitzmöbeln unterschiedlichster Art: einem Ohrensessel mit rot geblümtem Samtbezug, einem grellgrün glänzenden Chintzsofa und mehreren breiten, mit zerschlissenen gelben Polstern versehenen Armlehnstühlen, sodass nur noch kleinste Bruchstücke des abgetretenen Teppichs sichtbar waren. Ein niedriger, aber breiter Kamin nahm fast die gesamte Stirnwand und zwei Bücherregale eine weitere Wand des Raumes ein, während die dritte aus einem Durchgang ins benachbarte Esszimmer bestand, das nicht weniger üppig möbliert war. Und dennoch wirkten die Wohnräume äußerst gemütlich im warmen, von zarten weißen Gardinen gefilterten Schein der Aprilsonne, der durch die beiden kleinen Sprossenfenster fiel.

„Bitte nehmen Sie doch Platz!“, forderte Miss Morgan Charlie auf und wies auf einen der Armlehnstühle vor dem Kamin.

Gehorsam ließ Charlie sich nieder, während ihre Aufmerksamkeit noch ganz auf die Petroleumlampe im rechten der beiden Fenster gerichtet war. Wie nicht anders zu erwarten, brannte momentan kein Licht darin.

„Meine Mutter wird gleich bei Ihnen sein“, fuhr Miss Morgan fort, „sie hat heute Mittag nur etwas länger geruht als üblich!“

„Oh, das tut mir leid, Miss Morgan“, entfuhr es Charlie schuldbewusst, „ich bin viel zu früh dran! Ich hätte Rücksicht auf Ihre Mutter nehmen und erst später kommen sollen!“

Miss Morgan winkte ab. „Nein, nein, Sie brauchen sich nichts vorzuwerfen. Mutter ist derzeit einfach etwas erschöpft. Frühjahrsmüdigkeit nennt sie es selbst, wenn sie wieder mal länger im Bett bleibt. Doch in der nächsten halben Stunde wäre sie ohnehin aufgestanden, da wir sonntags etwas früher Tee trinken als sonst. Ich habe ihn sogar bereits aufgebrüht. Wie Sie sehen, ist also alles in bester Ordnung. Ach übrigens, ich bin Annabelle Morgan. Wenn Sie möchten, dürfen Sie mich gerne Annabelle nennen!“

„Ein schöner Name: Annabelle“, bemerkte Charlie. Das Mädchen mit dem spitzbübischen Zwinkern in den dunklen Augen und der freundlichen, unkomplizierten Art gefiel ihr. „Leben Sie ständig hier bei Ihrer Mutter, Annabelle?“

„Momentan ja! Früher habe ich in einer Mädchenschule in Oxfordshire unterrichtet, doch als vor etwa einem Jahr mein Vater gestorben ist und meine Mutter die Stadt verlassen hat, um hier in Upperdale zu leben, bin ich zu ihr zurückgekehrt. Sie ist – verzeihen Sie meine offenen Worte – mittlerweile schon etwas betagt, denn meine Eltern waren beide bereits in den mittleren Jahren, als sie geheiratet haben, und ich möchte sie nun im Alter nicht gerne alleine in diesem Haus wissen. Nur …“ Annabelles offener Blick verdüsterte sich ein wenig, „habe ich bisher keine passende Arbeit gefunden, der ich von hier aus nachgehen könnte. Upperdale ist einfach zu klein und abgelegen von allem, was Schulwesen und Bildung angeht!“

„Das tut mir leid für Sie!“, versicherte Charlie mit echtem Mitgefühl. „Vielleicht …“

In diesem Augenblick erschien Mrs Morgan im Durchgang zum Esszimmer. „Dachte ich mir doch, dass ich da mehrere Stimmen höre“, erklärte sie munter. „Guten Tag, Miss Charlotte!“

Sowie sie Charlie die Hand gereicht hatte, ließ sie sich in dem geblümten Ohrensessel nieder und wandte sich an ihre Tochter.

„Wie wäre es, wenn du uns gleich Tee und Gebäck aus der Küche holst, Liebes?! Der köstliche Duft ist mir bereits im Schlafzimmer in die Nase gestiegen und bei trockener Kehle plaudert es sich längst nicht so nett. Denn genau hierzu sind Sie doch gekommen, nicht wahr, Miss Charlotte?“

„Richtig“, nickte Charlie, als Annabelle den Raum verließ. „Ich – es gibt so vieles, was ich Sie fragen will, was ich über Charlie Carrington erfahren möchte. Und auf Lowerdale Manor …“, sie zögerte einen Moment, entschied sich dann aber dafür, die Dinge beim Namen zu nennen, „auf Lowerdale Manor ist niemand bereit, auch nur ein Wort über Charlie zu sprechen, weder Mallory noch Sir Edmund oder irgendeiner der Dienstboten! Sie, Mrs Morgan, sind deshalb meine letzte Hoffnung, etwas zu diesem Thema zu erfahren! Nur aus diesem Grund habe ich ja letzthin Ihr Licht im Fenster beobachtet – auch wenn das recht unhöflich gewesen ist, fürchte ich.“

„Ach, darüber machen Sie sich mal keine Gedanken“, winkte Mrs Morgan ab. „Ich habe sofort bemerkt, dass Sie es nicht aus Unhöflichkeit taten, sondern aus echtem Interesse. Eines allerdings frage ich mich seit diesem Abend: *Weshalb* interessieren Sie sich so sehr für alles, was Charlie Carrington betrifft?“

Die Runzeln und Fältchen in Mrs Morgans zartem Gesicht verstärkten sich, während sich ihre Stirn in fragende Furchen legte.

„Ich meine, all das ist lange vor Ihrer Zeit auf Lowerdale Manor geschehen, und wie Sie selbst sagten, spricht heute niemand mehr davon … Oder hat der junge Herr Myles Ihnen etwa davon erzählt?“

„Nein, niemals. Im Gegenteil – aus dem, was er über seine Kindheit erzählte, schloss ich vielmehr, dass er ein Einzelkind gewesen sein musste. Lediglich dieses eine Mal, als er meinen Namen Charlotte in Charlie abänderte und beiläufig erwähnte, dass es schon einmal eine geliebte Person namens Charlie in seinem Leben gegeben habe, hat er vermutlich von seiner Schwester Charlie gesprochen. Aber das wusste ich damals selbstverständlich noch nicht. Erst nachdem ich vor einigen Wochen jenen Brief fand, den Myles als Elfjähriger an sie geschrieben hat und in dem er sie gebeten hat, nach Hause zurückzukehren, kam ich zu diesem Schluss. Durch den Brief erfuhr ich auch von Lady Carringtons Brauch, eine Lampe …"

„Einen Moment bitte", unterbrach Mrs Morgan Charlies Redefluss: „Verstehe ich das richtig: Sie fanden einen Brief, den Myles an seine *Schwester* Charlie geschrieben hat?"

Mrs Morgans Gesicht war ein einziges Fragezeichen, doch Charlie nickte, ohne es zu bemerken. „So ist es! Offenbar fand er nie die Gelegenheit, den Brief abzuschicken – ich entdeckte ihn nämlich hinter einem Bilderrahmen. Hier, ich habe den Brief sogar dabei, sodass Sie ihn selbst lesen können!"

Mit einem Griff in ihren Pompadour förderte Charlie das Schriftstück zutage und reichte es Mrs Morgan. Schweigend beugte diese sich darüber, rückte ihre Brille zurecht und begann zu lesen.

„So ist das also – auf diese Weise erfuhren Sie von Charlie", bemerkte sie endlich. „Und seitdem versuchen sie nun herauszufinden, was aus Charlie Carrington geworden ist, und hoffen, ich könnte Ihnen weiterhelfen. Aber ehe ich das tun kann, Miss Charlotte, möchte ich meine Frage von eben wiederholen: Aus welchem Grund wollen Sie diese kummervolle alte Geschichte wieder ausgraben? Was versprechen Sie sich davon?"

Mrs Morgan blickte Charlie unverwandt in die Augen, voll aufrichtiger Teilnahme und doch, wenn Charlie es richtig interpretierte, prüfend, abwägend. Als überlegte sie, ob es tatsächlich die richtigen Motive waren, die Charlie zu ihrem Handeln bewogen, und ob die Informationen, die sie eventuell über Charlie Carrington besaß, bei Charlie tatsächlich in guten Händen wären. Mrs Morgan musste dieses Mädchen in ihrer Zeit als Nanny wirklich sehr geliebt haben, wenn sie noch heute versuchte, es vor eventuellem Schaden zu bewahren.

„Weil ich versuchen möchte, Sir Edmund und seine Tochter wieder miteinander zu versöhnen", antwortete Charlie deshalb so überzeugend wie möglich. „Ich bin in der Geborgenheit einer Familie aufgewachsen, in der auf einen Streit grundsätzlich eine Versöhnung folgte, eine Aussprache. Und ich finde, keine Familie sollte jahrelang derart zerstritten sein wegen einiger harter, unbedachter Worte. Deshalb betrachte ich es irgendwie als letzten ...", Charlie schluckte hart, „... letzten Liebesdienst an Myles, seinen verbitterten Vater mit dem einzigen Kind zu versöhnen, das ihm noch geblieben ist."

Sie verstummte. Es war alles gesagt. Sie hatte sich Mrs Morgan anvertraut; alles Weitere – ob diese ihr weiterhelfen würde oder nicht – lag nun nicht mehr in ihrer Hand. Lange Zeit war das Ticken der großen Uhr auf dem Kaminsims das einzige Geräusch im Raum. Erst Annabelles sich nähernde Schritte und das sachte Klirren des Teegeschirrs auf ihrem Tablett beendeten das nachdenkliche Schweigen.

# Kapitel 5

*Worte sind wie Pfeile, einmal ausgesprochen, holst du sie niemals zurück. Und wenn du ein geübter Schütze bist, triffst du immer das Herz des anderen.*

(Unbekannt)

So eilig Charlie es auf ihrem Weg nach Upperdale gehabt hatte, so wenig drängte sie es nun, rasch nach Hause zu kommen. Mit gesenktem Kopf schlenderte sie die Dorfstraße hinunter bis zur Brücke über den Rye, wo sie erneut haltmachte. Voll Hoffnung und freudiger Erwartung hatte sie vor etwa zwei Stunden von hier aus hinüber zum Dorf geblickt, nun starrte sie in trübsinnige Gedanken versunken hinunter auf den Fluss.

Ruhig und unbeirrt strömte das Wasser des Rye in seinem schmalen, aber verhältnismäßig tiefen Bett dahin. Unter der Brücke hindurch, vorbei an den Dörfern Upperdale und Lowerdale, bis es sich ein Stück südwärts mit einem breiteren Fluss vereinte, der wiederum etliche Meilen weiter westwärts in den Bristol Channel und somit hinaus in den Atlantik strömte.

In den Atlantik, an dessen jenseitigem Ufer die Neue Welt lag – Amerika! Charlie schauderte. Wie immer, seit Onkel Frederik begonnen hatte, sich für dieses Land der unbegrenzten Möglichkeiten und nicht nur für den dortigen Schiffbau zu begeistern, war dieses eine Wort – Amerika – imstande, ihr einen Schauder über den Rücken zu jagen. Im Gegensatz zu früher jedoch, als sie bei Onkel Frederiks Berichten vor Reiselust und Fernweh erschauert war, überfiel sie diesmal ein Gefühl der

Beklemmung: Amerika, ausgerechnet Amerika, war nämlich der Ort, an dem Charlie L. Carrington sich laut Mrs Morgans Auskunft heute mit größter Wahrscheinlichkeit aufhielt.

In dem Gespräch, das Mrs Morgan kurz nach dem Zerbruch der Familie mit Lady Carrington geführt hatte, hatte diese eine derartige Vermutung geäußert.

„Es gab damals einen jungen Mann aus Lowerdale – soweit ich mich erinnere, handelte es sich um einen Sohn des Hufschmieds“, erklärte Mrs Morgan, „der nach Amerika ausgewandert ist, und diese Tat hat Charlie unglaublich imponiert. Ich erinnere mich genau an Lady Carringtons Worte: Charlie sprach tagelang voller Bewunderung von dem Mut dieses jungen Mannes, der es wagte, alles hinter sich zu lassen und auszuwandern, und von den wundervollen, unbegrenzten Möglichkeiten, die sich ihm in diesem unkomplizierten, aufstrebenden Land bieten würden, auch wenn er weder über Geld noch über Bildung verfügte. Daraus, also aus dieser Schwärmerei, schloss Lady Carrington, dass Charlie nach jenem verheerenden Streit ebenfalls nach Amerika gegangen ist! Doch mit Sicherheit konnte nicht einmal sie das sagen“, hatte Mrs Morgan betont, „denn weder sie selbst noch irgendjemand anders erhielt jemals eine Nachricht von Charlie!“

„Und das ist tatsächlich bis heute so geblieben – mehr haben auch Sie bis heute nicht erfahren?“, hatte Charlie sich vergewissert.

Mrs Morgans Stirn hatte sich umwölkt, ihre grauen Augen hinter den Brillengläsern hatten ein verräterisches Glitzern angenommen und Charlie war unglücklich in sich zusammengesunken.

So viel also zu den hochfliegenden Hoffnungen, die sie sich nach ihrer Entdeckung von Mrs Morgan als Charlies ehemaliger Nanny gemacht hatte. So viel zu ihrer Erwartung, Mrs Morgan würde das Rätsel um den Verbleib von Myles' Schwester lösen können, sodass Charlie imstande sein würde, eine Versöhnung in die Wege zu leiten …

Mrs Morgan hatte die Gedanken ihres jungen Gastes erraten. Nachdem sie ihre Brille abgenommen und sich mit einem bestickten Taschentuch die feuchten Augen getupft hatte, beugte sie sich zu Charlie und strich ihr liebevoll über die Schultern: „Ich weiß, Sie nehmen sich das Ganze sehr zu Herzen, Kind. Glauben Sie mir, mir selbst ergeht es nicht besser, und ich halte Ihren Vorsatz, Sir Edmund mit Charlie auszusöhnen, für äußerst lobenswert. Doch ich fürchte, so, wie die Dinge liegen, gibt es absolut nichts, was Sie in dieser Beziehung tun könnten!" Bei diesen letzten Worten hatte ihre Stimme gebebt, als ob sie nur mit Mühe weitere Tränen zurückhalten könnte.

„Und mit dieser Befürchtung hat Mrs Morgan vollkommen recht", dachte Charlie nun entmutigt. „Es gibt in der Tat nichts, was ich tun könnte! Charlie L. lebt nicht etwa in einer der nächsten größeren Städte, in London oder im schlimmsten Fall weit oben in Schottland, sodass ich sie aufsuchen könnte, um mit ihr zu sprechen, oder ihr wenigstens einen Brief senden könnte – nein, sie befindet sich ausgerechnet in Amerika, auf der anderen Seite des Atlantiks.

Und als ob dies allein nicht schon genügen würde, kennt kein Mensch ihre Adresse auf diesem riesigen, nur halb zivilisierten Kontinent! Hätte Mrs Morgan wenigstens einen Anhaltspunkt für Charlies Wohnort, und sei er auch noch so unpräzise, so könnte man eventuell versuchen, sie mittels einer Privatdetektei oder Ähnlichem vor Ort zu finden – doch selbst das scheint unter den gegebenen Umständen unmöglich. Ich habe keine Möglichkeit, Kontakt mit ihr aufzunehmen. Keine Möglichkeit, Myles' Familie wieder miteinander zu vereinen. Oh, Myles!"

Eine ungebetene Träne rann über Charlies Wange und tropfte hinunter in das sonnenbeschienene Wasser, mit dem vereint sie nun den Weiten des Atlantiks entgegenfließen würde. In finsterer Niedergeschlagenheit setzte Charlie ihren Weg nach Lowerdale Manor fort.

Während der folgenden Nacht wälzte Charlie sich ruhelos von einer Seite ihres Bettes auf die andere. Ihre Enttäuschung über den Verlauf des Gesprächs am Nachmittag war zu mächtig, um an Schlaf auch nur zu denken. Nachdem sie eine Weile vergeblich versucht hatte, ihre ewig kreisenden Gedanken zum Schweigen zu bringen, nahm sie deshalb ihr Tagebuch zur Hand, um niederzuschreiben, was sie bedrückte.

Doch bereits nach wenigen Worten legte sie es wieder beiseite. Schwarz auf weiß notiert zu sehen, wie ihre Hoffnungen, die gleichzeitig mit dem Licht in Mrs Morgans Salonfenster aufgeflammt waren, wieder zunichtegeworden waren, half ihr momentan nicht im Geringsten. Frustriert legte sie den Federhalter aus der Hand und verschloss den Deckel ihres Sekretärs, um regungslos davor sitzen zu bleiben. Sie lauschte der Stille der Nacht, als erwartete sie von dieser eine Antwort auf ihre ungelösten Probleme.

Längst waren sämtliche Geräusche in dem weitläufigen Herrenhaus verstummt, nur von draußen waren vereinzelte Laute zu vernehmen. Noch während Charlies Besuch bei Mrs Morgan hatte eine dichte Wolkendecke die Aprilsonne verdeckt, mittlerweile war Wind aufgekommen, der immer heftiger wurde. Mit leisem Klagen strich er um die Erker und Türmchen der Hausfassade, ab und an fuhr eine lebhafte Bö in den wilden Wein an den Mauern und schleuderte lose Zweige gegen Hauswand und Fenster. Ein kalter Luftzug bahnte sich seinen Weg durchs Fenster ins Rauminnere.

Charlie, bekleidet lediglich mit Nachthemd und dünnem Morgenmantel, fröstelte. Sie ging zum Fenster, duckte sich unter Vorhang und Gardinen hindurch und schob das leicht offen stehende bleigefasste Fenster nach unten, bis es mit einem hörbaren Ruck endgültig in den Rahmen einrastete. Im selben Moment fuhr Charlie erschrocken zusammen: Vor ihren Augen zuckte ein Blitz über den Nachthimmel! Für den Bruchteil einer Sekunde wurde die Welt draußen taghell, nur um sofort wieder in tiefstes nächtliches Schwarz zu tauchen. Kurz darauf grollte ein Donner, gefolgt von einem Windstoß, der das Fenster samt Rahmen erzittern ließ.

Mechanisch trat Charlie einige Schritte zurück. Nichts eignete sich besser dazu, ihr Furcht einzujagen, als eine dunkle, mondlose Nacht – höchstens eine dunkle, mondlose Nacht inklusive eines Gewittersturmes, wie diese es zu werden schien! Seit ihrer Kindheit verspürte Charlie bei jedem Gewitter, selbst wenn es am helllichten Tag niederging, den Drang, sich unter ihrer Bettdecke zu verkriechen, zumindest aber Augen und Ohren zu verschließen, um so wenig als möglich davon mitzubekommen. Sich freiwillig dem Anblick eines Gewitters auszusetzen, kam für sie gewöhnlich nicht infrage. Dennoch oder gerade deshalb – aus dem Wunsch heraus, diese kindische Furcht zu überwinden und sich gleichzeitig von ihren anderen Sorgen abzulenken – zwang sie sich nun, nahe am Fenster stehen zu bleiben und den Verlauf des Unwetters zu beobachten.

In kürzester Zeit, nachdem sie den ersten fernen Donner vernommen hatte, wuchs der böige Wind sich zu einem handfesten Sturm aus. Unablässig rauschte er in den Wipfeln der Parkbäume, während ein weiterer Blitz das tintenschwarze Firmament in zwei Teile spaltete und ein weiterer Donner, diesmal deutlich lauter und näher, erscholl. Obwohl sie damit gerechnet hatte, schrak Charlie zusammen. Immer rascher aufeinander folgten die Blitze, immer näher und mächtiger krachten die einzelnen Donnerschläge. Schlussendlich öffneten die Unwetterwolken ihre Schleusen, und der Regen trommelte gegen Charlies Fenster, als ob der Wind die Tropfen waagrecht vor sich hertrieb.

Charlie hatte genug gesehen. Sie wandte sich ab, zutiefst dankbar für den Schutz, den die sicheren Mauern des Hauses ihr boten. Die Vorstellung, dass manche Menschen sich während eines solchen Unwetters ins Freie wagten, jagte ihr einen eisigen Schauer über den Rücken. Sie selbst würde unter keinen Umständen ein solches Wagnis eingehen, dazu fehlte ihr der Mut. Unwillkürlich wanderten ihre Gedanken zurück zu Charlie Carrington. *Dieser* jungen Frau hatte es, ganz im Gegensatz zu ihr, jedenfalls nicht an Mut gemangelt: Vollkommen auf sich allein gestellt, hatte sie damals die lange Reise in ein fernes, unbekanntes Land angetreten, obwohl sie kaum älter gewesen war als Charlie heute.

Möglicherweise hatte sie Lowerdale Manor ausgerechnet in einer Unwetternacht wie dieser verlassen und war unter zuckenden Blitzen und gewaltigen Donnerschlägen zur nächsten Hafenstadt geritten. Dabei hatte sie sämtliche Risiken und Gefahren in Kauf genommen, die einer allein reisenden jungen Dame drohten, auf See ebenso wie an Land – all das zusammen genommen war, bei aller Reiselust und trotz ihres langjährigen Wunsches, Amerika zu erleben, schier unvorstellbar für Charlie selbst.

Kopfschüttelnd ließ sie sich auf der Kante ihres Bettes nieder und entledigte sich ihrer Schuhe, als ein neuerliches, lautstarkes Krachen sie mitten in der Bewegung innehalten ließ. Charlie erstarrte: Für einen kurzen Augenblick erbebte der Boden unter ihren Füßen, klirrten die Fensterscheiben – dies war kein gewöhnlicher Donnerschlag! Entweder hatte der Blitz in unmittelbarer Nähe des Hauses eingeschlagen oder aber …

Charlie lauschte angestrengt, bis draußen der nächste Donner erklang, nahezu zeitgleich mit einem zweiten, leichteren Schlag aus dem Inneren des Hauses! Mit einem Sprung war die junge Frau auf den Füßen und eilte auf den Gang vor ihrem Zimmer. Das Geräusch, unterdessen nur noch ein leichtes Poltern, kam aus der Zimmerflucht am Ende des Ganges im ersten Stockwerk, Sir Edmunds privaten Räumen.

Charlie fand Sir Edmund vor dem Kaminfeuer seines kleinen Wohnzimmers. Den rechten Arm weit von sich gestreckt, den linken krampfhaft gegen die Brust gepresst, lag er auf dem Teppich, sichtlich ohne Bewusstsein. Offenbar hatte er beim Fallen das Kamingitter ins Feuer gestoßen und damit einen brennenden Holzscheit ins Rollen gebracht, denn es züngelten bereits einige kleine Flammen über den Boden.

Mit einem Aufschrei riss Charlie eine Decke von einem Sessel und erstickte damit die Flammen, ehe sie wirklich Schaden anrichten konnten. Nicht auszudenken, was geschehen wäre, wenn sich das Feuer von diesem Raum aus im ganzen Gebäude ausgebreitet hätte! Zur Sicherheit leerte sie auch den Inhalt des Wasserkrugs aus Sir Edmunds angrenzendem Schlafzimmer über den angesengten Teppich. Erst, als sie sicher war, auf diese Weise sämtliche Flammen gelöscht zu haben, beugte sie sich über den besinnungslosen alten Herrn. Zu ihrer großen Erleichterung atmete er – ungleichmäßig zwar und schwer, doch er atmete.

Sie bettete Sir Edmunds Kopf auf ein weiches Kissen, in der Hoffnung, ihm damit leichter Atem zu verschaffen, und klingelte nach Mortimer. Die Minuten bis zu dessen Ankunft dehnten sich zu einer kleinen Ewigkeit, während der Charlie tatenlos neben dem alten Mann kauerte. Sie hatte keine Ahnung, keinerlei Erfahrung, welche Hilfe sie in einem solchen Fall von Besinnungslosigkeit leisten sollte oder konnte: Ihr blieb nichts anderes übrig, als zu beten und zu hoffen, dass Mortimer wusste, was zu tun war.

Mortimer, ebenfalls im Morgenrock und mit einer Nachtmütze auf dem Kopf, erfasste die Situation mit einem Blick. Ohne zu zögern, ließ er sich neben seinem Herrn auf die Knie fallen und tastete nach dessen Herzschlag, gleichzeitig stieß er aus: „Der Arzt – Miss Charlotte, wir brauchen den Arzt! Wecken Sie den Kutscher, er soll ihn holen! Und handeln Sie rasch, Mädchen, jede Minute zählt, das machen Sie gefälligst auch dem Kutscher klar!“

Bei dieser knappen, barschen Anweisung, die so gar nichts gemein hatte mit Mortimers umständlicher Ausdrucksweise, wurde Charlie der Ernst der Lage in aller Deutlichkeit bewusst. Mit einem zustimmenden Nicken eilte sie aus dem Raum, während Mortimer begann, Weste und Hemd seines Herrn aufzuknöpfen.

In ihrem eigenen Zimmer angelangt, bedurfte es für Charlie keiner langen Überlegung. Sollte es hier tatsächlich um Sir Edmunds Überleben gehen, wie sie aus Mortimers Verhalten geschlossen hatte, würde es viel zu viele wertvolle, möglicherweise sogar entscheidende Minuten kosten, zur Wagenremise und der darüberliegenden Wohnung des Kutschers zu eilen, diesen zu wecken und den Wagen anzuspannen – ein Reiter, obendrein einer, den man nicht erst aus dem Schlaf reißen musste, wäre wesentlich rascher beim Arzt. In fliegender Eile streifte sie deshalb das nächstbeste Kleid über ihr Nachthemd, schlüpfte in ihre Halbstiefel, warf sich, bereits im Hinausgehen, einen Kapuzenumhang über die Schultern und hastete zur Hintertür von Lowerdale Manor.

Nachdem sie sich in der Spülküche mit einer Laterne ausgerüstet hatte, überquerte sie im Laufschritt den gekiesten Platz vor den Ställen, betrat den Pferdestall und zäumte bei flackerndem Laternenlicht die Stute auf, die Myles ihr einst geschenkt hatte. Auf den schweren, umständlich zu gurtenden Damensattel verzichtete Charlie, stattdessen führte sie ihre Stute sofort ins Freie und schwang sich auf deren blanken Rücken.

Seit ihrem letzten Ausritt waren Monate vergangen (nach Myles' Tod hatte Charlie jegliches Vergnügen daran verloren), doch bereits nach den ersten Schritten des Pferdes fühlte sie sich wieder in ihrem Element. Energisch trieb sie die Stute vorwärts.

Bis hierher hatte Charlie sich derart auf das Nächstliegende konzentriert, dass sie so gut wie keinen Gedanken an das Unwetter verschwendet hatte. Sobald ihr Pferd jedoch unter dem schützenden Vordach des Stalles hervorgetreten war, traf dieses sie mit voller Wucht: Wie sie vorher schon vermutet hatte, peitschte der Wind den Regen in böigen Strömen vor sich her, und die alten Parkbäume ächzten und neigten sich unter der Gewalt des Sturmes. Nahezu im Minutentakt niedergehende Blitze erhellten Charlies Gesichtsfeld mit ihrem gleißenden Licht, und sie duckte sich angstvoll unter jedem der Donnerschläge, die mittlerweile so dicht aufeinanderfolgten, dass sie sich zu einem einzigen zu vereinen schienen. Ganz offensichtlich befand sie sich hier und jetzt mitten im Zentrum des Unwetters!

Zu ihrem Glück ließ Moonlight, ihr hervorragend ausgebildetes Reitpferd, sich davon weit weniger beeindrucken als Charlie.

Mit angespanntem Körper, Augen und Ohren wachsam nach vorne gerichtet und im Vergleich zu Charlie dennoch verhältnismäßig gelassen galoppierte die Stute den Weg entlang. Charlie beugte sich tief über den Pferdehals, um ihr Gesicht so gut als möglich vor dem Regen und den dürren Ästen und Blättern zu schützen, die der Wind in wildem Spiel um Pferd und Reiter herumwirbelte. Nur gelegentlich hob sie den Kopf, um sich zu orientieren und ihr Pferd auf dem Weg zu halten, der sie über die Brücke, durch Upperdale und durch ein angrenzendes Wäldchen direkt nach Lowerdale und damit zum Haus des nächsten Arztes führen würde.

Auf diese Weise hatte sie bereits mehr als die Hälfte der Strecke zurückgelegt, als wenige Meter vor ihr ein langer, starker Ast zu Boden ging, den der Sturm vom Baum gerissen hatte. Ein Blitz, der exakt in diesem Augenblick über den Himmel zuckte, ließ Pferd und Reiter die Gefahr rechtzeitig erkennen: Moonlight machte einen erschrockenen Satz zur Seite, sodass es ihr gelang, dem Hindernis auszuweichen, doch Charlie geriet durch den unerwarteten Sprung auf dem blanken Pferderücken bedenklich ins Rutschen. Einzig, indem sie ihre Hände in Moonlights Mähne krallte und die Beine unter ihrem vollkommen durchweichten langen Rock mit aller Kraft um den Pferdeleib presste, gelang es ihr, sich oben zu halten. Als Charlie ihr Gleichgewicht wiedergefunden hatte, trommelte ihr Herz in ähnlich rasendem Rhythmus wie Moonlights Hufschlag. Dennoch ritt sie im selben Tempo weiter. Jede Minute, jede Sekunde konnte über Sir Edmunds Leben oder Tod entscheiden!

Dieses Bewusstsein hielt Charlie aufrecht, bis sie das Haus des Arztes erreicht hatte und mit ihm an ihrer Seite wieder heil zurück nach Lowerdale Manor gelangt war.

An ihrem folgenden freien Nachmittag klopfte Charlie zum zweiten Mal an die rot gestrichene Tür des Häuschens in Upperdales Hauptstraße. Mrs Morgan, die diesmal persönlich an der Tür erschien, lächelte erfreut.

„Wie schön, dass Sie mich besuchen, Miss Charlotte! Bitte, treten Sie ein!"

„Ich hoffe, ich komme nicht ungelegen", bemerkte Charlie, während sie wie zwei Wochen vorher in dem gemütlichen Salon Platz nahm, diesmal jedoch auf dem grünen Chintzsofa vor dem Fenster.

„Aber nein", beteuerte Mrs Morgan. „Ich freue mich doch über jede Gelegenheit eines Gesprächs mit Ihnen!"

Unvermittelt wurde das Strahlen in ihrem schmalen, faltigen Gesicht von einer kummervollen Miene abgelöst. „Wie geht es Sir Edmund? Man erzählt sich, er hatte einen Herzanfall. Ist das wirklich wahr?!?"

„Leider ja! Doch es war kein allzu schwerer Anfall und Sir Edmund ist längst auf dem Weg der Genesung. Der Arzt ist sehr zufrieden mit den Fortschritten, die er bislang gemacht hat", beruhigte Charlie die alte Dame.

„Demnach geht es ihm also wieder gut und er wird keine bleibenden Schäden davontragen?" Gespannt beugte Mrs Morgan sich nach vorne, Charlie entgegen, bis ihr silbergrauer Haarknoten am Hinterkopf ins Rutschen geriet. Mrs Morgan bemerkte es nicht.

„Nein, zum Glück nicht, hat der Arzt versichert, weil es nur ein leichter Infarkt gewesen sei", erläuterte Charlie. „Ein Warnschuss gewissermaßen, der dank rascher ärztlicher Hilfe keine dramatischen Folgen gehabt hat. Und doch sei er nicht auf die leichte Schulter zu nehmen. Wenn Sir Edmund sich in nächster Zeit nicht schone und von allen Aufregungen fernhalte, werde es nicht lange dauern, bis sein Herz erneut streikt – dann jedoch mit weit ungewisserem Ausgang als beim ersten Mal!"

„Aber nein!" Betroffen schlug Mrs Morgan ihre Hand vor den Mund. „So weit darf es einfach nicht kommen!"

Annabelle, die sich inzwischen zu ihnen gesellt hatte, räusperte sich zustimmend, während sie sich gleichzeitig daranmachte, den Haarknoten ihrer Mutter wieder festzustecken. Sobald er ordnungsgemäß an Ort und Stelle saß, wandte sie sich an Charlie.

„Dann stimmt es wohl auch, dass Sie ganz alleine durch dieses entsetzliche Unwetter geritten sind, um den Arzt zu holen, wie die Haushälterin ganz stolz im Dorf herumerzählt?"

Charlie nickte stumm.

„Aber hatten Sie denn gar keine Angst, Miss Charlotte? Ich glaube, ich wäre vor Angst gestorben – ich wage mich bei Gewitter ja kaum vor die Haustür!"

„Genau so ergeht es mir für gewöhnlich auch", gestand Charlie, „doch in diesem Fall hatte ich keine Zeit, überhaupt an meine Ängste zu denken. Alles, woran ich denken konnte, war, dass jede Minute über Sir Edmunds Leben entscheiden konnte. Und da außer Mortimer und mir sämtliche Hausbewohner schliefen, tat ich eben selbst, was erforderlich war. Es war eine ganz neue Erfahrung für mich zu sehen, wie unwesentlich die eigene Angst werden kann, wenn wirklich Not am Mann ist! Und genau aus diesem Grunde komme ich heute auch zu Ihnen, Mrs Morgan!"

„Sie kommen zu mir, um Ihre Angst zu überwinden und mir das Leben zu retten, wie Sie es offenbar bei Sir Edmund getan haben?", erkundigte sich Mrs Morgan ungläubig.

„Nun – nicht ganz." Angestrengt suchte Charlie nach den richtigen Worten. Worten, die Mrs Morgan ihr Anliegen begreiflich machen würden, ohne sie gleichzeitig davor zurückschrecken zu lassen. So vieles, ja, nahezu ihr ganzes Vorhaben war von Mrs Morgans Reaktion auf ihre Worte abhängig! „Ich brauche Ihre Hilfe bei einem Unternehmen, vor dem ich im Grunde große Angst habe, das ich aber dennoch durchführen muss, weil es außer mir niemanden gibt, der das tut", erklärte sie schließlich.

„Verzeihen Sie, mein liebes Mädchen, aber ich fürchte, Sie sprechen immer noch in Rätseln." Mrs Morgan runzelte verwirrt ihre Stirn.

„Oh, das tut mir leid. Also, dann will ich ganz offen mit Ihnen sprechen. Ich muss Sie aber gleichzeitig bitten, dass dieses Gespräch vollkommen unter uns bleibt, Mrs Morgan, unter Ihnen, Annabelle und mir. Es handelt sich um Folgendes: Ich habe beschlossen, persönlich nach Amerika zu reisen und dort nach Charlie Carrington zu suchen!"

Das betroffene Schweigen, das Charlies Ankündigung folgte, sprach lauter als jeder erstaunte Ausruf.

Annabelle gewann als Erste der beiden Zuhörerinnen ihre Fassung wieder: „Aber das ist unmöglich, Miss Charlotte, das können Sie nicht tun! Selbst wenn Sie es bei allen Strapazen einer langen Seereise bis nach Amerika schaffen würden – und das werden Sie nicht, nicht alleine als Lady –, wüssten Sie gar nicht, wo Sie mit Ihrer Suche beginnen sollten! Dieses Unternehmen ist viel zu gefährlich und von vornherein zum Scheitern verurteilt. Es führt sie geradewegs ins Unglück!"

„Und doch muss ich es tun", beharrte Charlie, nicht im Geringsten überrascht von Annabelles Reaktion. Schließlich hatte sie selbst nicht anders gedacht, als ihr klar geworden war, dass eine Reise nach Amerika erforderlich sein würde, falls es ihr nach wie vor ernst war mit der Versöhnung der Familie Carrington. Doch Sir Edmunds Herzanfall und ihr Ritt durch den Gewittersturm hatten ihre Einstellung verändert.

„Ich bin mir der Gefahren durchaus bewusst, Annabelle, glauben Sie mir", fuhr sie deshalb fort. „Doch wenn ich nicht wenigstens den Versuch wage, nur weil mir der Mut dazu fehlt, ereilt Sir Edmund vielleicht der nächste Herzinfarkt, und er stirbt einsam und verbittert, ohne die Gelegenheit gehabt zu haben, sich mit seiner Tochter zu versöhnen! Überdies ist auch Charlie Carrington, die damals kaum älter war als ich heute, vollkommen alleine nach Amerika gereist, nicht wahr?! Wenn sie es gewagt hat, weshalb sollte ich das nicht auch tun, vor allem, da ich einen wirklich dringenden Grund dafür habe?!"

„Weil", ereiferte sich Annabelle, „man das überhaupt nicht vergleichen kann, denn Charlie Carrington ist ein …"

Ihre Mutter schnitt ihr das Wort ab: „Ich kann Ihren Gedankengang sehr gut nachvollziehen, Miss Charlotte. Es wäre tatsächlich entsetzlich, wenn Sir Edmund stirbt, ohne sich vorher mit Charlie auszusöhnen. Insofern finde ich Ihr Vorhaben nicht nur äußerst wagemutig, sondern geradezu großartig! Seit Jahren bitte ich Gott nun schon darum, dass in dieser Angelegenheit endlich etwas geschieht. Doch haben Sie sich auch nur einen Gedanken darüber gemacht, wie das Ganze praktisch durchzuführen wäre? Immerhin können Sie Lowerdale Manor, Sir Edmund und Miss Mallory nicht mir nichts, dir nichts einfach verlassen und aufs Geratewohl irgendein Schiff besteigen!"

„Nein, das habe ich auch nicht vor. Und ich habe in der Tat bereits Pläne geschmiedet, wie ich vorgehen könnte. Allerdings wäre ich genau dabei auf Ihre Hilfe angewiesen, Mrs Morgan!"

„Ja?" Mrs Morgans Wangen röteten sich vor Aufregung. Mit ihren schmalen, abgearbeiteten Händen ergriff sie Charlies Rechte und erklärte feierlich: „Ich kann mir zwar kaum vorstellen, was ich in meinem fortgeschrittenen Alter bei einem solchen Vorhaben tun könnte, Miss Charlotte, aber ich versichere Ihnen: Alles, was ich zu einer möglichen Versöhnung der Carringtons beitragen kann, trage ich mit Freuden bei, sei es nun wie bisher im Gebet oder aber in der Tat!"

„Danke, Mrs Morgan, vielen Dank! Ich weiß das wirklich zu schätzen!" Voll Erleichterung erwiderte Charlie Mrs Morgans Händedruck.

Bis zu diesem Zeitpunkt war sie sich der Hilfe der alten Dame, die sie noch kaum kannte, beileibe nicht sicher gewesen – und doch hing so viel davon ab, dass Mrs Morgan ebenso wie ihre Tochter Annabelle ihren Plänen zustimmte und sie bei deren Umsetzung unterstützte. Jede wache Stunde, die seit dem Gewitter und ihrer Entscheidung für die Reise vergangen war, hatte Charlie deshalb um diese Unterstützung gebangt und gebetet …

„Und Sie, Annabelle?", wandte sie sich an die junge Frau, die seit der abrupten Unterbrechung durch ihre Mutter geschwiegen hatte. „Darf ich auch auf Ihre Hilfe zählen?"

„Ich weiß nicht recht." Annabelle bedachte Charlie mit einem Blick, den diese nicht anders als voller Skepsis, wenn nicht sogar voller Widerwillen, deuten konnte. „Ehrlich gesagt, habe ich meine Zweifel an dieser Geschichte. Ehe ich meine Hilfe verspreche, möchte ich auf jeden Fall erst einmal Einblick haben in Ihre Pläne!"

„In Ordnung, den sollen Sie bekommen!" Eifrig, aber mit gedämpfter Stimme, als fürchtete sie ungebetene Zuhörer, erläuterte Charlie während der nächsten Minuten detailliert die Pläne, die sie seit dem folgenschweren Unwetter geschmiedet hatte.

Sowie Annabelle Charlie zur Haustür geleitet hatte, kehrte sie in den Salon zurück.

Mit nachdenklichem Blick saß ihre Mutter noch immer auf dem Sofa am Fenster. Vorwurfsvoll, beide Arme in ihre Seiten gestemmt, baute sich Annabelle vor ihr auf.

„Wie konntest du nur, Mutter?", begann sie ohne Umschweife. „Wie konntest du Miss Charlotte so großzügig deine – und damit gleichzeitig auch meine, denn was bleibt mir jetzt anderes übrig, als mitzumachen – Unterstützung für dieses verrückte Unternehmen versprechen, ohne es ihr zu sagen?"

„Wie – was meinst du damit? Was erregt dich denn derart?" Fragend musterte Mrs Morgan ihre Tochter.

„Oh, ich glaube, du weißt sehr wohl, was ich meine, Mutter: Wie konntest du Miss Charlotte in dem Glauben lassen, Charlie Carrington sei eine junge Frau wie sie selbst?!? Merkst du denn nicht, dass sie gerade dieser Umstand – ihr Glaube, dass Charlie eine äußerst mutige junge Lady war – dazu anspornt, selbst eine derart waghalsige Reise auf sich zu nehmen?"

„Oh doch, Annabelle, das ist mir sehr wohl bewusst – und damit hast du auch bereits den Grund genannt, weshalb ich sie eben nicht eines Besseren belehre. Seit mehr als zehn Jahren bete ich nun darum, dass Charlie Carrington in Frieden nach Hause zurückkehrt. Da werde ich doch jetzt, da die Erhörung meines Gebetes endlich in Aussicht steht, diese nicht selbst vereiteln, indem ich in Miss Charlotte Zweifel an ihrem Vorhaben säe! Und immerhin stammt ihre selbstverständliche Annahme, Charlie Carrington sei eine junge Frau, von ihr selbst!"

„Gewiss – aber denkst du wirklich, Mutter", Annabelle ließ ihre Arme sinken, kniete vor ihrer Mutter auf den Boden und legte ihr die Hände auf die Knie, während sie eindringlich fortfuhr, „Gott kann seinen Segen zu dieser Reise geben, wenn sie schon unter falschen Voraussetzungen, mit einer Unwahrheit oder, besser ausgedrückt, Unaufrichtigkeit, begonnen wird?"

Mrs Morgan senkte den Blick hinter den spiegelnden Brillengläsern auf Annabelles Hände und schwieg. Sekunden verstrichen, wurden zu einer Minute des Schweigens.

Als Annabelle sich bereits erheben wollte in der Annahme, ihr Vorwurf hätte die Gefühle ihrer Mutter verletzt, antwortete diese: „Ich muss ehrlich gestehen, Kind, ich fühle mich ertappt. Genau so, wie du gesagt hast, habe ich mich nämlich bis eben verhalten, gemäß dem Motto: Der Zweck heiligt die Mittel. Doch wie du mir ganz richtig vor Augen gemalt hast, trifft das vor Gott nicht zu! Ich sollte Miss Charlotte die Wahrheit sagen …"

Einen weiteren Moment lang überlegte sie, dann hob sie ihr Gesicht und blickte Annabelle in die Augen. „Und ich *werde* ihr die Wahrheit sagen, Annabelle, nur bitte ich dich: Überlass den Zeitpunkt dafür mir! Ich möchte eine günstige Gelegenheit abwarten. Deshalb lass uns zunächst einmal die Dinge tun, um die Miss Charlotte uns gebeten hat. Du ahnst ja nicht, wie viel mir daran liegt, dass ihr Unternehmen gelingt. Später aber, ehe sie tatsächlich aufbricht, werde ich noch einmal mit ihr sprechen, ja?"

„Nun gut, Mutter", erklärte Annabelle sich endlich einverstanden, nach wie vor mit einer ihrer Meinung nach durchaus gerechtfertigten Skepsis. Allein der gesunde Menschenverstand verriet doch, dass Miss Charlottes Reise mit unbekanntem Ziel misslingen musste!

Erst im Laufe der Reisevorbereitungen, die Annabelle Morgan und ihre Mutter gemäß Charlies Plänen und in ihrem Auftrag trafen, legte sich ein Teil dieser Skepsis.

Zunächst einmal erbrachte Ms Morgans Gespräch mit dem Hufschmied, dessen Sohn damals nach Amerika ausgewandert war, tatsächlich einen Hinweis: Soweit er sich erinnerte, hatte sein Sohn noch kurz vor seinem Aufbruch mit Charlie Carrington gesprochen, ihm sogar mitgeteilt, welchen Zielhafen er ansteuerte: New York. In New York nämlich lebte bereits ein entfernter Cousin des Schmieds, der dessen Sohn zunächst aufnehmen würde. Zusätzlich zu dieser Information hatte Mrs Morgan dem Hufschmied, ohne den Anlass ihres plötzlichen Interesses an dem ausgewanderten Sohn zu nennen, sogar dessen heutige Adresse in der Umgebung New Yorks entlockt!

Charlie frohlockte. Erhofft hatte sie sich von Mrs Morgans Nachforschungen bestenfalls einen Hinweis auf die grobe Richtung, die Charlie L. in Amerika eingeschlagen haben könnte, und erhalten hatte sie eine exakte Adresse als Anlaufstelle, bei der sie vermutlich Auskunft über Charlie L.s derzeitigen Aufenthaltsort bekommen würde!

Plötzlich hatte Charlies Reise ein konkretes Ziel, was sie wiederum in die Lage versetzte, ihre Schiffspassage zu buchen oder vielmehr buchen zu lassen. Denn es war Annabelle, die zu diesem Zweck nach Southampton reiste. Mit einem Teil des Lohnes, den Charlie auf Lowerdale Manor verdient und den sie Annabelle anvertraut hatte, erwarb diese eine Passage von Southampton nach New York. Annabelle buchte für Charlie einen Platz auf einem deutschen Auswandererschiff namens *Eugenia*, das in Southampton die letzten Waren und Kabinenpassagiere aufnehmen würde.

Nur drei Wochen nachdem Charlie die beiden Morgans um Hilfe bei dem „Unternehmen Versöhnung“, wie Annabelle es mittlerweile nannte, gebeten hatte, hielt sie ihren Fahrschein, ausgestellt vom Proviant- und Zahlmeister der *Eugenia*, in der Hand. Damit war der zweite, wesentliche Teil ihrer Vorbereitungen abgeschlossen, während der letzte, für sie persönlich schwierigste Teil noch bevorstand: das Gespräch mit Sir Edmund, in dem sie ihre Stellung als Mallorys Gesellschafterin kündigte.

Zu ihrer größten Erleichterung verlief auch diese Angelegenheit relativ reibungslos. Charlie teilte Sir Edmund und Mallory gemeinsam mit, dass sie sich nach reiflicher Überlegung entschlossen habe, Sir Edmunds früheren Vorschlag anzunehmen und in ihre Heimat zurückzukehren, zumal sie überzeugt sei, eine hervorragend geeignete Nachfolgerin für ihren Posten gefunden zu haben: eine junge Frau, eine Lehrerin, die aus familiären Gründen eine Stellung in nächster Umgebung ihrer Heimat Upperdale suchte. Nachdem Sir Edmund das Leumundszeugnis gelesen hatte, das Annabelle Morgans ehemalige Schulleiterin ihr ausgestellt hatte, und Mallory Annabelle persönlich kennengelernt hatte, gab er sein Einverständnis zu Charlies baldiger Abreise – und jedes Hindernis, das noch imstande gewesen wäre, Charlie von der Durchführung ihres Vorhabens abzuhalten, war endgültig aus dem Weg geräumt.

Ihren letzten Abend auf Lowerdale Manor, einen hellen, milden Juniabend, verbrachte Charlie im Pavillon im Park. Ein zierlicher Gartenrotschwanz hüpfte durch die Äste des Rhododendrons, dessen letzte Blüten purpurn schimmerten. Aus einem Baumwipfel erklang das melancholische Abendlied einer Amsel.

Abgesehen davon war es ausgesprochen still in der Umgebung des Herrenhauses. Kein Bediensteter war außerhalb des Hauses unterwegs und sowohl Mallory als auch Sir Edmund hatten sich bereits zu Bett begeben. Auch Charlie würde bald zur Ruhe gehen, um ausgeschlafen zu sein, wenn Sir Edmunds Wagen sie schon lange vor Tagesanbruch zum Hafen bringen würde. Diese letzten ruhigen Minuten auf Lowerdale Manor wollte sie sich jedoch nicht nehmen lassen. Auf ihren Knien lag das aufgeschlagene Tagebuch.

*Liebe Freundin,*
*nun wirst Du wieder zu meiner Reisegefährtin, die Du auch anfangs warst, als Mutter Dich mir anvertraute. Damals, als ich Dich zum ersten Mal in Händen hielt, Deine Seiten gänzlich rein und unbeschrieben, lag mein Herz wie ein Stein in meiner Brust, und in meinen Augen standen Abschiedstränen, die auch heute beständig hinter meiner mühsam bewahrten Fassung lauern.*
*Damals allerdings ging es um den Abschied von meiner geliebten Familie und all den vertrauten Orten meiner Kindheit, der, so schwer er mir auch fiel, doch freiwillig geschah. Er barg die Erwartung einer verheißungsvollen Zukunft in einem neuen, unbekannten Lande in sich, während der heutige Abschied, gewissermaßen aus der Not geboren, nichts als Schmerz und Furcht zu versprechen scheint.*
*Es schmerzt mich, dass ich mich von Menschen verabschieden muss, die ich lieb gewonnen habe und die, hätte es das Schicksal nicht anders gewollt, sogar meine neue Familie geworden wären. Gleichzeitig kann ich es kaum ertragen, Lowerdale Manor zu verlassen, diesen bezaubernden Ort, der mir zur neuen Heimat hätte werden sollen und an welchem die Erinnerung an meinen geliebten Myles weiterlebt!*
*Was jenen zweiten Punkt, die Furcht vor der Reise nach Amerika, betrifft, so kann ich nur betonen: Sie ist, seit ich den Entschluss fasste, diese anzutreten, immer stärker geworden.*

*Kurz nach meinem Ritt durch die Gewitternacht, zu welchem die Sorge um Sir Edmunds Leben mich trieb, fühlte ich mich wahrhaftig in der Lage, jeder Gefahr ins Auge zu blicken: Ich hatte meine Angst überwunden, ja, geradezu vergessen, während ich tat, was die Not erforderte; ich hatte der Gefahr getrotzt und fühlte mich mutig und stark. In dieser Situation schien mir der bis dahin vollkommen abwegige, unvorstellbar Furcht einflößende Gedanke, selbst nach Amerika zu reisen und nach Charlie L. zu suchen, wie eine Eingebung, und ehe ich es mir anders überlegen konnte, traf ich gemeinsam mit Annabelle und Mrs Morgan bereits die ersten Vorbereitungen. Das Wissen, dass die junge Charlie Carrington dieselbe riskante Reise angetreten hat, begleitete mich durch alle diese Vorkehrungen und gibt mir bis heute das Gefühl, das Richtige zu tun.*

*Oder ist dieses Drängen in meinem Inneren, dieses starke Bedürfnis, die Familie meines verstorbenen Verlobten miteinander auszusöhnen, ein Fingerzeig Gottes – eine Art Bestimmung für mein Leben?!? Meine Mutter – liebevolles, sanftes, mitfühlendes Herz unserer Familie – würde es als solche betrachten, falls sie davon wüsste, dessen bin ich recht sicher. Doch selbstverständlich würde sie darauf bestehen, dass ich diese Reise in Begleitung eines starken, verantwortungsbewussten Mitreisenden, eines Beschützers, antrete – und da dies unter dem gegebenen Umstand der Geheimhaltung leider unmöglich ist, konnte ich sie nicht in mein Vorhaben einweihen. Während Sir Edmund annimmt, meine Eltern hätten mir die Fahrkarte, die tatsächlich von einem deutschen Schiff stammt, in ihrem letzten Brief geschickt, damit ich zu ihnen nach Hause reisen kann, musste ich sie schweren Herzens in dem Glauben lassen, ich bliebe noch für einige weitere Monate auf Lowerdale Manor.*

*Auch Mrs Morgan ist, wie ich ihren gelegentlichen Bemerkungen entnahm, der Ansicht, dieses Drängen in mir sei Gottes Werk oder ich sei eine Art Werkzeug, das Gott benutzt, um ihre Gebete zu erhören. Eigentlich wollte sie mir zum Abschied noch etwas Bedeutungsvolles sagen, das vermutlich in diesem Zusammenhang steht, doch leider fand ich heute keine Zeit mehr für den vorgesehenen allerletzten Besuch in ihrem Häuschen (Mallory und ihr Kummer, mich zu verlieren, nahmen mich voll und ganz in Anspruch). So musste ich mir ihre liebevollen Abschiedsworte und die Bitte um Gottes Segen – denn gewiss war es das, was sie mir mit auf den Weg geben wollte – entgehen lassen.*

*Doch ich bin gewiss, dass Gott mir auch ohne diese gut gemeinte Segenshandlung seine Bewahrung zuteilwerden lässt. Einem liebenden Vater im Himmel, der nicht einmal das Leben seines eigenen Sohnes verschonte, um die Menschheit mit sich zu versöhnen, ist doch mehr als jedem anderen daran gelegen, dass wir Menschen ebenso in Frieden und Versöhnung miteinander leben, insbesondere innerhalb der Bande unserer eigenen Familie!!! Im Vertrauen darauf kann ich mich getrost auf die Reise und die Suche nach der verlorenen Tochter begeben, meine ich. Und dennoch bleibt die Tatsache bestehen: Je näher die Stunde meines Aufbruchs rückt, desto nüchterner betrachte ich die Situation, desto deutlicher werden mir auch alle Risiken meines Alleinreisens und der völlig ungewisse Ausgang meines Unternehmens bewusst!*

*Vermutlich werde ich diese Nacht kein Auge zutun, denn selbst wenn ich nicht an das Kommende denken sollte, bedrückt mich die Tatsache, dass ich Mallory zurücklassen muss. Im Lauf der vergangenen Jahre vertrauten wir einander unsere geheimsten Gedanken an; sogar während meiner Verlobungszeit mit Myles war sie diejenige, die am unmittelbarsten Zeugin meiner übersprudelnden Gefühle wurde. Sie wird mir so unglaublich fehlen – fast so sehr, wie Myles es immer noch tut!!! Im umgekehrten Sinne gilt das natürlich ebenso, wenn nicht gar in noch größerem Maße. Die arme Mallory bleibt hier zurück in all den Beschränkungen und der Enge ihres Lebens, die ihre Lähmung ihr auferlegen, und in der*

*zunehmend düsteren Atmosphäre, die Sir Edmund um sich verbreitet! Der einzige Lichtblick für sie ist Annabelle.*
*Bereits bei ihrer ersten Begegnung verstanden die beiden sich blendend, möglicherweise sogar noch besser, als ich erhofft hatte, nachdem mir zum ersten Mal der Gedanke gekommen war, Annabelle meine Stellung als Gesellschafterin zu vermitteln (ich hatte Mallory ja versprochen, Lowerdale Manor erst dann zu verlassen, wenn sich eine geeignete Nachfolgerin gefunden hätte). Nachdem ich Annabelle also – ohne viel Mühe übrigens, denn sie war dankbar für diese Gelegenheit – überzeugt hatte, sich auf Lowerdale Manor vorzustellen, sprach sie zuerst unter vier Augen mit Sir Edmund, der sie, soviel ich gesehen habe, mit finsterem Gesicht empfing.*
*Danach wandte sie sich an Mallory, die in ihrem Rollstuhl am Fenster saß. „Ich freue mich, Sie kennenzulernen, Miss Cranshaw! Wie wäre es, wenn wir zu diesem Zweck gemeinsam nach draußen gingen? Die wundervoll warme Sonne dort draußen im Park wird uns beiden sofort ein warmes Lächeln ins Gesicht zaubern, und das muntere Gezwitscher der Vögel wird uns dazu animieren, ebenso gut gelaunt miteinander zu zwitschern, sodass unser erstes persönliches Gespräch das reine Vergnügen sein wird, dem hoffentlich noch viele weitere dieser Art folgen werden!" Mit diesen salbungsvollen Worten, gepaart mit dem fast spitzbübischen Zwinkern der braunen Augen in ihrem angenehm runden, rotwangigen Gesicht, hat Annabelle Mallorys Herz sofort gewonnen, wie Mallory mir heute anvertraute.*
*Heute, in dem für vermutlich sehr lange Zeit allerletzten Gespräch, das wir beide miteinander führten. Als Mallory fortfuhr, konnte sie ihre Tränen nicht länger zurückhalten. „Nichtsdestotrotz werde ich dich fürchterlich vermissen, Charlie! Du warst die erste und beste Freundin, die ich in meinem ganzen bisherigen Leben besaß, und ich hatte bereits angefangen, dich als Schwester zu betrachten, so wie ich Myles als Bruder stets betrachtete …"*

*Ihre Tränen steckten mich augenblicklich an. Ich kauerte neben Mallorys Rollstuhl nieder, legte die Arme um sie und drückte sie an mich, so fest ich es mir bei ihrem zerbrechlichen Körper erlauben konnte. Ich hätte mich nicht gewundert, wenn sie mich in diesem letzten schmerzlichen Augenblick noch gebeten hätte, meine Heimreise zu verschieben und bei ihr zu bleiben. Und gerade die Tatsache, dass sie es nicht tat, brachte mich beinahe dazu, etwas vollkommen Unüberlegtes zu tun: Ich war kurz davor, ihr den wahren Zweck meiner Reise, mein wahres Ziel, anzuvertrauen. Einzig der Gedanke, dass ich sie nicht mit diesem Geheimnis belasten durfte, hielt mich davon ab. Sollte ihr nämlich Sir Edmund gegenüber jemals ein Wort darüber entschlüpfen, könnte dies die unvorhersehbarsten Folgen haben. Gewiss ist es besser, sie findet sich jetzt mit meinem Weggehen ab und sucht Trost bei Annabelle, wo sie ihn sicher finden wird, als dass sie sich mit Sorgen um mich und das Gelingen meines „Unternehmens Versöhnung“ plagen muss.*

*Auf diese Weise also verabschiedeten wir uns voneinander, denn morgen früh, wenn ich lange vor Sonnenaufgang die Kutsche besteigen werde, werde ich Mallory nicht mehr zu Gesicht bekommen. Sie wird erst zu dem Zeitpunkt aufstehen, an dem Annabelle künftig jeden Tag auf Lowerdale Manor erscheinen wird. Auch Sir Edmund sagte ich bereits heute Lebewohl. Nach dem Dinner saß er am Tisch, direkt unter dem Porträt, das diese jüngere, wesentlich fröhlichere Ausgabe von ihm zeigt. Er dankte mir noch einmal dafür, dass ich ihm das Leben gerettet habe, indem ich nach seinem Herzanfall das Feuer gelöscht und so rasch für professionelle Hilfe gesorgt hatte. Danach reichte er mir würdevoll die Hand und murmelte so leise, dass ich seine Worte nur mit Mühe verstehen konnte: „Und nun reisen Sie nach Hause auf Ihr deutsches Gut, Miss Charlotte, vergessen Ihren Kummer um meinen Sohn und beginnen ein neues, fröhlicheres Leben, als Sie es hier auf Lowerdale Manor hatten!“*

*Dabei blickte er so unendlich traurig, und um seine blaugrünen, kummervoll umwölkten Augen lagen so tiefe Falten, dass mir eines nochmals in aller Deutlichkeit bewusst wurde: Meine Reise hat ein Ziel und ich selbst habe eine wichtige Mission! Ich muss Sir Edmunds Tochter Charlie L. wieder mit ihm vereinen. Denn ich liebte nicht nur seinen Sohn, sondern ich schätze, trotz aller seiner Launen und seines Jähzorns, sogar Sir Edmund selbst.*
*So sitze ich nun, liebe Reisegefährtin, zum letzten Mal in diesem Pavillon, in dem ich viele herrliche Stunden mit Myles verbrachte, und blicke über den Park von Lowerdale Manor, auf den sich allmählich die Dämmerung des Sommerabends legt. Zum letzten Mal versenke ich mich in den Anblick des im schwindenden Abendlicht golden erstrahlenden Herrenhauses mit seinen efeubewachsenen Erkern und Türmchen und mustere die Fenster des Kinderzimmers im obersten Stockwerk, wo ich Myles' Brief mit der schicksalsträchtigen Anrede „Charlie" fand …*

# Kapitel 6

*Die Wahrheit bedarf nicht vieler Worte,*
*die Lüge kann nie genug haben.*
(Sprichwort)

Am Morgen von Charlies Aufbruch erhob sich Mrs Morgan zu ungewohnt früher Zeit aus ihrem Bett. Sie hatte eine unruhige Nacht hinter sich: Der Gedanke an Miss Charlotte und daran, dass diese nun aufbrechen würde, ohne die Wahrheit über Charlie Carringtons Identität zu kennen, hatte sie kaum ein Auge zutun lassen. An so etwas wie friedlichen Schlaf war nicht einmal zu denken gewesen in Anbetracht der Vorwürfe, mit denen Mrs Morgan sich selbst überhäufte: Weshalb nur hatte sie den Zeitpunkt dafür, Miss Charlotte die Wahrheit zu sagen, immer wieder hinausgeschoben? Wie hatte sie die junge Frau nur in dem Glauben lassen können, sie nähme mit dieser Reise nichts Gefährlicheres auf sich, als ein junges Mädchen namens Charlie Carrington es vor ihr ebenfalls getan hatte? Wie hatte sie so selbstsüchtig sein können, Miss Charlottes Gutgläubigkeit und ihr Anliegen, die Familie Carrington zu versöhnen, derart für sich selbst zu missbrauchen?!?

Oh, sie selbst wusste sehr wohl, was sie dazu bewogen hatte – und jede andere Mutter würde vermutlich ähnlich denken –, und dennoch …

Übernächtigt und zerschlagen von ihren anklagenden Gedanken betrat Agnes Morgan, in ein warmes Umschlagtuch gewickelt, ihre Küche. Die ersten Strahlen der Morgensonne erhellten den beengten Raum; auf dem Herd summte der bauchige alte Wasserkessel. An dem blank gescheuerten Küchentisch unmittelbar vor dem Fenster saß Annabelle und verzehrte ihr Frühstück. Ihr dunkles Haar war ordentlich aufgesteckt, das hellgraue Leinenkleid, das sie im Schuldienst stets getragen hatte, frisch gewaschen und gestärkt: Annabelle war bereit für ihren ersten Arbeitstag auf Lowerdale Manor.

Als die Küchentür ging, blickte Annabelle sichtlich überrascht auf. „Du bist schon wach, Mutter? Es wäre doch nicht nötig gewesen, so früh aufzustehen, um mich zu …"

In diesem Augenblick erkannte sie die kummervoll gerunzelte Stirn ihrer Mutter, die tiefen Schatten unter deren Augen. Sie legte ihren Löffel ab, schob die belgisch blau gemusterte Steingutschüssel mit dem Porridge beiseite und betrachtete voll Sorge ihre Mutter: „Was ist geschehen, Mutter? Konntest du nicht schlafen?"

Mrs Morgan nickte bestätigend, aber stumm, während sie müde auf den nächsten Stuhl sank.

„So schlimm?", fragte Annabelle mitfühlend. „Pass auf, ich bereite dir eine Tasse frischen, starken Tee zu, der dich auf der Stelle munter machen wird!" Ohne eine Antwort abzuwarten, machte Annabelle sich daran, frischen Tee aufzubrühen. Kurz darauf stand eine dampfende Tasse mit der bernsteinfarbenen Flüssigkeit vor Mrs Morgan.

Tief inhalierte diese den aromatischen Duft, ehe sie bemerkte: „Danke, mein Kind, das ist lieb von dir. Ich fürchte nur, auch der köstlichste Tee ändert nichts an der Tatsache, dass ich an Miss Charlotte versagt habe, und zwar aufs Kläglichste, obendrein aus reiner Selbstsucht!"

„Du hast an ihr *versagt*?!?" Verständnislos starrte Annabelle ihre Mutter an. „Wie meinst du das?"

„Nun, du erinnerst dich doch, dass ich vor ihrer Abreise noch mit ihr über Charlie Carrington sprechen wollte. Dass ich sie in Bezug auf Charlie Carrington aufklären wollte, wie ich es dir anfangs versprochen hatte."

Mrs Morgans bekümmerte Falten um den Mund vertieften sich. „Aber ich habe dieses Gespräch beständig vor mir hergeschoben. Bis zum letzten Tag, also gestern. Gestern Nachmittag war ich mit Miss Charlotte verabredet, um ihr zu gestehen, dass ich sie mit Absicht im Unklaren gelassen habe über Charlies Identität – doch aus irgendeinem mir unbekannten Grund ist sie nicht erschienen. Ich habe den ganzen Nachmittag und Abend lang gewartet und gehofft, dass sie noch kommen würde, jedoch vergebens. Was auch immer sie davon abgehalten hat, mich ein letztes Mal aufzusuchen, nun ist es zu spät. Miss Charlotte ist abgereist. Aufgebrochen in dem Glauben und der Zuversicht, dass auch die junge *Miss* Charlie Carrington allen Gefahren und Unwägbarkeiten dieser Reise alleine getrotzt hat!"

„O Mutter!" Annabelle schlug ihre Hand vor den Mund. „Das ist nicht wahr!"

„Ich fürchte doch!" Mrs Morgans Antwort war nicht mehr als ein Flüstern. Für einen schier endlosen Augenblick erfüllte unbehagliches Schweigen den Raum. Mutter und Tochter starrten auf die Tischplatte beziehungsweise aus dem Fenster, jede mit ihren eigenen Gedanken, mit ihren eigenen Vorwürfen und Anklagen beschäftigt.

Schließlich konnte Annabelle nicht länger an sich halten. „Aber warum, Mutter?", platzte sie heraus. „Weshalb wolltest du ihr nicht sofort die Wahrheit sagen – weshalb lag dir so viel daran, dass Miss Charlie nach Charlie Carrington sucht? Ich meine, so traurig diese ganze Geschichte mit Sir Edmund und seinem Sohn Charlie auch ist, sie ist nicht *unsere* Angelegenheit! Charlie gehört nicht zu *unserer* Familie – du warst nur Kindermädchen auf Lowerdale Manor, kein Familienmitglied. Und jetzt – jetzt benimmst du dich so eigensinnig und besorgt, wie Charlies eigene Mutter es vermutlich tun würde, wenn sie noch lebte!" Herausfordernd blickte Annabelle der älteren Frau direkt ins Gesicht.

Diese hielt der Herausforderung nicht lange stand. Sie richtete ihre Aufmerksamkeit zurück auf ihre Tasse dampfenden Tees und antwortete mit bebender Stimme: „Ich weiß, Annabelle. Ich würde dir mein Verhalten auch gerne erklären, doch weder möchte ich dich damit belasten, noch würdest du Verständnis dafür aufbringen!"

„Aber ich könnte wenigstens versuchen, dich zu verstehen, Mutter – und es wäre mir, ehrlich gesagt, eine große Beruhigung, wenn ich halbwegs begreifen könnte, weshalb du dich derart seltsam verhältst." Annabelles erregte Stimme senkte sich ein wenig, während sie ihrer Mutter die Hand auf den Arm legte und fortfuhr: „Bitte, Mutter, erklär es mir!"

Schweigend zog Mrs Morgan ihren Arm zurück und begann, mit den Fingern jeden einzelnen Strang der Holzmaserung nachzuzeichnen, die auf der Tischplatte sichtbar war. Endlich gab sie sich einen Ruck.

„In Ordnung, Annabelle, ich werde dir die Hintergründe für mein seltsames Verhalten, wie du es nennst, anvertrauen. Immerhin bist du unterdessen selbst eine junge Frau, was mich darauf hoffen lässt, dass du deine Mutter nicht für ihre Vergangenheit verurteilen wirst! Also, im Grunde hast du dir mein Verhalten vorhin bereits mit deinen eigenen Worten erklärt: Du sagtest, ich wäre so eigensinnig und besorgt, wie Charlies eigene Mutter es wäre, wenn sie noch lebte. Nun, die Sache ist die", Mrs Morgan hielt kurz inne, fuhr sich mit der Hand über die Augen und redete dann mit erstickter Stimme weiter: „Ich *bin* Charlies …"

„Oh nein, sieh nur, wie spät es schon ist!", unterbrach Annabelle ihre Mutter. Entsetzt deutete sie durch die offen stehende Tür auf die Standuhr im Speisezimmer. „Ich komme ja zu spät zur Arbeit, und das an meinem ersten Tag in der neuen Stellung! Bitte entschuldige, Mutter, aber ich fürchte, der Rest unseres Gesprächs muss bis heute Abend warten!"

Damit sprang Annabelle auf ihre Füße, riss hastig ihr Schultertuch von dem Haken an der Tür, die hinaus auf die schmale Gasse hinter dem Haus führte, und eilte davon. Mrs Morgan blieb keine andere Wahl, als das Geständnis, zu dem sie sich schlussendlich durchgerungen hatte, noch länger für sich zu behalten.

„Sie kommen zu spät, Annabelle!“, dröhnte Sir Edmunds Stimme Annabelle entgegen, als sie knapp zehn Minuten nach der verabredeten Zeit das Frühstückszimmer auf Lowerdale Manor betrat. Zornig funkelten die blaugrünen Augen unter den dichten Brauen sie an.

„Ich weiß!“, keuchte Annabelle, atemlos von ihrem strammen Marsch von Upperdale bis zum Herrenhaus. „Und es tut mir sehr leid, Sir Edmund, aber ich …“

„Ja? Welchen fadenscheinigen Grund haben Sie zu Ihrer Entschuldigung vorzubringen?“, forschte er unbarmherzig.

Annabelle geriet ins Stottern: „Ich … ich hatte vor meinem Aufbruch ein unerwartet langes Gespräch mit meiner Mutter und darüber ganz die Zeit verge-“

Erneut fiel der Hausherr ihr ins Wort: „Nun, dann denken Sie in Zukunft bitte daran, dass Sie ab heute in erster Linie nicht mehr die Gesellschafterin Ihrer Mutter, sondern die meiner Nichte sind, wofür ich Sie schließlich auch bezahle! Und nun machen Sie sich nützlich, gehen Sie mit Mallory spazieren oder was auch immer Sie heute vorhaben mögen! Ansonsten verzichte ich auf die Lobeshymnen Ihrer ehemaligen Schulvorsteherin und suche eine neue Gesellschaftsdame!“

Damit erhob sich Sir Edmund vom Frühstückstisch und verließ polternden Schrittes den Raum. Mallory, die bis dahin schweigend an seiner Seite gesessen hatte, räusperte sich verlegen. „Ich muss mich für das ungehobelte Benehmen meines Onkels entschuldigen, Annabelle! Meist meint er es gar nicht so ruppig und unhöflich, wie seine Worte vermuten lassen!“

„Ja, das weiß ich!“ Annabelle hob den Blick, den sie während

Sir Edmunds Ausbruch beschämt auf ihre Füße gesenkt hatte, und lächelte Mallory dankbar zu. „Mit ganz ähnlichen Worten hat Charlie mich nämlich bereits vorgewarnt."

„Tatsächlich? Das ist gut, dann weißt du zumindest, was dich in Zukunft erwartet, und lernst umso rascher, mit meinem Onkel umzugehen", atmete Mallory auf. „Und nun lass uns ins Freie gehen und den warmen Sommermorgen genießen, ja?" Erwartungsvoll setzte Mallory ihren Rollstuhl in Bewegung, indem sie sich mit beiden Händen kräftig vom Frühstückstisch abstieß.

Annabelle ergriff den Handlauf des Stuhles und gemeinsam machten sich die beiden jungen Frauen auf den Weg ins Freie. Über die eigens für Mallory angefertigte Rampe, die von der Südterrasse des Herrenhauses hinabführte, betraten sie den Park.

„Und wohin nun? In den Rosengarten oder …" Ratlos blickte Annabelle den Kiesweg entlang, der durch den terrassennahen Rosengarten mit seinen einladenden Sitzbänken in den nächsten Teil der ausgedehnten Parkanlage führte. Es würde Tage dauern, bis sie sich hier auskannte und jeden einzelnen Teil des Parks genauer erkundet hatte.

„Nein", entgegnete Mallory bestimmt, „ich würde lieber den Teich aufsuchen. An seinem Ufer ist es morgens so herrlich sonnig. Überdies hat Charlie den Teich geliebt! Hier, nach links musst du dich halten, vorbei an der Rasenfläche mit dem Pavillon und an dem Fliederwäldchen!"

Gehorsam schob Annabelle den Rollstuhl in die angegebene Richtung. Bis auf das Knirschen der Kieselsteine unter den Rädern war nichts zu hören. Es war Mallory deutlich anzumerken, dass sie ihre Freundin Charlie vermisste, und Annabelle war nun, da sie nach ihrem eiligen Marsch und Sir Edmunds Tadel wieder richtig zur Besinnung kam, zu sehr mit den Worten ihrer Mutter beschäftigt, um Mallory Trost zu spenden. Was in aller Welt hatte ihre Mutter ihr sagen wollen?

„Ich *bin* Charlie's …" – so oder so ähnlich hatte sie sich geäußert, und ihr zugehöriger Gesichtsausdruck sowie die Betonung dieses einen Wortes „bin" machten Annabelle jetzt, im

Nachhinein, zutiefst stutzig. „Ich bin –" Wer oder was war ihre Mutter für Charlie Carrington gewesen? Sein Kindermädchen, das ganz vernarrt in seinen Schützling war und ihn genau wie die eigene Mutter über alles liebte, oder aber …? Annabelle verbot sich, diesen ungeheuerlichen Gedanken zu Ende zu denken, doch die dunkle Ahnung, die sie dabei überkam, ließ sie trotz der Sonnenwärme schaudern.

Zu ihrer Erleichterung erreichten sie wenige Augenblicke später den Teich und Mallory verkündete betont fröhlich: „So, da wären wir!" Vor ihnen lag inmitten einer Blumenwiese ein kleiner, kreisrunder Teich. Sein moosgrünes Wasser leuchtete in der Morgensonne, denn nur einige wenige Büsche beschatteten die Wasseroberfläche. Libellen schwebten über den gelben Blüten der Seerosen, die sich sachte im Wasser wiegten. Auch die glatten Steinplatten am Teichrand waren von moosgrüner Farbe beziehungsweise, wie Annabelle bei näherem Hinsehen erkannte, mit feinem grünem Moos überwuchert. Links von ihrem Standort befand sich ein ebenfalls rundes Häuschen, dessen hölzerne Wände halb verfallen und von wildem Wein berankt waren.

„Das Ganze hat einst einen Schwimmteich dargestellt", erklärte Mallory, „selbst wenn es heute nicht mehr danach aussieht! Das heißt, das Wasser ist auch heute noch tief genug, dass selbst erwachsene Männer darin schwimmen können; und das Häuschen hier hat früher alles beinhaltet, was man zum Baden benötigt: Badekleidung, Trockentücher, Liegestühle und dergleichen. Sir Edmunds Söhne", Mallory biss sich erschrocken auf die Lippen, um sich gleich darauf zu verbessern, „Sir Edmunds Sohn Myles liebte es, hier zu schwimmen, als er noch jünger war. Aber wie du siehst, ist all das schon sehr lange nicht mehr genutzt worden. Außer", Mallorys Gesicht verzog sich zu einem versonnenen Lächeln, „außer von meiner Freundin Charlie natürlich!"

„Von Charlie?", echote Annabelle verwundert. „Soll das heißen, Miss Charlotte ist in diesem Teich geschwommen?"

„Oh ja!" Mallorys Augen funkelten übermütig, während sie kicherte: „Mehr als einmal sogar! Du musst wissen, Charlie liebt das Wasser, vor allem das Meer. Das Gut ihrer Eltern liegt ja direkt an der Ostsee, die sie hier bei uns im Landesinneren schrecklich vermisst hat, und wenngleich dieser Teich laut ihren Worten auch ‚nur ein Fingerhut voll Wasser' gewesen ist, so war er ihr doch lieber als gar nichts. ‚Zumindest ein wenig schwimmen kann ich darin, selbst wenn ich mir dabei vorkomme wie ein Goldfisch im Rundglas!', sagte sie fast jedes Mal, wenn sie es tat!"

Während ihrer Schilderung lenkte Mallory ihren Rollstuhl so dicht an den Teich heran, als sähe sie Charlie noch immer darin im Kreise schwimmen. Dabei war ihr Kichern so ansteckend, dass Annabelle unwillkürlich mit einstimmte. Die Vorstellung, wie die Gesellschafterin von Lowerdale Manor hier im grünen Wasser des Teiches ihre Kreise zog, während Sir Edmund nichts ahnend im Herrenhaus an seinem Schreibtisch saß, erheiterte sie.

„Und ich vermute, Sir Edmund hat davon nicht das Geringste gewusst?", ließ sie ihren Gedanken laut werden.

„Ganz recht! Wir haben sehr darauf geachtet, dass er nie etwas davon erfuhr", bestätigte Mallory. „Nur eines der Hausmädchen, das Charlies nasse Badekleidung auswusch und trocknete, wusste Bescheid. Ich mag mir gar nicht ausmalen, was geschehen wäre, wenn Sir Edmund Charlie jemals beim Schwimmen ertappt hätte! Möglicherweise hätte er …" Mallory unterbrach sich mit einem Seufzer. Wehmütig starrte sie über die unbewegte Wasserfläche dicht vor ihr.

„Nun ja, ab sofort braucht Charlie jedenfalls keine Rücksicht mehr auf ihn oder irgendwelche Hausregeln zu nehmen! Ab heute hat sie ihre geliebte See wieder täglich vor Augen." Mallory seufzte ein zweites Mal. „Denkst du, sie ist bereits mit dem Schiff unterwegs?"

Annabelle nickte. „Um neun Uhr sollte die *Eugenia* ablegen, folglich ist Charlie bereits auf See!"

„Dann wollen wir hoffen und beten, dass sie wohlbehalten ihr Ziel erreicht!", erklärte Mallory.

„Und dass sie tatsächlich findet, wonach sie sucht", fügte Annabelle beiläufig hinzu. Ihre Gedanken verweilten sowohl bei ihrer Mutter und Charlie Carrington als auch bei Miss Charlotte, die vermutlich in ebendiesen Minuten die englische Küste hinter sich verschwinden sah, ihre Augen und Sinne westwärts gerichtet – auf Amerika, die vermisste Charlie und ihre bevorstehende Suche nach der verlorenen „Tochter“.

„Dass sie findet, wonach sie sucht?“, wiederholte Mallory. Fragend hoben sich ihre Augenbrauen. „Was meinst du damit? Wie sollte sie denn nicht finden, wonach sie sucht – Charlie ist auf dem Weg nach Hause!“

Ein Blick in Mallorys verwirrtes Gesicht riss Annabelle schlagartig aus ihren Gedanken. „Ja, selbstverständlich, du hast recht!“, versicherte sie hastig. „Wie sollte sie denn nicht?!?“ Lächelnd zuckte sie mit den Schultern, als sei ihre seltsame Bemerkung nichts weiter als ein Scherz gewesen, der unglücklicherweise nicht richtig bei Mallory angekommen war. Doch sie konnte nicht verhindern, dass eine brennende Röte in ihre Wangen stieg: Eine einzige unbedachte Bemerkung, und schon hatte sie Charlies Geheimnis preisgegeben – beinahe preisgegeben zumindest! Ruckartig wandte Annabelle sich von Mallory ab und zeigte auf den vom Teich wegführenden Kiesweg. „Wollen wir nicht allmählich weitergehen, Mallory, dort hinüber in den Schatten der Bäume? Hier in der prallen Sonne wird es langsam zu heiß, meine ich.“

„Nein, lass nur, ich finde es recht angenehm hier!“ Während Mallory sprach, wendete sie mit einem geübten Griff in die Räder ihren Rollstuhl, sodass sie Annabelle wieder ins Gesicht blicken konnte. Deren plötzliches Erröten war ihr nicht entgangen. „Ich weiß, wir kennen uns noch kaum, Annabelle, aber bitte verrate mir doch, was los ist! Irgendetwas stimmt hier nicht, das spüre ich! Deine Bemerkung eben war nicht nur ein Scherz – irgendetwas steckt dahinter, nicht wahr?!?“ Mallorys helle blaue Augen ruhten prüfend auf Annabelles Miene. Im Laufe der Jahre, die sie bereits im Rollstuhl verbracht hatte, hatte Mallory gelernt, die Dinge tiefer und intensiver wahrzunehmen, als andere Menschen es taten.

Unwillkürlich wich Annabelle einen Schritt zurück an den Rand des Teiches und wehrte ab: „Aber nein!" Sie verzog ihren Mund zu einem, wie sie hoffte, beruhigenden Lächeln. „Wie kommst du denn auf diesen Gedanken?"

„Ich sehe es dir an." Mallorys Rollstuhl folgte Annabelle unmittelbar an den Teichrand. War ihre Stimme vorher nachdenklich und forschend gewesen, so nahm sie jetzt einen beinahe flehenden Tonfall an: „Bitte, Annabelle, sag es mir! Falls irgendetwas nicht stimmt mit Charlie und dieser Reise – verrate es mir. Ich *muss* es wissen!"

Bittend streckte Mallory ihre Hände nach Annabelle aus. Der Rollstuhl, dem damit plötzlich jede lenkende oder bremsende Kraft fehlte, geriet auf den glatten moosbewachsenen und noch immer leicht taufeuchten Steinfliesen ins Rollen. Mit einem leisen Aufschrei griff Mallory wieder an die Räder; Annabelle, die sich dem Wasser zugewandt hatte, um Mallorys flehendes Gesicht nicht sehen zu müssen, fuhr herum und streckte ihre Arme nach dem Handlauf des Stuhles aus, doch es war zu spät. Schon rutschten die großen gummibereiften Räder über die Kante des Schwimmteiches, der Stuhl kippte nach vorne und hinab ins Wasser, Mallory unter sich begrabend. Ihr entsetzter Aufschrei erstickte in einem Gurgeln.

Starr vor Schrecken verharrte Annabelle einen Moment am Teichrand. Wie hatte Mallory eben noch gesagt? Der Teich war tief genug, dass auch Erwachsene darin schwimmen konnten – folglich konnte Mallory, selbst wenn sie körperlich dazu in der Lage gewesen wäre, nicht auf dem Grund stehen. Von Schwimmen konnte in ihrem Zustand ja gar nicht die Rede sein, obendrein war ihr Stuhl auf sie gefallen! Ohne weiter zu überlegen, streifte Annabelle ihre leichten Sommerschuhe ab und sprang in den Teich. Neben ihr tauchte soeben der Rollstuhl wieder auf, da ihn seine Gummireifen nach oben zogen, von Mallory dagegen war nichts zu sehen.

Entschlossen holte Annabelle Luft und tauchte, die Augen weit geöffnet. Das grünliche Dämmerlicht, das auf dem Teichgrund herrschte, ließ sie zunächst kaum etwas erkennen. Plötzlich aber gewahrte sie dicht vor sich einen hellen, im Wasser wogenden Schleier: Mallorys cremefarbenes Kleid. Annabelle griff danach, zog Mallorys Kleid und Körper mit aller Kraft an sich und strebte der Wasseroberfläche entgegen. Über Wasser rang sie keuchend nach Luft und stellte zu ihrer größten Erleichterung fest, dass Mallory neben ihr genau dasselbe tat.

Nach vier, fünf Schwimmzügen, die Annabelle mit ihrem rechten Arm durchführte, während sie Mallory mit dem linken unter dem Kinn fasste und dicht bei sich hielt, gelangten sie an den Teichrand und in Sicherheit. „Das – ist – ja gerade noch mal gut gegangen!", stieß Annabelle aus.

Mallory schwieg. Der Schock hatte sie vorläufig ihrer Sprache beraubt.

„Miss Cranshaw!" Mortimers entsetzter Aufschrei, als er die beiden jungen Damen erblickte, die soeben auf der Terrasse erschienen, ließ Sir Edmund aus der Bibliothek herbeieilen. Mit dem Blick eines Feldherrn in der Schlacht erfasste er sogleich die Situation: Annabelle trug Mallory auf dem Rücken, wobei diese sich mit den Armen um Annabelles Hals festklammerte, beide Mädchen waren vollkommen durchnässt, Wasser tropfte aus triefnassen Kleidern und langem, von sämtlichen Haarklammern und -bändern befreitem Haar. In fliegender Eile und nicht eben sanft riss Sir Edmund seine Nichte von Annabelles Rücken, nahm sie in seine Arme und eilte in Richtung ihres Schlafzimmers.

„Mortimer, den Arzt!", kommandierte er dabei im Telegrammstil. „Und eine Tasse heißen, starken Tee samt Wärmflasche. Außerdem Mallorys Kammerzofe zum Umziehen!"

Dann fiel sein Blick auf Annabelle, die stumm neben ihm herlief. Die Sorge um Mallory stand ihr deutlich ins Gesicht geschrieben, doch darum kümmerte sich der Hausherr keinen Deut.

„Gehen Sie mir aus den Augen, Mädchen!", herrschte er sie an. „Und zwar auf der Stelle! Ihretwegen ist meine Nichte verunglückt – ich will Sie hier nie wieder sehen! Nie wieder, haben Sie das verstanden? Sie sind gekündigt!“

„Aber, Onkel Edmund, Annabelle trägt überhaupt keine Schuld …“, wisperte Mallory schwach.

Sir Edmund hörte nicht einmal zu. Herrisch wies er Annabelle zur Tür, worauf der jungen Frau nichts anderes übrig blieb, als Lowerdale Manor zu verlassen. In ihren triefenden Kleidern und nach wie vor leicht unter Schock stehend wankte sie den Weg zurück nach Upperdale.

„Guten Tag! Ich wünsche, Sir Edmund zu sprechen!“

Befremdet musterte Mortimer die zierliche grauhaarige Dame, die vor der Tür des Herrenhauses stand und Einlass begehrte. Was mochte sie an diesem brütend heißen Nachmittag dazu bewogen haben, zu Fuß – denn eine Kutsche war weit und breit nicht zu entdecken – und gänzlich unangemeldet hier zu erscheinen?

„Es tut mir leid, aber Sir Edmund empfängt keine unangemeldeten Besucher!“, erklärte er schließlich nicht unhöflich, aber abweisend. „Ich fürchte, Sie haben den Weg nach Lowerdale Manor umsonst zurückgelegt, Mrs …“

„Morgan!“, ergänzte die Besucherin. „Mrs Agnes Morgan, Annabelle Morgans Mutter! Und ich wäre Ihnen äußerst dankbar, wenn Sie dieses eine Mal eine Ausnahme machen und mich ungeachtet der Tatsache, dass ich mich nicht vorher angemeldet habe, einlassen würden, Mortimer! Was ich Sir Edmund mitzuteilen habe, ist wichtig, es geht um das Wohl seiner Nichte!“

Bedeutsam rückte Mrs Morgan ihren ausladenden Sonnenhut zurecht.

Mortimers meist deutlich zur Schau getragener Gleichmut geriet ins Wanken. Die Dame musste, obgleich sie ihm fremd war, mit der Familie Carrington bekannt sein – woher sonst sollte sie seinen Namen kennen? Möglicherweise handelte es sich bei ihr um eine Freundin aus den Jahren, in denen Mortimer noch nicht im Hause Carrington gedient hatte. Überdies war ihr Auftreten zwar höflich, aber sehr bestimmt, *und* sie behauptete, es ginge um Miss Cranshaw! In diesem Fall konnte er ihr den Eintritt wohl kaum verweigern. Zögernd trat Mortimer zur Seite und bat Mrs Morgan in den Salon, damit sie dort auf Sir Edmund warten konnte.

„Falls Sie gekommen sind, um sich über die Entlassung Ihrer Tochter zu beschweren, muss ich Ihnen mitteilen, dass Sie sich umsonst bemüht haben", begann Sir Edmund abweisend, noch ehe er die Salontür hinter sich geschlossen und seine Besucherin überhaupt begrüßt hatte. „Mrs … äh … Morg…" Sir Edmund brach ab, als die ältere Dame, die bei seinem Eintreten am Fenster gestanden und hinausgeblickt hatte, sich ihm zuwandte. Seine Augen, gerade eben noch voller Abwehr und Misstrauen, leuchteten kurz, aber dennoch unübersehbar auf, während ein fassungsloses „Agnes!" über seine Lippen kam.

Insgeheim atmete Mrs Morgan erleichtert auf: Dass Sir Edmund sie nach all den Jahren so prompt wiedererkannte, war ein durchaus positives Vorzeichen für das Gelingen ihres Vorhabens!

Einen Augenblick später jedoch hatte sich der Hausherr wieder unter Kontrolle. Seine Miene wurde kühl, fast feindselig, während er einige Schritte zurücktrat, als wollte er einen gewissen Sicherheitsabstand zwischen sich und seine Besucherin bringen, und begann: „*Sie,* Nanny Fowler, sind also Mrs Morgan, Miss Annabelles Mutter!"

Sir Edmund schluckte heftig, fuhr sich mit der Hand über die buschigen Augenbrauen und die ärgerlich gerunzelte Stirn, schluckte abermals und platzte endlich voller Zorn heraus: „Das ist wahrlich unglaublich, geradezu unfassbar: Nach all den Jahren, nach allem, was wir miteinander durchlitten haben, wagen Sie es, hier wieder aufzutauchen und mir dieses … dieses unreife, unzuverlässige Kind, Ihre Tochter, als Gesellschafterin meiner Nichte unterzuschieben?!? Es ist Ihnen nicht genug, dass ich bereits alle anderen Menschen verloren habe, die mir jemals etwas bedeutet haben, nein, Sie und Ihre Tochter kommen, um mich auch noch des letzten Menschen zu berauben, den ich an meiner Seite habe!!! Ich muss sagen, Ihnen, Nanny Fowler, hätte ich wahrhaftig etwas anderes zugetraut!" Sir Edmunds Stimme dröhnte erregter und wütender als je zuvor, seine Brust hob und senkte sich wie nach einer gewaltigen körperlichen Anstrengung.

Dieser Anblick, zusammen mit den ungerechtfertigten Anschuldigungen, war zu viel für Mrs Morgan: Ihre übliche Sanftmut verwandelte sich in ebensolchen Zorn, wie Sir Edmund ihn versprühte. „Nun, in diesem Fall kann ich nur sagen, Sir Edmund, auch Ihnen hätte ich früher einmal Besseres zugetraut, als dass Sie mit Ihrem Missmut und Ihrem Jähzorn Ihren Erstgeborenen aus seiner Heimat vertreiben! Ich hätte niemals geglaubt, dass Sie Ihrer Frau mit dieser Tat einen Kummer aufbürden würden, der sie langsam, aber sicher dahinwelken ließ! Und ich hätte Sie für weitaus klüger gehalten, als dass Sie auch die neue Gesellschafterin und Freundin Ihrer Nichte aus dem Hause jagen, ohne die Hintergründe und Umstände dieses Unfalles zu erfragen!"

Über die Gläser ihrer Brille hinweg, die ihr vor Aufregung beinahe von der Nase gerutscht war, starrte die zierliche Frau Sir Edmund herausfordernd an. Dann kam sie so dicht auf ihn zu, dass sie ihren Kopf in den Nacken legen musste, um ihm ins Gesicht zu sehen. „Gestehen Sie es sich doch endlich ein, Sir Edmund: Ihre zunehmende Einsamkeit beruht zum großen Teil auf Ihrer eigenen Schuld!"

Mehrere Sekunden lang verharrte Sir Edmund sprachlos. Starr wie eine Statue begegnete er dem Blick der kleinen Dame vor sich, dann aber explodierte er: „Das muss ich mir nicht bieten lassen, nicht in meinem eigenen Heim und nicht von dir, Agnes! Geh, verlasse mein Haus – ich ertrage dich keine Sekunde länger! Ich …"

Ohne seinen Satz zu beenden, sank Sir Edmund plötzlich in den nächststehenden Sessel, legte seine Hand vor die Augen und stieß einen abgrundtiefen Seufzer aus.

Besänftigt von dieser unerwarteten, aber offensichtlichen Resignation, entgegnete Mrs Morgan mitfühlend: „Gut, Edmund, ich gehe! Genau wie beim letzten Mal, als ich kam, um etwas für eines meiner Kinder von dir zu erbitten, so gehe ich auch dieses Mal wieder, ohne meine Bitte auszusprechen. Doch zwei Dinge sollst du dabei wissen, Edmund: Erstens werde ich, sooft du mich auch von dir weist, niemals aufhören, für dich und die Deinen zu beten; und zweitens gibt es Menschen in deinem Umfeld, die sich ebenso und noch weit tatkräftiger für dein Wohl einsetzen! Unter anderen Umständen hätte ich es dir verschwiegen, doch vielleicht dient es ja dazu, dir endlich die Augen zu öffnen: Die junge Miss Charlotte, die Verlobte deines Sohnes Myles, die du vermutlich nicht viel besser oder zuvorkommender behandelt hast als alle anderen hier im Hause, befindet sich in ebendiesen Minuten auf dem Weg nach Amerika, um deinen vermissten Sohn Charlie zu finden und nach Hause zu bringen! Sie konnte es nicht ertragen, in ihre Heimat zurückzukehren und dich und Mallory hier so einsam und verbittert zurückzulassen! So, und nun gehe ich und lasse dich in Frieden – sofern du Frieden finden kannst."

Mit diesen Worten öffnete Mrs Morgan die Tür zur Eingangshalle und verschwand. Zurück blieb ein schweigender, zutiefst betroffener Sir Edmund. Nie zuvor in seinem Leben hatte er sich älter, niedergeschlagener und einsamer gefühlt als in ebendiesem Augenblick.

Am Nachmittag des folgenden Tages ertönte ein nachdrückliches Klopfen an der Tür des kleinen Reihenhäuschens in Upperdales Hauptstraße. Annabelle, die bis vor wenigen Minuten im Gemüsegarten gearbeitet hatte, trocknete ihre nassen, ordentlich geschrubbten Hände an der Schürze ab und öffnete.

„Mortimer!“, rief sie erstaunt, als sie den unerwarteten Gast erkannte. Leises Unbehagen machte sich in ihr breit. Was mochte Sir Edmunds Diener von ihr wollen, nachdem dieser ihr erst vierundzwanzig Stunden vorher gekündigt hatte? Hatte er noch mehr Vorwürfe von Sir Edmund zu überbringen?

Trotz ihrer Befürchtungen zwang Annabelle ein höfliches Lächeln auf ihre Lippen: „Guten Tag, Mortimer. Wie kann ich Ihnen helfen?“

„Indem Sie mich nach Lowerdale Manor begleiten, Miss“, antwortete Mortimer prompt. Gleichzeitig trat er einen Schritt zur Seite, damit Annabelle die herrschaftliche Kutsche am Straßenrand sehen konnte, die ihr bislang völlig entgangen war. „Sir Edmund lässt Sie und Ihre Mutter, Mrs Morgan, zu sich bitten.“

„Wie bitte?“ Einen Augenblick starrte Annabelle Sir Edmunds Diener verständnislos an.

„Sir Edmund lässt Sie und Ihre Mutter zu sich bitten“, wiederholte er gelassen. „Wäre er heute nicht etwas … unpässlich, hätte er Sie sogar persönlich aufgesucht!“

„Ich wüsste nicht, weshalb …“, stammelte Annabelle, als ihre Mutter eilig erklärte: „Selbstverständlich, Mortimer, werden wir Sie begleiten. Wir benötigen nur einige Minuten, um uns bereit zu machen!“

Nachdem sie Mortimers Stimme erkannt hatte, war Mrs Morgan zur Haustür geeilt, so rasch ihre Füße sie trugen.

„Aber, Mutter“, protestierte Annabelle, „weshalb sollten wir das tun? Sir Edmunds Kündigung gestern war klar und deutlich, und ich kann wahrhaftig darauf verzichten, mir noch mehr von seinen ungerechtfertigten Vorwürfen anzuhören! Außerdem gefällt es mir gar nicht, dass nun auch du in diese Angelegenheit mit hineingezogen werden sollst!“

„In diesem Fall", mischte Mortimer sich ein, der sich bereits in Richtung Straße gewandt hatte, wo er im Wagen warten wollte, „also, falls Miss Annabelle derartige Einwände vorbringen würde, soll ich von Sir Edmund bestellen, dass er seine gestrige Kündigung zurücknimmt. Er …", Mortimer stockte, als fiele es ihm schwer, das Folgende auszusprechen, „er bedauert, dass er diese so vorschnell ausgesprochen hat!"

„Tatsächlich?" Annabelles Zweifel waren noch keineswegs ausgeräumt.

Doch ihre Mutter ließ ihr keine Wahl. „Nun komm, Annabelle, mach dich bereit zum Aufbruch. Wir wollen Sir Edmund nicht länger warten lassen als unbedingt nötig! Und mach dir keine Sorgen um mich. Unterwegs werde ich dir einiges erklären, was dich die ganze Sache in einem anderen Licht sehen lassen wird!"

„Also, ich begreife diesen plötzlichen Sinneswandel immer noch nicht!", erklärte Annabelle, sobald sie gemeinsam mit ihrer Mutter im Inneren der Kutsche Platz genommen hatte. Mortimer hatte sich neben den Fahrer auf den Kutschbock gesetzt. „So, wie Charlie mir Sir Edmund geschildert hat, hätte ich ihm das niemals zugetraut!"

„Nun, ich sehr wohl", bemerkte Mrs Morgan kaum hörbar. „Sir Edmunds Herz ist weicher, als sein übliches Verhalten vermuten lässt! Und das, Annabelle, führt mich zu der Erklärung, die ich dir für unterwegs versprochen habe. Zunächst einmal solltest du wissen, dass Sir Edmund mich nicht in diese ‚Angelegenheit mit hineinzieht', wie du denkst, sondern dass ich mich selbst eingemischt habe. Gestern, als du annahmst, ich würde wie üblich Krankenbesuche machen, bin ich zu Sir Edmund gegangen, um mit ihm zu sprechen!"

„Meinetwegen etwa?" Annabelle konnte ihr Entsetzen kaum verbergen. „Aber, Mutter! Ich bin erwachsen und kann meine Angelegenheiten alleine regeln!"

„Ja, deinetwegen." Mrs Morgan ließ sich von Annabelles Protest nicht beirren. „Und gleichzeitig unseretwegen! Denn,

Annabelle, auch wenn du bis jetzt nichts davon wusstest, ist unsere Geschichte – *meine* Lebensgeschichte – längst mit derjenigen der Carringtons verknüpft. Das war es auch, was ich dir gestern beim Frühstück erklären wollte und wofür wir keine Zeit mehr gefunden haben. Du hast mich nach dem Grund gefragt, weshalb mir so viel daran liegt, dass Miss Charlotte nach Charlie Carrington sucht, erinnerst du dich?"

„Natürlich, wie könnte ich das vergessen! Es waren ja gerade deine rätselhaften Worte, die mich so sehr beschäftigt haben, dass sie letztendlich für Mallorys Sturz in den Teich verantwortlich gewesen sind! Du sprachst davon, was Charlie Carrington dir bedeutet, und …"

Mit einem Mal wurde Annabelle totenblass. „Und jetzt, denke ich, verstehe ich, was du mir damit sagen wolltest, was du mir auch momentan zu erklären versuchst! Du …", mit beklemmender Langsamkeit rang sich Annabelle jedes einzelne ihrer folgenden Worte ab: „Du warst nicht nur sein Kindermädchen, du bist seine *Mutter,* nicht wahr? Dieserart ist dein Leben mit den Carringtons verknüpft: Du – und Sir Edmund, ihr seid Charlies wahre Eltern!?"

„So ist es, Liebling", bestätigte Mrs Morgan sanft. Statt Annabelle ins Gesicht zu sehen, blickte sie aus dem Kutschenfenster auf die vorüberziehende Hecke und spielte nervös mit ihrem Hutband. „Ich … bitte, lass mich dir alles erzählen, ehe du ein vorschnelles Urteil fällst, Annabelle, willst du das?"

Mehr als ein zustimmendes Nicken brachte Annabelle nicht zustande. Zu groß war der Schock darüber, dass ihre dunkle Ahnung vom vorigen Tag sich als Wahrheit erwiesen hatte.

„Nun denn", ihre Mutter räusperte sich und fing dann an zu berichten: „Wie du weißt, habe ich einen großen Teil meiner Kindheit hier in Upperdale verbracht. Ich kannte die Familie Carrington auf Lowerdale Manor bereits, als Sir Edmund noch ein Junge war. Damals und auch später, als Student, hat er nur die Ferien auf Lowerdale Manor verbracht, und ich habe ihn aus der Ferne bewundert, wie ein einfaches Mädchen aus dem

Dorf eben einen gut aussehenden, obendrein äußerst begüterten jungen Herrn bewundert. Natürlich habe ich es niemals gewagt, mich ihm zu nähern, geschweige denn mit ihm zu sprechen.

Als er eine ebenso reiche junge Lady aus Surrey heiratete, half ich meinem Vater – er war Gärtner – dabei, die Blumen zu arrangieren, und habe das noble Brautpaar bewundert. Bald darauf trat ich auf einem weiter entfernt gelegenen Gut eine Stellung als Hausmädchen an und verlor Sir Edmund aus den Augen. Etwa vier Jahre später wurde eine ebensolche Stelle auf Lowerdale Manor frei, und ich ergriff diese Gelegenheit, wieder in meiner Heimat und näher bei meinen Eltern zu leben.

Anfangs bekam ich Sir Edmund nicht oft zu sehen – die Carringtons befanden sich oft in London oder auf Reisen –, aber mit der Zeit änderte sich dies. Offenbar wurde das anfangs so glückliche Ehepaar immer unglücklicher, und unter der Dienerschaft war es ein offenes Geheimnis, weshalb. Sir Edmund wünschte sich Kinder, einen Sohn und Erben, genauer gesagt, und Lady Carrington konnte ihm diesen Wunsch nicht erfüllen. Zwar wurde sie in fünf Jahren drei Mal schwanger, doch jede Schwangerschaft endete in einer Fehlgeburt.

Lady Carrington litt furchtbar unter diesem Umstand. Mehr und mehr zog sie sich aus dem gesellschaftlichen Leben und von ihrem Gatten zurück, trauerte und magerte ab, bis sie nur noch ein Schatten ihrer einstigen Schönheit war. Sir Edmund, der anfangs noch gepoltert und geschimpft hatte, wurde immer schweigsamer und konnte nichts weiter tun als zusehen, wie es mit seiner Frau bergab ging. In dieser Situation trafen wir aufeinander: er, ein einsamer, zutiefst unglücklicher Ehemann, und ich, ein junges, einfaches Hausmädchen, das außer einigen schulmädchenhaften Schwärmereien und einem kleinen Flirt mit einem Stallknecht noch niemals mit Männern zu tun gehabt hatte.

Versteh mich recht, Annabelle, ich will nicht entschuldigen, was wir getan haben, denn es war falsch, und dennoch … es geschah! Sir Edmund suchte Wärme, Zuneigung und Trost, und ich war bereit, ihm alles zu geben, wenn er nur wieder zu dem fröhlichen Jungen und Studenten von einst wurde, den ich immer bewundert hatte. Es kam, wie es kommen musste: Ich wurde schwanger und im Gegensatz zu Lady Carrington erlitt ich keine Fehlgeburt. Obwohl ich mir das, wie ich ehrlich gestehen muss, anfangs beinahe wünschte. In dem Haushalt, in dem ich vorher gedient hatte, hatte ich schließlich aus nächster Nähe miterlebt, wie erbarmungslos man mit Dienstmädchen verfuhr, die von ihrem Herrn schwanger geworden waren! Entsprechend lange dauerte es, bis ich es wagte, mich Sir Edmund anzuvertrauen.

Er reagierte zunächst genau so, wie ich es erwartet hatte: Er wurde furchtbar zornig, brüllte mich an und drohte, mich fortzuschicken, ehe mein Zustand für die anderen Hausbewohner sichtbar wurde. Doch irgendwann im Lauf der nächsten Tage änderte er seine Meinung. Ich weiß bis heute nicht, was ihn dazu gebracht hat und wie er seine Frau von seinem Vorhaben überzeugen konnte – jedenfalls fand er eine, wie er selbst sagte, für alle Beteiligten ideale Lösung: Er und Lady Carrington würden mein Kind adoptieren und als ihr eigenes aufziehen, während ich, wenigstens für die ersten Jahre, dessen Nanny sein durfte.

Offenbar hatte Sir Edmund mich, obwohl ich ihn in diese Verlegenheit gebracht hatte, doch ein wenig gern – und seine Frau hätte vermutlich jede Bedingung angenommen, solange sie nur ein Kind hatte, um das sie sich kümmern durfte. So geschah es also: Zunächst habe ich meine Stelle gekündigt, offiziell, um eine erkrankte Verwandte zu pflegen, und bin so lange ‚untergetaucht', bis das Kind geboren war. Sir Edmund und Lady Carrington nahmen Charlie bereits in seinen ersten Lebenstagen zu sich, ließen, um keinen Verdacht zu erwecken, kurze Zeit verstreichen und holten mich sodann ganz offiziell als Nanny ins Haus.

Auf diese Weise wussten die Dienstboten zwar, dass Charles Lawrence Carrington ein Adoptivkind war, und sobald die große äußerliche Ähnlichkeit zwischen ihm und Sir Edmund zutage trat, konnten sie sich auch einiges mehr zusammenreimen, doch die meisten unter ihnen verloren kein Wort darüber. Weder gegenüber ihrer Herrschaft und den Verwandten der Carringtons noch unter ihresgleichen. Ihre gute Stellung in Sir Edmunds Haushalt war ihnen wichtiger als Klatsch und Tratsch.

Und, ob du das nachvollziehen kannst oder nicht, liebe Annabelle, sowohl Lady Carrington als auch ich waren glücklich mit dieser Lösung: Wenngleich ich Charlie niemals und unter gar keinen Umständen, das hatte ich Sir Edmund fest versprochen, verraten durfte, wer ich eigentlich war, so durfte ich doch stets in seiner unmittelbaren Nähe sein, durfte miterleben, wie er heranwuchs! Diese Freude wog alles andere, worauf ich verzichten musste – beispielsweise darauf, dass Charlie mich Mutter nannte –, nahezu auf. Von Sir Edmund hielt ich mich dabei tunlichst fern, um Lady Carrington keinen Anlass zur Eifersucht zu geben, und umgekehrt hielt er es ebenso.

Auf diese Weise lebten wir alle miteinander unter einem Dach, und Lady Carrington gebar, nachdem aller Druck von ihr gewichen war, noch einen eigenen Sohn, Myles. Als Charlie mit elf Jahren ins Internat kam, verließ ich Lowerdale Manor. Ich zog nach London, lernte deinen Vater kennen, heiratete und wurde glücklich mit ihm – und später dann mit dir, Annabelle. Auch wenn bei allem Glück immer diese gewisse Leere in mir blieb, diese Stelle tief in meinem Herzen, die Charlie früher ausgefüllt hatte. Nur ein einziges Mal bin ich noch zu den Carringtons zurückgekehrt. Das war, als mich die Nachricht von dem schrecklichen Streit und Charlies anschließendem Verschwinden erreichte. Ich wollte Sir Edmund dazu überreden oder vielmehr dazu zwingen, sich so rasch als möglich mit unserem Sohn zu versöhnen, ihm hinterherzureisen, ihn so lange zu suchen und nachzuforschen, bis er ihn finden würde.

Aber dazu sollte es niemals kommen: Sir Edmunds absolute Überzeugung, im Recht zu sein, und vielleicht auch all die verletzenden Worte, die in diesem Streit gefallen waren, verhinderten ein solches Handeln von vornherein. Er ließ mich damals nicht einmal ausreden, sondern warf mich aus dem Haus. Genau wie gestern … Aber offenbar – und das hoffe und bete ich – ist er doch ins Nachdenken gekommen, nachdem ich ihm gestern erzählt habe, was Miss Charlie seinetwegen auf sich nimmt!"

„Davon hast du ihm also auch noch erzählt", bemerkte Annabelle fast tonlos. „Ist dir dabei nicht in den Sinn gekommen, dass er versuchen könnte, Charlies Reise zu unterbrechen oder ihr irgendwie Steine in den Weg zu legen?"

„O nein, das wird er nicht tun, da bin ich sicher!" Mrs Morgan klang zutiefst überzeugt.

„Gut." Annabelle nickte lediglich. Im Grunde war ihr diese Frage im Moment recht gleichgültig: Das Geständnis ihrer Mutter hatte sie zu sehr aufgewühlt, als dass sie auch noch über dieses Problem hätte nachgrübeln können. In ihrem Inneren herrschte ein wahres Tohuwabohu von Gefühlen: Verwirrung, Verletzung und ein schier ungläubiges Staunen über die Vergangenheit ihrer Mutter, ja, eigentlich die Vergangenheit ihrer ganzen Familie, die nicht im Mindesten so glatt und problemlos verlaufen war, wie Annabelle immer angenommen hatte.

In tiefem Schweigen brachten Mutter und Tochter die restliche Fahrt nach Lowerdale Manor hinter sich.

Sir Edmund empfing die beiden Besucherinnen in der Bibliothek. Als handelte es sich bei ihrem Gespräch um eine geschäftliche Angelegenheit, hatte er sich hinter seinem schweren Schreibtisch verschanzt. Vor ihm lagen einige Blätter unbeschriebenes Papier, ein Federhalter steckte einsatzbereit in einem Tintenfass. Das Gesicht des Hausherrn allerdings war auffallend blass, außerdem hatte er Mühe, sich so steif und aufrecht zu halten wie gewöhnlich. Mit einer müden Handbewegung forderte er die Damen auf, in den beiden Ledersesseln Platz zu nehmen, die vor seinen Tisch gerückt waren.

Jetzt erst bemerkte Annabelle auch Mallory. In ihrem Rollstuhl saß sie zwischen dem Schreibtisch und dem angrenzenden Kamin und lächelte Annabelle ermutigend zu.

„Mrs Morgan – Miss Annabelle Morgan – ich danke Ihnen, dass Sie meiner Einladung gefolgt sind", bemerkte Sir Edmund förmlich. „Ich habe Sie zu mir gebeten, um gewisse, sagen wir: Unstimmigkeiten auszuräumen, die am gestrigen Tag zwischen uns entstanden sind. Konkret spreche ich dabei von Ihnen, Miss Annabelle: Ich bedaure, nach Mallorys Unfall so unbedacht gehandelt und Ihnen gekündigt zu haben, ohne die näheren Umstände des Unfalles zu kennen – und bitte Sie hiermit, Ihre Position als Gesellschafterin meiner Nichte wieder einzunehmen. Erklären Sie sich damit einverstanden?"

Auffordernd blickte er die Genannte an, nahm dabei sogar den Federhalter aus dem Tintenfass in die Hand, wie um ihr nahezulegen, ihre Unterschrift unter diese seine Entschuldigung zu platzieren.

„Ich …", setzte Annabelle an, um gleich darauf wieder zu verstummen. Nur Minuten waren vergangen seit der schockierenden Erkenntnis, dass dieser Respekt gebietende alte Herr mit den funkelnden blaugrünen Augen einmal der Liebhaber ihrer *Mutter* gewesen war und sie ihm einen Halbbruder verdankte, und nun sollte sie eine solche Entscheidung treffen. Ganz abgesehen davon, dass sie ihm seine rüde Behandlung am vergangenen Tag noch nicht verziehen hatte: Sie wusste nicht, ob sie überhaupt in der Lage war, in seinem Hause zu arbeiten, ihm mit diesem Wissen um seine Vergangenheit tagtäglich unter die Augen zu treten.

Schwarze Tinte tropfte von dem Federhalter in Sir Edmunds unruhigen Händen auf das blütenweiße Papier hinab, während Annabelle um eine Entscheidung rang. Erst, als sie Mallorys Blick auffing, der kummervoll und gleichzeitig um Versöhnung bittend auf ihr lag, gab sie sich einen Ruck. Die Augen fest auf Mallory gerichtet erklärte sie: „In Ordnung, ich bin einverstanden, Sir Edmund!"

Ein feines Lächeln stahl sich auf Mallorys Lippen, Sir Edmund dagegen kommentierte knapp: „Gut, dann wäre diese Angelegenheit also geregelt."

Der tropfende Federhalter wanderte zurück auf seinen Platz im Tintenfass und Sir Edmund fuhr fort: „Darüber hinaus kam mir nach unserer gestrigen Unterhaltung folgender Gedanke, Mrs Morgan." Ein unsicherer, für den alten Herrn vollkommen untypischer Unterton stahl sich in seine Worte, und er mied jeden Blickkontakt mit der Genannten, während er weitersprach. „Ich würde es begrüßen, wenn Miss Annabelle als Mallorys Gesellschafterin wie ihre Vorgängerinnen hier auf Lowerdale Manor leben würde – der besseren Verfügbarkeit halber, meine ich, und weil dies nun einmal den Gepflogenheiten in unserem Hause entspricht. Da ich aber vermute, dass Sie, Miss Annabelle, Ihre Mutter ungerne alleine in Upperdale zurücklassen, möchte ich Ihnen beiden gemeinsam die Verwalterwohnung hier auf dem Gut anbieten. Sie steht leer, weil mein Verwalter es vorzieht, mit seiner Familie im Ort zu leben, deshalb könnten Sie beide, Ihr Einverständnis vorausgesetzt, so bald als möglich dort einziehen. Allzu groß ist jene Wohnung zwar nicht, doch bietet sie einen gewissen Komfort, und wie bereits erwähnt: Miss Annabelle wäre jederzeit in der Nähe meiner Nichte …"

Sir Edmunds Redestrom versiegte. Abwartend, mit gesenktem Kopf trommelte er mit den Fingern auf die lederbezogene Platte seines Schreibtisches. Auch Agnes Morgan vermied es, ihr Gegenüber anzusehen. Doch der kleine Funken Hoffnung, der gestern im Angesicht von Sir Edmunds Resignation in ihr aufgeflammt war, bekam neue Nahrung: Offenbar fand ihr lange Jahre anhaltendes Gebet für die Familie Carrington endlich Erhörung! Gott begann tatsächlich, am Herzen des alten Herrn zu arbeiten!

Wortlos nickte sie ihr Einverständnis zu Sir Edmunds Vorschlag.

# Kapitel 7

*Beurteile einen Menschen lieber nach seinen Handlungen als nach seinen Worten; denn viele handeln schlecht und sprechen vortrefflich.*
(Matthias Claudius)

*Liebe Reisegefährtin,*
*unser erster Abend auf See! Vor mittlerweile elf Stunden setzte ich zum ersten Mal meinen Fuß auf die Planken dieses Schiffes, alleine und vollkommen auf mich gestellt! Zum ersten Mal in meinem Leben bin ich ohne einen starken männlichen Begleiter und Beschützer oder irgendeine andere Bezugsperson unterwegs und die Erregung über den Beginn meines großen Abenteuers hat mich noch immer fest im Griff. Oder sollte ich eher sagen, sie wogt in mir wie die gewaltigen Wellen des Atlantiks unter dem Bauch unseres Schiffes, der* Eugenia?
*Nun, seit Einbruch der Nacht, da wir mit Lands End und den Scilly Islands England endgültig hinter uns ließen, nimmt nämlich auch der Gegenwind und mit ihm der Wellengang spürbar zu. Eine Woge um die andere rollt und donnert gegen das Schiff an, das sich dadurch in ständiger Auf-und-ab-Bewegung befindet: Kaum haben wir den einen Wellenberg erklommen, stürzen wir bereits wieder in ein Wellental hinab, während der nächste Berg mit Urgewalt gegen den Schiffsbug prallt …*
*Genau, wie ich es mir vorgestellt habe, als ich vor Jahren zu Hause am Ostseestrand durch die Brandung galoppierte, spüre*

*ich heute die gewaltige vorantreibende Macht der Wogen unter meinen Füßen. Ein erhebendes, fast schon berauschendes Gefühl! Eines allerdings habe ich bei meinen damaligen Träumereien nicht bedacht: dass die mächtigen Wogen nicht nur das Schiff, sondern ebenso meinen Magen in Bewegung setzen. Wie mir scheint, schlägt er wahre Purzelbäume in dem Versuch, all das, was ich bis heute Mittag zu mir nahm, wieder nach oben und ins Freie zu befördern.*

*Ich kann mich nicht entsinnen, dass ich auf meiner Überfahrt nach England, die ich gemeinsam mit Onkel Frederik antrat, Ähnliches verspürt hätte. Vermutlich lag es schlicht daran, dass die See im Kanal und auch auf meinen bisherigen Fahrten nach Kopenhagen ruhiger, gesitteter gewesen ist als hier auf dem offenen Meer. Ich mag gar nicht daran denken, wie es mir ergehen wird, wenn wir in den nächsten Tagen den Golf von Biskaya durchsegeln werden, wo es laut Auskunft des Kapitäns noch deutlich rauer zugehen soll …*

*Aber nun ja, darum will ich mir Sorgen machen, wenn es so weit ist. Heute Abend jedenfalls zog ich mich bereits vor der Mahlzeit in meine Kabine zurück, wie vermutlich die Mehrheit der anderen Passagiere, die, als ich sie das letzte Mal auf Deck gesehen habe, dieselbe grünliche Gesichtsfarbe zeigten, wie ich sie eben beim Blick in meinen eigenen Spiegel bemerkte! Ich bin außerordentlich dankbar dafür, im Gegensatz zu den meisten anderen Passagieren meine Kabine mit niemandem teilen zu müssen: Da ich der einzige Passagier bin, der in Southampton zustieg, bekam ich die letzte, bis dahin leer stehende Zweikojenkabine für mich alleine. Auf diese Weise wird zumindest niemand Zeuge, wenn ich vermutlich schon in wenigen Minuten zum ersten Mal Gebrauch von dem bisher leeren Blecheimer machen werde, mit dem die Kabine zusätzlich zu einer Waschschüssel ausgestattet ist!*

*Die etwa 200 deutschen Auswanderer im Zwischendeck, die sich neben der 15-köpfigen Schiffsbesatzung und der Handvoll Kajütspassagiere an Bord befinden, können von solchem*

*Komfort vermutlich nur träumen! Meines Wissens reisen sie dort unten im Zwischendeck, das eigentlich nur als zusätzliches „Stockwerk“ in den Lagerraum des Kauffahrteischiffes* Eugenia *eingebaut wurde, in äußerst beengten Verhältnissen. Man stelle sich nur vor: Männer, Frauen und Kinder wohnen im selben Raum, Koje an Koje in mehreren Lagen übereinander, die einzelnen Bereiche bestenfalls durch Vorhänge voneinander getrennt, was ihnen selbstverständlich nur sehr wenig bis gar keine Privatsphäre lässt!*
*Was mag diese Menschen nur dazu bewegen, derartige Umstände und Strapazen auf sich zu nehmen? Erscheint ihnen das Leben in Amerika so verheißungsvoll und erstrebenswert, dass sie alle Regeln des Anstands, alle Bequemlichkeiten und ihr Leben in Deutschland – meinem Land – bereitwillig dafür opfern? Haben sie, wie ich, einen triftigen Grund für die Reise, oder brechen sie aus reiner Abenteuerlust alle Brücken hinter sich ab, um niemals wieder in die Heimat zurückzukehren? Ich weiß es wahrhaftig nicht. Doch vielleicht gelingt es mir im Laufe der Reise, Bekanntschaft mit dem einen oder anderen Zwischendeckspassagier zu schließen und mehr über seine Auswanderungsmotive herauszufinden. Das wird mich ein wenig von meinen eigenen Gedanken und Sorgen über das Gelingen meines Unternehmens ab-*

Der Federhalter glitt aus ihrer Hand und rollte, eine dicke Tintenspur hinter sich lassend, zu Boden, als eine erneute, diesmal besonders heftige Welle der Übelkeit Charlie übermannte. Tief beugte sie sich über ihren Eimer, bis sie das Gefühl hatte, ihren gesamten Mageninhalt losgeworden zu sein, möglicherweise sogar einiges darüber hinaus.

„Davon also hat Onkel Frederik gesprochen, wenn er Reisende erwähnte, die ‚nicht seefest‘ sind“, überlegte sie mit einem Anflug von Ironie. Im Grunde jedoch fühlte sie sich sterbenselend – viel zu elend, um irgendeinen klaren Gedanken zu fassen oder gar ihre Aufzeichnungen fortzusetzen. Mühsam richtete sie sich auf, um ihr Tagebuch auf der oberen, unbesetzten Koje in Sicherheit zu bringen. Alle weiteren Einträge würden wohl oder übel warten müssen, bis sie sich wieder in besserer Verfassung befand.

Zu Charlies größter Erleichterung dauerte dies nicht, wie sie in den schlimmsten Augenblicken ihrer Seekrankheit befürchtet hatte, bis zum Ende der Seereise, sondern es ging wieder bergauf mit ihr, sobald sie den Golf von Biskaya hinter sich gelassen hatten. Zwar ballten sich noch immer dichte dunkle Regenwolken am Himmel, doch mit dem stürmischen Westwind, der sie während der vergangenen Tage begleitet hatte, legten sich auch die gewaltigen Wellenberge. Abgesehen von einem leichten Schwindelgefühl ging es Charlie einigermaßen gut, zumindest, solange sie still und steif auf der Kante ihrer Koje saß. Prüfend bewegte sie Arme und Beine und erhob sich, da weder ihr Magen revoltierte noch ein anderer Körperteil ihr den Gehorsam verweigerte, schließlich ganz.

Im Gegensatz zu den vorangegangenen Tagen, als das abgestandene, salzige Seewasser aus ihrer Waschschüssel stets einen neuen Würgereiz in ihr ausgelöst hatte, gelang es Charlie diesmal sogar, sich ohne unangenehme Zwischenfälle Gesicht und Hände damit zu waschen. Wesentlich sauberer fühlte sie sich danach nicht, doch Seewasser war die einzige Flüssigkeit, die den Passagieren zum Waschen zur Verfügung stand. Sämtliches mitgeführtes Süßwasser war laut nachdrücklicher Anweisung des Kapitäns ausschließlich zum Trinken bestimmt.

Zum Schutz vor dem Nieselregen hüllte Charlie Kopf und Schultern in ein – wie sie hoffte – wasserfestes Umschlagtuch und erklomm die steilen Stufen zum Deck. Eine frische Brise empfing sie, sobald sie den geschützten Kajütenaufbau auf dem Heck der *Eugenia* hinter sich gelassen hatte. Erfreut schlug sie ihr Tuch leicht zurück, hielt ihr Gesicht in den Wind und atmete tief durch. Obwohl auch die Luft unverkennbar nach Salz, feuchtem Holz und irgendeiner weiteren, für Charlie undefinierbaren Zutat schmeckte, hatte sie das Gefühl, seit Wochen nichts Köstlicheres mehr eingeatmet oder geschmeckt zu haben!

Genießerisch verharrte sie einige Minuten an Ort und Stelle, ohne sich ihrer näheren Umgebung bewusst zu sein. Erst, als ein Matrose, unterwegs in einem eiligen Auftrag, dicht an ihr vorüberhastete und dabei fast ihr Umschlagtuch mit sich gerissen hätte, erwachte Charlie aus ihrer Träumerei. Ganz gemächlich setzte sie sich in Bewegung, wobei sie feststellte, dass ihr bei dem noch immer spürbaren Seegang nichts anderes übrig blieb, als mit ähnlich weit ausholenden, gespreizten Beinen zu schreiten wie eben der Seemann. Auf diese Weise wankte sie unsicher zur Reling. Diese bot zumindest einen halbwegs festen Halt auf dem schwankenden, schlingernden Deck mit seinen feuchten, glatten Planken.

Hier angekommen, krallte Charlie beide Hände fest um die oberste Stange und musterte ihre Umgebung. Feiner Nieselregen verhüllte wie ein Vorhang den Horizont; das Wasser rings um ihre kleine schwimmende Insel aus Holzplanken und schwellenden Segeln brodelte und schäumte in vergleichsweise zahmen Wellen ein gutes Stück unterhalb von Charlies Standort gegen die Bordwand.

Allerdings brachte der Anblick des Wassers Charlie erneut ins Schwindeln. Deshalb richtete sie ihre Aufmerksamkeit lieber auf das Schiff selbst, einen Dreimastschoner und damit ein typisches Kauffahrtei- und Auswandererschiff, das die Überfahrt nach Amerika bei günstigem Wind in sieben bis zehn Wochen bewältigen konnte. Bis auf den eiligen Matrosen von eben und die übrigen Seeleute der Steuerbordwache, die pflichtbewusst ihren Dienst versahen, war das Deck, soweit Charlie es von ihrem Standpunkt aus überblicken konnte, menschenleer. Offenbar hatten die meisten Passagiere und Auswanderer noch immer mit ihrer Seekrankheit zu kämpfen.

Plötzlich aber bemerkte Charlie eine für einen Seemann deutlich zu kleine, schmale Gestalt, die sich ganz in ihrer Nähe zu schaffen machte. Dicht am Fuß des Besanmastes befand sich eines der Oberlichter, die die Kajüten mit Tageslicht versorgten. Sie bestanden aus einer ins Deck eingelassenen Luke samt einem überdachten hölzernen Aufbau mit Fensterscheibe. Die merkwürdig klein gewachsene Gestalt stand gerade im Begriff, diesen Aufbau zu erklimmen.

Neugierig tat Charlie einige Schritte in Richtung des Oberlichtes. Tatsächlich, es war ein Kind, das soeben das erste seiner kurzen, in einer Kniehose und Lederstiefeln steckenden Beine über den Rand des Oberlichtes schwang. Das zweite Bein schwang hinterdrein, kurz darauf stand der kleine Junge aufrecht auf der glatten Fläche. Einen kleinen Augenblick allerdings nur, denn die nächste schlingernde Bewegung der *Eugenia* beförderte ihn zurück auf den Schiffsboden. Unverdrossen begann der Junge seine Anstrengungen von vorne, bis er zum zweiten Mal oben stand.

Diesmal gelang es ihm, das Gleichgewicht zu halten: Wie ein Seemann spreizte er seine Beine und reckte und streckte sich, um an das hölzerne Beiboot zu gelangen, das knapp über Manneshöhe vom Besanmast hing. Mit den Fingerspitzen hatte er es bereits berührt, als die nächste stärkere Schiffsbewegung ihn erneut herabstürzen ließ. Er landete auf den bloßen Knien. Sein lautes, leidendes „Aua, verflixt!“ drang deutlich an Charlies Ohr und lockte sie noch näher.

Der Junge, der ihrer Schätzung nach höchstens sieben Jahre zählen mochte, trug eine dicke graue, bäuerlich anmutende Wolljacke und eine ebensolche Mütze, unter deren Rand eine ungekämmte blonde Lockenmähne hervorquoll. Seinem Äußeren und dem unverkennbar deutschen Schmerzensruf nach musste er zu den Auswanderern aus dem Zwischendeck gehören. Ihnen war der Aufenthalt hier, im Heck des Schiffes, nicht gestattet, doch das schien den Kleinen wenig zu kümmern.

„Was tust du denn hier?“, entfuhr es Charlie unwillkürlich und, ohne dass sie es wirklich registrierte, in deutscher Sprache. „Weshalb willst du unbedingt an das Boot dort oben gelangen?“ Inzwischen war sie nahe genug am Ort des Geschehens, um die aufgeschlagenen, mit einigen Blutstropfen versehenen Knie des Jungen zu erkennen.

Der Junge fuhr auf, die braunen Augen weit geöffnet vor Schreck, ertappt zu werden. Vermutlich war ihm also doch bewusst, dass er sich hier auf verbotenem Terrain befand. So rasch und deutlich der Schrecken jedoch in seinem Blick erschienen war, so rasch verschwand er auch wieder. Offenbar hatte das Kind entschieden, dass von der blassen jungen Frau keine unmittelbare Gefahr ausging.

„Ich suche meine Katze!", erklärte der Junge, errötete ein wenig und fuhr fort: „Das heißt, sie ist nicht wirklich *meine* Katze, aber ich habe sie gefunden! Und gerade eben, als ich sie streicheln wollte, ist sie mir davongelaufen und in das Boot dort oben geklettert. Und weil ich zu klein bin, um sie wieder rauszuholen, bin ich auf das Fenster gestiegen. Aber das Fenster ist so glatt, und das Schiff schwankt die ganze Zeit so grässlich hin und her, dass ich es einfach nicht geschafft habe ..."

Die braunen Kinderaugen füllten sich mit Tränen.

„Nun, deshalb musst du doch nicht weinen", tröstete Charlie. „Wenn du willst, helfe ich dir!"

„Aber du ...", schniefte der Junge und fuhr sich mit dem Ärmel seiner Wolljacke über Nase und Augen, während er Charlie kritisch musterte, „du bist doch auch nicht groß genug!"

„Mag sein." Überlegend stellte sich Charlie unter das Beiboot und maß mit ihrem Blick die Entfernung zwischen sich und dem Rand des Bootes. „Du hast recht, ich bin nicht groß genug", erklärte sie schließlich, „doch ich denke, beide gemeinsam sind wir es! Was hältst du davon, wenn ich dich auf meine Schultern nehme? Dann bist du auf jeden Fall hoch genug, um in das Boot hineinzusehen und deine Katze herauszulocken!"

„Oh ja!" Vor Begeisterung strahlte der Junge übers ganze Gesicht und entblößte dabei zwei Reihen kleiner weißer Milchzähne. „So machen wir's!"

Ohne zu zögern, kniete Charlie nun am Boden nieder, der Junge schlang seine Arme um ihren Hals und hockte sich auf ihre Schultern.

Glücklicherweise bot sich Charlie in dem Besanmast ein fester

Halt, um sich trotz der Last des Kindes auf ihren Schultern und des schwankenden Bodens zu erheben. Als sie stand, klammerte der Junge seine Beine um ihren Körper, streckte sich wiederum nach oben – und rief erfreut aus: „Da bist du ja endlich, Miezi!"

Schon im nächsten Augenblick hielt er das Tier im Arm und kommandierte: „Du kannst mich jetzt herunterlassen, Fräulein!"

Gehorsam kniete Charlie noch einmal auf den nassen Planken nieder, sodass der Kleine absteigen konnte.

„Das also ist deine Miezi!", stellte sie fest, während sie das zufrieden schnurrende Tier in seinen Armen musterte. Es handelte sich um eine unverhältnismäßig große, unverhältnismäßig dünne, grobknochige Katze mit gestreiftem, rauem Fell, unter dem an einigen Stellen kahle und ungesund gräuliche Katzenhaut hervorlugte. Sie bot wahrlich keinen schönen Anblick, verglichen mit den wohlgenährten Stallkatzen daheim auf Gut Rixtorf, dachte Charlie insgeheim, und dennoch streichelte der Kleine das Tier voller Hingabe. Er erinnerte Charlie an ihren jüngsten Bruder Gustav, der vor einigen Jahren ein zerzaustes, flohverseuchtes Fellknäuel von einem streunenden Hund mit nach Hause gebracht hatte, das bei allen Hausbewohnern nichts als Abscheu hervorgerufen hatte. Bei allen außer Gustav, der den Streuner Struppi bis zu dessen Tod heiß und innig geliebt hatte …

Eine Woge von Heimweh durchflutete Charlie bei dieser Erinnerung, verstärkt noch durch die Tatsache, dass sie sich das erste Mal seit Jahren wieder in ihrer Muttersprache unterhalten konnte. Überdies war der Junge mit seinen langen blonden Locken, welche die verrutschte Mütze mittlerweile fast ganz freigab, und den riesigen dunklen Kinderaugen ein Anblick, der vermutlich jedes Frauenherz berührt hätte.

Als er sein Gesicht zu Charlie hob und bemerkte: „Willst du meine Miezi nicht auch einmal streicheln, Fräulein?", konnte sie seiner Aufforderung nicht widerstehen. Trotz aller Bedenken, wie viel Ungeziefer und mögliche Krankheitserreger diese Schiffskatze in ihrem Fell mit sich herumtragen mochte, beugte sie sich über das Tier und fuhr vorsichtig mit der Hand durch ebenjenes Fell.

„Ist Miezi nicht lieb?“, fragte der Junge, und Charlie blieb keine andere Wahl, als stumm zu nicken. Der Kleine hatte vollkommen recht, denn mit den Augen der Liebe betrachtet war selbst das geringste, unansehnlichste unter Gottes Geschöpfen eine Kostbarkeit.

Zufrieden ob Charlies Zustimmung nickte der Junge, bedankte sich höflich für ihre Hilfe und wandte sich mit der Katze im Arm zum Gehen. Doch Charlie hielt ihn zurück. Sie wollte nicht, dass diese erste deutsche Unterhaltung seit Jahren, obendrein mit einem so entzückenden Gesprächspartner, bereits ein Ende nahm. „Wie heißt du eigentlich, mein Junge?“, fragte sie.

„Titus!“ Der Junge wandte sich ihr wieder zu. „Titus Helmuths!“

„Dann freue ich mich, dich kennenzulernen, Titus“, lächelte Charlie. „Ich bin Charlotte von Rixtorf. Du und deine Eltern, ihr gehört wohl zu den Auswanderern, die unten im Schiff wohnen, nicht wahr?“

Zu ihrer Überraschung schüttelte Titus den Kopf, wobei ihm seine vom Nieselregen feuchten Locken in die Stirn fielen. Energisch hob er eine seiner kindlich runden Hände und schob sie beiseite. „Nein, meine Eltern sind nicht da. Meine Mama ist im Himmel und mein Papa in Neujork. Er wartet dort auf mich!“

„Oh! Dann reist du sicherlich mit deinen Großeltern?“, erkundigte sich Charlie mitfühlend.

Erneut schüttelte Titus seinen Kopf, dass die Locken flogen. „Nein, die sind zu Hause in Ulm geblieben. In Amerika wohnen Indi… wilde Indier, sagen sie, deshalb ist es ihnen dort viel zu gefährlich!“

„Indianer, meinst du“, verbesserte Charlie mechanisch und nun vollends verwirrt. „Du willst doch nicht etwa sagen, dass sie dich alleine aufs Schiff geschickt haben?“

„Aber nein, dazu bin ich doch viel zu klein – obwohl ich schon fast sechs bin!“ Der Klang von Titus’ Lachen hallte glockenhell über das regennasse, menschenleere Deck. „Natürlich ist Johannes bei mir!“

„Ach!" Unwillkürlich fiel Charlie in sein Lachen mit ein. „Und wer mag dieser Johannes wohl sein?"

„Ein Lehrer! Mein Papa hat in Neujork bei seiner Zeitung Arbeit für ihn, darum fahren wir zusammen dorthin!"

„So ist das also! Und ich fürchtete schon, man hätte dich ganz alleine auf die weite Reise geschickt!" Lächelnd strich Charlie Titus durch die feuchten Locken und rückte seine Mütze zurecht, ehe sein Haar vollends durchnässt wurde. „Aber denkst du nicht, dass dein Johannes dich vermisst und nach dir sucht, wenn du so lange ausbleibst? Sieh nur, der Matrose dort schickt sich gerade an, die Schiffsglocke zu läuten, das Zeichen fürs Abendessen!" Mit dem Kinn deutete Charlie zu dem erwähnten Matrosen ganz hinten im Heck.

„Auweia", stieß Titus betroffen aus, „du hast recht! Dann gehe ich mal lieber. Wiedersehen, Fräulein Charlotte!"

Eilig drehte Titus sich um, und Miezi, erschrocken durch seine plötzliche Bewegung, entwand sich seinen Armen. Mit einem Satz verschwand sie hinter dem Kajütenaufbau. Diesmal ließ Titus sie gewähren. Statt ihr nachzulaufen, wandte er sich noch einmal an Charlie. „Ich mag dich!", verkündete er. „Darf ich dich wieder einmal besuchen?"

„Natürlich, gerne! Wenn du magst, gleich morgen."

„Fein! Dann kann Johannes mich auch nicht mehr schelten, wenn ich hier hinten aufs Schiff gehe, wo es eigentlich nicht erlaubt ist." Spitzbübisch grinste Titus seine neue Freundin an. „Bis morgen dann!"

„Ja, auf Wiedersehen bis morgen!" Amüsiert winkte Charlie ihm nach. Mit diesem pfiffigen kleinen Landsmann an ihrer Seite versprach ihre Seereise zwar nicht weniger riskant, doch zumindest interessanter und kurzweiliger zu werden, als sie es sich vorgestellt hatte!

*Liebe Reisegefährtin,*
*so rasch ändert sich der Stand der Dinge!*, hielt sie an diesem Abend schriftlich fest. *Denn schon habe ich wieder einen*

*männlichen Begleiter für meine Reise, obendrein einen ganz besonderen: Er ist sechs Jahre alt, hat lange blonde Locken, kugelrunde, unschuldige braune Kinderaugen und spricht einen entzückenden süddeutschen Dialekt. Ich hoffe, er leistet mir recht oft Gesellschaft …*

Nachdem Charlie diese Nacht zum ersten Mal, seit sie an Bord gegangen war, wieder einen ungestörten, beschwerdefreien Schlaf genossen hatte, fühlte sie sich am Morgen frisch und ausgeruht. Zum ersten Mal schmeckte ihr der Kaffee, der den Kajütspassagieren zum Frühstück serviert wurde, und sie begab sich schon am frühen Vormittag an Deck. In der Hand hielt sie eines der wenigen Bücher, die in ihrem Reisegepäck Platz gefunden hatten. In Anbetracht der unbekannten Strapazen, die ihr im Lauf der Reise begegnen mochten, hatte Charlie sich bemüht, ihr Gepäck auf das Allernotwendigste zu beschränken; die meisten ihrer Habseligkeiten, die sie aus Holstein mitgebracht hatte, hatte sie bei Mrs Morgan zwischengelagert.

Augenblicklich war Charlie allerdings wenig nach Lesen zumute: Das mitgeführte Buch war eher ein Vorwand dafür, sich einen ruhigen Platz auf Deck zu suchen, um von dort aus nach ihrem neuen Bekannten Ausschau zu halten. Eine erneute Unterhaltung mit dem amüsanten kleinen Kerl wäre ihr sehr willkommen, und sie hoffte, dass die Sonne, die heute bereits seit dem frühen Morgen vom Himmel strahlte, ihn schon bald an Deck locken würde.

Zu Charlies Leidwesen war auf den ersten flüchtigen Blick über das Schiffsheck nicht das Geringste von Titus oder auch Miezi zu sehen. Auf ihrem Weg die Reling entlang bis dorthin, wo sich die Kommandobrücke erhob, begegnete sie lediglich einem Ehepaar in mittleren Jahren und einem hageren jungen

Mann, beides Kajütspassagiere wie sie selbst, mit denen sie bereits beim Frühstück einige höfliche Worte ausgetauscht hatte. Enttäuscht machte sie kehrt und ließ sich schließlich neben dem Kajüteneingang auf einer hölzernen Kiste nieder.

Den Rücken gegen die warme Bretterwand gelehnt, schlug sie ihr Buch auf und begann zu lesen. Doch immer wieder lösten sich ihre Blicke von den Buchseiten und glitten zwischen den windgefüllten Segeln hinauf in den wolkenlosen Himmel oder über das Deck der *Eugenia*, über den Eingang zum Zwischendeck und bis nach vorne zum Bugspriet.

Bei schlechtem Wetter beziehungsweise starkem Wellengang wurden Bug und Vorderdeck des Schiffes oft von Seewasser überspült, an diesem sonnigen Morgen jedoch waren sie trocken und lockten allmählich auch einige der Zwischendeckspassagiere ins Freie. Soweit Charlie von ihrem Sitzplatz aus erkennen konnte, handelte es sich dabei allerdings nur um Erwachsene, vornehmlich Männer. Ob es den Frauen und kleineren Kindern wie Titus aus Sicherheitsgründen gar nicht gestattet war, sich an Deck aufzuhalten?

Noch während Charlie dieser Frage nachhing, füllte sich das Vorderdeck plötzlich mit einer ganzen Gruppe Neuankömmlinge: Eine Horde Kinder hatte die Treppen vom Zwischendeck herauf erklommen und genoss rufend und lachend die neu gewonnene Freiheit. An ihrer Spitze schritt ein einzelner Mann. Auf das laute Kommando hin, das mit einem Mal aus seinem Mund ertönte, sammelte sich die Kinderschar im Schatten des Beibootes, das mit dem Kiel nach unten auf dem Vorderdeck vertäut war. Gemeinsam ließen sie sich auf den Schiffsplanken nieder und kamen allmählich zur Ruhe, während der hochgewachsene Mann mit einem Buch in der Hand vor ihnen stand und gestikulierend irgendetwas zu erklären schien.

Bei diesem Anblick begriff Charlie: Die Auswandererkinder erhielten Schulunterricht, so gut das eben bei den beengten Verhältnissen auf dem Schiff möglich war! Unter den Schülern befand sich vermutlich auch Titus, während es sich bei dem Lehrer um seinen erwachsenen Reisebegleiter handeln konnte, jenen Lehrer namens Johannes. Interessiert verfolgte Charlie das Geschehen rund um die außergewöhnliche Schulklasse. Der Lehrer schien die Kinder gut unter Kontrolle zu haben, denn trotz der zahlreichen Ablenkungen ihrer Umgebung verhielten sich auch die ältesten Schüler, eine Gruppe Jungen im Alter von zwölf, dreizehn Jahren, relativ ruhig und gesittet.

Sicherlich war Titus' Johannes ein äußerst gestrenger alter Schulmeister, der des Öfteren auch einmal von der Rute Gebrauch machte, wie es in der Dorfschule in Charlies Heimat Sitte gewesen war. Hätte es nicht allzu aufdringlich gewirkt, dann hätte Charlie ihr Buch beiseitegelegt und sich der Klasse bis auf Hörweite genähert, so aber begnügte sie sich damit, alles aus der Ferne zu beobachten und dabei nach Titus Ausschau zu halten.

In der Tat befanden sich mehrere Blondschöpfe unter den Schülern: einige ordentlich geflochtene blonde Zöpfe und ein paar sauber geschnittene Knabenfrisuren, doch nur ein einziger wirrer, strohblonder Lockenkopf. Erfreut betrachtete Charlie den Hinterkopf ihres kleinen Landsmannes, der sich mal auf diese, dann auf jene Seite neigte, während der ganze Junge unruhig hin und her rutschte, seine Beine mal kreuzte, dann wieder streckte, um sich gleich darauf auf die Knie aufzurichten ...

Augenscheinlich war der Kleine einer der wenigen Schüler, die dem Unterricht nicht viel abgewinnen konnten. Nun erregte eine Seemöwe, die kreischend über das Schiff hinwegzog, seine Aufmerksamkeit. Gab es so weit vom Land entfernt wirklich noch Seemöwen?, fragte sich Charlie. Während er sie mit seinen Blicken verfolgte, wandte er den Kopf und gewahrte Charlie. Ungeniert hob er seine Hand, winkte ihr zu und vollführte irgendeine Geste, die Charlie nicht recht deuten konnte. Was ihm allerdings unverzüglich einen Tadel seines Lehrers einbrachte, zumindest wandte dieser sich mit erhobenem Zeigefinger an Titus.

Seufzend beschloss Charlie, ihren Beobachtungsposten zu verlassen, um Titus keinen weiteren Ärger mit seinem Lehrmeister einzubrocken. Gewiss würde sie später am Tag noch Gelegenheit bekommen, ihre Bekanntschaft mit dem Jungen zu vertiefen.

Charlies Hoffnung erfüllte sich in der Tat. Am frühen Nachmittag, als die Seeleute eben ihren Dienst an die nächste Schicht übergaben, stürmte Titus auf den Kajüteneingang und damit auf Charlie zu, die hier erneut ihren sonnigen Sitzplatz aufgesucht hatte. Hinter ihm kam mit weit ausgreifenden Schritten der Mann, den Charlie als den Schullehrer und Titus' Begleiter Johannes identifiziert hatte. Aus der Nähe betrachtet, hatte er allerdings nichts gemein mit dem vermuteten gestrengen alten Schulmeister, sondern wies sogar eher eine gewisse Ähnlichkeit mit dem Lausejungen Titus auf: Sein ebenfalls nicht allzu gründlich frisiertes, unbedecktes Haar, das Charlie aus der Entfernung für grau gehalten hatte, war dunkelblond, sein Gesicht glatt rasiert, und in seinen hellen grauen Augen blitzte eine Spur von Schalk.

„Guten Tag, Fräulein Charlotte", rief Titus, noch ehe er Charlie ganz erreicht hatte. „Johannes sagt, ich soll mich bei dir entschuldigen, weil ich dich heute Morgen beim Lesen gestört hab!"

Abrupt machte er vor Charlie halt und streckte ihr höflich die Hand entgegen: „Also, entschuldige bitte, Fräulein!"

Lächelnd ergriff Charlie die ausgestreckte Hand. „Oh, das ist schon in Ordnung, Titus! Ehrlich gestanden, war ich heute Morgen sowieso nicht ganz bei der Sache, als ich gelesen habe!"

„Da bin ich aber froh!" Titus grinste.

Unterdessen war auch sein Begleiter näher gekommen. In gebührendem Abstand von Charlie und somit auch vom Kajüteneingang, also dem Bereich, dessen Betreten den Zwischendeckspassagieren untersagt war, blieb er stehen, verneigte sich leicht und grüßte mit volltönender Stimme im selben süddeutschen Dialekt wie Titus: „Guten Tag, gnädiges Fräulein. Sie gestatten: Steinbacher mein Name, Johannes Steinbacher. Ich bin verantwortlich für unseren Titus hier, deshalb wollte auch ich Sie um Verzeihung dafür bitten, dass er Sie heute und, wie er mir eben erzählte, auch schon gestern behelligt hat. Ich fürchte, meine Erziehungskünste zeitigen bei dem kleinen Lauser noch nicht die rechte Frucht!"

„Aber nein, das ist doch nicht der Rede wert! Von Behelligen kann man im Grunde gar nicht sprechen, immerhin habe ich ihm ja gestern selbst meine Hilfe angeboten! Dennoch … vielen … äh, Dank für Ihre Mühe, mich extra deswegen aufzusuchen!"

Die Verwunderung, die Charlie bei Johannes Steinbachers Anblick befallen hatte, wandelte sich in Verlegenheit. Sie war überhaupt nicht darauf gefasst gewesen, so plötzlich einem gut aussehenden jungen Mann gegenüberzustehen. Errötend verstummte sie und senkte den Blick zu Boden.

„Nun", Johannes Steinbacher suchte ebenfalls nach Worten, „dann werden wir uns wieder auf unser Deck zurückziehen. Ich wünsche Ihnen weiterhin einen schönen Tag und eine gute Reise, Fräulein …"

„Charlotte von Rixtorf", beantwortete Charlie die unausgesprochene Frage.

„… Fräulein Charlotte von Rixtorf!" Ein schüchternes Lächeln stahl sich auf seine Lippen, als er erklärend hinzufügte: „Titus hat von Ihrer gestrigen Begegnung her nämlich nur Ihren Vornamen behalten, müssen Sie wissen! Und nun komm, Titus, lass uns gehen."

„Ooch", seufzte Titus, „ich möchte lieber noch ein bisschen bei Fräulein Charlotte bleiben, eigens dafür habe ich doch Mutters Bild mitgebracht und die Zeitung, die Vater mir geschickt hat!"

Er hielt seinem Begleiter die beiden genannten Beweisstücke unter die Nase, ehe er sich wieder an Charlie wandte: „Die willst du doch sehen, nicht wahr, Fräulein Charlotte? Das Bild ist das Einzige, was ich noch von meiner Mutter habe, und die Zeitung hat mein Vater geschrieben, ganz alleine!"

Charlie konnte (und wollte) Titus' bittenden braunen Augen nicht widerstehen, sein Lehrer jedoch blieb hart: „Du weißt, Titus, dass wir uns laut Befehl des Kapitäns auf diesem Bereich des

Decks nicht aufhalten dürfen – das habe ich dir oft genug erklärt. Deshalb spar dir deine Widerworte und komm!"

„Und wenn ich Sie nun ein Stückchen begleiten würde?", fragte Charlie, einer plötzlichen Eingebung folgend. „Selbstverständlich nur, wenn Sie erlauben, Herr Steinbacher, und bis Titus mir seine beiden ‚Schätze' gezeigt hat?"

„Oh ja!" Augenblicklich verzog sich Titus' Schmollmund wieder zu einem Lächeln.

Abwartend blickte Charlie von ihm zu dem immer noch zögernden Herrn Steinbacher. Endlich gab dieser sich einen Ruck: „Wenn das tatsächlich Ihr Wunsch ist, Fräulein von Rixtorf, will ich Ihnen diesen natürlich nicht abschlagen. Gestatten Sie mir nur, Sie beim Arm zu nehmen! Auf dem Vorderdeck ist es nämlich deutlich glitschiger und gefährlicher als bei Ihnen im Heck."

Galant wie ein englischer Gentleman bot er ihr den Arm, während Titus nach Charlies freier Hand griff und die beiden Erwachsenen ungeduldig vorwärtsdrängte.

Von diesem Tag an wurden die Spaziergänge über das Vorderdeck zur täglichen Gewohnheit für Charlie. Manches Mal erschien Titus alleine am Kajüteneingang, um sie abzuholen, meist jedoch in Gesellschaft seines Lehrers. Johannes Steinbacher war ein höflicher, für einen ehemaligen Dorfschullehrer außergewöhnlich belesener junger Mann und ein angenehmer Gesprächspartner. Weder stellte er seine eigene Person und seine Leistungen in den Vordergrund, noch bedrängte er Charlie mit persönlichen Fragen über ihre Lebensumstände oder den Anlass für ihre Reise. Falls er sich tatsächlich darüber wunderte, dass sie ohne Begleitung auf Reisen war, ließ er sich nichts davon anmerken. Überdies machte Titus in seiner offenen, natürlichen Art es den beiden Erwachsenen leicht, ins Gespräch zu kommen.

Das Leben in der drangvollen Enge des Zwischendecks und auch an Deck des Auswandererschiffes langweilte den quirligen kleinen Lockenkopf, und aus irgendeinem zumindest Charlie unbekannten Grund gefiel es ihm, zwischen Charlie und Johannes übers Deck zu hüpfen und ihnen alles Mögliche zu erzählen. Es dauerte nicht lange, und Charlie kannte Titus' und, soweit sie miteinander in Berührung gekommen waren, auch Johannes' Lebensgeschichte bis ins Detail.

Titus' Vater Klaus-Dietrich Helmuths und Johannes Steinbacher waren in derselben Stadt groß geworden und hatten, von der ersten Klasse bis zum Schulabschluss, nicht nur die Schulbank, sondern auch ihre gesamte freie Zeit, die Strafen für ihre gelegentlichen Streiche und sogar eine Freundin, mit der man „Pferde stehlen konnte", miteinander geteilt. Als sie der Schulbank und dem Studium entwachsen waren, wurde der eine Lehrer, der andere arbeitete für die Stadtzeitung und heiratete, sobald sein Gehalt dafür ausreichte, eine Familie zu ernähren. Er heiratete ebenjenes Mädchen namens Helene, das der dritte unverzichtbare Bestandteil ihres Kleeblattes gewesen war. Eine Zeit lang lagen die beiden Freunde deswegen im Streit, doch als Titus geboren wurde und seine Mutter Johannes zum Paten des Kindes machte, begruben sie ihren Zwist. Beinahe wie früher als Kinder verbrachten sie ihre Freizeit wieder zu dritt und kümmerten sich gemeinsam um den kleinen Blondschopf.

Bald nach Titus' erstem Geburtstag jedoch starb Helene zusammen mit ihrem zweiten, ungeborenen Kind, und Klaus-Dietrich, wie von Sinnen vor Schmerzen, übergab seinen Sohn der Obhut der Großeltern und reiste nach Amerika. Mit einer Gruppe Auswanderer in New York angekommen, stürzte er sich in die Arbeit und gründete New Yorks mittlerweile größte deutschsprachige Zeitung. Die Briefe, welche die Großeltern daheim in Ulm erreichten, waren voller Enthusiasmus, und schon bald enthielten sie die Bitte, den kleinen Titus zu ihm nach Amerika zu bringen. Es gäbe keinen besseren Ort, ein Kind großzuziehen, als Amerika, wo jeder Mann, ob Handwerker, Bauer oder Großbürger, die

Möglichkeit hätte, sich mit ausdauerndem Fleiß Wohlstand und eine angemessene Position zu erarbeiten.

Bei den Großeltern jedoch stießen seine Worte auf taube Ohren, sodass Klaus-Dietrich schließlich seinen alten Freund um Unterstützung bat. Falls er sich dazu durchringen könnte, Titus nach Amerika zu begleiten und anschließend auch selbst dortzubleiben, würde Klaus-Dietrich ihm eine Anstellung bei seiner Zeitung, dem „New Yorker Stadtboten“, sichern. Für Johannes Steinbacher bedurfte diese Entscheidung keiner langen Überlegung.

„Das Leben ohne meine beiden besten Freunde war mir ohnehin öde und leer erschienen“, erklärte er Charlie. „Die Sonntagnachmittage, die wir oft gemeinsam im Grünen verbracht hatten, zogen sich schier endlos in die Länge und weckten einen Trübsinn in mir, der sich langsam, aber sicher auch auf meine Arbeit auszuwirken begann. Öfter als einmal ertappte ich mich dabei, wie ich meine Schüler zu Unrecht schalt oder viel zu unzufrieden war mit ihren Fortschritten. Zudem war mein Gehalt als Dorflehrer nicht allzu üppig – ich konnte mir jedenfalls kaum vorstellen, eines Tages eine eigene Familie davon ernähren zu können! Dass meine ich jetzt allerdings rein hypothetisch, nicht, dass die Notwendigkeit dazu bestanden hätte, denn ich kannte kein Mädchen, das ich gerne geheiratet hätte …“

Johannes Steinbacher zog die Schultern in die Höhe und lächelte verlegen. „Folglich habe ich beschlossen, mein restliches Leben als Deutschamerikaner zu verbringen. Was hatte ich schon zu verlieren? Ich kündigte meine Stellung, buchte für Titus und mich die Überfahrt auf einem Auswandererschiff und packte meine Habseligkeiten. Der schwierigste Teil des ganzen Unternehmens bestand darin, Titus' Großeltern davon zu überzeugen, ihn ziehen zu lassen. Sie …“, mit einem prüfenden Blick übers Deck vergewisserte er sich, dass der Junge außer Hörweite war, und fuhr leiser fort: „Sie vergöttern den kleinen und zugegebenermaßen zum Anbeißen hübschen Sohn ihrer verstorbenen Tochter und haben ihn hoffnungslos verwöhnt. Dazu kam ihre übertriebene Furcht vor dem großen, unbekannten Amerika. Titus' Großmutter ist fest davon überzeugt, dass wir, sobald wir amerikanischen Boden betreten, von gemeingefährlichen Wilden überfallen und gefangen genommen werden oder dergleichen. Erst ein Brief meines Freundes Klaus-Dietrich, in dem er auf sein Recht als Vater und Erziehungsberechtigter pochte, hat die beiden dazu gebracht, Titus trotz ihres Widerwillens mit mir reisen zu lassen!"

„Und Titus ...", Charlie blickte wie vorher Johannes hinüber zur Luvseite des Schiffes, wo der Junge sich zu einem Grüppchen Altersgenossen gesellt hatte, „... wie steht er dazu? Vermisst er seine Großeltern sehr?"

„Nicht so sehr, dass ich es ihm großartig anmerken würde. Ich habe allerdings den Eindruck, dass in seinem Inneren mehr vorgeht, als er zugibt. Er bemüht sich einfach sehr, stark und männlich zu wirken. Dazu hat der letzte Brief seines Vaters ihn aufgefordert, müssen Sie wissen. Und ich fürchte beinahe, er nimmt sich diese Worte zu sehr zu Herzen. Aus diesem Grunde bin ich wirklich dankbar, dass er Sie kennengelernt hat, Fräulein von Rixtorf. Der Einfluss einer Dame dürfte ein guter Ausgleich sein für seine verfrühte Mannhaftigkeit – das hoffe ich zumindest. Zudem hat er mir gestanden, dass Sie ihn an seine Großmutter erinnern."

„Tatsächlich?" Fragend hob Charlie eine Augenbraue. „Ich muss sagen, bis jetzt fühlte ich mich nicht unbedingt sehr alt und großmütterlich, doch wenn Titus ..."

„Oh, aber nein!" Johannes Steinbacher schlug sich erschrocken die Hand vor den Mund. „So war das natürlich ganz und gar nicht gemeint!!!" Eine leichte Röte überzog sein Gesicht. „Titus hat lediglich bemerkt, dass Sie jedes Mal, wenn Sie lächeln, ‚das gleiche kleine runde Loch' in der Wange haben wie seine Großmutter. Nur ich alter Esel habe soeben äußerst gekonnt seine Worte so hingestellt, dass sie in Ihren Ohren wie eine Beleidigung klingen müssen. Bitte verzeihen Sie mir, Fräulein von Rixtorf!"

„Selbstverständlich gerne!“ Während Charlie lächelte, senkte sich die erhobene Augenbraue, und in ihren Wangen erschien, wie Johannes nicht zum ersten Mal auffiel, in der Tat ein winziges Grübchen.

Mit einem reumütigen Grinsen fuhr er halb ernst, halb scherzhaft fort: „Danke! Ich sehe schon, ich muss sehr viel mehr auf meine Wortwahl achten, wenn ich erst einmal damit beginne, Artikel für Klaus-Dietrichs Zeitung zu schreiben. Sonst trete ich damit am Ende geradeso ins Fettnäpfchen wie eben bei Ihnen!“

„Ich bin sicher, Sie schaffen es, sämtliche Fettnäpfchen zu vermeiden!“ Charlie stützte sich mit der Hand auf die Reling unweit der Stelle, an der Titus und seine Kameraden sich vergnügten, und fragte: „Freuen Sie sich denn auf Ihre neue Arbeit? Ich meine, das Zeitungsgeschäft ist doch vollkommen neu für Sie – mit Ihrer Tätigkeit als Lehrer hat das nicht mehr viel zu tun.“

„Wahrscheinlich ist gerade dies der Grund, weshalb ich mich darauf freue: die Herausforderung – der Neuanfang! Solange ich meine Artikel nicht in englischer Sprache verfassen muss, ist mir jede Aufgabe recht, die Klaus-Dietrich für mich hat. Englisch ist nämlich nicht gerade meine Stärke, fürchte ich!“

„Das gibt sich rasch, wenn man die Sprache erst einmal Tag für Tag hört und sich darin verständlich machen muss, glauben Sie mir“, beruhigte Charlie.

„Mag sein! Doch falls ich meinen Freund richtig verstanden habe, wird das gar nicht erforderlich sein. Die Deutschen in New York bilden eine fest verschworene Gemeinschaft, so etwas wie eine eigene kleine Stadt in der Stadt, mit ihren eigenen deutschsprachigen Schulen, deutschen Vereinen und Gasthäusern mit deutschem Essen!“

„Wahrhaftig? Das wusste ich gar nicht.“ Nachdenklich starrte Charlie hinaus aufs Meer. Eine durch und durch deutsche Heimat in einem fremden Land – das war ein merkwürdiger Gedanke. Ging man nicht nach Übersee, um ein neues, ein *anderes* Leben zu beginnen? Andererseits: War es wirklich so abwegig, lieb gewordene Sitten und Gewohnheiten mit in das neue Leben in einem neuen Land hineinzunehmen? Sie brauchte doch nur daran zu denken, wie sehr sie in ihrer Anfangszeit auf Lowerdale Manor die herzhaften deutschen Gerichte und die sonntäglichen Familienwanderungen am Strand vermisst hatte, die auf Gut Rixtorf gebräuchlich waren …

Ein tiefer Seufzer kam über Charlies Lippen, worauf Johannes Steinbacher besorgt auf sie herabblickte. „Ist Ihnen nicht gut, Fräulein von Rixtorf? Oder habe ich schon wieder etwas Unbedachtes von mir gegeben, das Sie verletzt hat?"

In Anbetracht der komischen Verzweiflung auf seinem Gesicht brachte sie ein schwaches Lächeln zustande. „Nein, nein, keine Sorge. Ich dachte nur eben an meine Heimat und daran, wie sehr ich sie bei bestimmten Gelegenheiten vermisse, obwohl ich sie schon vor mehreren Jahren verlassen habe!"

„Ich verstehe!" Mitfühlend legte Johannes Steinbacher seine Hand über Charlies und drückte sie sacht. „Auch wenn es ein schwacher Trost für Sie ist, Fräulein von Rixtorf: Bei aller Vorfreude und Erwartung, mit der ich meinem Neuanfang entgegenblicke, vermisse selbst ich meine Heimat. Und ich vermute, meinen Mit-Auswanderern im Zwischendeck ergeht es nicht anders. Es vergeht kein Tag, vielleicht nicht einmal eine Stunde, ohne eine Bemerkung wie ‚Das haben wir daheim auch immer so gemacht' oder ‚Weißt du noch, wie wir zu Hause dies oder jenes getan haben?'."

Charlie blieb Johannes die Antwort auf diese Bemerkung schuldig. Warm und schwer lag die Hand ihres Landsmannes auf ihrer eigenen Hand auf der kalten Reling und sie spürte tatsächlich so etwas wie Trost von ihr ausgehen. Doch gerade dieses Gefühl war es auch, das sie verunsicherte: Es gab nur einen Mann, der sie auf derart vertrauliche Weise berühren durfte, bei dem sie sich getröstet fühlen durfte, und dieser Mann war nicht mehr am Leben. Ihr Verlobter Myles war tot! Abrupt zog Charlie ihre Hand zurück, kehrte Johannes Steinbacher den Rücken zu und blickte stattdessen hinüber zu Titus und seinen Freunden.

Beglückt über ihre plötzliche Aufmerksamkeit rief dieser:

„Schau mal, Fräulein Charlotte, was ich kann: Ich spucke gegen den Wind!“

Damit legte er den Kopf zurück, schoss ruckartig wieder nach vorne und spuckte dabei aus voller Kraft über die Reling, also – da sie sich auf der windzugewandten Seite der *Eugenia* befanden – genau gegen den Wind. Glücklicherweise war der abendliche Westwind nicht allzu stark: Statt zurück in Richtung von Titus' Gesicht flog der Speichelstrahl nach unten aufs Wasser zu.

Erleichtert atmete Charlie auf, nicht ohne gleichzeitig zu rufen: „Aber, Titus, wie kommst du nur auf diese Idee!“ Ihr tadelnder Blick umfasste auch Titus' Spießgesellen. „Komm lieber noch ein Stück mit uns, statt hier herumzustehen und Unfug zu machen!“

Auffordernd streckte sie Titus ihre Hand entgegen, die er gehorsam ergriff. Gemeinsam schritten die beiden weiter übers Deck, und Johannes Steinbacher blieb nichts anderes übrig, als ihnen zu folgen. Beinahe eifersüchtig schaute er dabei auf Titus: *Ihm* entzog die junge Dame ihre Hand nicht, so wie sie es bei ihm getan hatte! Enttäuschung und ein seltsames Gefühl der Leere machten sich in ihm breit.

# Kapitel 8

*Eine linde Antwort stillt den Zorn; aber ein hartes Wort erregt Grimm. Der Weisen Zunge bringt gute Erkenntnis; aber der Toren Mund speit nur Torheit. Eine linde Zunge ist ein Baum des Lebens; aber eine lügenhafte bringt Herzeleid.*

(Sprüche 15,1.2.4; Luther)

*Liebe Reisegefährtin,*
*seit drei Wochen befinden wir uns mittlerweile auf hoher See, und wenn ich seit dem ersten Betreten dieser Schiffsplanken etwas gelernt habe, so ist es das eine: Der Wind ist ein äußerst unbeständiger, unzuverlässiger Geselle.*
*Mit seiner treibenden Kraft sollte er eigentlich der beste Freund des Seemannes sein, zumindest auf einem Segler, so dachte ich bisher, doch leider erweist er sich ebenso oft als Störenfried und Widersacher. Weht er heute aus Ost oder Südost und „schiebt" die* Eugenia *damit in die gewünschte Richtung, nämlich nach Westen, so ändert er gewiss am nächsten Morgen seine Richtung und treibt uns in eine andere Himmelsrichtung oder gar zurück. Und gegen Abend flaut er ganz ab, sodass wir jedes winzige Lüftchen nutzen müssen, um zu kreuzen – was uns jedoch beinahe ebenso wenig voranbringt, als trieben wir auf der Stelle. Mittlerweile verstehe ich Onkel Frederik und die übrigen Schiffsbauer, die immer mehr auf den Bau von Dampfschiffen setzen, um damit ihre Unabhängigkeit von Wind und Wetter zu erlangen.*
*Wenn es unter so widrigen Winden weitergeht wie bisher,*

*äußerte unser Kapitän sich gerade heute beim Frühstück, so wäre es möglich, dass wir die im Sommer übliche, streckenmäßig kürzere Nordroute über Neufundland verlassen und einen südlicheren Kurs segeln müssen. Auf diese Weise kämen wir in den Einflussbereichs der Golfströmung und der relativ beständigen Ostpassate, müssten aber später an Amerikas Küste entlang wieder nach Norden segeln, was uns beträchtlich viel Zeit kosten würde. Vorläufig aber verfolgen wir unseren ursprünglichen nordwestlichen Kurs. Offenbar hat der Kapitän die Hoffnung noch nicht ganz aufgegeben, die* Eugenia *auf diesem Kurs langsam, aber sicher ans Ziel zu bringen.*

*Ich muss gestehen, ich bewundere die Geduld und den scheinbaren Gleichmut, mit welchem der Kapitän jeden Morgen auf unsere (der Kajütspassagiere) Fragen und Sorgen bezüglich Wind, Wetter und Reisedauer eingeht. Abgesehen von dieser spannenden allmorgendlichen Frage ist das Leben auf der* Eugenia *mittlerweile Routine: Um 7 Uhr morgens beginnt der Tag mit einem Frühstück, das wir Kajütspassagiere gemeinsam mit dem Kapitän einnehmen, das Mittagsmahl gibt es um 12 Uhr, das Abendessen wiederum um 7 Uhr abends.*

*Was die Qualität des Essens angeht, will ich mich nicht beklagen, auch wenn mir das frische Brot, das man zu Lande so selbstverständlich zu sich nimmt, allmählich zu fehlen beginnt. Von Kaffee dagegen habe ich langsam mehr als genug, doch es ist der Gesundheit zuträglicher, das Trinkwasser in abgekochter Form zu sich zu nehmen, sodass ich der Sicherheit halber eben morgens, mittags und abends Kaffee oder auch Tee trinke. Wobei der Tee hier an Bord bei Weitem nicht zu vergleichen ist mit dem, den die Köchin auf Lowerdale Manor zubereitete. Ich vermute, in dieser Hinsicht bin ich während der beiden Jahre in England doch beinahe zur Einheimischen geworden …*

*Zwischen diesen fixen Terminen der Mahlzeiten jedoch besteht der Schiffsalltag für uns Passagiere aus gähnender Leere. Es gibt nichts zu tun, außer zu lesen oder spazieren zu gehen*

*(und dies auf dem äußerst begrenzten Raum eines Schiffsdecks von nicht einmal fünfzig Metern Länge), nichts zu sehen außer dem weiten Horizont und der endlosen Wasserfläche, auf der gelegentlich einige Delphine oder auch die Segel eines anderen vorüberziehenden Schiffes sichtbar werden, nichts zu hören außer den Stimmen der Mitpassagiere und Seeleute und dem Knattern des Windes in den Segeln oder dem Trommeln des Regens auf dem Deck … Kurzum, ich beginne, mich zu langweilen, liebe Reisegefährtin.*
*Wer hätte gedacht, dass diese Reise, die ich aus Furcht vor unbekannten Gefahren beinahe nicht anzutreten gewagt hätte, neben einigen Aufregungen so viel Langeweile beinhalten würde?*
*Doch natürlich, wirst Du sagen, ist diese Seereise erst der Beginn meiner Mission, und diese selbst birgt weit mehr Schwierigkeiten und Gefahren in sich. Und darin gebe ich Dir vollkommen recht. Morgens, wenn ich an Deck komme und rings um die* Eugenia *nichts als Wasser und Horizont erblicke, oder nachts, wenn ich in meiner engen Koje liege, die Wellen gegen den Schiffskörper schlagen und meine Schlafstatt in eine etwas unsanft in Schwung versetzte Wiege verwandeln, bedrängen mich unzählige Fragen nach dem, was meine Ankunft in Amerika bringen wird:*
*Werde ich unter der Adresse des ehemaligen Einwohners von Upperdale weitere Auskünfte über Charlie L.s Aufenthaltsort erfahren? Werde ich mich alleine in dieser großen Stadt namens New York überhaupt so weit zurechtfinden, um zu dieser Adresse zu gelangen? Und falls ich in der Tat weitere Hinweise auf Charlie L. finde, wie weit werden diese mich ins Landesinnere des riesigen Kontinents führen? Immerhin gibt es eine ganze Menge Auswanderer, die bis nach Texas oder noch weiter nach dem Westen Amerikas ziehen! Besitze ich auch ausreichend Geld, um noch so weit zu reisen? Je näher wir dem Ziel unserer Seereise kommen, desto konkreter und detaillierter werden meine Fragen und Sorgen …*

*Doch ehe Du nun das Gefühl hast, ich würde nur klagen, liebe Reisegefährtin, erwähne ich hiermit auch noch den Sonnenstrahl, der mit seiner Anwesenheit meine dunklen Grübeleien unterbricht und meine Langeweile in Kurzweil verwandelt – und für den ich Gott zutiefst dankbar bin –: Es handelt sich um meinen jungen Freund Titus. Jeden Nachmittag, wenn die Auswanderer im Zwischendeck ihre kärgliche Mahlzeit eingenommen haben, erwartet er mich beim Kajüteneingang, meist mit seinem erwachsenen Begleiter und Lehrer Johannes Steinbacher.*

*Strahlend blickt der entzückende kleine Blondschopf mir entgegen, als könne er es kaum erwarten, mich wiederzusehen, obwohl unsere letzte Begegnung erst am vorherigen Tag stattfand. Doch ehrlich gestanden fiebere ich selbst unserem täglichen Zusammensein ebenso sehr entgegen. Falls Du mich nun allerdings fragen würdest, was wir in unserer gemeinsamen Zeit unternehmen, kann ich nur antworten: wenig mehr als nichts, da es aus den bereits genannten Gründen nichts zu tun gibt. Wir genießen lediglich die Gemeinschaft miteinander, neuerdings begannen wir auch mit ein wenig Unterricht.*

*Zu Beginn war es hauptsächlich Titus, der Herrn Steinbacher und mich mit seinem kindlichen Geplauder unterhalten hat, doch nach und nach entspannen sich auch etliche angenehme Gespräche zwischen Herrn Steinbacher und mir. Dieser Mann, der zu meiner Verwunderung von Titus nur mit „Johannes" – ohne den Zusatz „Onkel" und nicht etwa mit „Herr Pate" – angesprochen wird, nimmt seine Aufgabe, den Jungen nach New York zum Vater zu bringen, sehr ernst. Unermüdlich versucht er, Titus, der seiner Meinung nach von den Großeltern viel zu sehr verwöhnt wurde, zu einem vernünftigen, selbstständigen Jungen zu erziehen, der seinem verwitweten Vater Freude bereiten wird.*

*Weniger ernst verfolgt Herr Steinbacher dagegen seine Absicht, die englische Sprache zu erlernen. Da in der New Yorker Gemeinschaft der Auswanderer ausschließlich Deutsch gesprochen wird und auch Schulunterricht und Zeitung in Deutsch gehalten sind, hält er es nicht für nötig, sich hierin sonderliche Mühe zu geben. Ich hingegen halte es für unerlässlich, die Sprache des Landes zu erlernen, in dem man sein restliches Leben verbringen wird. Wer kann denn schon garantieren oder zumindest vorhersagen, ob man sich tatsächlich stets nur innerhalb dieser Gemeinschaft bewegen wird? Ob man nicht irgendwann das Bedürfnis verspüren wird, auch die übrigen Bewohner des Landes, die nun doch zu Mitbürgern und neuen Landsleuten geworden sind, kennen- und verstehen zu lernen, namentlich, wenn man für die Presse arbeitet? Mit diesem und ähnlichen Argumenten gelang es mir, Herrn Steinbacher zu überzeugen, dass er flüssig Englisch sprechen müsste, und seither erteile ich ihm und Titus Unterricht darin.*

*Obgleich es anfangs ungewohnt für ihn war, vom Lehrer plötzlich zum Schüler geworden zu sein, macht er unterdessen doch Fortschritte, ebenso der kleine Titus. Ich habe den Eindruck, dass unsere Unterrichtsstunden nicht nur imstande sind, unser aller Langeweile in Grenzen zu halten, sondern zunehmend sogar Vergnügen bereiten. Wie der Lausejunge Titus ist auch Johannes Steinbacher immer für einen Scherz zu haben, sodass unser Unterricht nicht selten von herzlichem Lachen unterbrochen wird.*

*Dass ich in diesem Rahmen auch immer mehr von mir selbst und meinem Leben in England preisgebe, fällt mir meist erst im Nachhinein auf. Im Grunde spricht ja nichts dagegen, Herrn Steinbacher an meiner Vergangenheit teilhaben zu lassen, wie er es umgekehrt ebenso hält, doch möchte ich es unbedingt vermeiden, ihn in den Sinn und Zweck meiner Reise einzuweihen. Dies ist eine Angelegenheit zwischen der Familie meines verstorbenen Verlobten und mir, und je weniger Menschen davon wissen, desto besser ist es in meinen Augen. Auf diese Weise also verfliegt die Zeit am Nachmittag viel rascher als während meiner einsamen Vormittage, wenn*

*Herr Steinbacher und Titus ihre Zeit in der „Schule" verbringen …*

*Heute betrat ich zum ersten Mal das Zwischendeck der* Eugenia. *Titus bestand darauf, mir zu zeigen, wie er und Johannes dort unten leben. Ich muss gestehen, ich bin schockiert. Dass die Zwischendeckspassagiere aufgrund ihrer geringeren Überfahrtskosten nur sehr wenig Komfort genießen, ist natürlich allseits bekannt, und ich erwartete deshalb auch schlimme Zustände. Doch als ich so unmittelbar mit den tatsächlichen Umständen ihrer Reise konfrontiert wurde, verwandelte sich mein bisheriges Unbehagen in echtes Mitgefühl. Ich bedaure jeden einzelnen dieser Menschen, die sich gezwungen sahen, diese Reise anzutreten.*

*Größtenteils handelt es sich bei ihnen um kleine Bauern, Handwerker und Arbeiter, die in der Heimat keine Zukunft für sich und ihre Kinder mehr sahen, sowie vereinzelte Studenten oder Intellektuelle, die sich in Amerika mehr politische Freiheit und Mitbestimmung erhoffen. Ich wünsche ihnen von Herzen, dass sie an ihrem Reiseziel das finden, was sie daheim nicht zu erlangen glaubten – sobald sie das Ziel ihrer Reise, das Land der unbegrenzten Möglichkeiten, erst einmal erreicht haben werden. Denn unterwegs, davon bin ich zutiefst überzeugt, kann von einer Verbesserung ihrer äußeren Situation noch keine Rede sein.*

*Das Zwischendeck ist Wohnstube, Schlaf- und Speisesaal zugleich, und dies bei den geringstmöglichen Raummaßen. Ich kann mich des Eindrucks nicht erwehren, dass bei der Einrichtung eines solchen Zwischendecks geldgierige Geschäftemacher das Sagen hatten, welche den größtmöglichen Gewinn aus den Menschen pressen wollen, die sich zur Auswanderung gezwungen sehen. Wie Vieh in einem Stall werden diese hier zusammengezwängt: Erwachsene Männer wie Herr Steinbacher stoßen mit dem Kopf schier an die feuchten, modrigen Deckenbalken. Die zweistöckig übereinandergebauten Kojen lassen in der Breite kaum genug Raum, um sich einmal anständig im Bett umzudrehen, dabei sind sie so kurz, dass ich vermute, manche Männer müssen die Beine über den Kojenrand herabhängen lassen. Es finden sich jeweils vier Kojen in einer Reihe, sodass die Bettnachbarn Rücken an Rücken und Nase an Nase liegen und jeden Atemzug, jede Ausdünstung des jeweils anderen unvermeidlich miterleben. Innerhalb der Vertraulichkeit einer Familie mag dies in Ordnung sein, doch wie fühlen sich bis dahin vollkommen Fremde in dieser Lage?!?*

*Auch gibt es für niemanden dort unten einen Rückzugsbereich zum Waschen oder dergleichen, keine Sitzmöglichkeiten abgesehen von den Kojen und Reisekisten und sonstigen Gepäckstücken. Jeder Quadratzentimeter des Bodens, der Wände und der Balken ist verstellt beziehungsweise behängt mit Gepäck, mitgeführten Haushaltsgeräten, Nahrungsmittelvorräten und Wäsche. Und das alles gerät bei jeder heftigeren Schiffsbewegung ins Schlingern oder fällt gar ganz herunter, sofern es nicht festverzurrt ist.*

*Diese Enge, gepaart mit den Ausdünstungen viel zu vieler ungewaschener Menschen und dem Fehlen von Licht und frischer Luft, ist wahrlich erschreckend. (Es existieren in dem ganzen Raum lediglich zwei Luken, die Frischluftzufuhr gewähren, und diese müssen zudem bei ungünstiger Witterung geschlossen werden.) Die mangelnde Hygiene beim Essen ist geradezu ein Paradies für Krankheitskeime, vermute ich. Ganz zu schweigen von der Beschaffenheit des einzigen Abortes für diese große Menschenmenge. Sein Zustand spottet jeder Beschreibung, ich zumindest finde keine geeigneten Worte dafür und will auch gar nicht erst darüber nachsinnen! Noch jetzt, wenn ich an diesen Ort denke, gegen den jede selbst ausgehobene und seit Jahren nicht mehr entleerte Grube im Wald ein wahres Paradies ist, überkommt mich ein Würgereiz …*

*Ich hoffe, Titus nimmt mir meinen Abscheu, der mir sicherlich anzusehen war, nicht übel. Und ich bete inständig, dass unser Schiff von Krankheit und Seuchen verschont bleibt (was mir unter den genannten Bedingungen allerdings als Wunder erschiene). Auf jeden Fall, liebe Reisegefährtin, kann ich Dir kaum beschreiben, wie überglücklich ich war, in mein eigenes, bescheidenes und dennoch so luxuriöses Domizil zurückkehren zu dürfen!*

Eine Woche nach Charlies Stippvisite im Zwischendeck wartete sie vergebens auf Titus und Herrn Steinbacher. Abgesehen von ihrer eigenen Person und einigen Seeleuten war das Deck fast menschenleer, denn wie so häufig in diesen Tagen trieb ein starker Nordwestwind Regenwolken über die See und peitschte diese zu heftigen Wogen auf. Immer wieder überspülten einige von ihnen das Vorderdeck, vereinzelte Spritzer erreichten auch das Heck der *Eugenia*.

Als eine halbe Stunde nach der verabredeten Zeit noch immer nichts von den beiden Auswanderern zu sehen war, beschloss Charlie, wieder ihre Kabine aufzusuchen. Vermutlich hatte man den Zwischendeckspassagieren aus Sicherheitsgründen untersagt, bei diesem Wetter an Deck zu gehen.

Charlie verbrachte einen einsamen, eintönigen Nachmittag, zunächst in der gemeinsamen großen Kajüte in Gesellschaft des älteren englischen Ehepaares, das für einen Besuch nach New York unterwegs war; später zog sie sich alleine in ihre Schlafkabine zurück. In Gedanken weilte sie ohnehin meist im Zwischendeck, wo Titus und Herr Steinbacher mit all den übrigen Auswanderern zusammengepfercht waren, sodass sie zu keiner vernünftigen Unterhaltung mit dem freundlichen Ehepaar fähig war.

Ruhelos schritt sie auf und ab, drei kurze Schritte von der Kabinentür bis zu ihrer Koje, ein weiterer bis zu Waschschüssel und Blecheimer, dann dieselbe Strecke wieder in entgegengesetzter

Richtung. Sie wünschte, sie könnte etwas Sinnvolles tun, um ihren ewig kreisenden Gedanken ein wenig Abwechslung zu verschaffen. Als sich nach der Abendmahlzeit der Wind halbwegs beruhigte und ein einzelner Sonnenstrahl durch das Oberlicht in die Kajüte drang, beschloss Charlie, noch einmal an Deck zu gehen. Ein wenig frische Luft vor dem Schlafengehen würde ihr guttun, zudem bestand die Hoffnung, dass die Auswanderer ähnlich dachten wie sie. Jede kurze Begegnung mit Titus und Herrn Steinbacher, jede noch so unbedeutende Unterhaltung mit den beiden war besser als ein Tag voll endloser Grübeleien!

An Deck angekommen, blickte sie sich suchend um. Und tatsächlich, so dicht als möglich beim Kajüteneingang stand Johannes Steinbacher. Zum Schutz vor der Gischt, die noch immer gelegentlich über dem Vorderdeck niederging, hatte er sich in einen Regenumhang gehüllt, und ein Hut bedeckte sein widerspenstiges dunkelblondes Haar. Der junge Lehrer, der offenbar allein an Deck gekommen war, blickte sinnend aufs Meer hinaus.

Sobald er Charlie gewahrte, lüftete er jedoch seinen Hut und lächelte strahlend. „Wie schön, dass Sie doch noch kommen, Fräulein von Rixtorf! Ich fürchtete schon, Sie hätten Titus und mich vergessen – uns für immer aus Ihrem Gedächtnis und zugleich aus Ihrer Gunst verbannt, nachdem wir heute Nachmittag nicht erschienen sind!"

Wie stets, wenn er scherzte, blitzte ein übermütiger Funke in Johannes Steinbachers grauen, leicht zusammengekniffenen Augen, der Charlie unweigerlich für ihn einnahm. Zögernd trat sie einen Schritt näher. Ohne Titus als gänzlich unbefangenes Bindeglied zwischen ihnen fühlte sie sich seltsam fremd und verlegen in der Gegenwart des Lehrers.

„Guten Tag!", grüßte sie deshalb etwas förmlich, um gleich darauf besorgt fortzufahren: „Wo haben Sie denn Titus heute gelassen – wollte er nicht mit an Deck?"

Das Funkeln in Herrn Steinbachers Augen erlosch. „Nun, sagen wir einmal, an seinem Willen liegt es nicht, dass er nicht bei mir ist, sondern vielmehr daran, dass er sich nicht wohlfühlt! Schon seit dem heutigen Morgen klagt er über Bauchschmerzen. Ich fürchte, der starke Seegang tut ihm nicht gut, deshalb habe ich ihm gesagt, er muss in seiner Koje liegen bleiben, und bin den ganzen Tag über bei ihm gewesen. Allerdings hat er darauf bestanden, dass ich Sie wenigstens jetzt am Abend noch aufsuche und Ihnen schöne Grüße bestelle. Außerdem soll ich Ihnen ausrichten, dass er Sie vermisst!"

„Wie lieb von ihm! Ich hoffe nur, dass er sich bald wieder wohlfühlt!" Charlie räusperte sich gerührt. Aus reiner Gewohnheit hatten sie und Johannes Steinbacher sich während des Gespräches in Bewegung gesetzt und den Weg quer übers Vorderdeck eingeschlagen, wo sie im Windschatten des Beibootes ihren Englischunterricht abzuhalten pflegten. Das Seewasser, das sich bis vor Kurzem in regelmäßigen Abständen über das Vorderdeck ergossen hatte, hatte dieses jedoch in einen glitschigen, gefährlich glatten Untergrund verwandelt. Noch ehe Charlie den halben Weg zurückgelegt hatte, glitt sie in ihren nicht sonderlich robusten Damenschuhen aus. Wie Räder eines Wagens, die auf einer abschüssigen Strecke von selbst ins Rollen geraten, rutschten ihre Füße unter ihrem Körper weg, und Charlie kippte mit einem leisen Aufschrei nach hinten.

Anstatt jedoch rücklings auf dem nassen Deck aufzuschlagen, fühlte sie sich von zwei langen, muskulösen Armen umschlungen. Mit einer einzigen mühelosen Bewegung stellten diese beiden Arme sie wieder aufrecht auf ihre Füße.

„Alles in Ordnung mit Ihnen, Fräulein Charlotte?", erkundigte sich ihr Begleiter. „Oder haben Sie sich verletzt?"

Johannes Steinbachers besorgtes Gesicht war ihrem so nahe, dass sie seinen Atem auf ihrer Wange spürte. Lebendig und warm strich er über Charlies Haut und trieb ihr die Röte ins Gesicht, während sie feststellte, dass die Arme des jungen Mannes immer noch um ihre Hüfte lagen und ihren Körper stützend gegen seinen hielten. Stammelnd entgegnete sie: „N-nein, ich denke nicht. Mir ist lediglich ein wenig … schwindelig!"

Charlie verstummte, schloss die Augen und gab sich einen Moment lang willig dem Gefühl hin, auf diese Weise von starken Männerarmen gehalten zu werden. Wie sehr hatte sie dieses Gefühl vermisst, seit Myles nicht mehr an ihrer Seite war – dieses Gefühl von Vertrauen, Gehaltensein und Geborgenheit! Und dennoch: Dieser Mann war nicht Myles! Wie kam er dazu, sie derart zu berühren? Vor allem aber: Wie kam sie dazu, seine Berührung als angenehm zu empfinden?!

Verwirrt und erschrocken über sich selbst öffnete sie ihre Augen und schob entschlossen die Arme des jungen Lehrers von sich. „Danke für Ihre Hilfe, Herr Steinbacher, aber ich denke, ich habe sie nicht mehr nötig. Es ist alles in Ordnung, *vollkommen* in Ordnung!"

Während sie sprach, legte sie einige Schritte Sicherheitsabstand zwischen sich und ihren Retter. Doch dieser ließ sich nicht beirren: Ohne zu zögern folgte er ihr und legte fürsorglich seinen rechten Arm unter ihren linken.

„Ich vermute, es war keine sehr gute Idee, unter diesen Umständen auf dem Deck spazieren zu gehen! Kommen Sie, ich geleite Sie zurück zu Ihrer Kajüte, ehe Sie sich tatsächlich verletzen!" Behutsam und ohne sich um ihr leichtes Sträuben zu kümmern führte er Charlie zurück zum Kajütenaufbau. Erst dort gab er ihren Arm wieder frei.

„Nun", bemerkte er zögernd, „dann auf Wiedersehen, Fräulein von Rixtorf. Denn wir sehen uns doch wieder, morgen um die übliche Zeit, nicht wahr?" Seine Stimme klang so fragend, dass Charlie erstaunt aufblickte. Johannes Steinbachers Hut saß schief auf seinem windzerzausten Haar, sein Regenumhang war ihm von den Schultern gerutscht und hing auf Halbmast, und in seinen Augen stand diesmal nicht die geringste Spur von Schalk. Offenbar hatte er ihre Verlegenheit, vielleicht auch ihr Erschrecken und ihr Sträuben bemerkt, und dies war gewissermaßen eine Entschuldigung, falls er ihr zu nahe getreten sein sollte … Aber war er das tatsächlich? Hatte er sie nicht einfach aus reinem Beschützerinstinkt aufgefangen und festgehalten, und sie selbst hatte mehr aus diesem Zwischenfall gemacht, als er in Wahrheit bedeutete? So gesehen, gab es in der Tat gar keinen Grund, ihm zu zürnen oder sich beleidigt von ihm zurückzuziehen, wie sie soeben im Begriff stand!

„Selbstverständlich sehen wir uns morgen!“, entgegnete sie deshalb und senkte rasch den Blick, ehe die Hitze auf ihre Wangen zurückkehrte. „Auf Wiedersehen!“

Damit wandte sie sich um und betrat den Kajüteneingang.

Johannes Steinbachers volle Stimme folgte ihr die steilen Stufen hinunter: „Übrigens habe ich Sie heute nicht nur deshalb aufgesucht, weil Titus es wollte, sondern auch aus eigenem Antrieb! Ich habe Sie heute Nachmittag nämlich ebenso sehr vermisst wie er, Fräulein Lotti!“

Die letzten Worte, vor allem aber die vertrauliche Anrede mit dem Namen, den ihre Eltern ihr einst gegeben hatten und den auch Titus mittlerweile übernommen hatte, wurden so leise gesprochen, dass Charlie später nicht mehr sicher war, sie tatsächlich korrekt verstanden zu haben.

Auch an den folgenden Nachmittagen war es nur Johannes Steinbacher, der Charlie aufsuchte, und er blieb gerade lange genug für den englischen Sprachunterricht und einen kurzen Austausch. Er wollte der alten Bäuerin, die während seiner Abwesenheit auf Titus achtgab, nicht zu viel zumuten, denn der Junge war ein ständig quengelnder, anstrengender Patient. Zu der Übelkeit, über die er anfangs hauptsächlich geklagt hatte, hatten sich Kopf- und Nackenschmerzen gesellt, und am vierten Tag begann seine Körpertemperatur zu steigen.

„Offenbar handelt es sich doch nicht um einen neuen Anfall von Seekrankheit“, berichtete Johannes Steinbacher. „Titus hat sich nämlich, allen Leibschmerzen zum Trotz, bisher nicht übergeben müssen. Dazu kommt nun plötzlich das Fieber! Sonderlich hoch ist es zwar nicht, habe ich den Eindruck, doch wer kann das schon mit Sicherheit sagen?"

„Die übrigen Passagiere im Zwischendeck sind aber alle gesund, oder?", erkundigte sich Charlie. Unweigerlich dachte sie an ihre Befürchtung, unter den katastrophalen Zuständen im Zwischendeck könnte es unter den Passagieren zum Ausbruch einer Seuche kommen.

„Soweit ich weiß, ja", antwortete Johannes Steinbacher zu ihrer großen Erleichterung, „abgesehen von ein paar Erkältungen unter den Kleinkindern und dem einen oder anderen Fall von Seekrankheit. Und abgesehen von Läusebefall – falls man so etwas als Krankheit bezeichnen möchte!" Johannes Steinbacher grinste. „In dem Fall wären dann allerdings mindestens die Hälfte meiner Schulkinder erkrankt!"

„Also, ich finde das nicht sehr amüsant", tadelte Charlie. „Sicherlich ist es fast unmöglich, so zu leben wie im Zwischendeck und sich dabei *keine* Läuse einzufangen!"

Unwillkürlich schob sie die Haube zurück, die sie zum Schutz vor der Sonne trug, und fuhr sich möglichst unauffällig durch die langen, vom ständigen Waschen in Seewasser widerspenstig gekrausten Locken. „Statt sich darüber lustig zu machen, sollten Sie lieber darauf achten, dass Sie und Titus davon verschont bleiben!"

„Natürlich, damit haben Sie vollkommen recht."

Herrn Steinbachers Grinsen verschwand so rasch, wie es gekommen war, und Charlie fuhr fort: „Aber ich mache mir wirklich Sorgen um Titus! Was halten Sie davon, wenn ich Sie nachher ins Zwischendeck begleite und ihn besuche? Viel tun kann ich zwar nicht für seine Genesung, fürchte ich, aber vielleicht könnte ich ihn ein wenig aufmuntern!"

„Das halte ich für wenig empfehlenswert, Fräulein von Rixtorf." Jede Belustigung war aus Johannes Steinbachers Stimme verschwunden. „Ich möchte Sie nicht unnötig in Gefahr bringen, falls …"

Er verstummte, und Charlie wurde bewusst, dass er ihre Sorgen hinsichtlich einer möglichen Seuche sehr wohl teilte. Seine Bemerkung über die Kopfläuse war lediglich ein Ablenkungsmanöver gewesen. Wie um ihr und sich selbst Mut zuzusprechen, erklärte er: „Zudem hat Marianne, die Bäuerin, die momentan nach ihm sieht, mir erklärt, ein Kind, das die Kraft besäße, dermaßen zu jammern und zu quengeln wie Titus, könne gar nicht ernsthaft krank sein!"

„Nun gut", gab Charlie sich zufrieden. „Doch Sie versprechen mir, mich zu ihm zu lassen, falls sein Zustand sich verschlechtert, nicht wahr, Herr Steinbacher? Sie wissen, ich habe Titus wirklich sehr ins Herz geschlossen!"

„Sicher, wer hätte das nicht?", lautete Johannes Steinbachers ausweichende Antwort, und Charlie beließ es dabei. Sollte es Titus wirklich nicht bald besser gehen, würde Herr Steinbacher vermutlich dankbar für jede Hilfe sein, die sie ihm bieten konnte.

Leider trat dieser Fall, den weder Charlie noch Herr Steinbacher ernsthaft erwartet hatten, tatsächlich ein. Eine gute Woche nachdem Charlie ihren kleinen blonden Freund das letzte Mal gesehen hatte, wirkte Johannes bei ihrem täglichen Treffen auffallend blass und müde. Schatten lagen unter seinen hellen Augen, in denen sich nicht die kleinste Spur von Schalk zeigte.

„Titus geht es schlechter, nicht wahr?", rief Charlie ihm statt einer Begrüßung entgegen.

Stumm nickte der Lehrer, worauf sie erklärte: „Dann gehe ich zu ihm, und zwar auf der Stelle. Als ich jünger war, habe ich meine Mutter gelegentlich zu Krankenbesuchen in unserem Dorf begleitet und dabei das eine oder andere gelernt. Vielleicht kann ich ja auch für Titus etwas tun, was ihm Linderung verschafft!"

„Aber Sie sollten nicht …", setzte Johannes an, verstummte jedoch wieder, als Charlie entschlossen an ihm vorüber in Richtung Zwischendeck marschierte. Statt weiterhin zu argumentieren, bot er ihr seinen Arm und geleitete sie sicher nach unten.

Am Fußende der Leiter angekommen, die ins Auswandererquartier führte, blieb Charlie einen Augenblick benommen stehen. Der Geruch von ungewaschenen Leibern, der ihr selbst an einem heiteren Tag wie diesem, an dem beide Luken geöffnet waren, entgegenströmte, war im wahrsten Sinne des Wortes atemberaubend. Zudem spendeten die Luken nur sehr wenig Licht und Charlies Augen mussten sich erst an das fahle Dämmerlicht im Schiffsbauch anpassen.

Aus einer Ecke des überfüllten Raumes erklang lautstarkes Husten und Würgen, während Charlie, immer noch geführt von Johannes, an den Kojenreihen entlangeilte. Der säuerliche Geruch von Erbrochenem überlagerte allen übrigen Gestank, und allein die Sorge um Titus hielt die junge Frau davon ab, umgehend kehrtzumachen oder sich zumindest Nase und Augen zuzuhalten, um das Elend nicht einatmen oder mit ansehen zu müssen. Ganz offensichtlich war Titus nämlich mittlerweile nicht mehr der einzige Erkrankte: Nicht wenige Kojen waren belegt mit Alten und Kindern, deren Gesichter hochrot gefärbt waren vom Fieber. Einige stöhnten und wälzten sich ruhelos hin und her, andere atmeten rasch und hörbar keuchend oder murmelten wirr vor sich hin.

Titus selbst bildete keine Ausnahme, wie Charlie sogleich feststellte. Sein erhitztes, rotes Gesicht mit den unnatürlich glänzenden Augen bot einen seltsamen Kontrast zu der hellen Lockenmähne und dem einst weißen Leinenbezug seines winzigen Kopfkissens. Die Decke hatte der Junge beiseitegestrampelt und lag nun, nur mit seiner Unterwäsche bekleidet, mager, zerbrechlich und schutzlos auf der dünnen Strohmatratze. Aus seinem halb geöffneten Mund drangen Laute, die wie eine Mischung aus Stöhnen und Keuchen klangen. Doch als Charlie an sein Lager trat, verstummte sein Stöhnen, und ein zaghaftes Lächeln erhellte sein Gesicht.

„Fräulein Lotti!" Die Freude in seiner Stimme war nicht zu überhören, auch wenn Titus' Hand, die er zum Gruß erhoben hatte, kraftlos zurück auf die Matratze fiel.

Ohne an die Gefahr einer Ansteckung zu denken, ergriff Charlie diese Hand. „Guten Tag, Titus!“ Sie bemühte sich, in einem möglichst neutralen Tonfall zu sprechen, obwohl die Angst kalt nach ihrem Herzen griff: Titus schien tatsächlich schwer krank zu sein. „Ich dachte, ich komme einmal nach dir sehen, nachdem du mich schon so lange nicht mehr auf Deck besucht hast! Du bist mir aber auch ein Lausejunge, mein Lieber: Statt mit mir Englisch zu lernen, legst du dich lieber hier in deine Koje und ruhst dich aus, was?“

Titus kicherte schwach, und während die junge Frau in leichtem Plauderton fortfuhr, legte sie prüfend ihre Hand auf seine Stirn und in seinen Nacken. Erschrocken von der Hitze, die davon ausging, zog sie dieselbe wieder zurück, fühlte nach Titus' Puls und bat ihn, den Mund zu öffnen. Das Licht war allerdings zu schwach, als dass Charlie etwas erkannt hätte.

„Was haben Sie bisher gegen sein Fieber getan?“, wandte sie sich an Johannes Steinbacher, der hinter ihr stand.

„Kalte Tücher“, antwortete an seiner Stelle eine ältere Frau, die, wie Charlie jetzt erst registrierte, schweigend am Fußende der nächsten Koje gesessen hatte. „Aber er wehrt sich dagegen, stößt sie immer wieder beiseite!“ Dabei wies sie auf einige halbnasse Leinentücher, die zusammen mit Titus' zerwühlter Decke ein wirres Knäuel bildeten.

„Ich habe Ihnen ja bereits gesagt, er ist ein schwieriger Patient“, bestätigte der Lehrer die Worte der alten Frau.

Nachdenklich nickte Charlie. Es war offensichtlich, dass die Bäuerin Marianne mit der Pflege des eigenwilligen kleinen Jungen überfordert war, ebenso sein Pate Johannes. Voller Mitgefühl, aber mit hilflos herabhängenden Armen starrte er auf seinen Schützling hinunter. Seine Miene verriet deutlich, dass er nicht wusste, ob er Titus schelten und dazu zwingen sollte, sich seiner Pflegerin zu fügen, oder ob er ihn lieber in den Arm nehmen und bedauern sollte.

Dazu kamen die üblen, von Schmutz und Krankheitskeimen beherrschten Verhältnisse hier im Zwischendeck ... Kein

Wunder, dass sich Titus' Zustand unter diesen Bedingungen beständig verschlechterte! Was er benötigte, waren nicht nur kühlende Umschläge, sondern vor allem frische Luft, Sauberkeit und möglicherweise eine etwas verständnisvollere Pflegerin; und sie, Charlie, war diejenige, die ihm genau dies bieten konnte. Ob sie das allerdings der Bäuerin und Johannes Steinbacher, die sicherlich beide ihr Bestes gegeben hatten, begreiflich machten konnte, ohne sie zu verletzen?

Zögernd sagte sie: „Ich denke ... was hielten Sie davon, wenn Titus in meine Kabine umzöge, selbstverständlich nur vorläufig, bis er wieder genesen ist? Ich bin sicher, er würde rascher gesund werden, wenn er ein wenig mehr ... Ruhe ... hätte, als es hier unten unter Ihren vielen Mitreisenden möglich ist!"

Einen Moment lang folgte Johannes Steinbachers Blick demjenigen von Charlie quer durch die unappetitliche, keimverseuchte Behausung. Charlie spürte, dass sie diesem Mann nichts vormachen konnte. Er wusste genau, wie sie die Verhältnisse hier unten beurteilte, und dachte selbst womöglich ähnlich.

Wie sie es nicht anders erwartet hatte, schüttelte er bedächtig den Kopf und äußerte: „Das ist keine gute Idee, Fräulein von Rixtorf, denn Sie würden sich damit einem unnötigen Risiko aussetzen! Sicherlich wird sich Titus auch hier unten wieder erho-"

Ehe er seinen Satz vollenden konnte, warf sich Titus, dessen Augen sich während der Unterhaltung der Erwachsenen wieder geschlossen hatten, derart heftig von einer Seite auf die andere, dass er aus der schmalen Koje zu Boden fiel. Obwohl er in der unteren Kojenreihe gelegen hatte, musste sein Fall schmerzhaft gewesen sein: Wimmernd fasste sich der Kleine an den Kopf, ohne recht zu Bewusstsein zu kommen.

Im Nu kniete Charlie an seiner Seite, bettete seinen Oberkörper in ihren Schoß und strich ihm das Haar aus der heißen Stirn. Halb anklagend, halb bittend blickte sie dabei zu Titus' Lehrer auf: „Um Titus' willen, Herr Steinbacher: Überlassen Sie ihn meiner Pflege!"

„Nun geben Sie ihr den Bub schon mit, Herr Lehrer", pflichtete die Bäuerin Charlie bei. „Es kann ihm doch gar nichts Besseres passieren, als von einer Dame gepflegt zu werden, die vielleicht besser Bescheid weiß mit solchen Sachen als ich und meine Tochter Gertrude, die obendrein mit ihren eigenen Kindern genug zu tun hat!"

Mit einem hörbaren Seufzer gab Johannes Steinbacher schließlich nach. Sanft nahm er den Jungen aus ihren Armen in seine eigenen, Charlie schlang die Bettdecke um Mann und Kind und gemeinsam bahnten sie sich ihren Weg zum Zwischendecksaufgang.

„Halt!" Zu Charlies Überraschung baute sich ein baumlanger, kräftiger Matrose vor ihnen auf, als sie im Begriff standen, das Vorderdeck zu verlassen. Breitbeinig und mit vor der Brust verschränkten Armen verwehrte er Johannes mit Titus im Arm das Weitergehen.

„Wohin soll's denn gehen mit dem Kind da?", verlangte er zu wissen. „Und überhaupt, wieso läuft der Kleine nicht auf seinen eigenen Füßen? Ist wohl krank, was?"

„Richtig, er fühlt sich nicht ganz wohl", entgegnete Johannes und fuhr mit aller Autorität, über die er als Lehrer verfügte, fort: „Deshalb treten Sie bitte beiseite und gestatten der Dame den Weg zu ihrer Kabine, wo sie auf den Jungen achten wird, bis er sich besser fühlt!"

„Denk ja gar nicht dran!" Der Matrose spie einen Klumpen Kautabak auf die Schiffsplanken. „Sie kenn' ich zwar, gnädiges Frollein", er nickte in Charlies Richtung, „und deshalb dürf'n Sie auch passier'n, aber kranke Auswandererbälger gehören ins Zwischendeck und nirgendwohin sonst! Also bringen Sie ihn gefälligst dahin zurück, Mann!"

„Aber verstehen Sie denn nicht, Herr Matrose, der Junge wird bei mir wesentlich rascher genesen als dort unten, mitten unter den anderen Kranken", erklärte Charlie höflich, aber bestimmt. Doch was als Argument zu Titus' Gunsten gedacht war, schlug auf der Stelle ins Gegenteil um.

„Andere Kranke, so, so." Der Matrose nickte wissend. „Dann werd ich mal dem Käpt'n Bescheid sagen, wie's meine Pflicht ist, wenn's kranke Zwischendecker gibt, nich'! Und Sie gehen derweil brav zurück zu den andern!" Mit seiner kräftigen, braun gebrannten Seemannspranke scheuchte er Johannes mit Titus und auch Charlie rückwärts auf den Zwischendeckseingang zu.

„Jawohl, auch Sie mein ich in dem Fall, Gnädigste, nich', dass Sie uns die Krankheit mit auf die Kajüte schleppen!"

„Aber …" Charlie verstummte. Nach einem ratlosen Seitenblick auf Johannes Steinbacher, der ihr Mut machend zunickte, fügte auch sie sich den Anweisungen des resoluten Matrosen. Kaum hatten sie die Leiter zum Zwischendeck betreten, fiel die Tür hinter ihnen ins Schloss, und das bisher herrschende Dämmerlicht wandelte sich in Dunkelheit.

*Liebe Reisegefährtin,*
*ich kann es kaum fassen: Nun gehöre auch ich zu den Zwischendeckspassagieren. Diesen Eintrag hier verfasse ich, während ich auf meiner neuen Lagerstatt im spärlichen Licht eines Kerzenstummels sitze, der sich in einem leeren Einmachglas befindet. Und so dicht neben mir, dass ich nicht einmal die Hand nach ihm auszustrecken brauche, liegt der arme kranke Titus. Ihm verdanke ich gewissermaßen meine Verbannung ins Zwischendeck. Ursprünglich wollte ich den Schwerkranken in meiner eigenen Kajüte gesund pflegen, doch der Kapitän der* Eugenia, *der einzige Mann hier an Bord mit einer gewissen medizinischen Kenntnis, wusste dies zu verhindern. Herbeigerufen durch einen pflichtbewussten Matrosen, untersuchte er Titus und einige weitere Kranke (sofern man bei seinem kurzen Blick auf die Patienten und seiner offensichtlichen Furcht vor Ansteckung überhaupt von Untersuchung*

*sprechen kann) und verhängte sodann eine Quarantäne über das Zwischendeck. Mit Gewissheit konnte er zwar nicht bestimmen, unter welcher ansteckenden Krankheit oder Seuche die Auswanderer leiden, doch er sprach von Typhus beziehungsweise Fleckfieber: Krankheiten also, die durch Unreinheiten, beispielsweise im Wasser, oder aber, wie im Fall des Fleckfiebers, durch Läusebefall ausgelöst werden, soweit ich weiß. Es erscheint mir wie ein Hohn, dass sich Johannes Steinbachers scherzhafte Bemerkung über Läuse nun tatsächlich als Wahrheit erwiesen haben könnte …*

*Ab sofort und bis auf gegenteilige Anweisung ist es den Auswanderern also untersagt, das Zwischendeck zu verlassen, und mir ebenfalls, da ich mich durch den engen Kontakt zu Titus auch bereits infiziert haben könnte. Obwohl der Kapitän meine vermeintliche Unachtsamkeit scharf rügte, hat er auf meine Bitte hin jedoch gestattet, dass wenigstens das notwendige Gepäck aus meiner Kabine hierhergebracht wurde. Ich glaube nämlich kaum, dass ich während der Reise noch einmal in meine Schlafkabine zurückkehren darf.*

*Die Familie der Bäuerin Marianne stellte großzügigerweise zwei ihrer Kojen für Titus und mich zur Verfügung, indem der Vater und der älteste Sohn in den Schlafbereich der alleinstehenden Männer umgezogen sind, wo Titus und Johannes Steinbacher bisher gemeinsam hausten. So haben Titus und ich nun zwei Kojen am Rand einer Viererreihe inne, während Johannes Steinbacher sich an Titus' anderer Seite am Boden (!) zur Ruhe begeben hat.*

*Ich will ganz aufrichtig sein, liebe Reisegefährtin: Noch immer muss ich mich zu jedem Atemzug in der verpesteten Luft hier unten zwingen, mir graut vor dem, was vor mir liegt (selbst wenn ich nicht an den mir unvermeidlich bevorstehenden ersten Besuch des Abortes denke), und ich fürchte, Titus nicht in dem Maße pflegen zu können, das er zur Genesung benötigt. Und dennoch will mir scheinen, dass ich momentan genau da bin, wo ich sein sollte. Titus braucht mich – und ich habe nicht vor, ihm meine Hilfe zu versagen – und das vertraute, lang vermisste Gewirr vieler deutscher Stimmen um mich herum gibt mir Geborgenheit und etwas wie ein Gefühl des Nachhausekommens. So will ich Titus' Zustand und all die anderen Schwierigkeiten hier im Zwischendeck in Gottes Hände legen und beten und hoffen, dass alles ein gutes Ende nimmt.*

# Kapitel 9

*Und sollt' ich dich als Amme lehren lallen,*
*„Verzeihung" wär das erste Wort von allen.*
(William Shakespeare)

Nachdem Charlie ins Zwischendeck gezogen war, registrierte sie kaum noch, wie die Zeit verrann. Den Unterschied zwischen Tag und Nacht bemerkte man ohnehin nur noch an der Intensität der Dämmerung beziehungsweise Dunkelheit im Auswandererquartier, denn die Tür, die vorher oft offen gestanden hatte, wurde nun Tag und Nacht verschlossen gehalten. Einzig zu den Mahlzeiten, die ein äußert unwilliger Leichtmatrose täglich im Zwischendeck ablieferte, wurde sie für einige Minuten geöffnet – gerade so lange, bis jeder Passagier seinen Suppennapf, seine Tasse oder den Teller aus dem Kessel des Matrosen gefüllt hatte und zu seiner Koje oder einem sonstigen Sitzplatz zurückgekehrt war. Allerdings gestattete der Kapitän, dass die beiden Belüftungsluken bei entsprechendem Wetter offen bleiben durften, was für das absolute Mindestmaß an Frischluftzufuhr und Tageslicht sorgte.

Plötzlich wurden für Charlie auch Wind und Wetter, die zu Beginn der Reise eine so bedeutende Rolle gespielt hatten, völlig zweitrangig. Was machte es schon für einen Unterschied, ob sie New York nun auf der üblichen Nordwestroute oder auf einer südlicher gelegenen Route erreichten, ob sie eine Woche früher oder später in den Hafen einfuhren und wieder Festland betreten konnten? Der einzige Vorteil, den eine frühere Ankunft mit sich bringen würde, wäre derjenige, dass dort ein Arzt und richtige Medikamente zur Behandlung der Kranken zur Verfügung stehen würden – sofern sich denn ein einheimischer Arzt bereitfände, die oftmals mittellosen Auswanderer zu behandeln … So, wie die Dinge lagen, zählte für Charlie im Grunde nur eines: Titus' baldige Genesung.

Von der Minute an, in der sie die Pflege des Jungen übernommen hatte, bemühte sie sich unaufhörlich, sein Fieber zu senken, denn dieses mitsamt den zugehörigen Kopf- und Gliederschmerzen waren in ihren Augen die gefährlichsten Auswirkungen seiner Krankheit. Die Leibschmerzen waren wohl nur die bei Kindern übliche Nebenerscheinung jeder Krankheit, vermutete Charlie, da Titus weder zu speien begann noch unter Durchfall litt (was wiederum vermuten ließ, dass es sich bei der Seuche nicht um Typhus handelte). Unglücklicherweise waren kalte, nasse Umschläge tatsächlich das einzige Mittel zur Fiebersenkung, das Charlie zur Verfügung stand. Gertrude Kammerer, die Tochter von Titus' erster Pflegerin und gleichzeitig die Mutter eines ebenfalls erkrankten Kindes, hatte zwar einen fiebersenkenden Kräutertee bei sich, doch wurde den Auswanderern nur einmal täglich kochendes Trinkwasser gebracht. Und in derart geringen Mengen angewendet, zeigte der Tee kaum Wirkung.

Auch kaltes Trinkwasser gab es nur in begrenzten Mengen, sodass Charlie Titus' kühlende Tücher nicht so oft erneuern konnte, wie sie es gerne getan hätte. Ihrer Meinung nach grenzte es allerdings an ein Wunder, dass der Kapitän überhaupt gestattet hatte, Trinkwasser für die Umschläge zu benutzen statt des salzhaltigen, für die Haut der Patienten deutlich unangenehmeren Seewassers. Doch selbst dieses kalte Trinkwasser verströmte den abstoßenden Geruch von faulen Eiern.

Als Charlie die seltsamen Ausdünstungen des Wassers sowie seine dunkle Farbe zum ersten Mal bemerkte, fuhr sie angewidert zurück: „Was ist das denn? Kann es sein, Herr Steinbacher, dass Ihr Trinkwasser fault? Ist das womöglich die Ursache für Titus' Krankheit?"

Johannes Steinbacher schüttelte verneinend seinen Kopf. „Der unangenehme Geruch stammt von der pulverisierten Holzkohle, die dem Wasser beigefügt worden ist. Das ist die übliche Art und Weise, das Trinkwasser für lange Zeit haltbar zu machen und eben vor der gefürchteten Fäulnis zu schützen, vor allem, wenn es in Fässern lagert, die vorher für andere Zwecke gebraucht wurden!“

„Tatsächlich? Das wusste ich nicht. Aber ist es nicht seltsam, dass ich, solange ich in der Kajüte gewohnt habe, niemals etwas davon bemerkt habe?“

„Kaum! Ich vermute, dass man den Kajütspassagieren Trinkwasser von besserer Qualität zur Verfügung stellt, was in diesem Fall bedeuten würde: Wasser aus Fässern, die schon immer ausschließlich diesem Zweck gedient haben und deshalb keine Kohle enthalten.“

„Das wäre natürlich möglich. Nun, jedenfalls wundert es mich jetzt nicht länger, dass Titus die nassen, stinkenden Tücher so oft von sich stößt!“

Mit diesen Worten wrang Charlie das Baumwolltuch aus, das sie eben in die Wasserschüssel getaucht hatte, und platzierte es sanft auf Titus' Brust.

Der Junge schlief gerade, und bis auf ein zartes Flattern der Augenlider deutete nichts darauf hin, dass er Charlies Berührung oder das Anlegen des Brustwickels wahrnahm. Sein Atem ging rasch und flach und sein Mund stand offen. Mütterlich strich Charlie ihm eine Locke aus dem verschwitzten Gesichtchen, ehe sie sich daranmachte, auch die Wadenwickel zu erneuern. Wortlos ging der Lehrer ihr dabei zur Hand: Er hob Titus' Beine an, damit sie das feuchtkalte Tuch um sie herumschlagen konnte, und reichte ihr ein frisches Tuch für die Stirn des Patienten. Als er wieder sprach, klang seine Stimme leicht belegt.

„Ich kann Ihnen gar nicht sagen, wie dankbar ich bin, dass Sie sich so sachkundig um Titus kümmern, Fräulein von Rixtorf – und wie unendlich leid es mir tut, dass Sie unseretwegen Ihr komfortables Leben in der Kajüte aufgeben und gegen dies hier eintauschen mussten!“ Mit einer ausladenden Handbewegung umfasste er den ganzen erbärmlichen Raum, der durch die Quarantäne und die zunehmende Anzahl der Kranken noch vollgestopfter, ekelhafter duftend und menschenunwürdiger war denn je. „Ich meine, sosehr wir hier unten auch versucht haben und immer noch versuchen, uns rein zu halten, ist unsere Mühe doch nahezu vergeblich. Mittlerweile wäre jeder Pferch voll schlammverschmierten, stinkenden Viehs ein angenehmerer Aufenthaltsort als dies hier, ganz abgesehen von der Gefahr der Ansteckung, der Sie sich hier aussetzen! Ehrlich gesagt habe ich ein furchtbar schlechtes Gewissen deswegen!“

Nachdenklich hielt Charlie inne. Ihre rechte Hand mit dem kühlenden Waschlappen, die soeben noch sanft über Titus' Wangen und seine ausgetrockneten Lippen gestrichen war, blieb mitten in der Bewegung stehen, während sie in Johannes Steinbachers Gesicht sah. Ausgesprochen ernst war es, wie meist seit Titus' Erkrankung, die grauen Augen unter der gerunzelten Stirn wirkten umwölkt und erwiderten ihren Blick voller Sorge.

„Aber Ihr schlechtes Gewissen ist ganz und gar unnötig!“, erwiderte sie deshalb beruhigend. „Sicher, in der Kajüte lebte es sich komfortabler als hier, vor allem empfand meine Nase es dort als wesentlich angenehmer“, Charlie lächelte über ihren eigenen Scherz, „doch im Grunde war mein Aufenthalt dort äußerst langweilig und unnütz. Hier dagegen kann ich mich einbringen – ich werde gebraucht und weiß, wofür ich meine Bequemlichkeiten opfere!“

„Hm, auf diese Weise betrachtet, könnten Sie durchaus recht haben!“ Eine Spur seines alten verschmitzten Lächelns kehrte auf Herrn Steinbachers Lippen zurück. „Ich muss sagen, für die Tochter eines deutschen Grafen und die Gesellschaftsdame eines vornehmen englischen Hauses sind Sie wirklich erstaunlich – erstaunlich tätig und praktisch veranlagt!“

„Mag sein.“ Charlie bemühte sich, die deutliche Bewunderung zu überhören, die Johannes mit seiner Bemerkung zum Ausdruck brachte. „Ich fürchte nur, in diesem Fall nützt auch die praktischste Veranlagung nicht viel! Gertrude hat vorhin berichtet, dass über Nacht vier neue Krankheitsfälle dazugekommen sind, und diesmal hat es nicht nur Kinder und ältere Menschen getroffen, sondern auch einen robusten jungen Familienvater sowie eine Frau in anderen Umständen. Und wir haben weder genug zu trinken für all diese Kranken, noch können wir ihnen eine kräftigende Suppe kochen, wie meine Mutter es in solchen Fällen getan hat!"

In ihrer Erregung hatte Charlie unwillkürlich lauter gesprochen als beabsichtigt, worauf Titus begann, sich unruhig zu bewegen. Im Halbschlaf fuhr seine Hand übers Gesicht, wischte das feuchte Tuch von der Stirn und traf schließlich auf Charlies Hand, die noch immer auf seiner Wange ruhte. Er schlug die Augen auf und starrte die junge Frau verdutzt an. Liebevoll erwiderte sie seinen Blick und plötzlich stahl sich so etwas wie Erkennen in seine matten Züge.

„Fräulein Lotti!", stieß er hervor und drückte Charlies Hand mit der seinen gegen sein Gesicht, als wollte er sie nie wieder loslassen. Lächelnd ließ Charlie ihn gewähren. Doch sobald Titus' Augen sich erneut schlossen und sein Atem verriet, dass der Schlaf ihn wieder übermannt hatte, löste sie sich behutsam aus dem schlaff gewordenen Griff.

„Wenn es Ihnen nichts ausmacht, auf Titus zu achten, solange er schläft, Herr Steinbacher, werde ich jetzt einmal nach den anderen Kranken sehen. Vielleicht gelingt es mir ja trotz allem, dem einen oder anderen ein wenig Linderung zu verschaffen!" Damit erhob sich Charlie von Titus' Lager.

Johannes blieb zurück, doch seine Blicke folgten Charlie von einem Krankenlager zum anderen. Wie Gertrude und ihre alte Mutter es taten, wenn ihre eigene Familie sie einen Augenblick lang nicht brauchte, schritt sie von einer Koje zur nächsten, stützte hier einem Kind den Kopf, damit es trinken konnte, und erneuerte dort einer beleibten älteren Frau einen kühlenden Umschlag.

Seine Bewunderung, die er Charlie gegenüber nur angedeutet hatte, vertiefte sich: Seit dem Nachmittag, als die junge Frau vom Kapitän ins Zwischendeck verbannt worden war, kümmerte sie sich nicht nur um Titus, sondern auch um die übrigen Kranken. Mitfühlend bemühte sie sich, Schmerzen zu mildern und Mut zu machen, soweit die katastrophalen Verhältnisse im Zwischendeck es zuließen, und versuchte dabei heldenmütig, sich ihren Ekel über diese Zustände nicht anmerken zu lassen. Bei aller Sorge um Titus' Gesundheit konnte Johannes sich nicht länger gegen die Erkenntnis wehren, dass er Gefallen an Fräulein von Rixtorf gefunden hatte und dass seine Zuneigung mit jeder Stunde wuchs, die sie gemeinsam verbrachten, sei es beim Englischunterricht oder nun am Krankenbett. Nur zu gerne erinnerte er sich an jenen kurzen, kostbaren Augenblick vor einigen Tagen, als er sie nach ihrem Beinahe-Sturz in den Armen gehalten hatte!

„Großmutter!"

Titus' Ausruf riss Charlie aus ihrem unruhigen Schlaf. Hatte sie seine ersten gemurmelten Worte kaum verstanden, so hörte sie die folgenden umso deutlicher: „Können wir nicht ins Haus gehen, Großmutter, mir ist so furchtbar heiß in der Sonne!"

Titus' hohe Kinderstimme schrillte laut durch die nächtliche Dunkelheit und übertönte sämtliche schnarchenden, stöhnenden Laute der übrigen schlafenden Auswanderer. Hastig griff Charlie nach unten zu ihrer behelfsmäßigen Kerzenstummellampe, um sie zu entzünden und nach dem Jungen zu sehen. Doch statt der Lampe, die stets am Boden neben der Koje bereitstand – nachdem Titus mehrmals von seinem Lager gestürzt war, hatte Charlie die äußerste Koje der Reihe und damit diejenige bezogen, neben der Herr Steinbacher am Boden schlief –, bekam Charlie die Haare des Lehrers zu fassen.

Erschrocken zog sie ihre Hand zurück, während Johannes Steinbacher sich abrupt aufrichtete. Offenbar hatte er nicht wesentlich tiefer geschlafen als sie selbst.

„Was gibt es?“, wisperte er.

„Titus verfällt in Fieberfantasien! Ich muss dringend versuchen, seine Temperatur zu senken!“ Es fiel Charlie schwer, die zunehmende Panik in ihrer Stimme zu unterdrücken, da sie sich nur zu gut an jene Nacht erinnerte, in der sie ihren jüngsten Bruder infolge einer Lungenentzündung beinahe verloren hätte: Auch bei ihm hatte sich die lebensbedrohliche Krise in Fieberfantasien geäußert! Nur dass sich damals ein fachkundiger Arzt und ihre erfahrene Mutter um den Kranken gekümmert hatten, während sie selbst kaum Erfahrung und keine weiteren Hilfsmittel besaß als ein paar feuchte Lumpen!

„Hier, die Lampe!“ Im Nu hatte Johannes Steinbacher die Kerze entzündet und hielt sie über den Kranken. Titus' Augen standen weit offen, doch zum ersten Mal, seit ihn das Fieber ergriffen hatte, schien er nichts und niemanden zu erkennen. Sein Blick richtete sich in die gähnende Dunkelheit, während er weiterhin zusammenhanglose, zunehmend unverständliche Worte vor sich hin murmelte.

„Du meine Güte – sehen Sie nur!“ Voll Entsetzen wies Charlie auf Gesicht und Brust des kleinen Jungen. Seine während der letzten Tage sichtlich eingefallenen Wangen waren hochrot und aufgedunsen, der vor einigen Stunden angelegte Brustwickel war zur Seite gerutscht und gab den Blick frei auf die schmale Kinderbrust: Sie war übersät von großen roten Flecken. „Fieberflecken!“ Charlies Flüstern wurde zum hörbaren Ausruf.

„In der Tat.“ Mit dem Licht in der Hand beugte sich Johannes Steinbacher tiefer über den Kranken, um die Flecken zu inspizieren. „Offenbar hat Titus den Höhepunkt seiner Krankheit erreicht!“

Im Gegensatz zu dem, was Charlie empfand, klangen seine Worte so ruhig und gelassen, dass sie ihn empört anfuhr: „Wie können Sie dabei nur so ungerührt bleiben?!? Ist es Ihnen etwa gleichgültig, ob Ihr Patensohn stirbt oder am Leben bleibt?!? Sie sollten mir besser frisches kaltes Wasser besorgen, statt herumzusitzen und kluge Sprüche …"

„Schscht, ganz ruhig!" Sanft legte Johannes Steinbacher seinen Finger auf Charlies Lippen, während aus einer der Nachbarkojen ein empörtes „Ruhe da!" erklang.

„Wie Sie sehen, ist durch Ihre Aufregung niemandem geholfen, am allerwenigsten Titus." Johannes' Antwort war nicht mehr als ein Wispern. „Stattdessen sollten wir uns eines bewusst machen, Fräulein von Rixtorf: Titus' Leben liegt nicht in unserer Hand, sondern in der Hand des allmächtigen Gottes. Unser menschliches Tun alleine kann es um keine Sekunde verlängern. Nur, wenn Gott seinen Segen dazu gibt, können unsere Bemühungen gelingen. Deshalb sollten wir, meine ich, zunächst einmal gemeinsam unsere Hände falten und Gott um seine Hilfe bitten, ehe wir so weitermachen wie bisher. Einverstanden?"

Stumm nickte Charlie und ließ es geschehen, dass Johannes seine Hände gefaltet über ihre legte. Er schloss die Augen und bewegte lautlos seine Lippen.

Sie selbst brachte nicht viel mehr zustande als einen wortlosen Hilfeschrei aus ihrem tiefsten Inneren, doch die Inbrunst, mit der Johannes Steinbacher zu beten schien, beeindruckte sie. Sie hatte nicht erwartet, dass dieser gebildete junge Mann ein solches Gottvertrauen besitzen würde. Vielmehr hätte sie in ihm eher einen der Zeitgenossen vermutet, die davon überzeugt waren, allein mit ihrem Wissen und Verstand die ganze Welt erklären zu können, und die alle an einen Schöpfergott glaubenden Mitmenschen insgeheim belächelten. Stattdessen ließ sein Glaube ihn nun wesentlich ruhiger und gelassener reagieren als sie selbst!

„Und nun lassen Sie uns zur Tat schreiten!", beendete er schließlich vernehmbar sein Gebet und reichte Charlie die allzeit bereitstehende Wasserschüssel.

Ein Bruchteil der stillen Zuversicht, die bei dieser simplen Tätigkeit von ihm ausging, griff auch auf Charlie über. Mit ruhiger Hand tauchte sie ein frisches Tuch ins Wasser, um es gegen die trockenen, heißen Tücher auf Titus' Körper auszutauschen. Doch das abgestandene, eben noch den Boden der Schüssel bedeckende Wasser verströmte nicht nur einen erbärmlichen Geruch, sondern schien Charlie auch viel zu warm zu sein. Es besaß in etwa dieselbe Temperatur wie die verbrauchte Luft des überfüllten Raumes. Wie sollten die Umschläge denn ihre kühlende Wirkung tun, zumal bei solch hohem Fieber, wenn das Wasser nicht einmal wirklich kühl war? Charlie seufzte unzufrieden.

„Stimmt etwas nicht?", erkundigte sich Johannes, und Charlie antwortete prompt: „Viel zu warm ist dieses Wasser, fühlen Sie selbst! Ich frage mich, ob es in diesem Zustand überhaupt noch eine Wirkung besitzt."

„Stimmt!" Tropfend strich Johannes' Hand an Charlies Unterarm entlang, als er sie aus der Wasserschüssel zog. „Aber dies ist das einzige Wasser, das uns zur Verfügung steht, bis man uns morgen früh neues bringt."

„Ich weiß! Wenn nur der Kapitän nicht so knauserig wäre mit seinen Wasserzuteilungen!"

„Er ist eben ein vorausschauender Seemann, und nachdem wir in den letzten Tagen wieder kaum eine Seemeile zurückgelegt haben …" Hilflos hob der junge Lehrer die Schultern.

„Natürlich." Charlie entfernte den trockenheißen Wickel von Titus' gefleckter Brust und ersetzte ihn durch einen lauwarmen. „Trotzdem könnten ihn die vielen Kranken zu ein wenig mehr Großzügigkeit bewegen! Ich glaube, sogar frisches, kaltes Seewasser wäre jetzt besser als diese warme Trinkwasserbrühe hier."

„Tatsächlich? Auf diesen Gedanken bin ich noch gar nicht gekommen." Während seiner leise gemurmelten Antwort blickte Johannes sich prüfend um. „Ich glaube, das ließe sich möglich machen."

„Wie denn, wenn sich das einzig verfügbare frische Seewasser oben an Deck befindet und wir wie jeden Abend hier eingeschlossen wurden?!?" Düster schaute Charlie quer durch den Raum zur Tür, die auf das Deck führte und die aufgrund der Quarantäne sorgfältig von außen verriegelt war.

„Nun, auf diesem Weg!“ Johannes wies vielsagend nach oben auf die niedrige Balkendecke mit den beiden Belüftungsluken. Da die Nacht ausgesprochen mild war, standen beide weit offen, wie Charlie an dem schwächlichen Lichtschein erkannte, der unterhalb der Luken auf den Boden traf.

„Ich bin sicher, dass ich mich durch eine der Luken nach draußen zwängen und unbemerkt an Deck gelangen könnte.“

„Und wenn man Sie dabei ertappt?“, zweifelte Charlie. „Bestimmt würde der Kapitän nicht eben freundlich mit jemandem verfahren, der seine strengen Quarantäneregeln durchbricht!“

„Möglich. Aber haben wir denn eine andere Wahl?“ Die Stirn in tiefe Falten gelegt, musterte Johannes Steinbacher seinen Patensohn. Das unverständliche Gebrabbel war beständig leiser geworden und schließlich ganz verstummt, ansonsten aber gab es nicht das geringste Zeichen, dass Titus' Zustand sich besserte. Seine Atmung wurde immer flacher und mühsamer, und die Umschläge, die Charlie während der geflüsterten Unterhaltung angelegt hatte, bewirkten offenbar nicht mehr die geringste Absenkung der Körpertemperatur.

„Sie haben recht, die haben wir nicht“, erklärte Charlie mit mühsam unterdrückter Verzweiflung. „Also gehen Sie rasch – und bitte, seien Sie vorsichtig, Herr Steinbacher! Lassen Sie sich nicht erwischen!“

Ohne ein weiteres Wort zu verlieren, griff Johannes sich die Wasserschüssel sowie die Behelfslampe, um sich in ihrem flackernden Schein behutsam seinen Weg zwischen aufgehäuften Gepäckstücken und endlosen Kojenreihen hindurch zur nächsten Luke zu bahnen. Ab und zu rührte sich einer der schlafenden Auswanderer, die er unterwegs passierte; der eine oder andere Kranke richtete sich sogar auf und blickte Johannes an, doch keiner sprach ein Wort. Bis auf wenige Einzelgänger bildeten die Auswanderer eine fest verschworene Gemeinschaft, in der einer dem anderen auch ohne Worte vertraute.

Wie gebannt folgten Charlies Augen Johannes' schattenhafter Gestalt, bis diese die Lampe auf einer Kiste unterhalb der Luke abstellte und durch die Öffnung in der Decke verschwand. Ein Paar lang herabbaumelnder Beine war das Letzte, was sie zu sehen bekam, während Johannes Steinbacher sich nach oben ins Freie stemmte. Für einige bange Minuten blieb Charlie nichts weiter zu tun, als auf mögliche verräterische Geräusche oben an Deck und Titus' mühsame Atemzüge zu lauschen. Rein mechanisch betupfte sie dabei seine aufgedunsenen Wangen mit Wasser und zupfte die feuchten Umschläge zurecht, wenn Titus sie mit einer seiner ruckartigen Bewegungen abzustreifen drohte.

Endlich, nach einer Zeitspanne, die sich für Charlie zu einer Ewigkeit gedehnt hatte, drang ein neuerliches Geräusch aus der Richtung der Luke an ihr Ohr. Sekunden später glitt Johannes Steinbacher, Beine voraus, zurück durch die Fensteröffnung. In den ausgestreckten Armen balancierte er einen offenbar gut gefüllten Eimer, obenauf die mitgenommene Wasserschüssel!

„Sie haben es geschafft!“, atmete Charlie auf, als er bei ihr anlangte, und Johannes registrierte erfreut ihre Erleichterung über diese Tatsache. In aller Eile tauchte Charlie nun ihre bloßen Hände in das salzhaltige, aber in der Tat eiskalte Seewasser, das Johannes mithilfe des Eimers und eines langen Taues direkt aus dem Meer geschöpft hatte, und legte sie tropfnass um Titus' glühenden Kopf.

„Jetzt wird es dir bald besser gehen, mein lieber Junge“, erklärte sie mitfühlend, und ihre Worte waren gleichermaßen ein Gebet wie eine Ermunterung für den Kranken. Auch Johannes machte sich daran, den Körper des Jungen zu kühlen, indem er mit hohlen Händen Seewasser schöpfte und es behutsam auf Titus' Brust und Gliedmaßen rinnen ließ. Der Tatsache, dass im Lauf ihrer Behandlung nicht nur Titus samt seinen Tüchern, sondern auch seine Koje vollkommen durchnässt wurde, schenkten die beiden dabei wenig Beachtung. Eine aufgeweichte Strohmatratze ließ sich ersetzen, nicht aber das Leben ihres Schützlings!

Seite an Seite saßen Charlie und Johannes Steinbacher auf Titus' Koje, zwischen sich die Wasserschüssel, und kämpften mit vereinten Kräften gegen das Fieber und damit um sein Leben. Irgendwann im Laufe der Nacht, als die Kerze in ihren letzten Zügen flackerte, fiel Charlie auf, dass das intensive Rot auf Titus' Wangen verblasste, und auch sein Atem wurde regelmäßiger. Aber noch war ihre Anspannung zu groß, um sich darüber zu freuen. Die einzige Reaktion, zu der sie fähig war, bestand darin, Johannes mit einem leichten Kopfnicken auf Titus' veränderten Zustand hinzuweisen. Mit einem ermutigenden Lächeln nahm er es zur Kenntnis.

Kurz darauf erlosch die Kerze. Statt ihres spärlichen Lichtes bahnte sich der erste Schein eines neuen Tages seinen Weg durch die offen stehenden Luken. Mittlerweile war Charlie, die auch die vergangenen Nächte äußerst wenig geschlafen hatte, so erschöpft, dass sie kaum noch die Hände zur Wasserschüssel führen konnte, und schließlich erlahmten ihre Bewegungen ganz. Tiefer und tiefer sank sie in sich zusammen, bis sie zusammengerollt wie ein Kind auf ihrer Koje lag und allmählich einzuschlummern begann.

Als Johannes verwundert zu ihr hinübersah, schlief sie tief und fest. Behutsam platzierte er ein Kissen unter ihrem Kopf und konnte es dabei nicht unterlassen, seine Finger durch ihre salzwasserverkrusteten Locken gleiten zu lassen. Außerdem schob er die zwischen ihnen befindliche Wasserschüssel zur Seite und legte seinen Arm um ihre Hüfte, um sie davor zu bewahren, von der Kojenkante zu rutschen. Im Schlaf seufzte Charlie auf und schmiegte sich wohlig in seinen Arm.

Johannes' Herzschlag beschleunigte sich. Sosehr er sich wünschte, diese kritischen Stunden im Kampf um Titus' Leben hinter sich zu bringen, so wenig wollte er die Stunden des vertrauten Beisammenseins mit dieser bezaubernden jungen Frau beenden.

Diese Nacht markierte den Wendepunkt sowohl im Hinblick auf Titus' Krankheit als auch auf den Reiseverlauf. Das Fieber des Jungen hatte seinen Zenit überschritten und begann dank der andauernden Kühlung langsam, aber sicher zu sinken; und die bis dahin ständig zunehmende Anzahl der Kranken bewog den Kapitän, den Kurs der *Eugenia* zu ändern.

Wenn er noch länger mehr oder minder sinnlos kreuzen und darauf warten würde, dass der stete Nordwestwind abnahm, würde die Seuche möglicherweise noch auf die Kajütspassagiere und seine Mannschaft übergreifen – ein Risiko, auf das er sich unmöglich einlassen konnte. Besser war es, jetzt auf einen südlicheren Kurs zu schwenken, um in den Genuss der Golfströmung zu kommen, mit deren Hilfe er sich schon einige Zeit eher der amerikanischen Küste nähern würde. Dann konnte er, sollte es wirklich nötig werden, immer noch einen südlich gelegenen amerikanischen Hafen wie Philadelphia ansteuern, um die Kranken dort loszuwerden. Und anschließend würde er sein Schiff sowie den Rest der Ladung ohne sie nach New York bringen können. Zufrieden mit dieser Lösung erteilte der Kapitän seinem Steuermann die neue Order und bald darauf wies der Bugspriet der *Eugenia* nach Südsüdwest.

Johannes Steinbacher, Charlie und die übrigen Zwischendeckspassagiere bemerkten vorläufig allerdings wenig von der Kursänderung. Wie gerädert fühlte sich Charlie, als sie am Morgen nach Titus' Krise ihre Augen aufschlug. Selbstverständlich galt ihr erster Blick dem Jungen: Er lag ausgesprochen ruhig atmend auf der Seite, das Gesicht ihr zugewandt, und wunderbarerweise war seine Hautfarbe, soweit Charlie das im Zwielicht des Zwischendecks erkennen konnte, weitgehend normal!

Sofort wandte sie sich zu Johannes Steinbacher um. Wie ein Fels in der Brandung saß er noch immer neben ihr und hatte, wie sie eben erst bemerkte, seinen Arm um ihre Hüfte geschlungen! Ohne es zu merken, musste sie in einen kurzen Schlaf gesunken sein, und er hatte sie, aus welchen Gründen auch immer, auf diese Weise gehalten!

Möglichst unauffällig befreite sie sich aus seinem Griff, während sie sich aufrecht hinsetzte, und fragte leise: „Denken Sie, Titus hat jetzt das Schlimmste überstanden?"

„Ich nehme an, ja, dank *Ihres* Einsatzes heute Nacht!"

Charlie vermochte das Lächeln, mit dem Johannes Steinbacher sie bedachte, nicht recht zu deuten. War er ihr tatsächlich nur dankbar für ihre Hilfe oder schwang noch etwas anderes darin mit?

„Aber es war Ihr Einsatz ebenso wie meiner", wehrte sie deshalb verlegen ab. „Immerhin waren Sie es, der das frische kalte Wasser besorgt hat, das letztendlich wohl den Ausschlag gegeben hat!"

„Gut, dann waren es eben unsere vereinten Anstrengungen", gab Herr Steinbacher nach, „zu denen Gott seinen Segen geschenkt hat."

„Richtig!" Das Bild des betenden Lehrers hatte sich Charlie tief eingeprägt, und mit einem Mal spürte sie eine Verbundenheit mit ihm, die vorher nicht vorhanden gewesen war. Ihr gemeinsames Ringen um Titus' Leben hatte diesen Fremden, mit dem sie anfangs nichts weiter gemeinsam gehabt hatte als ihre Muttersprache und die Bekanntschaft mit Titus, zu einem Gefährten werden lassen. Einem Freund.

Versonnen erwiderte sie sein Lächeln, als plötzlich eine leise Kinderstimme ertönte: „Ich mag es, wenn du lachst, Fräulein Lotti, weil ich dann immer an Großmutter denke, weißt du das?"

„Titus!"

„Du bist wach, mein Junge!"

Freudig überrascht wandten die beiden Erwachsenen ihre Aufmerksamkeit dem jungen Patienten zu, der mit wachen Augen zu ihnen aufblickte. Unwillkürlich fuhr Charlies Hand an seine Stirn, während sie fragte: „Wie fühlst du dich, Titus?"

„Ein bisschen nass!", lautete die Antwort. Mit dem Zeigefinger wies Titus auf die von Schweiß und vor allem von Seewasser durchnässte Strohmatratze unter seinem kleinen Hinterteil.

„Na, wenn das alles ist! Ich glaube, dem können wir Abhilfe schaffen", tröstete sein Pate, und der schalkhafte Unterton seiner

Bemerkung stimmte Charlie fröhlicher, als sie es seit ihrem Umzug ins Zwischendeck je gewesen war.

*Liebe Reisegefährtin,*
*ich bin so unendlich erleichtert: Titus wird wieder gesund werden! Nachdem wir vor mittlerweile zwei Nächten dazu übergingen, das erschreckend hohe Fieber mit frisch geschöpftem Seewasser (Herr Steinbacher hat sich trotz strengster Quarantäneregeln an Deck geschlichen, um dieses zu besorgen!) zu bekämpfen, begann seine Körpertemperatur tatsächlich, fühlbar zu sinken. Gott sei Dank dafür! Er hat unser Gebet erhört, sodass unsere Bemühungen um Titus' Leben Frucht trugen. Dieses „unser" und „wir", liebe Reisegefährtin, meint in diesem Fall Herrn Steinbacher und mich …*
*Johannes Steinbacher ist wahrlich ein Mensch, auf den man sich verlassen kann: ein treuer Freund für Titus' Vater in New York, ein fürsorglicher, liebender Pate für Titus selbst und ein gebildeter Mann, der sich trotz allem nicht allein auf sein Wissen und seine Fähigkeiten verlässt, sondern in kindlicher Weise auf Gott und sein Wort vertraut. Es ist ein seltsames und gleichzeitig tröstliches Gefühl für mich, diesen Mann und mich in ein „wir" einzuschließen, nachdem ich mich doch längst ganz auf mich selbst gestellt wähnte!*
*Dabei bezieht sich dieses Wir-Gefühl, diese Gemeinschaft, nicht allein auf Johannes Steinbacher, sondern ebenso auf Gertrude, deren Tochter Resli noch vor Titus erkrankt ist und sich inzwischen ebenfalls auf dem Weg der Genesung befindet, sowie auf eine beträchtliche Anzahl der übrigen Auswanderer hier im Zwischendeck. Ihr anfängliches Misstrauen mir, der englischsprachigen, reichen Kajütspassagierin, gegenüber legte sich mit jedem Handgriff, den ich für die Kranken tat, mit*

*jedem aufmunternden Wort, das ich ihnen zusprach. Und mittlerweile, so glaube ich, akzeptieren sie mich als eine der Ihren. Die Älteren unter ihnen beginnen, mir ihre Lebensgeschichten anzuvertrauen, und sie erläutern mir ihre Beweggründe, auszuwandern, ihre Hoffnung für das neue Leben im neuen Land. Ich bin kein Fremdkörper mehr hier unten, sondern schlicht und einfach Fräulein Lotti, die das notvolle Leben hier im Zwischendeck mit allen Übrigen teilt.*

*Dieser Name, zusammen mit all den vertrauten deutschen Stimmen um mich herum, gibt mir ein Gefühl der Zugehörigkeit, fast schon des Nachhausekommens, das ich in meiner Zeit in England niemals so verspürt habe. Es ist fast, als würde ich hier zu einer großen, mehrere Generationen umfassenden, bunt zusammengewürfelten Familie gehören, und zwar in einer Art und Weise, in welcher ich zur Familie meines Verlobten Myles nicht oder zumindest noch nicht gehörte …*

*Aber genug der nachdenklichen Worte: Ich spüre, wie Titus in der Koje neben mir immer unruhiger wird. Ohne zu sprechen zwar, doch mit immer ungeduldigeren Blicken fordert er mich dazu auf, endlich Papier und Bleistift beiseitezulegen und ihm die versprochene Geschichte zu erzählen. Dies nämlich, das Erzählen von Geschichten, ist die einzige halbwegs wirkungsvolle Methode, den Jungen ruhig zu halten, seit er sich wieder wohler fühlt. Wenn es nach seinem Willen ginge, wäre Titus längst wieder auf den Beinen und würde das Deck unsicher machen. Deshalb haben Herr Steinbacher und ich alle Hände voll zu tun, um ihn auf seinem Lager zu halten, damit er die für die vollkommene Genesung erforderliche Ruhe bekommt!*

*Zudem denkt unser Kapitän gar nicht daran, die Quarantäne aufzuheben, solange noch neue Krankheitsfälle im Zwischendeck auftreten, sodass Titus' Bewegungsradius doch sehr eingeschränkt wäre. Aus diesem Grund, liebe Reisegefährtin, will ich mich endlich erbarmen und Titus sowie Resli und den übrigen jüngeren Kindern, die sich unterdessen um ihn versammelt haben, eine Geschichte erzählen. Was bin ich froh, dass ich früher so viel gelesen habe und deshalb genügend davon kenne!*

„Endlich!“, kommentierte Titus, als Charlie ihren Bleistift beiseitelegte. „Ich dachte schon, du hörst gar nicht mehr auf damit!“ Anklagend zeigte er auf das Tagebuch.

Sie lächelte. „Aber daran wirst du dich gewöhnen müssen, Titus. In New York bei deinem Vater wirst du ständig von schreibenden Menschen umgeben sein. Schließlich entsteht so eine Zeitung nicht von selbst!“

„Das weiß ich doch. Aber Vater muss das tun, um Geld zu verdienen – du nicht!“ Ein schelmisches Grinsen brachte sein blasses, deutlich schmaler gewordenes Gesicht zum Leuchten. Gleichzeitig kratzte Titus sich hingebungsvoll in der Kniekehle.

„Lass das“, ermahnte Charlie und fing sanft, aber bestimmt seine Hände ein. „Du weißt, dass die Läusebisse sich entzünden, wenn du ständig daran herumkratzt.“

„Aber sie jucken doch so grässlich“, jammerte Titus protestierend, „da muss ich einfach kratzen!“

„Ich weiß!“ Mitfühlend betrachtete Charlie den Jungen. Erst jetzt, da das Fieber abgeklungen war, wurden die teilweise blauschwarz umrandeten Läusebisse, die vermutlich für die Krankheit verantwortlich waren und die sich bisher auf die unzugänglicheren Körperstellen wie die Kniekehlen und hinter den Ohren beschränkt hatten, so recht sichtbar. „Nun, dann will ich doch mal sehen, ob ich dich nicht rasch auf andere, angenehmere Gedanken bringen kann!“

Nachdenklich glitt Charlies Blick zunächst über den Blondschopf, dann zu Resli und zwei weiteren erwartungsvoll zu ihr aufblickenden Mädchen in der Nachbarkoje und schließlich bis hinüber zu der Seekiste, die Titus’ und Johannes Steinbachers Gepäck enthielt und auf der soeben der junge Lehrer persönlich Platz nahm. Offenbar hatte er die Absicht, ebenfalls ihrer Erzählstunde beizuwohnen. Während der letzten beiden Tage hatte

Charlie sich bei der Wahl ihrer Geschichten hauptsächlich auf Volksmärchen und biblische Geschichten beschränkt, doch Johannes Steinbachers Anwesenheit brachte sie auf einen anderen Gedanken.

„Es war einmal eine kleine Prinzessin", begann sie mit verheißungsvoll gesenkter Stimme. Resli und die anderen Mädchen horchten auf, während Titus ein abfälliges Schnauben hören ließ – was ihn allerdings nicht davon abhielt, weiterhin aufmerksam zu lauschen.

„Gemeinsam mit ihrer Familie, einem gerechten, guten König, der schönen Königin und den prinzlichen Brüdern, lebte sie in einem schönen Schloss am Meer. Jeden Tag, wenn die Prinzessin keine anderen Pflichten hatte, sattelte sie ihre schneeweiße Stute und ritt hinaus an den Strand. Dort lauschte sie dem geheimnisvollen Flüstern und Rauschen der Wogen, die, wie ihr schien, bis zum Himmel reichten und noch weit darüber hinaus. Irgendetwas hatten die Meereswogen der Prinzessin zu sagen – doch für eine lange, lange Zeit konnte sie deren Sprache nicht verstehen!

Die Jahre vergingen, aus der kleinen Prinzessin wurde eine große, erwachsene Prinzessin, und endlich, eines Tages, an dem die Wogen besonders laut und deutlich flüsterten, verstand sie: Die Wogen riefen sie hinaus aufs Meer, hinaus in die weite Welt jenseits ihres Schlosses! Die Prinzessin verlor keine Zeit: Weinend, da sie ihre königliche Familie und die Heimat zurücklassen musste, und doch erwartungsfroh und voller Hoffnung auf das Glück, das in der Ferne warten mochte, ging sie auf ihre Reise."

„Dann war sie eine Auswanderin, genau wie wir!", rief Resli aus, und ihre beiden Freundinnen nickten voller Begeisterung.

In halber Zustimmung senkte auch Charlie ihren Kopf. „So fuhr die Prinzessin übers Meer und gelangte an ein fremdes Schloss. Wunderschön anzusehen war dieses mit seinen honiggelben Mauern und weinumrankten Türmchen, doch in seinem Innern wohnte eine andere, schwer kranke Prinzessin. Sie konnte weder spielen noch laufen oder reiten und suchte verzweifelt nach jemandem, der ihr die Langeweile vertrieb. Es dauerte nicht lange und die beiden Prinzessinnen wurden beste Freundinnen. Auch der Prinz aus dem wunderschönen Schloss wollte der Freund der Prinzessin sein, die übers Meer zu ihm gekommen war, und beschloss, sie zu heiraten. Unsere Prinzessin war überglücklich!"

Hier verzog Titus, so geduldig er bislang auch gelauscht hatte, unwillig das Gesicht. „Ist das langweilig, Fräulein Lotti! Wo bleibt denn nur der große, starke Held in deiner Geschichte?"

„Warte es ab, Titus!" Mühsam schluckte Charlie den Kloß herunter, der in ihrem Hals aufsteigen wollte, da sie nun den traurigen Wendepunkt ihrer Geschichte erreichte. Johannes Steinbachers Blick ließ ihr Gesicht nicht eine Sekunde los. Anhand dessen, was Charlie ihm bisher über ihre persönlichen Verhältnisse verraten hatte, hatte er längst die richtigen Schlüsse gezogen: Im Gegensatz zu den Kindern wusste er, wessen Geschichte Charlie ihnen soeben erzählte.

„Das Glück der Prinzessin währte nicht sehr lange: Eines Tages ging der Prinz mit seinen Gefährten auf die Jagd, um einen guten Braten für seine Tafel herbeizuschaffen. Mit Freuden zog er aus, doch unterwegs erlitt er einen Unfall – und starb. Sicherlich könnt ihr euch vorstellen, wie unendlich traurig die Prinzessin gewesen ist."

Resli und ihre Freundinnen nickten einstimmig.

„Ihr geliebter Prinz war tot! Auch der König in dem fremden Schloss, der ja der Vater des verunglückten Prinzen war, trauerte entsetzlich: Nun hatte er, der einst zwei Kinder besessen hatte, gar keines mehr! Das erste Kind hatte nämlich schon viele Jahre vorher nach einem Streit mit seinem Vater das Schloss verlassen, um niemals wieder zurückzukehren.Und jetzt hatte der Tod diesem Vater auch das letzte Kind, seinen Sohn und Prinzen, genommen! Mit der Zeit wurde der alte König so böse und zornig deswegen, dass sich niemand mehr in seine Nähe wagte, nicht einmal seine Diener und die arme gelähmte Prinzessin.

Da wusste unsere weit gereiste Prinzessin: Es gab nur einen Ausweg: Sie musste noch einmal hinausziehen in die fremde, weite Welt. Diesmal waren es nicht die flüsternden Wogen, die sie in die Ferne riefen, nein, sie musste losziehen, um jenes erste Königskind zu suchen und nach Hause zurückzubringen. Es musste wieder heimkommen, damit der alte, traurige, zornige, einsame Vater wieder froh werden konnte. So machte sich unsere Prinzessin abermals auf den Weg übers Meer, diesmal mit bangem Herzen."

Ein lauter Ruf unterbrach Charlies Erzählung: „Essen fassen!"

Die Tür zum Zwischendeck wurde aufgestoßen, und zwei Matrosen erschienen, einen dampfenden Kessel mit dem Mittagessen zwischen sich. Sofort war es mit der beinahe apathischen Ruhe vorbei, die bisher unter den Auswanderern geherrscht hatte: Auch wenn das Mittagessen wie fast jeden Tag aus einem Eintopf aus grauen Erbsen mit einer verschwindend geringen Menge Rauchfleisch bestand, stellte es einen der Höhepunkte des Tages dar. Männer, Frauen und Kinder, jeder, der sich halbwegs auf den Beinen halten konnte, griff nach seinem Essgeschirr und drängte nach vorne zur Essensausgabe.

Auch Resli und ihre Freundinnen eilten zu ihren Eltern, während Titus bat: „Bitte erzähle weiter, solange Johannes unser Essen holt, Fräulein Lotti! Ich möchte wissen, ob ..."

Doch Johannes unterbrach ihn: „Ein andermal, Titus. Fräulein Lotti braucht jetzt eine Pause – nicht wahr?" Die letzten beiden Worte waren an Charlie gerichtet, die bestätigend nickte. Plötzlich war sie dankbar für die Unterbrechung. Offenbar war es doch keine so gute Idee gewesen, Johannes Steinbacher auf diese Weise an ihrem Leben teilhaben zu lassen, wie sie anfangs gedacht hatte. Während ihrer Erzählung war sein Gesicht immer düsterer geworden – es war nicht zu übersehen, dass ihm missfiel, was er da hörte.

Zudem war der Ausgang ihrer Geschichte noch völlig offen: Es gab kein „Und sie lebten glücklich und zufrieden bis an ihr Lebensende" oder irgendeinen anderen Schluss, der ihre Zuhörer hätte zufriedenstellen können! Folglich war es das Beste, Herrn Steinbachers Wink mit dem Zaunpfahl anzunehmen und ohne weitere Erläuterungen zum Mittagessen überzugehen – selbst wenn sie dabei ein leises Bedauern über seine Reaktion verspürte.

Wäre es nicht normal gewesen, zumindest ein leises Mitgefühl zu zeigen anstelle dieses deutlichen Missfallens?

Noch ehe dieser Tag zu Ende ging, ließ ein weit dramatischeres Ereignis Charlies unvollendete Geschichte und Johannes' seltsame Reaktion darauf in Vergessenheit geraten: Eine der Auswandererfamilien verlor ihr jüngstes Kind. Drei lange Tage hatte der Säugling dem Fieber widerstanden, das ihn genau wie seine vier älteren Geschwister ergriffen hatte, und war am Ende doch unterlegen.

Johannes Steinbacher, im Lauf der vergangenen Wochen gewissermaßen zum Sprecher der Auswanderergruppe geworden, wandte sich an den Kapitän und bat ihn, das Kind trotz der Quarantäne mit einem Gottesdienst der Auswanderergemeinschaft an Deck gebührend beisetzen zu dürfen. Doch seine Bitte stieß auf taube Ohren: Lediglich die Eltern des Kindes dürften zu diesem Zweck an Deck kommen, und schon das sei ein Entgegenkommen und nur der Milde des Kapitäns zu verdanken, dessen oberste Pflicht in diesem Fall die Isolierung der Kranken sei! Sosehr Johannes auch um Verständnis für die Situation der verzweifelten Familie flehte, der Kapitän blieb hart. Trotz allen Protestes blieb den Auswanderern letztlich nichts weiter übrig, als sich seinen Anweisungen zu fügen. Solange sie sich an Bord seines Schiffes befanden, waren sie der Befehlsgewalt und Willkür des Kapitäns ausgesetzt, auf Gedeih und Verderb.

Niemals würde Charlie vergessen, wie die Eltern nach dieser sogenannten Beisetzung ins Zwischendeck zurückgekehrt waren, niemals den Blick dieser Mutter, die mit ansehen musste, wie ihr geliebtes Kind, eingenäht in einen alten Sack, nahezu wort-

und gefühllos den Wogen übergeben wurde! Dieser Anblick erst machte Charlie bewusst, wie viel Grund sie hatte, Gott für Titus' Genesung zu danken, denn ebenso gut hätte er an der Stelle dieses Kindes sein können! Wie hätte sie sich gefühlt, wenn Titus, obgleich er ja nicht einmal ihr eigenes Kind war, ein derart liebloses, namenloses Grab im Meer gefunden hätte? Mit Tränen in den Augen wandte Charlie sich ab.

Im Laufe der kommenden Woche folgten drei weitere derartige Bestattungen: Die schwangere junge Frau sowie ein älteres Ehepaar erlagen ebenfalls dem Fleckfieber. Unterdessen waren Kapitän und Mannschaft einzig daran interessiert, ihren Zielhafen zu erreichen. Die *Eugenia* machte mittlerweile tatsächlich gute Fahrt und näherte sich Seemeile um Seemeile dem amerikanischen Kontinent.

# Kapitel 10

*Im Verzeihen des Unverzeihlichen kommt der Mensch der göttlichen Liebe am nächsten.*
(Gertrud von le Fort)

*Liebe Reisegefährtin,*
*es ist kaum zu fassen: Wieder einmal hat unsere Seereise ihr Gesicht geändert – oder sollte ich vielmehr sagen: Der Kapitän hat sein Gesicht geändert? Von seinem anfänglich so freundlichen und geduldigen Charakter ist seit Ausbruch des Fleckfiebers nicht viel übrig geblieben, mit jedem Tag erweist er sich den Auswanderern gegenüber strenger und unnachgiebiger. Nicht genug, dass wir alle hier unten in Krankheit, Schmutz und Elend zusammengepfercht sind, nein, die Art und Weise, wie der Kapitän die leider erforderlichen Seebestattungen durchführt und sich gegenüber den Hinterbliebenen verhält, ist so roh und gefühllos, dass ich sie gar nicht näher beschreiben möchte. Offenbar hat er noch niemals am eigenen Leib verspürt, wie es ist, einen geliebten Menschen zu verlieren, oder aber er hat diese Erfahrung höchst erfolgreich verdrängt!*
*Entsprechend groß ist die Empörung unter den Auswanderern. Zumindest unter denjenigen, die keinen Toten in ihrer Familie zu beklagen haben, denn die Betroffenen sind zu betäubt, um etwas anderes zu empfinden als Schmerz. Alle Übrigen fühlen sich nicht viel besser behandelt als eine leblose Ware oder auch Vieh – und mein Herz ist vollkommen auf*

*ihrer Seite. Ich fühle mit ihnen, ich fühle wie sie und wünsche nichts sehnlicher, als dass das Elend dieser Reise bald ein Ende hat. Ja, ich habe fast den Verdacht, ich fühle mich als eine von ihnen.*

*Gemeinsam mit Herrn Steinbacher halte ich, seit es der Mehrheit der Kinder wieder besser geht, den Schulunterricht ab, um ihre allgegenwärtige Langeweile zu vertreiben; gemeinsam mit allen anderen warte ich auf die Mahlzeiten, die unbestrittenen Höhepunkte eines jeden Tages; und gemeinsam mit allen anderen genieße ich jeden frischen Luftzug, der durch die Luken dringt und die Verheißung eines Daseins außerhalb unserer Isolation im Zwischendeck mit sich trägt. Auch als heute Morgen die Kunde ins Zwischendeck drang, dass wir bei weiterhin günstigem Wind in etwa einer Woche unser Ziel erreichen könnten, war mein Jubel nicht geringer als der meiner Freunde Titus, Gertrude, Johannes Steinbacher und wie sie alle heißen.*

*Doch als wollten Wind und Wetter unseren Jubel strafen, wandten sie sich prompt wieder gegen uns. Das heißt, im Grunde weht der Wind in die richtige Richtung, ist dabei aber so heftig, dass wir uns nicht darüber freuen können. Die Wogen prallen mit solcher Macht gegen den Schiffsleib, dass sich sämtliche Gepäckstücke im Zwischendeck, die nicht aufs Gründlichste verzurrt sind, in fortwährender Bewegung befinden; es ist nahezu unmöglich, noch im Zwischendeck umherzugehen, ohne dass man in Gefahr gerät, von einem umhersausenden oder herabfallenden Gegenstand getroffen zu werden. Deshalb haben sich, obgleich es noch heller Tag ist, die meisten meiner Leidensgenossen in ihre Kojen zurückgezogen, so, wie auch ich es tat. Hier kauern oder liegen wir nun wie die verbliebenen Kranken, ohne uns zu rühren, doch nicht einmal hier ist man wahrhaftig sicher: Ein dreijähriges Kind wurde tatsächlich aus seiner Koje geschleudert, als ein besonders wuchtiger Stoß das Schiff erzittern ließ! Infolgedessen haben nicht wenige der Eltern ihre Kinder jetzt in den*

*Kojen festgebunden; auch Titus wurde trotz seines Protestes von seinem Paten behutsam „verschnürt".*
*Ich selbst spüre die Auswirkungen jedes einzelnen Stoßes und Schlingerns: Mein Magen rumort wie zu Beginn meiner Seereise, mein Kopf dröhnt, und mit jeder Minute fühle ich mich schwindeliger, weshalb es auch höchste Zeit für mich wird, diesen Eintrag zu beenden, liebe Reisegefährtin …*

Charlie legte den Bleistift beiseite, verstaute ihre Schreibutensilien im Gepäck und kratzte sich ausgiebig hinterm Ohr. Sobald ihr bewusst wurde, was sie da tat, hielt sie bestürzt inne. Dieser plötzliche heftige Juckreiz konnte im Grunde nur eines bedeuten: Nach mehr als drei Wochen Aufenthalt im Zwischendeck litt nun auch sie unter Läusebefall! Eigentlich war es nicht anders zu erwarten gewesen, als dass dieses ständige Aufeinandersitzen auf engstem Raum, der unaufhörliche Körperkontakt mit Titus und die Unmöglichkeit, sich vernünftig zu waschen und umzukleiden, auch von ihr seinen Tribut forderten – und dennoch: Charlie schauderte bei der Vorstellung, wie die widerlichen kleinen Tierchen sich in ihrem Haar und ihren Kleidern einnisteten oder schon eingenistet hatten! Selbst wenn dies nicht automatisch bedeutete, dass sie auch auf sie das Fieber übertrugen – die Möglichkeit bestand! Und das ausgerechnet jetzt, da die meisten verbliebenen Kranken sich allmählich auf dem Weg der Besserung befanden und das Ende ihrer Reise in Sicht war. Nicht auszudenken, was geschehen würde, wenn sie fiebernd und krank in Amerika ankäme! Wie sollte sie in diesem Fall ihre „Mission Versöhnung" beginnen?

Laut seufzend zwang sich Charlie, nicht an den Juckreiz oder seine möglichen Konsequenzen zu denken.

„Stimmt etwas nicht, Fräulein Lotti?", forschte Johannes. Dicht neben ihr saß er auf seiner langen Reisekiste, die er, mit einer Decke gepolstert, mittlerweile als Bett benutzte und fest mit der Nachbarkoje – Charlies Koje – verzurrt hatte.

Fast unmerklich zuckte Charlie zusammen. Auch wenn alle

Auswanderer sie mittlerweile bei diesem Namen nannten – aus Herrn Steinbachers Mund klang er irgendwie … besonders.

„Ja, ich …“ Charlie zauderte nur kurz. Sollte sie tatsächlich von Läusen befallen sein, so würde sich das ohnehin nicht lange verbergen lassen. „Ich glaube, ich habe eben einen Läusebiss gespürt, dort, hinter meinem Ohr“, gestand sie.

„Soll ich für Sie nachsehen?“, erbot sich Johannes Steinbacher.

Wortlos rückte Charlie näher und wandte ihm ihren Nacken entgegen: „Wenn Sie so freundlich wären?“

Sanft nahm er ihr langes Haar zurück und musterte die bezeichnete Stelle. Noch vor wenigen Wochen hätte diese einfache Hilfeleistung Charlie in tiefste Verlegenheit gestürzt, doch im Lauf ihrer gemeinsamen Krankenpflege waren ihr Johannes' Nähe und Berührungen beinahe zur Selbstverständlichkeit geworden. Ungezählte Male hatten ihre Hände sich berührt, während sie Titus kalte Umschläge gemacht hatten, ja, seit geraumer Zeit schliefen sie sogar nebeneinander, getrennt nur durch den schmalen Spalt zwischen Johannes' riesiger Seekiste und ihrer Koje. In manch schlafloser Minute hatte Charlie trotz der Dunkelheit gespürt, wie seine Augen auf ihr ruhten.

„Ich fürchte, Sie haben recht!“ Betroffen blickte Johannes von Charlies Nacken in ihr Gesicht. „Aber ansonsten fühlen Sie sich wohl, hoffe ich?“

Beinahe beschwörend klang seine Stimme, sodass Charlie leichthin erwiderte: „Abgesehen davon, dass mein Kopf in unziemlicher Weise brummt und dass ich fürchte, von diesen grässlichen Wogen aus meiner Koje geschleudert zu werden: ja!“

Noch während sie sprach, legte Johannes seine Hand an ihre heiße Stirn und zog sie gleich darauf erschrocken wieder zurück. „Verdammt, Sie haben ja bereits Fieber!“, entfuhr es ihm halblaut. „Ich hätte Ihnen niemals erlauben dürfen, zu uns ins Zwischendeck zu kommen. Niemals!“

„Verdammt darfst du aber nicht sagen, Johannes, das ist ein ganz böser Ausdruck, sagt Großmutter“, meldete sich Titus vorwurfsvoll zu Wort.

„Richtig“, stimmte Charlie zu, „nicht einmal denken sollten Sie das. Wie ich schon früher sagte, haben Sie sich gar nichts vorzuwerfen, Johannes! Und überdies bin ich gar nicht so sicher, dass ich tatsächlich Fieber habe. Bei der stickigen Luft, die hier herrscht, seit der Kapitän wegen des Wetters die Luken schließen ließ, ist doch jedem gleichermaßen heiß!“

Doch so leicht ließ Johannes sich nicht abfertigen. „Wie stickig die Luft hier ist, ist mir gleich: Sie lassen sich jetzt sofort kalte Umschläge machen, Lotti, oder wollen Sie verantwortlich dafür sein, dass das schlechte Gewissen Ihretwegen mich noch länger verfolgt?!“

„Selbstverständlich nicht.“ Ohne zu registrieren, dass Johannes und sie einander plötzlich beim Vornamen nannten, ließ Charlie sich aus ihrer halb aufrechten Position nach hinten sinken. Sie lagerte ihren schmerzenden Kopf auf dem Kissen, streckte Arme und Beine von sich und wunderte sich, wie wohltuend es war, einfach nur lang ausgestreckt dazuliegen. Beinahe ebenso wohltuend wie die kalten Leinenwickel, die Johannes kurz darauf auf ihre Stirn legte und unter dem vorsichtig hochgeschobenen Rock um ihre Waden schlang.

Während der Schiffsleib unter ihrer Koje zitterte und bebte und jeder neue Aufprall einer Woge Balken und Gepäck aus der jeweiligen Verankerung zu reißen drohte, schlossen sich Charlies Augen, und sie sank in einen schlafähnlichen Dämmerzustand.

„Aufwachen, meine Liebe!“

Unwillig drehte Charlie sich beim Klang der weiblichen Stimme auf die andere Seite. Zum zweiten, dritten oder gar vierten Mal hörte sie diese mittlerweile, doch etwas in ihr weigerte sich zu gehorchen. Wie konnte ihre Mutter von ihr verlangen, dass sie bereits aufstand, obgleich sie sich erst vor wenigen Stunden niedergelegt hatte? Sie war noch viel zu müde, um einen neuen Tag voller Pflichten zu beginnen, und die weichen, duftenden Kissen um sie herum versetzten sie in einen so federleichten, wohligen Zustand, dass sie ihn unmöglich bereits beenden konnte. Seufzend zog Charlie eines der Kissen über ihren Kopf, um die störende Stimme ihrer Mutter auszublenden. Erfreulicherweise gelang es ihr: Die hohe, sanfte Stimme war nicht mehr zu hören.

Gleich darauf wurde das Kissen jedoch von ihrem Kopf gezogen, ein kalter, feuchter Lappen klatschte auf ihre Stirn und eine Kinderstimme dröhnte an ihrem Ohr: „Aufstehen, Lotti! Du hast lange genug geschlafen!"

„Gustav, was soll das? Was fällt dir ein, willst du mich ertränken?" Empört fuhr sie in die Höhe – und starrte in ein rosiges, von blonden Locken umrahmtes Jungengesicht, das unmöglich ihrem kleinen Bruder Gustav gehören konnte.

„Das wird aber auch langsam Zeit", sagte der Lockenkopf. „Johannes und mein Vater dachten schon, du wachst gar nicht mehr auf! Aber ich wusste, dass du nicht stirbst!"

„Was – wieso sollte ich – wo bin ich überhaupt, und wer bist du?", stammelte Charlie und stemmte sich auf ihre Ellbogen, während sie krampfhaft versuchte, die Leere in ihrem Kopf mit sinnvollen Gedanken oder Erinnerungen an dieses fremde Gesicht zu füllen.

„Na – Titus! Du bist hier bei meinem Vater und ich pflege dich gesund! Gerade eben wollte ich dein Gesicht kühlen, so, wie du es bei mir immer gemacht hast." Angesichts ihrer offensichtlichen Begriffsstutzigkeit warf Titus seinen Kopf zurück und brach in lautes, schallendes Gelächter aus, das augenblicklich einige weitere Personen auf den Plan rief: eine ältere Frau in schwarzweißer Dienstmädchenuniform und einen dunkelblonden jungen Mann.

Ein staunendes, nahezu ungläubiges Lächeln überzog das Gesicht des Mannes und er stammelte fassungslos: „Du bist … Sie sind wach, Lotti!"

In dem Augenblick, als er ihren Namen nannte, erkannte Charlie den jungen Mann.

„Johannes Steinbacher", murmelte sie, und wie eine Sturzflut brach die Erinnerung über sie herein: ihre Seereise, Titus, seine Krankheit, Johannes Steinbacher und sie, die den Jungen gemeinsam gepflegt hatten, der Juckreiz und ihre Kopfschmerzen ... Also war sie tatsächlich krank geworden, hatte geschlafen und erwachte nun hier, in einem echten Bett mit weichen Kissen und nach Lavendel duftenden Laken?

Verwirrt schloss Charlie noch einmal die Augen. Ehe ihr Kopf jedoch zurück in die Kissen sinken konnte, schob sich ein kräftiger Arm darunter.

„Sie werden uns doch nicht schon wieder in die Besinnungslosigkeit abgleiten, Lotti?", erkundigte sich Johannes Steinbacher mit sorgenvoll gerunzelter Stirn.

„Nein, ich glaube nicht. Es ist nur ..." Angestrengt suchte Charlie nach Worten. „Ich habe nicht die geringste Ahnung, wo ich bin und wie ich hierhergekommen bin. Das letzte Bild, das ich vor Augen habe, ist das schwankende Zwischendeck, in dem der Sturm uns gewissermaßen alles um die Ohren fliegen ließ!"

Das Dienstmädchen, Johannes und auch Titus nickten verständnisvoll.

„Der Arzt sagte bereits, Bewusstseinsstörungen seien bei dieser Form von Fleckfieber nicht ungewöhnlich", erklärte Johannes. „Bei Ihnen allerdings sind diese besonders ausgeprägt, wie mir scheint!"

„Der Arzt?"

Noch immer ohne das Geringste zu begreifen, starrte Charlie ihn an, bis Titus erneut in sein ansteckendes Gelächter ausbrach.

„Nun erzähl Fräulein Lotti doch endlich, wie wir sie hierhergebracht haben, Johannes!"

„Na gut. Wenn Sie sich tatsächlich in der Lage dazu fühlen, einer längeren Ausführung zu folgen, Lotti, werde ich Ihnen alle Ihre Fragen beantworten."

Auf Charlies Nicken hin zog Johannes seinen Arm zurück

und steckte stattdessen mehrere Kissen zwischen das geschnitzte Kopfteil des Bettes und ihren Oberkörper.

„Bequem so?“, fragte er und fuhr im gleichen Atemzug fort: „Wäre es möglich, dass Sie ein Glas Wasser für Fräulein Lotti holen, Magda?“

Gehorsam verschwand das Dienstmädchen.

Johannes zog sich einen Stuhl heran und ließ sich neben Charlies Bett nieder. Titus dagegen kuschelte sich gemütlich neben Charlie in die Kissen. Warm und lebendig schmiegte er sich an seine große Freundin.

„Sie erinnern sich also an die Seuche, die Quarantäne und daran, dass Sie Titus im Zwischendeck gesund gepflegt haben?“, vergewisserte sich Johannes.

„Ja, und auch an Gertrude und alle anderen Auswanderer und daran, dass wir, als es Titus besser ging, endlich einmal voranzukommen schienen! Dann aber sind wir in diesen schrecklichen Sturm geraten, der uns wieder zurückgeworfen hat, und ich habe mich so entsetzlich gefühlt ...“ Charlie verstummte.

„Richtig, der Sturm! Doch in dem Augenblick, in dem Sie erkrankt sind, wurde er vollkommen unwichtig. Sie sind aber auch gleich richtig zur Sache gekommen, kann ich Ihnen sagen!“

Die Sorgenfalten, die noch immer auf Johannes’ Stirn standen, straften seinen scherzhaften Unterton Lügen. Auch als Magda mit einem Glas köstlichen frischen Wassers zurückkehrte und Charlie half, einige Schlucke zu sich zu nehmen, legten sie sich nicht.

„Kaum hatte ich Ihnen den ersten kalten Wickel angelegt, verfielen Sie in einen Dämmerzustand. Manchmal schienen Sie zu schlafen, dann wieder waren Sie mit offenen Augen hellwach, erkannten aber nichts und niemanden, redeten mit Personen, die nicht anwesend waren, und fantasierten den reinsten Roman zusammen! Weder Gertrude noch ihre Mutter Marianne oder ich wussten uns zu helfen; alle unsere Bemühungen, Ihr Fieber zu senken, waren umsonst. Schließlich flehten wir den Kapitän an, Sie zurück in die Kajüte zu holen und dort gesund zu pflegen, Ihnen reichlich Fiebertee zu verabreichen – vergeblich.

Unnachgiebig wie ein Felsengebirge hat er darauf beharrt, Sie mit den übrigen Kranken im Zwischendeck isoliert zu halten.

Das einzige Resultat, das unser Flehen zeitigte, waren einige Tassen voll gekochten Teewassers, die bei Ihnen allerdings so viel bewirkten wie der sprichwörtliche Tropfen auf den heißen Stein. Sie können sich kaum vorstellen, Lotti, wie dieses herzlose Verhalten die ohnehin empörte Stimmung unter uns Auswanderern angeheizt hat! Einige der Männer, vor allem diejenigen, deren Frauen und Kinder Sie gepflegt haben, drohten mit Meuterei; dazu kam dieser nicht enden wollende tagelange Sturm, der das Wasser teilweise bis ins Zwischendeck gedrückt hat – es war einfach ..."

Mit einem zögerlichen Blick auf Charlies betroffenes Gesicht verstummte Johannes.

An seiner Stelle fuhr Titus fort: „Es war wirklich gruselig, Fräulein Lotti. Gerade in der Nacht, als es dir am allerschlechtesten ging – das meint jedenfalls Johannes –, kam das Meerwasser durch die Luken und alle Ritzen zu uns hereingekrochen. Es stand fast kniehoch auf dem Boden, und wir dachten schon, wir müssten bald alle ertrinken, weil der Kapitän uns nicht nach oben lässt. Da sagte Reslis Vater: ‚Wenn wir Amerika tatsächlich noch heil erreichen sollten und auch nur einer der Menschen dort ein solch herzloses Ekel ist wie dieser Mann, der sich hier Kapitän schimpft, dann drehe ich mich auf der Stelle um und fahre zurück nach Hause, aber mit einem Schiff, das ich eigenhändig über den Atlantik steuere! Und vorher bringe ich diesen Mann um!'"

Schockiert schlug Charlie die Hand vor den Mund, sodass Titus mit unschuldigem Blick hinzufügte: „Aber natürlich hat er das nicht getan." Besänftigend streichelte er Charlies Arm.

„Am folgenden Tag nämlich", übernahm Johannes die Fortsetzung des Berichts, „hatte sich der Wind so weit beruhigt, dass die Seeleute endlich einmal unsere genaue Position berechnen konnten. Es stellte sich heraus, dass der Sturm uns in der Tat nicht zurückgeworfen, sondern sehr weit auf dem richtigen Kurs vorangetrieben hatte, sodass wir mit einer baldigen Ankunft in

New York rechnen konnten. Das hob die Stimmung unter unseren Leuten natürlich beträchtlich, die meuternden Stimmen verstummten, nur an Ihrem Zustand hat es leider nicht das Geringste geändert! Offen gestanden, fürchtete ich das Schlimmste. Doch Gott hatte Erbarmen: Als wir wenige Tage darauf in den Hafen einliefen, schwebten Sie zwar weiterhin in Ihrem Dämmerzustand, aber noch atmeten Sie!

Ehe irgendjemand von uns von Bord oder auch nur an Deck gehen durfte, um einen ersten Blick auf unsere neue Heimat zu werfen, kam der Arzt an Bord. Er untersuchte Sie und die Handvoll von uns, die noch immer krank waren, und wies alle als Seuchenkranke in das für Einwanderer zuständige Krankenhaus ein. Innerhalb weniger Stunden sollten alle Kranken mit einem speziellen Boot abgeholt werden.

Doch gleichzeitig mit diesem Boot traf auch mein Freund Klaus-Dietrich ein, Titus' Vater. Er wollte keine Zeit verlieren, endlich seinen Sohn in die Arme zu schließen, und da er ein angesehener Mann zu sein scheint, bekam er sogar Zutritt zu uns im Zwischendeck. Ihm haben Sie es zu verdanken, dass Sie als Titus' Freundin und Pflegerin nicht auf der Seuchenstation gelandet sind wie alle Übrigen, sondern hier in seinem komfortablen Haus!"

Mit einer ausladenden Handbewegung umfasste Johannes das Bett und den ganzen verschwenderisch ausgestatteten Raum. Doch Charlie war zu gefangen von seiner Schilderung, um den äußeren Gegebenheiten große Beachtung zu schenken.

„Dann befinde ich mich jetzt also auf amerikanischem Boden!", konstatierte sie fassungslos. „Ohne es zu bemerken, bin ich in Amerika gelandet?"

Ihr Gegenüber nickte stumm.

„Und Gertrude, Marianne und all die anderen? Geht es ihnen gut, sind sie wohlauf?"

„Sie sind wohlauf und befinden sich bereits auf dem Weg zu ihren Verwandten oder in ihren neuen Unterkünften hier im deutschen Viertel New Yorks", bestätigte Johannes.

„Wenn du magst, gehen wir sie sofort besuchen!“ Aufgeregt fuhr Titus in die Höhe und sprang aus dem Bett. Mit einem großen Satz landete er auf dem gemusterten Bettvorleger. „Resli wohnt gleich hier um die …“

„Halt, halt, mein Freund, nicht so hastig mit den jungen Pferden“, hielt Johannes den Jungen auf halbem Weg zur Zimmertür auf. „Ich denke nicht, dass Fräulein Lotti schon kräftig genug ist, um aufzustehen, immerhin ist sie eben erst aus dem tiefsten Schlaf erwacht!“

„Das ist wahr, Titus, ich fühle mich tatsächlich noch ein wenig zu matt für einen Besuch. Aber vielleicht magst du ja an meiner Stelle zu Reslis Familie gehen und ihnen meine Grüße bestellen“, schlug Charlie vor.

„Klar, mach ich doch gerne, wenn Vater es mir erlaubt!“ Mit diesen Worten fiel die Tür hinter Titus ins Schloss.

Charlie fuhr zusammen. „Er ist schon wieder ganz der Alte, nicht wahr? Immer in Bewegung!“

„So ist es. Klaus-Dietrich hat die helle Freude an seinem ‚aufgeweckten‘ Sohn, wie er es bezeichnet.“

Die beiden Erwachsenen tauschten ein einvernehmliches Lächeln – bis Charlie bewusst wurde, dass sie sich, nachdem auch Magda sich längst zurückgezogen hatte, alleine mit Johannes im Raum befand. Zudem war sie lediglich mit einem Nachthemd bekleidet, ihr Haar war möglicherweise noch immer salzverkrustet und voll kleiner, krabbelnder Schmarotzer …

Unwillkürlich fuhr ihre rechte Hand an ihren Kopf, wo sie glücklicherweise weiches, frisch gewaschenes Haar zu fassen bekam, und mit der linken zog sie die Bettdecke bis zum Hals. Bei Titus’ Sprung aus dem Bett war diese nämlich bedenklich weit nach unten gerutscht.

Verlegen senkte Johannes seinen Blick zu Boden und bemerkte: „Dann werde ich Sie wohl auch wieder alleine lassen. Sie brauchen noch viel Ruhe, um ganz zu genesen!“

Auf Charlies „Gewiss!“ hin begab er sich zur Zimmertür.

Mit der Türklinke in der Hand wandte er sich jedoch noch

einmal um und stieß heiser hervor: „Sie ahnen ja nicht, Lotti, wie dankbar ich bin, dass Sie uns erhalten geblieben sind!“ Damit schloss sich die Tür zum zweiten Mal.

Erschöpft sank Charlie tiefer in die Kissen. Es war fast zu viel, was hier plötzlich auf sie einstürmte, doch dies zumindest hatte sie begriffen: Sie hatte den Albtraum von Zwischendeck und Fleckfieber überstanden, sie befand sich auf dem Weg der Besserung, sie war in Amerika – und obendrein immer noch an der Seite Johannes Steinbachers.

Am Abend dieses Tages, des dritten seit ihrer Ankunft, wie Charlie erfuhr, lernte sie auch Klaus-Dietrich kennen. Nachdem er von Titus und Johannes sofort darüber unterrichtet worden war, dass sie aufgewacht war und sich besser fühlte, ließ er es sich nicht nehmen, sie persönlich in seinem Haus willkommen zu heißen.

„Mein Sohn Titus und Johannes haben mir in den vergangenen Tagen so viel von Ihnen erzählt, dass ich eine ganze Ausgabe meiner Zeitung mit ihren Berichten füllen könnte! Dadurch habe ich das Gefühl, Sie schon seit Langem zu kennen, Fräulein von Rixtorf. Ich möchte mich ganz herzlich bei Ihnen bedanken – für alles, was Sie zum Wohle meines Sohnes getan haben, denn laut Johannes' Worten ist es hauptsächlich Ihnen zu verdanken, dass Titus die Seuche überstanden hat. Ehrlich gesagt, weiß ich nicht, was ich getan hätte, falls er nach all dieser Zeit nicht lebendig bei mir angekommen wäre …“

Für einen kurzen Augenblick verdunkelten sich Klaus-Dietrich Helmuths' Augen, und Charlie erkannte in ihnen denselben Schmerz, der auch sie beim Gedanken an Myles noch immer durchdrang. Dieser Mann hatte den Verlust seiner Frau noch nicht vollständig verwunden – kein Wunder, dass er sich nach dem Sohn gesehnt hatte, der seiner Ehefrau wie aus dem Gesicht geschnitten sein musste.

Denn mit seinem Vater hatte Titus äußerlich rein gar nichts gemeinsam: Statt einer blonden Lockenmähne hatte Klaus-Dietrich tiefschwarzes, kurz geschorenes Haar, dazu einen ebenso kurz getrimmten Vollbart und leicht stechende graue Augen. Außerdem wirkte er mit seinem geschäftsmäßigen Anzug – dem weißen Hemd mit grauem Seidentuch und gestreifter Weste, sorgfältig geplätteter langer Hose und glänzend polierten Schuhen – und seinen fahrigen Bewegungen etwas gehetzt, ganz so, als säße der nächste Termin oder der Redaktionsschluss ihm bereits im Nacken. Dass er sich dennoch die Zeit für ein Gespräch mit ihr nahm, ließ jedoch hoffen, dass er in Zukunft auch ausreichend Zeit mit Titus verbringen würde.

Charlie schenkte Klaus-Dietrich ein herzliches Lächeln. „Ich habe es gern getan, Herr Helmuths. Titus ist wirklich ein entzückendes Kind: freundlich, offenherzig und intelligent. Sie können stolz auf ihn sein!"

Obgleich er bescheiden abwinkte, leuchtete das Gesicht ihres Gesprächspartners auf. „Ihre Beurteilung ehrt mich, Fräulein von Rixtorf! Doch wie dem auch sei, ich möchte, dass Sie eines wissen: Sie können in meinem Hause bleiben, solange es Ihnen beliebt, auch wenn Sie wieder genesen sein werden! Das ist das Mindeste, was ich als Vergeltung tun kann, denke ich."

„Oh, das ist sehr freundlich von Ihnen, aber …"

„Nein, sagen Sie jetzt nichts, Fräulein von Rixtorf, sondern denken Sie in Ruhe über mein Angebot nach. Zwar entzieht es sich meiner Kenntnis, wie Ihre persönlichen Umstände aussehen – und auch mein Freund Johannes konnte nichts Genaues darüber sagen –, doch ich möchte Ihnen versichern: Sie sind auch auf längere Zeit ein gern gesehener Gast in meinem Hause, falls Sie nicht wissen, wohin Sie sonst gehen oder an wen Sie sich hier wenden sollten! Aber nun muss ich Sie leider bereits wieder verlassen, ich habe für heute Abend noch eine Redaktionssitzung einberufen. Sollte Ihnen noch irgendetwas fehlen zu Ihrem

Wohlbehagen, so wenden Sie sich einfach an Magda oder auch an Johannes, der Ihnen sicherlich gerne noch ein wenig Gesellschaft leisten wird. Auf Wiedersehen, Fräulein von Rixtorf!"

Damit verließ Klaus-Dietrich Helmuths das Gästezimmer seines Hauses, das er Charlie so großzügig zur Verfügung gestellt hatte.

Johannes, der dem Gespräch zwischen Charlie und seinem Freund bisher schweigend beigewohnt hatte, und die junge Frau selbst blieben alleine zurück. Schon während Klaus-Dietrichs letzten Worten hatte sich eine tiefe Röte in Charlies Gesicht ausgebreitet und nun wandte sie in höchster Verlegenheit den Blick ab.

Was für einen Eindruck mussten ihre „persönlichen Umstände" auf diese beiden Männer machen, wenn sie dachten, sie hätte keinen Ort, an den sie gehen konnte, oder kein Geld, um sich eine Unterkunft zu besorgen? Erweckte sie denn wirklich den Anschein, als würde sie auf gut Glück nach Amerika reisen – weil sie nicht wusste, was sie sonst als alleinstehende junge Dame mit ihrem Leben anfangen sollte, möglicherweise sogar auf der Suche nach einem Ehemann? So missverständlich hatte ihre Geschichte von der reisenden Prinzessin, die sie ihm als Freundschaftsbeweis hatte anvertrauen wollen, doch unmöglich sein können! Was um alles in der Welt dachte Johannes von ihr?

Am liebsten hätte sie sich jetzt im Bett umgedreht, ermattet die Augen geschlossen und vorgeschützt, dass sie Ruhe brauchte. Doch sie saß in einen Morgenrock gekleidet in einem der tiefen, geblümten Sessel des Gästezimmers, unmittelbar gegenüber von Johannes, und konnte nichts anderes tun, als mit intensiven Blicken das Muster des Teppichs zu ihren Füßen zu studieren. Johannes war es, der schließlich das unangenehme Schweigen brach.

„Es tut mir furchtbar leid, dass mein Freund und ich Sie mit unseren Worten über Ihre persönlichen Verhältnisse in Verlegenheit gebracht haben, Fräulein Lotti", erklärte er. „Als Männer sind wir vielleicht ein wenig ungeschickt in solchen Angelegenheiten und … nun ja, wir sagen eben geradeheraus, was wir denken. Aber glauben Sie mir, ich hatte wirklich nicht die Absicht, mich in Ihre Privatsphäre einzumischen oder dergleichen … Ich dachte nur, vielleicht wären Sie dankbar für ein wenig Starthilfe hier in Amerika oder … Ach, verflixt, warum kann ich nur niemals die richtigen Worte finden? Was ich sagen wollte, ist einfach: Wir, vor allem Titus und ich, würden uns sehr freuen, wenn Sie auf Dauer hier bei uns bleiben würden. Doch wenn Sie natürlich andere Pläne haben …"

Seine Stimme verklang, während er wie Charlie das Teppichmuster zu studieren schien.

„Ja, die habe ich tatsächlich", erwiderte sie endlich. Ein Mann, der so aufrichtig zu ihr war wie Johannes, verdiente eine ebenso klare, ehrliche Antwort: Er verdiente es, zu wissen, was sie tatsächlich hier in Amerika zu suchen hatte. „Erinnern Sie sich an die Geschichte der Prinzessin, die übers Meer reiste?", fragte sie und berichtete auf sein Nicken hin diesmal mit klaren Worten, welche Gründe sie zu ihrer Amerikareise veranlasst hatten.

Als sie geendet hatte, nickte Johannes. „Ich verstehe: Die Suche nach Charlie Carrington ist gewissermaßen ein letzter Liebesdienst an der Familie Ihres verstorbenen Verlobten."

„Richtig! Und ich möchte, nein, ich muss diese Angelegenheit regeln, ehe ich daran denke, meine eigenen Interessen und Pläne zu verfolgen", erklärte Charlie.

„Ich verstehe", nickte Johannes abermals, „und ich muss gestehen, ich bewundere Sie für Ihre Selbstlosigkeit, Lotti! Zunächst aber sollten Sie sich Zeit nehmen, gesund zu werden, meine ich. Sich in Ihrem derzeitigen geschwächten Zustand auf eine solche Suche zu machen, wäre glatter Selbstmord! Deshalb bitte ich Sie: Nehmen Sie Klaus-Dietrichs Angebot an, und bleiben zumindest so lange hier, bis Sie vollständig genesen sind! Wollen Sie das tun – Titus und vielleicht auch ein wenig mir zuliebe?"

Bei den letzten Worten nahm seine Stimme denselben bittenden, schmeichelnden Ton an, den Titus so gekonnt einzusetzen vermochte. Selbst wenn Charlie die Absicht oder auch nur die

Kraft besessen hätte, seine Bitte abzuschlagen – sie konnte es nicht.

Sie würde so lange unter Klaus-Dietrichs Dach wohnen, bis sie sich der selbstauferlegten Herausforderung zumindest körperlich gewachsen fühlte.

In den folgenden Tagen war es hauptsächlich Titus, der Charlie während ihrer wachen Stunden Gesellschaft leistete. Sein Vater hatte ihn vorerst noch von der Schule freigestellt, während Johannes bereits in seine neuen Aufgaben beim „New Yorker Stadtboten" eingewiesen wurde.

Charlie hatte nichts dagegen einzuwenden. In Titus' Gegenwart fühlte sie sich wesentlich freier als in derjenigen von Johannes, die sie unwillkürlich an ihren bevorstehenden Aufbruch denken ließ. Außerdem schilderte der Sechsjährige seine neue Heimat so lebendig, dass Charlie das Gefühl hatte, alles mit eigenen Augen zu erblicken – obgleich der stets gleichbleibende Ausblick aus dem Fenster bislang das Einzige war, was sie von Amerika zu sehen bekommen hatte.

Ansonsten fühlte sie sich eher wie zu Hause auf Gut Rixtorf: Klaus-Dietrichs Köchin brachte solide deutsche Hausmannskost auf den Tisch, und das Dienstmädchen Magda, das bereits vollkommen vernarrt in Titus war, gab sich die größte Mühe, seine erwachsene Freundin zu verwöhnen. Auch der Besuch von Gertrude und Resli sowie das Läuten der Kirchenglocken waren wie ein Gruß aus der Heimat. Am Sonntagmorgen, knapp eine Woche nach Charlies Erwachen, riefen die Glocken die Einwanderer zum Gottesdienst der deutschen Gemeinde.

Sehnsüchtig lauschte Charlie dem vertrauten Klang, während sie zum ersten Mal gemeinsam mit Herrn Helmuths, Titus und Johannes im Speisezimmer am Frühstückstisch saß.

Klaus-Dietrich deutete ihren Gesichtsausdruck ganz richtig. „Was würden Sie davon halten, Fräulein von Rixtorf", schlug er vor, „heute mit uns gemeinsam die Kirche zu besuchen, um Gott für seine Bewahrung während der Reise zu danken? Fühlen Sie sich kräftig genug dazu?"

„Ja, durchaus! Das ist eine großartige Idee!" Über den Tisch hinweg warf Charlie ihrem Gastgeber ein dankbares Lächeln zu.

„Und am Nachmittag begleitest du uns auf unserem Ausflug, nicht wahr?", meinte Titus. „Vater hat Johannes und mir nämlich versprochen, uns New York zu zeigen, und das willst du doch gewiss nicht verpassen, oder?"

Mit einem Bissen marmeladebestrichenen Weißbrotes im Mund beugte der Junge sich erwartungsvoll seiner Freundin entgegen, bis diese bedächtig nickte. „Nun, wenn dein Vater und Johannes mich dabeihaben möchten, gerne!"

„Fein – dann ist es beschlossen. Ich freu mich schon!" Ein letzter Schluck, und Titus sprang vom Tisch auf. „Dann solltet ihr euch aber besser beeilen, sonst kommen wir zu spät! Die Kirchenglocken haben schon aufgehört zu läuten!"

Etliche Stunden später saß Charlie am Ufer des East River, erschöpft von all den neuen Eindrücken, die auf sie eingestürmt waren. In seiner Begeisterung für seine Wahlheimat hatte Klaus-Dietrich sich alle Mühe gegeben, den Neuankömmlingen einen möglichst umfassenden Überblick über diese zu geben: Von der Orchard Street mit ihren vielen deutschen Geschäften und Gasthäusern quer durch „Little Germany", dessen Straßen voller sonntäglicher Spaziergänger waren, und vorbei an der City Hall, New Yorks Rathaus, kutschierte er sie von der Ostseite Manhattans bis hinüber an den Hudson River und wieder zurück.

Dabei präsentierte er jede Station ihrer Besichtigungsfahrt mit wortreichen Erklärungen, sodass Charlie bei allem Interesse irgendwann das Gefühl hatte, sie könnte keine einzige Silbe mehr in sich aufnehmen.

Als sie schließlich am Ufer des East River haltmachten, neigte der Augusttag sich bereits seinem Ende entgegen. Angesichts der schwülen Wärme, die tagsüber geherrscht hatte, war Charlie dankbar für die frische Brise hier am Flussufer. Der Wind versah die Wellen der heranrollenden Flut mit brodelnden, glitzernden Schaumkronen, während der Sand unter der Decke, die Klaus-Dietrich für seine Gäste ausgebreitet hatte, noch immer die Hitze des Tages verströmte.

Eine schwere, nicht unangenehme Müdigkeit breitete sich in Charlies Gliedern aus. Sie war es nicht mehr gewohnt, einen ganzen Tag lang auf den Beinen und an der frischen Luft zu sein. Besorgt blickte Johannes auf sie herab.

„Ein anstrengender Ausflug, nicht wahr? Ich habe ja selbst nicht geahnt, wie viel Klaus-Dietrich uns zeigen wollte, aber es war doch eine ganze Menge. Irgendwie ist die Begeisterung für sein neues Leben hier wohl mit ihm durchgegangen … Ich hoffe nur, wir haben Ihnen damit nicht zu viel abverlangt, Fräulein Lotti?"

„Nein, es war durchaus in Ordnung so. Ich fand seine Führung wundervoll – wenn ich auch ehrlich zugeben muss: Ich bin ganz froh, dass Titus und sein Vater nicht darauf bestanden haben, dass ich sie jetzt auch noch zur Fähr-Anlegestelle begleite. *Das*, vermute ich, hätte mich heute wirklich an die Grenzen meiner Leistungsfähigkeit gebracht!"

Lächelnd wies Charlie auf das Vater-Sohn-Gespann, das sich soeben von ihnen entfernte. Ein Stück flussaufwärts befand sich die Anlegestelle der hölzernen Schaufelraddampfer, die den breiten Meeresarm überquerten und dabei Waren, Wagen und Passagiere ans jeweils andere Ufer beförderten. Die Raddampfer hatten sofort Titus' Aufmerksamkeit geweckt, und sein Vater hatte sich nur allzu gern bereit erklärt, sie ihm aus der Nähe zu zeigen, während Charlie und Johannes zurückgeblieben waren, um den Ausblick zu genießen.

In ihrem Rücken lag die – nicht zuletzt dank der vielen deutschen Einwanderer – rasch wachsende, von Leben pulsierende Stadt, hinter deren dicht an dicht stehenden Häusern eben die Sonne unterging, vor ihnen der Meeresarm mit seinem Schiffsverkehr und das gegenüberliegende, noch wenig bebaute Ufer Long Islands.

„Es wäre aber nicht notwendig gewesen, dass Sie hierbleiben, um mir Gesellschaft zu leisten, Herr Steinbacher!" Unwillkürlich waren die beiden seit Charlies Genesung wieder in eine förmlichere Anrede verfallen. „Oder interessieren Sie sich etwa gar nicht für Schaufelraddampfer?"

„Nach allem, was wir auf dieser endlosen Fahrt von Bremen nach New York mitgemacht haben, kann mir die gesamte Schifffahrt, offen gestanden, ‚den Buckel runterrutschen', wie wir bei uns zu Hause sagen würden!" In Johannes' grauen Augen lag wieder das schalkhafte Funkeln, das Charlie von Anfang an für ihn eingenommen hatte. Doch bei seinen nächsten Worten machte es einem anderen Ausdruck Platz, den sie in dieser Art und Intensität bisher nicht bei ihm wahrgenommen hatte.

„Aber Scherz beiseite, Fräulein Lotti: Selbst wenn ich Titus' nautische Interessen teilen sollte, hätte ich es trotzdem vorgezogen, hier bei Ihnen zu bleiben, weil uns dies ein ungestörtes Gespräch ermöglicht. Es gibt da nämlich etwas, was ich mit Ihnen besprechen wollte, seit wir uns neulich über Ihre … nun, über Ihre Zukunftspläne unterhalten haben."

Unsicher verstummte Johannes. Statt Charlie ins Gesicht zu schauen, wie er es bislang getan hatte, richtete er seinen Blick auf den sandigen Untergrund neben der Decke, füllte seine Hand mit Sand und ließ diesen in einem dünnen, fortwährenden Strahl zu Boden rieseln. Abwartend verfolgte Charlie seine Handbewegungen, bis ihr Gegenüber sich plötzlich entschlossen aufrichtete, den restlichen Sand in Richtung Wasserlinie schleuderte und sich ihr wieder zuwandte.

„Also, die Sache ist folgende: Ich war neulich nicht ganz aufrichtig zu Ihnen, als ich gesagt habe, dass Titus und ich Sie gerne auf Dauer bei uns in New York, in Klaus-Dietrichs Haus, behalten würden! Sicher, Titus hat Sie sehr gern und würde Sie vermissen, falls Sie uns verlassen würden. Aber da er sich so hervorragend mit seinem Vater zu verstehen scheint – was nach den langen Jahren der Trennung gar nicht selbstverständlich ist –, würde er das vermutlich schnell überwinden. In der Hauptsache bin *ich* es jedoch, der Sie vermissen würde, Lotti! Ich bin es, der den Gedanken nicht ertragen kann, Sie zu verlieren – Sie niemals mehr wiederzusehen! Ich …“ Johannes' Stimme war tief und warm wie eine Umarmung. „Keinen einzigen Tag meines Lebens möchte ich Sie mehr missen, Lotti! Ich wünsche mir nichts sehnlicher, als Sie die Meine zu nennen …“

Wie eine Sturzwelle schlugen seine folgenden Worte über Charlie zusammen, sodass sie nichts weiter tun konnte, als sprachlos zu lauschen.

*Liebe Reisegefährtin,*
*ich bin sprachlos – ratlos – hilflos – unfähig, einen klaren Gedanken zu fassen, geschweige denn einen Entschluss von so weit reichender Bedeutung, wie die Situation es eigentlich verlangt: Johannes Steinbacher hat mich gebeten, seine Frau zu werden!!! Heute, am Abend des ersten Tages, den ich seit meiner Erkrankung wieder im Freien verbrachte, erklärte er mir seine Liebe!*
*Seiner genauen Worte entsinne ich mich nur verschwommen, derart schockiert war ich darüber, derart überrascht und mitgenommen. Nein, das trifft es nicht, ich finde schlichtweg keinen passenden Ausdruck dafür. Schon vom ersten Tag an, seit unserer ersten Begegnung am Kajüteneingang, als Titus*

*ihn zu mir führte, hätte er mich bewundert. Und aus dieser Bewunderung sei im Lauf der Wochen, in der Quarantäne des Zwischendecks, inmitten von abscheulichsten Gerüchen, kühlenden Umschlägen und fieberheißer Haut, tiefe Zuneigung geworden. Nun könne er den Gedanken nicht ertragen, mich trotz meiner Genesung letztendlich doch noch zu verlieren, indem ich weiterreise …*

*So oder ähnlich lauteten seine Worte, doch die einzige Reaktion, zu der ich fähig war, bestand darin, hinaus auf den East River (an dessen Ufer wir saßen) und auf die hinter mir liegende Stadt zu starren und mich an der Schönheit des Sonnenuntergangs zu erfreuen. Zum ersten Mal seit unserer Ankunft im vielgepriesenen Amerika sah ich die Sonne hinter der beeindruckenden Silhouette New Yorks versinken, sah die Häuser als einen schwarzen Schattenriss vor ihren letzten rot glühenden Strahlen …*

*Aber wie konnte ich einer solchen Nebensache auch nur die geringste Beachtung schenken in dem Augenblick, da Johannes Steinbacher mir sein Herz zu Füßen legte? Dass mein eigenes Herz in seiner Gegenwart keine Purzelbäume schlägt, wie es dies bei Myles tat, bedeutet schließlich nicht, dass ich Herrn Steinbacher nicht schätzen würde, ganz im Gegenteil: Ich achte, nein, ich mag ihn durchaus, diesen freundlichen, humorvollen, rücksichtsvollen, verlässlichen und noch dazu gottesfürchtigen Mann, der sich während meiner Krankheit aufs Fürsorglichste um mich kümmerte (wie Gertrude mir berichtete ); und ich weiß, auch meine Eltern würden ihn für einen geeigneten Ehemann halten. Weshalb also konnte ich seinen Worten nur so wenig abgewinnen?*

*An Johannes' Seite, als seine – ich wage es kaum niederzuschreiben – Ehefrau, wäre ich geborgen; auch wenn das Schiff meines Lebens unter mir schwankte, würden seine Arme mich so sicher bergen, wie menschliche Arme es überhaupt vermögen … Mich würde ein ruhiges, angenehmes und dank seiner guten Stellung bei der Zeitung auch in finanzieller Hinsicht sicheres Leben erwarten. Und zwar ein Leben in dem Land, das mich schon immer angezogen hat wie eine Blüte voller Nektar die Honigbiene und das mir auf den ersten Blick hin außerordentlich zusagt. Dazu käme die Gemeinschaft der deutschen Einwanderer … Fühle ich mich nicht schon seit meinem Umzug ins Zwischendeck unter diesen meinen Landsleuten, den Aus- und jetzigen Einwanderern, zu Hause? Bin ich im Grunde nicht schon längst eine von ihnen, nämlich Fräulein Lotti bzw. Lotti, die sich um die Kranken und Kinder kümmert und ihnen Geschichten erzählt?*

*Je länger und intensiver ich darüber nachdenke, desto verlockender erscheint mir der Gedanke, Johannes' Heiratsantrag (für dessen Beantwortung ich mir vorläufig noch etwas Bedenkzeit erbat) anzunehmen und genau dieses Leben als Deutschamerikanerin Lotti zu führen. Dabei rücken die letzten Jahre, die ich als Charlie, als die Verlobte des Engländers Myles Carrington, als Gesellschafterin Mallorys und Beinahe-Schwiegertochter des verbitterten Sir Edmund verbrachte, immer weiter in den Hintergrund, und ich fühle mich wie eine Verräterin an meinem „Unternehmen Versöhnung".*

*In diesem Augenblick, liebe Reisegefährtin, wünsche ich mir zum ersten Mal, du wärst eine real existierende Person, die mir mit Rat und Tat zur Seite stehen könnte …*

# Kapitel 11

*Wer anderen nicht verzeihen kann, zerstört die Brücke, über die er selbst gehen muss. Jeder Mensch braucht Vergebung.*
(Thomas Fuller)

Als zarter, warmer Schleier senkte sich die Abenddämmerung des zu Ende gehenden Augusttages über die sanften Hügel Gloucestershires. Sie verwandelte das Honiggelb der Mauern von Lowerdale Manor in ein mattes Cremeweiß, umrahmt vom dunklen Graugrün des Efeus. Alle Bewegungen rings um das Herrenhaus schienen sich zu verlangsamen und erstarben schließlich ganz, nur gedämpft erklangen gelegentliche Geräusche aus dem Haus und den dahinterliegenden Wirtschaftsgebäuden und Stallungen bis hinein in den Rhododendronpavillon.

Beim Licht einer Petroleumlampe saßen hier Mallory und ihre Gesellschafterin Annabelle sowie Mrs Morgan beieinander. Ein leiser Wind raschelte im Rhododendronlaub außerhalb des Pavillons und verlieh den unter seinem Dach Versammelten ein angenehmes Gefühl der Geborgenheit. Es war Annabelles Idee gewesen, die milden Sommerabende, welche möglicherweise schon bald gezählt sein würden, an der frischen Luft zu verbringen, und Mallory hatte rasch Gefallen daran gefunden, von dem gemütlichen Sitzplatz aus den Einbruch der Nacht zu beobachten und sich dabei mit Annabelle zu unterhalten. Von Zeit zu Zeit gesellte sich auch Mrs Morgan zu ihnen, bewaffnet mit einer Näharbeit für einen bedürftigen Dorfbewohner oder mit einer anderen Handarbeit, die sie in Ermangelung von ausreichendem

Licht jedoch meist rasch wieder beiseitelegte. Stattdessen genoss sie die Ruhe des Abends oder lauschte den Gesprächen der jungen Damen, woran sie sich nur selten beteiligte.

Auch an diesem Abend hörte sie der Unterhaltung zu, die wie so oft um das eine Thema kreiste: Miss Charlie. Seit jenem Tag im Juni, an dem Annabelles Mutter Sir Edmund das Geheimnis um Charlies vermeintliche Heimfahrt nach Gut Rixtorf anvertraut hatte, war die Frage nach Miss Charlie *die* große Frage, die nicht nur die Familie, sondern den ganzen Haushalt auf Lowerdale Manor beschäftigte.

Sir Edmund war, sobald er den ersten Schock darüber verdaut hatte, dass die junge Deutsche, die nun doch nicht seine Schwiegertochter geworden war, sich in seine Familienangelegenheiten einmischte, zur Tat geschritten. Zunächst hatte er einen Boten nach Gut Rixtorf geschickt, der ihrer Familie die Neuigkeiten von Miss Charlottes eigenmächtigem Aufbruch nach Amerika persönlich und möglichst schonend überbringen sollte, sofort im Anschluss hatte er sich auf die Suche nach einem zuverlässigen, verschwiegenen Mann gemacht, der das nächste Schiff nach New York besteigen und Miss Charlotte hinterherreisen sollte. War es diesem Abgesandten nämlich möglich, mit einem amerikanischen Paketboot zu fahren, das die Atlantiküberquerung in bedeutend kürzerer Zeit bewältigte als die schwerfälligen Auswandererschiffe, so konnte er im besten Falle noch vor Charlotte in New York eintreffen. Auf diese Weise konnte er sie dort unmittelbar bei ihrer Einreise und somit auch ehe sie ihre Suche nach Charlie Carrington beginnen konnte, abfangen und sicher zurück nach Hause geleiten. Dann – und dies behielt Sir Edmund sich ausdrücklich vor – würde er sich eventuell überlegen, persönlich eine Suche nach seinem Sohn einzuleiten.

Mrs Morgans Herz schlug voller Hoffnung, als sie davon hörte: Offenbar hatte Miss Charlies entschlossenes Handeln Sir Edmunds Unnachgiebigkeit zumindest einen sanften Stoß versetzt! Selbstverständlich hatte Sir Edmund weder einem seiner Bediensteten noch einem flüchtigen Bekannten oder gar einem bezahlten Fremden die verantwortungsvolle Aufgabe dieses Abgesandten übertragen wollen, sondern jemandem, den er kannte und schätzte – und die Anzahl dieser Personen war aufgrund seines zurückgezogenen Lebensstiles der letzten Jahre sehr eingeschränkt.

So kehrte, noch ehe Sir Edmund einen geeigneten Mann dafür gefunden hatte, der Bote von Gut Rixtorf zurück. In seiner Begleitung befand sich ein Mitglied von Charlottes Familie: Frederik Kjeldsen. Dieser sei, so schrieb Graf Philip von Rixtorf, der nächste Verwandte und zudem Besitzer einer großen Schiffswerft, der überall in Europa und auch darüber hinaus über die besten Beziehungen verfüge in allem, was die Seefahrt anging. Darum gäbe es keinen Geeigneteren als ihn, um Charlotte hinterherzureisen. Außerdem besäße er als Charlottes Onkel großen Einfluss auf sie und könne sie vermutlich am ehesten davon überzeugen, dass es das Beste sei, ihr gefährliches Unternehmen abzubrechen.

Erleichtert darüber, dass die Familie des Grafen ihm Charlottes wegen keine Vorwürfe machte und ihm darüber hinaus sogar die Suche nach einem geeigneten Abgesandten ersparte, nahm Sir Edmund dieses Angebot an: Mit knappen Worten und dennoch so offen, wie es dem verbitterten alten Mann nur möglich war, klärte er Frederik Kjeldsen über alle Hintergründe auf, die zu Miss Charlottes Reise geführt hatten; und nicht einmal drei Wochen nachdem die *Eugenia* den englischen Hafen verlassen hatte, bestieg Frederik in Liverpool das wöchentlich abgehende Paketschiff nach New York. Unter diesen Voraussetzungen konnte er, wenn alles gut ging, mindestens gleichzeitig oder schon sehr kurz nach Charlotte im Zielhafen eintreffen.

Mittlerweile jedoch lag auch Frederik Kjeldsens Aufbruch so lange zurück, dass die Bewohner von Lowerdale Manor immer ruheloser wurden. Täglich fragten sie sich, ob er New York bereits erreicht und Charlie gefunden hatte …

„Aber selbst wenn Mr Kjeldsen Charlie bereits gefunden haben sollte“, erklärte Annabelle, „wird es noch Wochen dauern, bis wir davon erfahren. Schließlich wird ein Brief uns nicht eher erreichen als er selbst beziehungsweise die beiden gemeinsam, falls sie das nächste ablegende amerikanische Paketboot besteigen!"

„Das ist wahr!" Bekümmert verfolgte Mallorys Blick einen Nachtfalter, der sirrend die Petroleumlampe umkreiste. Die Nachricht, dass ihre Freundin Charlie sich vollkommen alleine auf den Weg gemacht hatte, ihren Vetter Charles zu suchen und nach Hause zu bringen, hatte ihr zu Beginn manche schlaflose Stunde bereitet und belastete sie nach wie vor außerordentlich. Wie der Falter unermüdlich um die Lampe kreiste und sich früher oder später die Flügel daran verbrennen würde, so kreisten ihre Gedanken unaufhörlich um dieses Thema. Weshalb nur hatte sie, die doch sonst so gut hinter die Fassade ihrer Mitmenschen blicken konnte, nicht bemerkt, dass Charlie ein derart waghalsiges Unternehmen plante? Selbst wenn es ihr nicht gelungen wäre, die Freundin davon abzuhalten, wäre Charlie wenigstens nicht in der beruhigenden, nichtsdestotrotz aber irrigen und zu Leichtsinn verführenden Meinung aufgebrochen, sie würde auf den Spuren einer anderen jungen Frau reisen!

Zu all diesen Selbstvorwürfen und Sorgen um Charlies Wohlergehen kam eine weitere beängstigende Vermutung, die Mallory nicht mehr loslassen wollte. „Zudem bezweifle ich", ließ sie ihre Gedanken laut werden, „dass Mr Kjeldsens Bemühungen in Bezug auf seine Nichte wirklich Erfolg haben werden!"

„Du meinst, Charlie könnte möglicherweise nicht mit ihm nach Europa zurückkehren?"

Mit einer sanften Handbewegung unterbrach Annabelle das unaufhörliche Kreisen des Nachtfalters und komplimentierte ihn zurück in die rettende Dunkelheit. Taumelnd fand das Tierchen seinen Weg ins dichte Rhododendronlaub.

„Möglicherweise", nickte Mallory. „Natürlich hoffe ich aus tiefstem Herzen, dass sie genau dies tut. So, wie ich Charlie kenne, kann sie recht stur sein, wenn sie fest von einer Sache überzeugt ist! Und wenn es ihr erst einmal gelungen ist, New York zu erreichen, wird sie sich nicht mehr so leicht von ihrem Plan abhalten lassen!"

„Damit könntest du leider recht behalten", gab Annabelle zu, während ihre Mutter nachdenklich in die anbrechende Nacht hinausstarrte.

Plötzlich ertönte von dort eine tiefe Stimme: „Dennoch ist Mr Kjeldsen der einzig richtige Mann für diese Aufgabe, Mallory. Wenn es jemandem gelingen kann, deine Freundin von ihrem Vorhaben abzuhalten, dann ihm und der Familie von Rixtorf, die hinter ihm steht, dessen bin ich sicher."

„Onkel Edmund, du hier!", rief Mallory erstaunt aus.

Der alte Herr nickte höflich. „Gestatten Sie, dass ich mich zu Ihnen geselle, meine Damen?"

„Aber gerne." Mallory bemühte sich, ihre freudige Überraschung nicht allzu deutlich werden zu lassen. Sie konnte sich nicht entsinnen, dass Sir Edmund in den langen Monaten, die seit Myles' Tod vergangen waren, irgendjemandes Gesellschaft gesucht hatte. Bereitwillig rollte sie ihren Stuhl zur Seite, damit er neben ihr Platz nehmen konnte. Sir Edmund lehnte seinen Gehstock mit dem versilberten Griff gegen das Pavillongeländer und ließ sich nieder

„Lassen Sie sich von meiner Anwesenheit nicht stören, meine Damen, sondern setzen Sie Ihr Gespräch ruhig fort!" Damit lehnte er sich bequem zurück und lauschte, während Mallory – nach einem Augenblick verlegenen Schweigens – den Gesprächsfaden wieder aufnahm und die flackernde Petroleumlampe die kleine Gesellschaft in ihr anheimelndes Licht hüllte.

Mit einem Seufzer der Entmutigung schob Frederik Kjeldsen die Passagierlisten beiseite. Seit Stunden saß er bereits hier in Castle Garden an der Südspitze Manhattans, wo die Schiffe aus Übersee in den Hafen einliefen, registriert und gelöscht wurden. Jeder einzelne Aus- bzw. Einwanderer und Passagier, der hier von Bord ging, wurde mit Angabe von Name, Alter, Beruf und Herkunft in diesen Listen aufgeführt – jeder mit Ausnahme seiner Nichte Charlotte von Rixtorf. Sie stand weder auf der Liste der deutschen *Eugenia*, auf der laut Auskunft ihrer englischen Freundin Annabelle Morgan eine Überfahrt für Charlotte gebucht worden war, noch auf der Liste eines anderen deutschen oder englischen Schiffes, das in den vergangenen Tagen und Wochen hier angelegt hatte.

Zu seinem Leidwesen hatte der amerikanische Kapitän des Paketbootes, das Frederik bestiegen hatte, es trotz einiger waghalsiger Segelmanöver nicht geschafft, den Vorsprung der *Eugenia* einzuholen, und Frederik konnte ihm keinen Vorwurf dafür machen: Die Winde waren schlicht zu ungünstig gewesen, sodass das Paketschiff schließlich zwei Tage nach der *Eugenia* in New York eingelaufen war. Noch hatte die *Eugenia* dort vor Anker gelegen, um neue Ladung aufzunehmen, und Frederik hatte keine Zeit verloren, ihren Kapitän persönlich aufzusuchen.

Laut dessen Aussage jedoch hatte sich keine Person namens Charlotte oder auch Lotti von Rixtorf an Bord befunden. Die schiffseigene Passagierliste, die er Frederik bereitwillig zur Einsicht aushändigte, untermauerte diese Auskunft: Neben einer großen süddeutschen Auswanderergruppe, die im Zwischendeck gereist war, waren lediglich acht Kajütspassagiere aufgeführt: ein Ehepaar und einige allein reisende Männer.

Von einer allein reisenden Dame, versicherte der Kapitän dem Schiffsbauer höchst glaubwürdig, wisse er nichts – und so etwas wäre ihm keinesfalls entgangen, zumindest, wenn diese junge Dame tatsächlich der Beschreibung entspräche, die sein Gegenüber ihm geliefert habe, denn hübsche junge Damen nähme er gerne persönlich unter seinen Schutz.

Bei diesen Worten und der angeregten Röte, die dem Kapitän dabei ins Gesicht stieg, lief Frederik ein spürbarer Schauder über den Rücken, doch er hatte keinen Anlass, die Aussage nicht für bare Münze zu nehmen. Wie sollte er auch ahnen, dass es sich bei der zweideutigen Bemerkung um ein reines Ablenkungsmanöver handelte, weil der Kapitän befürchtete, dass ihm sein schlechtes Gewissen ins Gesicht geschrieben stand?

Als das deutsche Fräulein in Southampton kurz vor dem Ablegen noch sein Schiff bestiegen hatte, hatte er nämlich in der Tat vergessen, ihren Namen in die Passagierliste einzuschreiben. Zwar hatte er sich vorgenommen, ihn nachzutragen, doch aufgrund ihres unfreiwilligen Umzugs ins Zwischendeck, der Seuche und der ersten Todesfälle mit voller Absicht wieder davon abgesehen. Zu groß war seine Furcht, am Ende der Seereise von irgendwelchen Verwandten für ihre Krankheit oder gar ihren Tod verantwortlich gemacht zu werden. Es war entschieden besser, diese Kajütspassagierin und spätere Zwischendeckbewohnerin tauchte in den Unterlagen gar nicht erst auf; und bis man sie an ihrem derzeitigen Aufenthaltsort unter den übrigen seuchenkranken Einwanderern im Krankenhaus identifiziert hatte, befand er sich längst auf der Heimreise und konnte nicht mehr belangt werden.

Die Lippen fest zusammengekniffen vor Ärger, hatte Frederik den Kapitän aus seinem „Verhör" entlassen und sich darangemacht, die Passagierlisten der übrigen Schiffe zu kontrollieren. Durch seine Beziehung zu einem amerikanischen Schiffsbauer, der wiederum Verbindungen im New Yorker Hafen besaß, hatte Frederik in kürzester Zeit Einsicht in alle übrigen Passagierlisten erhalten – und dennoch nicht den geringsten Hinweis darauf gefunden, dass eine gewisse Charlotte von Rixtorf hier in New York an Land gegangen war.

Verzweifelt stützte Frederik seinen schmerzenden Kopf in die Hände und starrte auf die letzte der durchgesehenen Listen, ohne wirklich etwas wahrzunehmen. Hatte Lotti am Ende doch ein anderes Schiff genommen, da sie die *Eugenia* nicht mehr rechtzeitig erreicht hatte, und war aus diesem Grunde noch gar nicht in New York eingetroffen? Oder war sie unter einem anderen Namen gereist, und wenn ja, welchen Grund könnte es dafür geben?

Fragen über Fragen, die er sich nicht beantworten konnte. Mit hängenden Schultern verließ Frederik schließlich das stickige Gebäude der Einwanderungsstelle in Castle Garden. Möglicherweise würde ein Spaziergang an der frischen Luft ein wenig Klarheit in seine Gedanken bringen. Soeben wurde ein weiteres Schiff in den Hafen gelotst, ein Schaufelraddampfer, der nur in der Küsten- und Flussschifffahrt eingesetzt wurde. Für gewöhnlich musterte Frederik jedes Schiff mit den Augen eines Bootsbauers, der jede bauliche Besonderheit, jede Neuheit in Bezug auf Konstruktion, Material, Verarbeitung und die daraus resultierenden Fahreigenschaften in sich aufnahm, diesmal jedoch interessierte ihn nur eines: An Bord *dieses* Schiffes hielt sich seine Nichte mit Sicherheit ebenso wenig auf, wie sie an Bord der *Eugenia* oder irgendeines anderen Schiffes hier im Hafen gewesen war, und es war fraglich, ob er sie jemals finden würde.

Nein, berichtigte er sich im nächsten Augenblick selbst, so durfte er nicht denken: Er würde Lotti in jedem Fall finden! Sophie und Philip, ihre Eltern, verließen sich auf ihn, und er hatte nicht die Absicht, sie zu enttäuschen. Ihnen zu schreiben, dass er zwar in New York eingetroffen war, ihre Tochter aber nirgends entdecken konnte, war undenkbar – einfach unvorstellbar. Falls Lotti tatsächlich noch nicht hier angekommen war, würde sie früher oder später in diesem Zielhafen den Kontinent betreten, folglich brauchte er nur an Ort und Stelle auf sie zu warten. Und wenn dies bedeutete, dass er Tag für Tag nach Castle Garden kommen und jedes einlaufende Schiff beobachten, jede einzelne Passagierliste durchsehen musste, dann würde er auch genau dies tun.

Ein wenig zuversichtlicher riss Frederik seinen Blick vom Hafen los und machte sich auf den Weg zur Lower East Side, wo er am Vortag ein Zimmer genommen hatte.

Obwohl es bereits spät am Nachmittag war, besaßen die schräg einfallenden Sonnenstrahlen eine enorme Wärme, und in den schmalen, von vier- und fünfstöckigen Häusern gesäumten Straßen von Little Germany war nichts mehr zu spüren von dem frischen Seewind, der in Castle Garden für angenehme Temperaturen gesorgt hatte. Die Hitze eines ganzen wolkenlosen Augusttages staute sich hier. Außerdem musste Frederik sich seinen Weg geradezu erkämpfen durch die Scharen von Arbeitern, die sich nach ihrer täglichen Plackerei auf dem Nachhauseweg befanden.

Die Mehrheit der Arbeiter kam ihm entgegen, vermutlich arbeiteten sie außerhalb des deutschen Viertels. Der Fleiß und die Zuverlässigkeit der deutschen Arbeiter wurden in den Betrieben der Amerikaner sehr geschätzt, und die Arbeiter wiederum waren dankbar für jede Möglichkeit, in der neuen Heimat Geld zu verdienen und sich nach oben zu arbeiten. Dennoch erschrak Frederik ein wenig über die große Anzahl der Kinder, die sich unter den Heimkehrenden befanden. Allzu rosig konnte die Situation vieler Einwanderer nicht sein, wenn sie gezwungen waren, Kinder zur Arbeit zu schicken, die nicht älter als sieben oder acht Jahre sein konnten.

Einen Augenblick lang stellte Frederik sich am Straßenrand in den Schatten eines Hauses, um sich mit seinem Taschentuch den Schweiß von der Stirn zu wischen und wieder richtig zu Atem zu kommen. Auch aus diesem Gebäude, über dessen Eingang das Schild prangte: „New Yorker Stadtbote – Nachrichten aus der alten und der neuen Heimat“, traten einige Arbeiter oder Angestellte auf die Straße, riefen einander Abschiedsgrüße zu und eilten heimwärts.

Mitten unter den Männern befand sich ein kleiner Junge. Seine ungebändigten hellblonden Locken bildeten einen auffallenden Kontrast zu dem glatten dunklen Haar seiner gleichaltrigen Begleiterin. Ob diese beiden vergnügt miteinander schwatzenden und kichernden Kinder in der Zeitungsdruckerei beschäftigt waren? Eher nicht, entschied Frederik, nachdem er bei ihrem Vorübergehen vereinzelte Fetzen ihres Gesprächs aufgeschnappt hatte: Die Kinder unterhielten sich über eine Kranke, die sie offenbar gerade besucht hatten, und Resli, das Mädchen, freute sich darauf, wieder nach Hause zur Mutter zu kommen.

Sobald sie ihn passiert hatten, steckte Frederik sein schweißdurchtränktes Taschentuch wieder ein und setzte seinen Weg fort. Auch wenn ihn der Anblick der beiden fröhlichen Kinder mit ihrem ausgeprägten süddeutschen Dialekt leicht melancholisch stimmte, war er dankbar für den kurzen Zwischenstopp, denn dieser hatte ihn auf einen hilfreichen Gedanken gebracht: Falls alle anderen Versuche, Charlotte zu finden, fehlschlugen, würde eine Anzeige im „New Yorker Stadtboten" ihm vielleicht irgendwelche neuen Möglichkeiten eröffnen. Zwar war die Wahrscheinlichkeit gering, dass Charlotte sich auf eine Suchanzeige ihrer Familie hin melden würde, wenn sie im Grunde ganz andere Pläne hatte, als zurück nach Deutschland zu fahren – eine letzte, wenigstens funkenweise Hoffnung verleihende Chance war es aber dennoch!

Den größten Teil der folgenden Woche verbrachte Frederik in Castle Garden. Er erhob sich morgens schon bei Sonnenaufgang und kehrte abends nur für einen kurzen, von sorgenvollen Träumen unterbrochenen Schlaf ins Gasthaus zurück. Sorgfältig nahm er die Passagiere jedes neu eintreffenden Schiffes in Augenschein, wenn sie von Bord gingen; die übrige Zeit beschäftigte er sich damit, die neu hinzukommenden Passagierlisten zu überprüfen – vergeblich. Eine Charlotte von Rixtorf war nirgends aufzufinden, weder schriftlich unter den Namen auf den Listen noch höchstpersönlich unter den Menschen, die in New York an Land gingen.

Am neunten Tag seiner vergeblichen Suche, dem letzten Montagmorgen im August, betrat Frederik das Gebäude des „New Yorker Stadtboten". Er war fest entschlossen, nun mithilfe einer Anzeige nach Charlottes Aufenthaltsort zu forschen. In Gedanken setzte er bereits den Text auf, während er die Eingangshalle des „Stadtboten“ durchquerte, ohne nach rechts oder links zu blicken oder irgendeinem der übrigen Anwesenden Beachtung zu schenken. Diese Anzeige *musste* einfach den gewünschten Erfolg bringen, ansonsten … Mit erzwungener Zuversicht blickte er dem jungen Angestellten ins Gesicht, der sich anschickte, den gewünschten Text der Annonce zu notieren.

*Liebe Reisegefährtin,*
*ich bin feige, so entsetzlich feige, und ich schäme mich dafür! Aber offensichtlich schäme ich mich nicht genug, um stattdessen mutig und in aller Offenheit zu handeln …*
*Doch lass mich der Reihe nach berichten: Vergangene Nacht tat ich kein Auge zu, so sehr beschäftigten mich die Probleme, die Johannes' Heiratsantrag in mir aufwarf. (Ist nicht allein die Tatsache absurd, den Heiratsantrag eines Mannes zu erhalten, den du von Herzen als Freund schätzt, und „Probleme“ damit zu haben?)*
*Dabei würden sich immerhin meine momentan dringlichsten Probleme auf einen Schlag lösen, könnte ich mich dazu durchringen, Johannes eine positive Antwort zu erteilen und das vorteilhafte Leben zu ergreifen, das er mir hier in „Little Germany“ bietet! Ich könnte meinen Aufenthalt in England und alles Leid, das damit einherging, ein für alle Mal hinter mir lassen; mit der Zeit würde meine freundschaftliche Verbundenheit mit Johannes vermutlich die Erinnerung an Myles und seine Familie gänzlich verblassen lassen; meinen Eltern zu Hause würde ich ausführlich berichten, wie sich all dies ergab, und sie samt Onkel Frederik zu meiner Hochzeit hier in New York einladen … Allein, ich kann es nicht!!!*
*Jedes Mal, wenn meine Vernunft mir im Laufe der vergangenen Nacht riet, Johannes mein freudiges „Ja“ zu geben – und*

*dies am besten auf der Stelle –, sah ich Sir Edmunds Gesicht vor mir mit seinen verbitterten, wie in Stein gemeißelten Zügen und den blaugrünen Augen, die blitzen und funkeln wie die Ostsee bei Gewitter. Oder aber ich stellte mir vor, wie Mallory im Lauf der Jahre in der Atmosphäre der Einsamkeit, Trauer und Bitterkeit, die ihre Umgebung atmet, immer mehr zusammenschrumpft in ihrem Rollstuhl, bis nicht viel mehr von ihr übrig bleibt als ihr sanftes, gutmütiges Gesicht … Nein, ich bringe es einfach nicht fertig, die mir selbst auferlegte Verpflichtung für diese Familie zu vergessen! Es ist mir unmöglich, zu ignorieren, in welchem Maße Gott mir deren Versöhnung und Wiedervereinigung aufs Herz gelegt hat.*

*Ebenso wenig jedoch kann ich mich zum Gegenteil durchringen: Ich bin nicht imstande, persönlich vor Johannes Steinbacher hinzutreten und sein Angebot – seine Liebe – auszuschlagen, so plausibel meine Gründe auch sein mögen. Ein einziger Blick auf seine mir so vertraut gewordene Gestalt oder in sein Gesicht voller Zuneigung würde genügen und mein Entschluss geriete erneut ins Wanken.*

*Und so wählte ich den einfachen Weg, den des geringsten Widerstandes – den der Feigheit: Ich schrieb Johannes einen Abschiedsbrief voll unzureichender Erklärungen für mein Handeln, das meine Vernunft sich selbst nicht erklären kann, Zuletzt fügte ich die unglaubwürdige Beteuerung, dass ich ihn trotz allem zutiefst schätze, hinzu und deponierte diesen Brief an einem Ort, wo er ihn erst finden wird, wenn ich längst nicht mehr im Hause bin. Sodann packte ich meine Habseligkeiten und stahl mich am frühen Morgen heimlich aus Klaus-Dietrich Helmuths' Haus.*

*Als Zeichen dafür, wie sehr mich das schlechte Gewissen meines feigen Handelns wegen verfolgt, mag dir dienen, dass ich einen breitschultrigen blonden Mann, der mir in der Eingangshalle entgegenkam, auf den ersten Blick für meinen lieben Onkel Frederik hielt!*

*Und hier bin ich nun: Ich sitze am frühen Morgen auf der Bank einer Kutschenstation und warte auf einen Wagen, der mich zu jener Adresse etwas außerhalb New Yorks bringen wird, die mein einziger Anhaltspunkt auf der Suche nach Myles' Schwester Charlie Carrington ist und die außer den Morgans drüben in England niemand kennt.*

„Charlie!"

Erschrocken zuckte Charlie zusammen, wobei der Bleistift ihren Fingern entglitt und zu Boden fiel. Hatte Johannes ihren Brief bereits jetzt, viel früher als beabsichtigt, gefunden und war ihr gefolgt? Würde sie ihm nun gegenüberstehen müssen, um ihm von Angesicht zu Angesicht zu erklären, was sie zu ihrem Entschluss bewogen hatte, obwohl sie genau dies hatte vermeiden wollen? Doch nein, es konnte nicht seine Stimme sein, die hier nach ihr rief, denn weder Johannes Steinbacher noch irgendein anderer ihrer deutschen Freunde hatte sie jemals bei diesem Namen genannt.

Fragend blickte sie sich um, als der Ruf zum zweiten Mal erklang. Ein junger Mann näherte sich der Gruppe der wartenden Passagiere an der Postkutschenstation, an seinem Arm eine ebenso junge Frau, die wiederum ein Mädchen an der Hand hielt, das Charlie auf etwa vier Jahre schätzte. Alle drei trugen zwar saubere, aber sichtlich alte, geflickte Kleidung, und das Mädchen hielt eine Lumpenpuppe im Arm. Befremdet starrte Charlie die Familie an: Was in aller Welt mochten die Unbekannten von ihr wollen – oder befand sich unter den übrigen Wartenden etwa eine weitere Frau namens Charlie, der dieser Ruf galt?

Umständlich verstaute sie ihre Schreibutensilien im Gepäck, während sie überlegte, den dreien entgegenzugehen und nachzufragen, als plötzlich ein Kind an ihr vorüberschoss. In seiner

Eile stolperte es über die offene Reisetasche zu ihren Füßen, fing sich aber im letzten Moment und stürzte der kleinen Familie entgegen.

„Ha!“, rief es dabei vergnügt. „Da staunt ihr, was? Ich hab mich dort drüben hinter dem alten, kaputten Postwagen versteckt! Dort hättet ihr mich nie gefunden, stimmt's?“

„Aber, Charlie, was soll denn der Unsinn? Du weißt, dass deine Mutter Angst hat, dich unter den vielen Reisenden hier zu verlieren“, schalt der Vater. „Nun bleibst du schön brav genau an meiner Seite, bis die Kutsche mit deinem Großvater eintrifft! Kommt alle mit, wir warten auf der Bank dort drüben!“

Damit entfernten sich Eltern und Kinder, während Charlie ihnen sprachlos hinterherstarrte: Das übermütige zweite Kind – Charlie – war etwa in Titus' Alter, trug löchrige Kniehosen, ein etwas zu kurzes helles Hemd und eine verbeulte Tweedkappe auf dem kurzen braunen Haar.

Es war ein Junge.

Die Erkenntnis traf Charlie wie ein Schlag ins Gesicht: Charlie war ein Junge, dieser amerikanische Charlie zumindest, sie selbst dagegen eine Frau – der Kosename, die Abkürzung „Charlie“, sagte also rein gar nichts aus über das Geschlecht des Namensträgers! Aus irgendeinem unbegreiflichen Grunde war sie bislang niemals auf diesen Gedanken gekommen und doch war es glasklar: Eine Person namens „Charlie“ konnte ebenso gut männlichen wie weiblichen Geschlechts sein! Wie, wenn nun auch Charlie Carrington in Wahrheit … Aber hatte sie mit Mrs Morgan und Annabelle nicht stets von *Miss* Charlie Carrington gesprochen, und auch Myles' Brief, der sie damals auf diese Spur gebracht hatte, war doch ausdrücklich an eine Schwester gerichtet gewesen, oder nicht?

In fieberhafter Eile kramte Charlie besagten Brief hervor, den sie in ihrem Tagebuch mit auf die Reise genommen hatte, überflog ihn zunächst hastig, las ihn noch einmal, dann ein zweites Mal Wort für Wort und fand doch keinen anderen Hinweis auf die Identität des Adressaten als die Anrede „Charlie“. Damit war sie keinen Deut klüger als vorher. Einer Tatsache allerdings war sie sich deutlich bewusst: Sie selbst hatte *immer* nur an eine Miss Charlie Carrington gedacht und jedes Mal, wenn sie mit ihren beiden Mitverschwörerinnen Pläne geschmiedet hatte, auch von einer jungen Lady gesprochen. Und die beiden Morgans hätten sie zweifellos aufgeklärt, falls sie sich darin getäuscht hätte! Schließlich lag auch ihnen daran, dass Charlie Carrington so rasch als möglich gefunden wurde, oder nicht?

Zutiefst verunsichert bestieg Charlie wenige Minuten später die erwartete Kutsche und starrte während der gesamten Fahrt aus dem Fenster, ohne auch nur die geringste Kleinigkeit der vorüberziehenden Welt draußen wahrzunehmen. Wie ein tanzender Kreisel drehten sich ihre Gedanken nur um eines: War sie in ihrer jugendlichen Naivität einem gigantischen Irrtum, einer Täuschung, aufgesessen, als sie geglaubt hatte, sie nähme mit dieser Suche nichts Abenteuerlicheres auf sich als vor Jahren die junge Lady Charlie Carrington? Dabei war es genau diese Überzeugung gewesen, die ihr den entscheidenden Mut verliehen hatte, um sich als allein reisende Dame allen möglichen Risiken und Gefahren auszusetzen! Und falls dies tatsächlich zutraf, sollte sie die ganze Angelegenheit dann nicht besser beenden, ehe sie sich vollkommen zum Narren machte oder tatsächlich noch in ernsthafte Gefahr geriet? Noch war es ja nicht zu spät, umzukehren beziehungsweise nach New York zurückzukehren, zu Johannes …

Als die Kutsche nach etwas mehr als sechs Stunden Fahrt Charlies Zielort Newark erreichte, war sie zu folgendem Schluss gekommen: Ehe sie weiterhin die fantastischsten Vermutungen anstellte oder einen Entschluss traf, der sich im Nachhinein als falsch erwies, musste sie sich Klarheit über Charlie Carringtons tatsächliche Identität verschaffen. Und wer konnte ihr diese Klarheit besser vermitteln als der ehemalige Bewohner Upperdales, den sie soeben im Begriff war aufzusuchen! Eine Spur zuversichtlicher, als sie die Kutsche bestiegen hatte, verließ Charlie dieselbe wieder und machte sich auf die Suche nach der angegebenen Adresse.

Glücklicherweise war Newark, von New York aus in nördlicher Richtung gelegen, ein sehr ländlicher, überschaubarer Ort. Im Grunde bestand er aus einer einzigen breiten Straße, an der sich ein stabil gebautes kleines Holzhaus ans andere reihte, die meisten umgeben von einem großen grünenden Garten samt Zaun und einer Scheune im Hintergrund. Es war ein erfreulicher Kontrast zu den engen, grauen, staubigen Straßen und Häuserblocks von Manhattan, registrierte Charlie beiläufig, da sie in Gedanken bereits bei dem bevorstehenden Gespräch weilte.

Die gesuchte Nummer 57, eine Schmiede, lag fast am Ortsende. Von den übrigen Häusern unterschied sie sich lediglich durch das Werkstattschild und den Vorgarten, in dem sich eine Anzahl eiserner Geräte wie Pflüge und Ähnliches stapelte und dessen Boden von zahllosen Pferdehufen zerstampft war. Wie es aussah, betätigte Mr Arthur Bridgeman, der Sohn des Schmiedes aus Upperdale, sich hier als Huf- ebenso wie als Werkzeugschmied.

Außer Atem stellte Charlie ihren Koffer samt Reisetasche ab, als sie das Grundstück erreichte, und streckte ihre schmerzenden Arme. Mit dem schweren Gepäck hatte sich selbst der kurze Weg von der Poststation bis hierher als recht anstrengend erwiesen, aber sie hatte nicht gewagt, das Gepäck an der Station zurückzulassen. Selbst wenn es nichts wahrhaft Wertvolles enthielt, war es doch ihre einzige, letzte Verbindung zu allem bisher Vertrauten.

Die Tür zur Schmiede stand offen und lautes Hämmern drang an ihr Ohr. Unter diesen Umständen anzuklopfen, hatte wenig Sinn, daher trat Charlie zögernd ein. Sobald ihr Schatten in den Türrahmen fiel, blickte der Schmied auf. Der Hammer in seiner Hand ruhte, während er leutselig bemerkte:

„Einen schönen guten Morgen, Ma'am. Was kann ich für Sie tun? Ein Pferd beschlagen? Oder sind Sie gekommen, um ein Werkzeug für Ihren Gatten abzuholen?“

„Guten Morgen“, grüßte Charlie gedehnt zurück, während sie krampfhaft nach den nächsten Worten suchte. Die kleine einleitende Rede, die sie sich auf ihrem Weg durch Newark so sorgsam zurechtgelegt hatte, um den ahnungslosen Schmied nicht sofort mit ihrer Frage zu überfallen, wollte ihr partout nicht mehr in den Sinn kommen, sodass sie stattdessen antwortete: „Nun – nein. Ich meine, ich bin nicht hier wegen eines Pferdes oder eines Werkzeugs, sondern wegen … Ich bin gekommen, um Sie um eine Auskunft zu bitten!"

„Ja?" In aller Ruhe legte der Schmied seinen Hammer zur Seite, wischte seine Hände an der fleckigen Lederschürze ab und blickte sie so erwartungsvoll an, dass Charlie ungeschickt herausplatzte:

„Es geht um Charlie L. Carrington von Lowerdale Manor. Ist sie … ich meine, haben Sie diese … Person in letzter Zeit gesehen oder von ihr gehört oder …"

Charlie verstummte. Mr Bridgemans freundliches Lächeln war einem anderen, für Charlie nicht zu definierenden Ausdruck gewichen. War es Ärger oder nur übermäßige Achtsamkeit, die das gutmütige breite Gesicht plötzlich finster wirken ließ, während der Mann sich nachdenklich durch den dunklen Bart fuhr?

Unbehaglich trat Charlie von einem Fuß auf den anderen, bis ihr Gegenüber bedächtig antwortete:

„Ich kenne jemanden namens Charlie Carrington, Ma'am, so viel steht fest, doch erlauben Sie mir, eine Gegenfrage zu stellen, ehe ich Ihnen Auskunft gebe: Aus welchem Grunde fragen Sie mich das – sind Sie ebenfalls persönlich mit Charlie Carrington bekannt oder aber …?"

Bedeutungsvoll hing seine unvollendete Frage in der Luft. Charlie wurde siedend heiß, als ihr bewusst wurde, welch unhöflichen, ja, unverschämten Eindruck es auf diesen Mann machen musste, dass sie ohne jegliche Vorstellung derart mit der Tür ins Haus gefallen war. Stammelnd versuchte sie, ihren Fehler wiedergutzumachen: „Bitte verzeihen Sie die Unhöflichkeit, mich Ihnen nicht zuerst vorzustellen, Mr Bridgeman. Mein Name ist Charlotte von Rixtorf und ich komme sozusagen direkt aus Ihrer alten Heimat Upperdale. Eine Dorfbewohnerin hat mir Ihre Anschrift hier in Newark gegeben in der Hoffnung, dass Sie mir etwas über

Charlie Carringtons Verbleib sagen könnten. Sie müssen wissen, ich bin die Verlobte von Myles Carrington, das heißt, ich war es, bis Myles vor einem Jahr verstorben ist!“

„Wie bitte, Myles Carrington ist *tot?*“ Mr Bridgeman rang sichtlich um Fassung. „Du meine Güte, der arme Sir Edmund!“

In einem plötzlichen Entschluss griff er nach Charlies Arm: „Bitte begleiten Sie mich doch nach hinten in meine Wohnung, Miss, und berichten Sie mir, wie es dazu kommen konnte! Meine Frau wird das sicher auch hören wollen – das darf doch alles nicht wahr sein!“

Kopfschüttelnd schob der stämmige Schmied Charlie vor sich her und so gelangte sie durch die der Eingangstür gegenüberliegende Tür in die Küche des Wohnhauses. Charlie hatte nichts dagegen einzuwenden: Seiner spontanen Reaktion nach zu urteilen, würde ihr Mr Bridgeman sicherlich, sobald sie ihm die Situation auf Lowerdale Manor erst einmal geschildert hatte, die gewünschte Auskunft über Charlie Carrington erteilen.

„Das ist ja tatsächlich nicht zu fassen“, murmelte Arthur Bridgeman halblaut, als Charlie ihren Bericht über Myles’ Unfall und die heutigen Verhältnisse auf Lowerdale Manor beendet hatte. Er stützte seine Ellbogen auf den Küchentisch, an dem er samt seiner Ehefrau und dem unerwarteten Gast Platz genommen hatte, und raufte sichtbar mitgenommen sein helles Haar.

„Dass Lady Carrington verstorben ist, das bekam ich noch zu hören in einem meiner Briefe aus der Heimat, aber die Sache mit dem jungen Mr Myles – die schlägt dem Fass den Boden aus, nich’ wahr, Mary!“

Mr Bridgemans junge Frau nickte bestätigend. Auch wenn sie aus einer anderen Gegend Englands stammte und deshalb die Familie Carrington nicht persönlich kennengelernt hatte, konnte sie das Mitgefühl ihres Gatten für seinen ehemaligen Gutsherrn nachvollziehen.

Unbeachtet war der Nachmittagstee, den sie zu Ehren des Gastes gekocht hatte, in den Tassen erkaltet, während Charlie erzählt hatte. Mary Bridgemans Hände lagen gefaltet über ihrem deutlich gewölbten Bauch, und ihr Blick glitt durch die offen stehende Hintertür hinaus in den Garten, wo ein etwa dreijähriger Junge vollkommen ins Spiel versunken in einem Erdhügel buddelte.

„Der arme Sir Edmund! Wenn ich mir vorstelle, wir würden eines unserer Kinder verlieren …“ Ihr Seufzer erstarb in einer beklemmenden Stille.

Mit einem Mal jedoch schlug Arthur Bridgeman entschlossen mit der Handfläche auf den Tisch, sodass die Teetassen leise klirrten.

„Auf jeden Fall tun Sie in dieser Lage das einzig Richtige, wenn Sie Mr Charlie nach Hause holen, Miss von Rixtorf! In einer solchen Lage gehört der Sohn nach Hause zu seinem Vater, ganz gleich, wie heftig die beiden sich damals zerstritten haben! Lieber Himmel, er ist der einzige verbliebene Sohn und Erbe des Gutes und gerade in Notzeiten müssen Familien eben zusammenrücken! Keine Auseinandersetzung ist es wert, die Blutsbande zwischen Eltern und Kindern auf Dauer zu durchtrennen. Deshalb, Miss, sollen Sie von mir alle Unterstützung erhalten, die ich Ihnen geben kann. Wenngleich …“

Mr Bridgeman verstummte, die Stirn in nachdenkliche Falten gelegt.

Auch Charlie schwieg, denn der Schock über Mr Bridgemans Worte hatte ihr vorläufig die Sprache verschlagen. Ihre Vermutung, die Befürchtung, die sie seit dem Zwischenfall an der Kutschenstation verfolgte, hatte sich hiermit als wahr erwiesen: Charlie Carrington war in der Tat *Mr* Charlie, Sir Edmunds Sohn und Erbe. Er war Myles' älterer Bruder, nicht seine Schwester.

Während diese Tatsache allmählich ihr Bewusstsein durchdrang, fuhr der Schmied fort:

„Ich fürchte, eine allzu große Hilfe werde ich Ihnen nicht sein, Miss. Es ist nämlich lange her, dass ich mit Mr Charlie Kontakt hatte! Damals, als er in Amerika angekommen ist und mich aufgesucht hat, habe ich ihn eine Weile beherbergt, doch es hat ihn noch weiter in die Ferne gezogen. Ruhelos, wie er war, hat er sich bald wieder verabschiedet und ist weitergereist, immer die Küste entlang nach Norden. Seither haben wir ein- bis zweimal im Jahr Briefe gewechselt. Auch wenn er einen endgültigen Bruch mit seiner Heimat vollzogen hat, wie er bei seiner Ankunft selbst erklärte, hat er zumindest mit mir auf diese Weise Kontakt gehalten. Der letzte Brief von ihm kam aus … Himmel noch mal, ich kann mich einfach nicht mehr an den Ortsnamen erinnern! Mr Charlie ist dort irgendeiner Gelegenheitsarbeit nachgegangen, aber das ist lange her, wie gesagt! Sicherlich ist mittlerweile mehr als nur ein Jahr vergangen. Doch ich bin sicher, ich habe diesen letzten Brief aufbewahrt. Wenn ich mich nur erinnern könnte, an welchem Ort!“

Erregt sprang Mr Bridgeman auf: „Hast du eine Ahnung, Mary, wo …“

„Möglicherweise unter den unbeglichenen alten Rechnungen, die du in der Schmiede aufbewahrst in der Absicht, sie eines Tages, der nur leider niemals kommen wird, einzukassieren?“, assistierte sie ihm, noch ehe er seine Frage beendet hatte.

„Richtig!“ Mit großen Schritten eilte Mr Bridgeman in den Nebenraum, um gleich darauf mit einem unordentlichen Stapel Papiere zurückzukehren. Sorgsam sortierte er dann seine „Rechnungen“ aus, die hauptsächlich auf die Randstreifen alter, zerlesener Zeitungen gekritzelt waren, und hielt schlussendlich nur noch eine Handvoll Umschläge in der Hand. Einen davon, der mit stark nach rechts geneigten Lettern beschrieben war, hielt er triumphierend in die Höhe.

„Hier, das muss er sein“, erklärte er, „ein Brief aus Pine Harbour, Maine!“

Zitternd streckte Charlie ihre Hand nach dem bedeutungsschweren Briefumschlag aus.

# Kapitel 12

*Vergebung ist der Duft, den das Veilchen dem Stiefel schenkt, der es zertrat.*
(Unbekannt)

*Liebe Reisegefährtin,*
*am heutigen Tag, dem 1. September und damit fast drei Monate nach meinem Aufbruch von Lowerdale Manor, begebe ich mich auf den (hoffentlich) letzten Teil meiner Reise. Gleichzeitig beginnt aber auch etwas vollkommen Neues: War ich bislang der Überzeugung, nach Miss Carrington zu suchen, einer Lady, so suche ich mit Beginn des heutigen Tages nach einem Mr Carrington, Sir Edmunds erstgeborenem Sohn und Erben.*
*Noch gestern, als mir zum ersten Mal ein diesbezüglicher Verdacht kam, der von Mr Bridgeman, Mrs Morgans Bekanntem aus Upperdale, umgehend bestätigt wurde, erschreckte mich dieser Gedanke, und dies aus zweierlei Gründen: Erstens stellte ich fest, dass ich mit meiner Reise nach Amerika ein ungleich größeres Risiko auf mich nahm, als Charlie Carrington es getan hat, da diese vermeintliche junge Frau sich nun letztendlich als Mann herausstellte. Und zweitens widerstrebte es mir, nach einem Mann, dem* Bruder *meines Verlobten, zu suchen! Gesetzt dem Fall, dieser Bruder Charlie (wie ungewohnt dieser Name im Hinblick auf einen Mann klingt, ich denke, ich werde fortan nur noch den vollen Namen Charles gebrauchen) ist ein zehn Jahre älteres Ebenbild*

*meines geliebten Myles, dessen Anblick mich ständig an das erinnern wird, was ich in Myles verloren habe?!?*
*Angenommen, er besitzt dieselben grün gesprenkelten Augen, denselben schelmischen und gleichzeitig so zärtlichen Blick wie mein Myles? Ich würde es schlichtweg nicht ertragen, wenn eine andere Person mich mit diesen Augen anblicken würde!!!*
*Doch mittlerweile wurde mir klar, dass ich auf derlei Befürchtungen keine Rücksicht nehmen kann: Wie Mr Bridgeman und seine Ehefrau von Beginn an ganz richtig betonten, ist Mr Charlie Carrington Sir Edmunds Erstgeborener und Erbe und damit aus Sir Edmunds Sicht vermutlich eine noch wichtigere Person, als eine Tochter es gewesen wäre. Umso mehr Wert muss er doch darauf legen, wieder in Frieden mit diesem Menschen zu leben (wenngleich er dies natürlich niemandem zeigt), sodass es pure Selbstsucht von mir wäre, die Suche deswegen abzubrechen. Ja, es wäre geradezu unsinnig, da ich zum jetzigen Zeitpunkt bereits den größten Teil der Strecke zurückgelegt habe!*
*Aufgrund dieser Umstände also trete ich nun diesen letzten, entscheidenden Reiseabschnitt an, der mich nach Pine Harbor, Maine, führen wird. Wie die Bridgemans mir erklärt haben, ist Maine an der Küste Neuenglands der nordöstlichste amerikanische Bundesstaat und Pine Harbor, etwas unterhalb der Hauptstadt Portland, von hier aus in etwa einer Woche zu erreichen. Per Postkutsche reist man bis Boston, von dort aus besteht ein regelmäßiger Dampfschiffverkehr bis nach Portland.*
*Äußerst zuvorkommend bot das Ehepaar Bridgeman mir für die vergangene Nacht ihre Gastfreundschaft an, da die Kutsche nach Boston erst am heutigen Morgen eintreffen würde und im ganzen Ort kein Gasthaus vorhanden sei. So verbrachte ich die vergangene Nacht an Mr Bridgemans Stelle im einzigen Schlafzimmer des Hauses an der Seite seiner Frau, während er selbst auf einer Pritsche in der Scheune nächtigte – ein Umstand, der mich vor meinem Aufenthalt*

*im Zwischendeck der* Eugenia *in tiefste Verlegenheit gestürzt hätte, während es mich diesmal lediglich unangenehm berührte, dass Mr Bridgeman meinetwegen in ein Notquartier umziehen musste. Wie du siehst, verändert diese Reise die an Luxus und Überfluss gewöhnte deutsche Grafentochter nachhaltig!*

*Nach einem ausgiebigen Frühstück bei Familie Bridgeman bestieg ich sodann heute Morgen die Kutsche nach Boston, in der ich noch immer unsanft durch die Landschaft geschaukelt werde, wie meine Schrift unschwer erkennen lässt. Aus der Art und Weise, in welcher der Kutscher die Pferde antreibt, schließe ich auf einen knapp kalkulierten Fahrplan, doch das kommt meinen Absichten durchaus entgegen. Je eher wir Boston erreichen, desto rascher könnte es mir gelingen, Charlie oder vielmehr Charles ausfindig zu machen. Sofern er sich tatsächlich noch in Pine Harbor befindet und nicht, wie er es im Lauf der letzten Jahre wiederholt getan hat, bereits weitergezogen ist!*

*Zumindest aber ist diese Kutschfahrt kurzweiliger als meine bisherige Reise per Schiff: Ich lausche den Gesprächen eines offenbar einheimischen Paares, dessen Aussprache sich deutlich von der in Gloucestershire üblichen unterscheidet, und den Beschwerden eines Mannes, der es auf seiner Reise recht eilig zu haben scheint und das Fehlen einer örtlichen Eisenbahnlinie beklagt. Dabei genieße ich den schönen Ausblick aus dem Wagenfenster: Sanft gewellte Hügel, kurz vor der Ernte stehende oder bereits abgeerntete Felder und Kuhweiden wechseln sich ab mit sattgrünen Wäldern, abseitsliegenden Farmhäusern oder gepflegten kleinen Ortschaften und Obstgärten voll saftiger, in der Septembersonne appetitlich rot aufleuchtender Äpfel. Die einzigen Unterschiede zu einer ländlichen Gegend Englands bestehen meines Erachtens in den fast ausschließlich aus Holz gebauten Häusern und Zäunen sowie in der geringen Besiedlungsdichte beziehungsweise der unglaublichen Weite der Landschaft.*

*Liebe Reisegefährtin,*
*drei Tage liegen zwischen diesem und dem letzten Eintrag. Mittlerweile habe ich die Kutschfahrt und die Stadt Boston hinter mir und noch einen Teil der Dampferfahrt an Neuenglands Küste entlang nach Norden vor mir. Da das Schiff nur zweimal wöchentlich verkehrt, blieben mir in Boston fast vierundzwanzig Stunden Aufenthalt, die ich trotz meiner unterschwelligen und dennoch stets vorhandenen Sorgen um den Ausgang meines Vorhabens tatsächlich genießen konnte!*
*Im Vergleich zu New York, der bisher einzigen mir bekannten amerikanischen Stadt, erschien mir Boston recht prunkvoll, angefangen vom State House, dem Regierungssitz mit seiner Kuppel aus Blattgold, über die wundervollen Kirchen bis hin zum Beacon Hill mit seinen verschwenderisch prächtigen Backsteinbauten, die ihren „Vorfahren", den englischen Schlössern und Herrenhäusern, offenbar in nichts nachstehen wollen. Fast ein wenig traurig war ich, als unser Raddampfer den Hafen an der Mündung des Charles (wieder dieser Name!) River und damit diese geschichtsträchtige Stadt, die „Wiege" der amerikanischen Unabhängigkeit, verließ!*
*Doch meine Enttäuschung verblasste in derselben Geschwindigkeit, in der die* Concord *sich stampfend und dampfend ihren Weg durch die Wogen bahnt. Zwar fahren wir in gebührender Entfernung von der zerklüfteten Küste, aber dennoch meist in ihrer Sichtweite, und plötzlich überfällt mich ein Gefühl, das ich während meiner Atlantiküberquerung niemals in dieser Weise empfunden habe: Plötzlich fühle ich wieder diese geheimnisvolle Anziehungskraft der See, die ich zu Hause an der Ostseeküste verspürte, wenn ich auf Persephones Rücken durch die Brandung galoppierte, und gleichzeitig dieses beinahe schmerzliche Gefühl der Weite, der Stärke und der Freiheit! Damals erfasste es mich wie ein geheimes Sehnen nach der Fremde, nach der Welt jenseits der rollenden, schäumenden Wasserfläche und des verhangenen Horizontes, heute würde ich es eher als ehrfürchtiges Staunen*

*bezeichnen – als fassungslose Bewunderung und Dankbarkeit für eine Macht, Größe und Schönheit jenseits all dessen, was ich bisher kannte.*
*Jede Gemeinsamkeit mit Deutschland und England, wie sie in „Little Germany" und Boston zu finden war, ist vergessen beim Anblick dieser rauen, steilen Felsenküste, die an Schroffheit und Wildheit kaum mehr zu überbieten ist! Unzählige kleine Einbuchtungen, vom Schiff aus eben noch zu erkennen, durchschneiden die steilen Felsklippen, welche hier die Küstenlinie bilden und oft noch bis zum äußersten Rand mit zähen, windzerzausten Nadelbäumen bewachsen sind; unzählige Inseln, vom winzigen, aus einem einzigen Felsblock bestehenden Eiland bis hin zu großen bewaldeten Inseln und Halbinseln, säumen die Küstengewässer und „bevölkern" die Mündungen der Flüsse, die sich hier immer wieder wie weit ausgestreckte Arme in den Atlantik ergießen.*
*Von nennenswerten menschlichen Ansiedlungen ist dabei wenig zu sehen. Laut Auskunft des Kapitäns, eines Amerikaners niederländischer Abstammung, der so freundlich war, mir für einen Augenblick sein Fernrohr zu leihen, verbergen sie sich in der Nähe der Flussmündungen und hinter den felsigen Küstenhöhen. Spätestens heute Abend, wenn wir den Hafen anfahren, werde ich jedenfalls eine davon zu sehen bekommen – Pine Harbour, meinen Bestimmungsort.*
*Bis dahin begnüge ich mich mit dem Anblick der Leuchttürme, die hier und da auf Inseln oder Landzungen aufragen, um den Seemann vor einer besonders tückischen Stelle zu warnen – und falls die Küste unter der Wasserfläche ebenso zerklüftet ist wie oberhalb, kann es trotz allem Sicherheitsabstand der Schiffe zur Küste gar nicht genug dieser Wegweiser geben!*
*Doch damit genug der Beschreibungen, liebe Reisegefährtin, ehe die Begeisterung mit mir durchgeht wie mit Klaus-Dietrich Helmuths, als er uns seine neue Heimat vorführte. Nur eines möchte ich Dir als meiner momentan einzigen, wenn*

*auch stummen Gesprächspartnerin noch mitteilen: Diese Küste, dieses ganze Land, so weit ich es bislang sah, ist weit beeindruckender, als ich es mir jemals vorzustellen vermochte. Und ich danke Gott von Herzen für seine unvergleichliche Fantasie, für seine Genialität bis ins geringste Detail, für all die Liebe und Mühe, die er sich gegeben hat, um solch atemberaubende Schönheit zu erschaffen – und dafür, dass ich sie mit eigenen Augen sehen darf!*

Insgesamt zwei Tage lang genoss Charlie vom Dampfer aus den Ausblick auf Maines raue Küste, dann war es Zeit, von Bord zu gehen: Die *Concord* erreichte Pine Harbour. Wie Charlie vermutet hatte, lag die Siedlung und damit auch der Hafen am Ufer des Flusses, der an dieser Stelle gewissermaßen nahtlos ins offene Meer überging und dabei eine breite, geschwungene Bucht bildete. Ein weit ins Wasser hinausragender Wellenbrecher aus Felsblöcken schützte die vor Anker liegenden Schiffe vor der gewaltigen Brandung. Abgesehen von einem windschnittigen Zweimaster, der Onkel Frederiks Schiffsbauerherz mit Sicherheit im Nu erobert hätte, handelte es sich bei diesen um einfache Fischerboote, wie Charlie feststellte.

Ansonsten war von Pine Harbour nicht viel zu erkennen: Mit dem Anbruch der Abenddämmerung hatte sich ein feiner, mit seiner Feuchtigkeit alles durchdringender Nebel über die Häuser an der Bucht gelegt, sodass die Sicht vom Hafen aus nur bis zu den ersten Gebäuden reichte.

Ratlos hielt Charlie zunächst einmal inne, als sie wieder festen Boden unter den Füßen spürte. Sie war der einzige Passagier, der in Pine Harbour an Land ging, und der Kapitän der *Concord* drängte darauf, den Hafen wieder zu verlassen, ehe der Nebel noch dichter wurde. Deshalb hatte man sie in aller Eile abgesetzt, ihr Gepäck landete schwungvoll hinter ihr auf dem Anlegesteg. Zu ihrer Erleichterung schien der Matrose, ihr Gepäckträger, ihre Ratlosigkeit zu erahnen.

„Ein Stück die Straße runter finden Sie ein ganz passables Gasthaus, Ma'am“, rief er, bereits auf halbem Weg zurück an Bord. „Bayside Inn, Sie können's gar nicht verfehlen!“

„Nun denn!“, sprach Charlie sich selbst Mut zu, straffte die Schultern, griff nach ihren beiden Gepäckstücken und machte sich auf den ihr gewiesenen Weg. Mit etwas Fantasie konnte sie unter den größtenteils einstöckigen, bescheidenen Holzhäusern am Straßenrand eines ausmachen, das geringfügig größer war, also ein zweites Stockwerk besaß, und das sie deshalb für das genannte Gasthaus hielt.

Ihre Vermutung erwies sich als richtig: Nur durch die Breite der Straße und einen zugehörigen hölzernen Gehsteig vom Flussufer und den ankernden Booten getrennt, erhob sich das Bayside Inn. Das kunstvoll gestaltete Gasthausschild prangte oberhalb des Verandadaches und durch die Fensterscheiben drang freundlicher Lichtschein in die dämmrige, nebelverhangene und feuchte Welt davor. Aufatmend drückte Charlie gegen die massive Holztür. Sie konnte sich wahrhaftig Angenehmeres vorstellen, als an einem solchen Abend alleine draußen unterwegs zu sein.

Als sie eintrat, wandten sich ihr mehrere Gesichter zu, bärtige, von Wind und Wetter gegerbte Gesichter mit durchdringenden Augen. Leicht verunsichert glitt Charlies Blick über die neugierigen, aber nicht unfreundlichen Mienen der Männer an den Tischen hinweg zur Theke, von wo ihr ein fröhlicher Gruß entgegentönte: „Guten Abend, Ma'am, und willkommen im Bayside!“

„Guten Abend“, erwiderte Charlie und zog die Kapuze vom Kopf, die sie als zusätzlichen Schutz vor der Feuchtigkeit über Haar und Haube gezogen hatte. Gleichzeitig mit der Kapuze fielen auch die Haube und etliche Haarnadeln, und Charlies Haar ringelte sich offen und unordentlich um ihr schmales, von der kühlen Abendluft gerötetes Gesicht.

„Meine Güte, Kindchen", rief die beleibte Wirtin hinter der Theke aus, „was machen Sie nur an einem solchen Abend dort draußen? Sie sind doch nicht etwa mit dem Dampfer aus Boston gekommen – denn von hier sind Sie nicht, das seh ich auf den ersten Blick! Und eine Begleitung haben Sie auch nicht bei sich, was?"

Sie schaute auf die Eingangstür, die Charlie sorgsam hinter sich geschlossen hatte, und ehe Charlie eine passende Antwort formulieren konnte, setzte sich der Wortschwall fort: „Na, nun kommen Sie schon hier an den warmen Kamin, Schätzchen – ihr Männer, los, macht Platz für meinen neuen Gast! Und du, Greg, kümmer dich um das Gepäck! Keine Lady, die in meinem Gasthaus einkehrt, braucht ihr eigenes Gepäck zu schleppen, das ist doch sonnenklar! Ich bringe Ihnen sofort eine Tasse heißen Tee, meine Liebe, der wärmt Sie auch von innen, dann setze ich Ihnen eine anständige Mahlzeit vor, und danach können Sie sich auf Ihr Zimmer zurückziehen. Denn Sie gedenken doch, die Nacht hier zu verbringen, nicht wahr?"

„Was anderes bleibt ihr wohl kaum übrig, Tildy, wenn sie fremd hier ist", antwortete an Charlies Stelle ein breitschultriger Mann, der ihren Koffer mit nur zwei Fingern hielt, als besäße dieser nicht das geringste Gewicht.

„Du solltest lieber diesen Koffer hochbringen, statt deinen Mund so weit aufzureißen, Greg!"

Die Wirtin versetzte dem Mann einen sanften Stups in Richtung der Treppe im Hintergrund des Gastraumes. „Und bring ihn ins große Eckzimmer, unser Gast soll sich schließlich wohlfühlen! So, nun geben Sie mir noch Ihren feuchten Umhang und machen sich's gemütlich!"

Mit dieser letzten Aufforderung verschwand die Wirtin hinter der Theke und einer anschließenden Tür, während Charlie sich vollkommen überrumpelt am Kamin niederließ.

Auch wenn das „große Eckzimmer" des Bayside Inn, gemessen an Charlies früheren Verhältnissen und Klaus-Dietrichs Gästezimmer, kaum als komfortabler Schlafraum bezeichnet werden konnte, verbrachte sie darin eine äußerst erholsame Nacht. Sowie ihr Kopf das frisch bezogene, nach Kernseife und frischer Seeluft duftende Kissen berührte, sank sie in einen traumlosen Schlaf, aus dem sie erst wieder erwachte, als unter einem der Fenster Stimmen laut wurden.

Eine der beiden Stimmen ordnete Charlie der Wirtin Tildy zu, wie die Gäste des vergangenen Abends sie genannt hatten, die andere, eine Männerstimme, erschien ihr unbekannt. Immer noch leicht verschlafen, erhob sie sich aus dem Bett und trat ans Fenster, weniger aus Neugier auf die beiden Sprecher als vielmehr in wissbegieriger Erwartung der fremden Umgebung, die heute – hoffentlich – nicht in Nebel gehüllt war.

Charlies Erwartung wurde nicht enttäuscht: Ein strahlender neuer Tag lag über Land und See. Die schräg stehende Sonne ließ die Wasseroberfläche der Flussmündung, um diese frühe Stunde glatt wie ein Spiegel, aufleuchten wie ein Meer aus Edelsteinen, in ihrem Farbton irgendwo zwischen Jade und Lapislazuli gelegen; die graublauen Wogen jenseits des Wellenbrechers waren gekrönt mit Hauben aus silbern glitzerndem Schaum. Auch die buschigen bunten Veilchen in den Körben, die am Verandadach direkt unter Charlies Fenster hingen, funkelten förmlich, da sich das Sonnenlicht in den Tautropfen auf ihren Blättern und Blütenkelchen brach. Charlie konnte nicht wiederstehen: Sie schob das Fenster nach oben und streckte ihren Kopf nach draußen.

Tief atmete sie den Duft dieses Morgens ein, eine Mischung aus Salz, Seetang und frischem Fisch, vermengt mit dem Duft der Veilchen und der Kiefern, die sich überall zwischen die bescheidenen Häuser der weit verstreuten Siedlung mischten und vermutlich bei deren Namensgebung Pate gestanden hatten.

Das Geräusch, das ihr Fenster beim Hochschieben verursachte, veranlasste die beiden Personen vor dem Haus, nach oben zu Charlie zu blicken.

„Sie sind wach, meine Liebe“, stellte Tildy lächelnd fest, „das ist schön! Ich komme sofort ins Haus und mache Ihnen

Frühstück. Ich musste nur erst diesem lästigen Mann hier klarmachen, dass ich heute nicht mit ihm zur Kirche gehe, wissen Sie!"

Der breitschultrige Greg strahlte, als hätte Tildy ihm mit dem Attribut lästig das schönste Kompliment gemacht, dann beugte er sich nach vorne, gab der Wirtin einen verstohlenen Kuss auf die Wange und schritt mit dem Hut in der Hand eilig davon.

„Aber es ist wirklich nicht nötig, dass Sie meinetwegen der Kirche fernbleiben, mein Frühstück kann warten", versicherte Charlie der beleibten Dame, die verlegen eine Hand an ihre Wange legte.

„Papperlapapp!" Die Hand sank wieder nach unten. „Sie sind mein Gast und bekommen das Frühstück, das Ihnen zusteht! Ich kann meinem Gott auch hier zu Hause danken für diesen wundervollen Morgen. Denn es ist ein wundervoller Morgen an diesem Tag des Herrn, nicht wahr? Ich vermute, der Herr möchte Sie mit diesem Prachtwetter persönlich in Pine Harbour willkommen heißen, was auch immer Sie hierhergeführt hat! Und nun machen Sie sich in aller Ruhe fertig, Darling, und kommen Sie zu mir nach unten, wenn Sie so weit sind!"

Mit diesen Worten verschwand Tildy unter dem Verandadach und eine Sekunde später hörte Charlie die Gasthaustür ins Schloss fallen.

Nachdenklich zog sie ihren Kopf zurück, wusch sich und kleidete sich an. Es war der Tag des Herrn – Sonntag. War es tatsächlich erst eine Woche her, dass sie mit Titus, seinem Vater und Johannes in New York den Gottesdienst besucht hatte … dass Johannes ihr einen Heiratsantrag gemacht hatte? Lag nur eine einzige Woche zwischen seinem Antrag, ihrer anfänglichen Unentschlossenheit und dem Erreichen ihres Zieles, dem mutmaßlichen Wohnort von Charles? Fast ein wenig beängstigend war die Geschwindigkeit, mit der die Dinge momentan ihren Lauf nahmen.

„Setzen Sie sich nur gleich hin, Kindchen", empfing Tildy sie im Gastraum, „dort am Fenster hab ich den Tisch für Sie gerichtet, da können Sie mit dem Essen auch gleich den Blick nach draußen genießen!“

Unwillkürlich stahl sich ein Lächeln auf Charlies Lippen, als sie sich an dem Tisch mit der blau-weiß gewürfelten Tischdecke niederließ. Die Wirtin schien durchaus überzeugt zu sein von der Schönheit ihres Heimatortes!

„Ja, so gefallen Sie mir schon viel besser, meine Liebe“, kommentierte Tildy Charlies Lächeln. „Gestern Abend haben Sie etwas mitgenommen ausgesehen, wenn ich das so sagen darf. Heute dagegen – Respekt! So viel strahlende Eleganz kriegen wir hier sonst selten zu sehen!“

Ein anerkennender Blick traf nach Charlies Gesicht auch das Kleid, das sie zu Ehren des Sonntags gewählt hatte. Wie alle übrigen Kleider in ihrem Koffer war es durch zahllose Knitterfalten verunziert, doch der Glanz des blauen Brokats und der elegante Schnitt mit der tief angesetzten Taille ließen sich nicht verbergen. Vielleicht war es tatsächlich eine Spur zu elegant für die Einwohner Pine Harbours, vor allem, wenn man es mit der schreiend bunten Schürze verglich, die Tildy über ihrem bescheidenen Kleid trug.

Doch die Wirtin bemerkte nichts von Charlies Bedenken. Mit einem auffordernden „So, nun lassen Sie sich's schmecken!“ stellte sie mehrere Teller sowie eine Teekanne samt Tasse und ein Glas Milch auf den Tisch. Auf den Tellern befanden sich kleine kreisrunde Pfannkuchen, zu denen eine dickflüssige goldbraune Soße gereicht wurde, außerdem gab es Rührei und Bacon. Zögernd griff Charlie zu.

„Ich wusste nicht, ob Sie lieber Pfannkuchen mit Ahornsirup mögen oder Eier, deswegen hab ich einfach beides gemacht“, erklärte die Wirtin. „Außerdem hab ich Ihnen Tee gekocht und keinen Kaffee, weil ihr Europäer den ja vorzuziehen scheint. Denn Sie kommen doch wohl aus Europa – obwohl ich gestehen muss, ganz sicher bin ich mir da nicht. Ihre Aussprache ist anders als die der neu angekommenen Engländer, die ich bisher gehört hab!“

„Das mag sein! Englisch ist nämlich nicht meine Muttersprache! Ursprünglich komme ich aus Deutschland, ich habe lediglich die letzten Jahre in England verbracht!“

Während sie sprach, griff Charlie nach dem ersten Pfannkuchen, übergoss ihn mit der goldbraunen Flüssigkeit und schob zögernd die erste Gabel voll in den Mund. Die ungewohnte Kombination schmeckte köstlich, teigig und süß.

„Dachte ich's mir doch!“

Tildys Freude über die Richtigkeit ihrer Vermutung war ebenso offensichtlich wie die Neugier, die hinter ihren Bemerkungen steckte. Seltsamerweise störte Charlie sich nicht daran. Tildys Gesicht mit den runden, roten Wangen eines wohlgenährten Kleinkindes war so offen und arglos, ihr ständiges „Darling“ und „meine Liebe“ klang nicht wie eine hohle Phrase, sondern ganz so, als komme es von Herzen – Charlie war sicher, sie würde das, was man ihr eventuell anvertraute, niemals verwenden, um irgendjemandem zu schaden.

„Und von England sind Sie dann also nach Amerika gekommen, sogar bis zu uns nach Pine Harbour, obwohl Sie hier keine Verwandten oder Freunde haben, bei denen Sie unterkommen könnten ...“ Wie ein Fragezeichen hing Tildys Feststellung in der Luft.

„So ist es“, nickte Charlie. Um ihre Wirtin nicht länger auf die Folter zu spannen und da sie ihre Nachforschungen nach Charles Carrington ohnehin so bald als möglich beginnen musste, setzte sie hinzu: „Ich habe einen triftigen Grund dafür, ausgerechnet hierherzukommen, glauben Sie mir, Mrs ... Tildy.“

„Tildy, *nur* Tildy“, verbesserte die Wirtin. „Dachte ich's mir doch! Tildy, habe ich mir gestern Abend gesagt, als Sie da ganz alleine ins Bayside hereinschneiten, diese junge Lady kommt nicht einfach nur nach Pine Harbour, weil dies der schönste Ort ist, den Gott auf dieser Welt erschaffen hat. Denn das kann sie bei ihrem ersten Aufenthalt hier noch gar nicht wissen und sie reist auch nicht aus reiner Abenteuerlust ganz alleine durch die Weltgeschichte! Nein, sie hat einen guten Grund für ihr Handeln, das habe ich gleich gewusst! Nur kann ich mir beim besten Willen nicht vorstellen, was für ein Grund das sein könnte?"

„Das will ich Ihnen gerne erklären, Tildy …" In Ermangelung einer Serviette tupfte Charlie mit ihrem Taschentuch die Reste des Ahornsirups von ihren Lippen, nahm einen Schluck Tee und erläuterte dann so knapp als möglich und so ausführlich als nötig die Hintergründe ihrer Reise nach Pine Harbor.

„Charles Carrington also, hm?" Nachdenklich biss Tildy sich auf die Unterlippe. Während Charlie sprach, hatte sie ihr gegenüber am Tisch Platz genommen, die Arme aufgestützt und aufmerksam gelauscht.

„Ich für mein Teil kenne niemanden dieses Namens, jedenfalls keinen alleinstehenden jungen Mann, und Sie können mir glauben, ich kenne jeden unverheirateten Mann in Pine Harbour. Früher oder später kommen Sie alle zu mir oder vielmehr zu meinen warmen Mahlzeiten. Denen kann auf Dauer nämlich keiner widerstehen!"

„Dann", Charlies Stimme zitterte vor Enttäuschung, „denken Sie, Charles ist gar nicht hier in Pine Harbor und ist es auch nie gewesen?"

„Das habe ich nicht gesagt, Kindchen, das habe ich nicht gesagt! Ich meinte nur, dass ich ihn noch niemals hier bei mir im Bayside zu sehen bekommen habe, aber wer weiß? Möglicherweise ist er unterdessen verheiratet, lässt sich von seiner eigenen Frau bekochen und ist auch sonst nicht unbedingt der Charakter, der die Gesellschaft anderer Menschen sucht, so wie meine Besucher es üblicherweise tun! Oder aber er wohnt weiter entfernt von der Siedlung, sodass ihm der Weg zum Gasthaus zu weit ist. Sie müssen wissen, zu Pine Harbour gehören außer diesen Häusern hier am Hafen noch so einige Heimstätten in der Umgebung!"

„Oh! Das habe ich bislang gar nicht bedacht."

„Na, sehen Sie, Liebes!" Charlies Enttäuschung war der aufmerksamen Tildy nicht entgangen, deshalb tätschelte sie ihr aufmunternd die Hand.

„Sie haben den ganzen weiten Weg übers Meer bis hierher auf sich genommen, da werden Sie sich doch nicht entmutigen lassen, nur weil die erste Person, die Sie befragen, Ihren Charles nicht kennt?!? Nein, nein, Kindchen, den werden Sie schon finden. Ab jetzt werde ich Ihnen mit Rat und Tat zur Seite stehen und gemeinsam werden wir den jungen Mann gewiss auftreiben! Ich weiß auch schon, wo wir mit unserer Suche beginnen …"

Tildys Stimme senkte sich zum leisen, geheimnisvollen Ton einer Verschwörerin, während sie der jungen Frau ihre Idee auseinandersetzte. Charlie hatte ganz den Eindruck, als würde die Wirtin diese Nachforschungen zu ihrer ureigenen Herzensangelegenheit machen. In dem tröstlichen Gefühl, eine so redegewandte, tatkräftige Verbündete gefunden zu haben, beendete sie in Ruhe ihr Frühstück, das Tildys guten Ruf als Köchin durchaus untermauerte.

Mit einem wohligen Seufzer überließ Charlie sich dem Rhythmus ihres galoppierenden Pferdes. Wie lange war es her, dass sie zuletzt einen kräftigen, muskulösen Pferdeleib unter sich gespürt hatte, wie lange, dass der Strand unter den donnernden Hufen ihres Reittieres nur so dahingeflogen war, während die Gischt aufspritzte und Beine und Kleid durchnässte? Charlie wusste es nicht zu sagen, doch eines war gewiss: Viel zu lange war es her, dass sie sich so vollkommen entspannt und eins mit sich selbst gefühlt hatte wie an diesem ersten Tag in Pine Harbor.

Nach ihrem Gespräch mit Tildy hatte sie den Ort zunächst zu Fuß erkundet, aber rasch festgestellt, dass sie auf diese Weise nicht weit kommen würde. Abgesehen von der Straße am Hafen, wo sich die Häuser der Fischer, eine winzige Schiffswerft, ein Gemischtwarenladen und das Bayside Inn auf relativ engem Raum zusammendrängten, lagen die Häuser, kleine Farmen und Handwerksbetriebe, zu weit auseinander, als dass Charlie sich den Gesamtüberblick verschaffen konnte, den sie anstrebte. Zudem befand sich das Sägewerk, das eigentliche Ziel ihres Weges, ein gutes Stück flussabwärts. Aus diesem Grunde hatte Charlie ihre Wirtin schließlich um ein Reitpferd gebeten, das sie nun zuverlässig durch den Ort hinaus zum Sägewerk getragen hatte.

Imposante Stapel heller, frisch gesägter und nach Harz duftender Bretter lagerten am Flussufer, wo sie später auf Schiffe verladen und die Küste hinab nach Süden transportiert werden würden, doch ansonsten war nicht viel zu sehen. Wie jeden Sonntag standen die Sägen still, während die Arbeiter zu Hause den Ruhetag genossen, und dennoch klopfte Charlies Herz beim Anblick des Werkes rascher.

Exakt dieser Ort, die Sägemühle nämlich, war laut Tildys Vermutung der Ort, wo sie Charles Carrington finden könnte. Die Arbeiter des Sägewerkes kämen teilweise von weit her, blieben für ein Jahr oder zwei, bis sie genügend Geld verdient hätten, und zögen dann weiter – genau wie „ihr“ Charles es offenbar täte, hatte Tildy erläutert, deshalb sei dies die ideale Anlaufstelle für Charlies Suche.

Der einzig negative Aspekt der ganzen Angelegenheit bestand darin, dass Charlie sich aufgrund des Feiertags noch etliche Stunden lang gedulden musste, ehe sie die Arbeiter des Sägewerks aufsuchen oder befragen konnte.

Doch während Charlie den Wallach, der einst Tildys auf See verunglücktem Mann gehört hatte, vom Flussufer weg über den felsigen Strand und hinein in die auslaufenden Wellen des Atlantiks lenkte, verspürte sie tatsächlich Dankbarkeit für diesen Aufschub. Wenigstens diesen einen Tag lang konnte sie sich daran erfreuen, dass sie die mühsame, gefährliche Reise hinter sich gebracht und sogar der Verlockung, an Johannes Steinbachers Seite ein angenehmes, ruhiges Leben zu führen, widerstanden hatte. Und sie konnte die wohlbegründete Hoffnung genießen, dass sie bereits morgen auf Mr Charles Carrington treffen würde!

Mit diesen Gedanken im Hinterkopf und in einer Umgebung, die tatsächlich das Potenzial hatte, zu den schönsten Orten von Gottes Schöpfung zu gehören, fühlte Charlie sich beinahe so sorglos wie vor Jahren als Jugendliche, als sie den Ostseestrand entlanggaloppiert war.

Damals wie heute brannten warme Sonnenstrahlen auf ihren Wangen, riss der Seewind ihr die Haube vom Haar und ließ die Locken wie ein Banner hinter ihr herwehen, und Charlie spürte förmlich, wie die Kraft der Schöpfung ihr Flügel der Freude und Hoffnung wachsen ließ. Offenbar ging dieses Gefühl auch auf den Wallach über: Mit einem übermütigen Sprung setzte er über einen Felsbrocken hinweg, der plötzlich im Niedrigwasser vor ihm aufragte, sodass Charlie auf seinem Rücken ins Wanken geriet.

„Holla, mein Guter!", lachte sie nur, sobald sie ihr Gleichgewicht wiedergewonnen hatte, lenkte ihren Gefährten aber sicherheitshalber aus der Brandung hinaus auf festen Grund und ließ ihn in Schritt fallen. Dabei sah sie sich prüfend um. In ihrem Überschwang hatte sie nicht weiter darauf geachtet, welche Strecke sie bereits zurückgelegt hatte. Vom Sägewerk aus war sie einfach am Flussufer hinauf bis zum offenen Meer geritten, um an diesem entlangzugaloppieren, und mittlerweile war vom Fluss oder von Pine Harbour nichts mehr zu sehen. Stattdessen stand auf einer baumbewachsenen, in die See hinausragenden Landzunge vor ihr ein Leuchtturm.

Erbaut aus hellgrauem Granit auf einem mächtigen Felsen, der sich wie eine Trutzburg zwischen Meer und Land erhob, ragte er gewiss zehn Meter hoch vor dem blauen Himmel auf. Fasziniert musterte Charlie den Turm, der auf den ersten flüchtigen Blick nicht anders wirkte als der Bergfried dieser natürlichen steinernen Burg und der dennoch eine lebensrettende Funktion an der zerklüfteten Küste einnahm. Ob sich jemand daran stören würde, wenn sie näher heranritt und ihn genauer in Augenschein nahm? Wohl kaum, wenn man die Entfernung zwischen der Siedlung und dem Leuchtturm bedachte.

Erst, als Charlie ihren Wallach vom Strand weg auf die Landzunge hinausritt, gewahrte sie das kleine Haus, das sich in unmittelbarer Nähe des Leuchtturms unter einige windzerzauste Kiefern und Fichten duckte.

Wie der Leuchtturm bestanden seine Mauern aus stabilen Granitblöcken, das tief herabgezogene Dach entweder aus verwitterten grauen Holz- oder aber aus Schieferschindeln. Ein grüngelb getupfter Busch, vermutlich eine Kletterrose, umrankte den Eingang des Häuschens, von dem aus ein schmaler, gewundener Pfad hinüber zum Leuchtturm führte. Allerdings waren das mutmaßliche Leuchtturmwärterhaus und der burgähnliche Felsen durch einen tiefen Einschnitt im felsigen Untergrund getrennt, sodass der Pfad zunächst in einer Treppe bergab führte, dann den natürlichen Felsengraben auf dem Grunde durchquerte und sich auf der anderen Seite wieder aufwärtswand bis hin zur Tür des Leuchtturms. Grünlicher Algenbelag am tiefsten Punkt des Felsspaltes ließ darauf schließen, dass er bei Flut unter Wasser lag.

Jede Einzelheit dieses malerischen Bildes atmete einen Frieden, eine Ruhe und Sicherheit, die Charlie unwiderstehlich anzogen. Doch während sie sich noch näher heranwagte, veränderte sich die Atmosphäre: Ein riesiger Hund, zottig wie ein Bär und von tiefschwarzer Farbe, jagte mit übermütigem Bellen um die Hausecke. Sobald er Charlie sah, die unwillkürlich ihren Wallach zügelte, stockte er mitten im Lauf. Mehrere Augenblicke lang musterte er sie reglos, Ohren und Augen aufmerksam nach vorne gerichtet, aber ehe er sich entschieden hatte, ob er die Besucherin verbellen oder freundlich begrüßen sollte, ertönte hinter ihm ein scharfes Kommando: „Hierher, Bear!“

Gehorsam wandte sich das Tier dem hinter ihm erscheinenden Reiter zu. Wie Charlie verhielt auch dieser abrupt sein Pferd. Gleichzeitig musterte er die junge Frau mit einem Blick, der mit seinem offensichtlichen Misstrauen wesentlich besser zu seinem wachsamen, beeindruckenden Hund gepasst hätte.

„Was gibt's denn?“, erkundigte er sich kurz angebunden und

ohne jeglichen Gruß. „Hat Nat Sie geschickt, hat er Ihnen etwas für mich gegeben?"

„Nein …" Charlie stockte und suchte nach Worten.

Mit seinem dichten, viel zu lange nicht mehr in Form gebrachten schwarzen Haar, den einige Tage alten Bartstoppeln auf Kinn und Wangen und dem weit offen stehenden Hemd über der breiten Brust sah dieser Mann nicht nur aus wie ein Pirat, sondern er benahm sich auch so ungehobelt wie einer. Auch seine tiefe und raue Stimme war entweder eingerostet vom seltenen Gebrauch oder aber abgenutzt vom ständigen Befehlen, wie es einem Piratenkapitän gebührte. Vermutlich war es ratsam, ihn keines weiteren Blickes zu würdigen und auf der Stelle kehrtzumachen, doch irgendetwas in Charlie wehrte sich dagegen, sich die Freude an diesem Ort von einem missmutigen, ungepflegten Mann verderben zu lassen.

„Es tut mir leid, aber ich kenne niemanden namens Nat, Sir", entgegnete sie deshalb mit ausgesuchter Höflichkeit. „Ich bin lediglich hierhergekommen, um den Leuchtturm von Nahem zu betrachten."

„Nun, dann rate ich Ihnen, schnellstmöglich umzudrehen und nach Pine Harbour zurückzukehren oder wo auch immer Sie wohnen mögen! Mein Leuchtturm ist keine Sehenswürdigkeit, sondern dient einem wichtigen, lebensrettenden Zweck, und ich kann sehr gut verzichten auf vornehme junge Ladys, die hierherkommen, um ihre Neugier zu befriedigen!"

Damit lenkte der Fremde seinen Braunen auf einen Anbau des Häuschens zu, der fast vollständig hinter einer ausladenden Fichte versteckt war. Er stieg ab, band das Pferd am Baum fest und begann, es abzusatteln, ohne sich weiter um Charlie zu kümmern.

Offenbar hegte er nicht den geringsten Zweifel daran, dass Charlie seine Anordnung ebenso gehorsam befolgen würde, wie sein Hund es getan hatte, und schlussendlich blieb Charlie nichts weiter übrig, als genau so zu handeln. Was für einen Sinn sollte es auch haben, sich dem Mann zu widersetzen, der niemand anders als der Leuchtturmwärter sein konnte, nachdem sein feindseliges Verhalten längst den Frieden dieses Ortes zerstört hatte? Verärgert machte Charlie sich auf den Rückweg nach Pine Harbour.

Noch ehe sie gefrühstückt hatte, suchte Charlie am folgenden Morgen den Besitzer des Sägewerks auf. Sie fand ihn mitten unter seinen Arbeitern an einer kreischenden, von Wasserkraft betriebenen Säge. Sein gehetzter Blick und die hektischen Anweisungen, die er seinen Leuten über das Jaulen der Säge hinweg zubrüllte, veranlassten Charlie dazu, keine Zeit mit höflichen, aber unnützen Vorreden zu verlieren.

„Entschuldigen Sie die Störung, Sir", rief sie in dem Bemühen, sich trotz des Lärms verständlich zu machen, „ich bin auf der Suche nach einer bestimmten Person, und Tildy aus dem Bayside Inn meinte, Sie könnten mir eventuell weiterhelfen!"

„Tildy, ja?" Der Sägewerksbesitzer wischte sich den Schweiß von der Stirn und winkte Charlie, ihm zu folgen, bis die Entfernung zwischen ihnen und der Säge ausreichte, um zumindest das Nötigste zu verstehen. „Wenn Tildy Sie schickt, dann lassen Sie mal hören, junge Lady: Wie heißt der Mann, den Sie suchen?"

„Charlie oder vielmehr Charles Carrington! Er ist etwa dreißig Jahre alt und kommt ursprünglich aus England. Kann es sein, dass er für Sie arbeitet?"

Beruhigend legte Charlie eine Hand auf ihr Herz, während ihre Augen hoffnungsvoll über die Menge der schwitzenden Arbeiter glitten, immer auf der Suche nach einem unter ihnen, der irgendeine Ähnlichkeit mit Myles aufwies, und sei sie auch noch so gering.

„Carrington also, ja?", wiederholte unterdessen ihr Gegenüber und schob nachdenklich den Kautabak in seinem Mund von der rechten Wange in die linke und wieder zurück. „Also, nicht dass ich wüsste – aber das muss nichts bedeuten. Mein Namensgedächtnis ist 'ne ziemliche Katastrophe, wissen Sie!"

Mit einem verlegenen Lächeln wandte er sich um und schrie im selben Atemzug in Richtung seiner Arbeiter: „He, Männer, heißt einer von euch zufällig Carrington oder kennt einen Kollegen, der so heißt?"

Nachdem Charlie bei diesem plötzlichen Versuch, die Säge zu übertönen, erschrocken zusammengezuckt war, bemerkte sie mit sprunghaft wachsender Hoffnung, dass sich tatsächlich einer der Männer aus der Menge der Arbeiter löste und auf sie zukam. Es war ein untersetzter Mann mit hochrotem Gesicht, der allerdings nicht die geringste Ähnlichkeit mit Myles besaß.

„Ich kenne Carrington", erklärte er an seinen Chef gewandt, „das war der mit dem vornehmen Akzent, den die andern immer Lord Carr genannt haben – dessen Schulter verletzt wurde, als der Bretterstapel am Ufer eingestürzt ist!"

„Natürlich, der war's, ich erinnere mich!" Bei den letzten Worten seines Arbeiters hatte der Eigentümer des Sägewerkes zustimmend genickt und wandte sich nun wieder an Charlie: „Aber ich fürchte, ich muss Sie enttäuschen, Ma'am; Carrington oder Lord Carr, wie wir ihn genannt haben, arbeitet nicht mehr für mich. Er musste sich eine andere Arbeit suchen nach seiner Verletzung. Böse Sache, das mit seiner Schulter … Er war körperlich einfach nicht mehr in der Lage, diese schwere Arbeit zu tun …"

Der Rest seiner Worte drang kaum mehr an Charlies Ohr, so groß war ihre Enttäuschung über diese Auskunft.

Der untersetzte Arbeiter schien ihr die Gedanken vom Gesicht abzulesen. „Soviel ich weiß, ist er zu einem hiesigen Fischer, zu Nathaniel Hampton, gegangen", erläuterte er in tröstendem Tonfall. „Die Arbeit auf einem Hummerboot ist nicht so anstrengend wie im Sägewerk – Körbe auslegen und einholen und so. Außerdem war es Lord Carr ganz recht, dass er dort nicht mehr so viele Leute um sich hatte wie hier. Das mochte er irgendwie nicht, das hat jeder gemerkt, der mit ihm zusammengearbeitet hat!"

„Richtig, so war's! Aber jetzt, Ma'am", der Kautabak wechselte ein letztes Mal die Seiten, „müssen wir zurück an die Arbeit. Komm mit, Smithy. Ihnen viel Glück bei der Suche, junge Lady!"

Reglos verfolgte Charlie mit ihrem Blick die sich entfernenden Männer. Ihre Hoffnung, Charles noch heute an diesem Ort ausfindig zu machen, hatte sich also zerschlagen. Immerhin aber hatte sie eine Spur von ihm entdeckt und den Beweis erbracht, dass er sich tatsächlich hier aufgehalten hatte. Außerdem hatte sie einen weiteren Namen und somit einen weiteren Hinweis erhalten, wo sie ihn eventuell finden würde. Noch bestand die reelle Chance, ihm irgendwann hier in Pine Harbour gegenüberzustehen!

> *Liebe Reisegefährtin,*
> schrieb sie kurz darauf, nachdem Tildy ihr am Frühstückstisch eine Tasse duftenden, heißen Tee gereicht hatte, *zurzeit lebe ich in einem wahren Wechselbad der Gefühle. Den einen Augenblick erfreue ich mich am Sonnenschein und dem ungestümen Spiel der Wellen und bin voller Zuversicht, meinen Auftrag schon in Kürze vollendet zu haben, im nächsten Moment erlebe ich einen Rückschlag wie die niederschmetternde Auskunft meiner Wirtin Tildy, die noch nie von einem Charles Carrington gehört hat (obwohl sie sonst ganz Pine Harbour zu kennen scheint), und spüre, wie alle Hoffnung mich verlassen will. Seltsamerweise entfalten die Worte der Männer im Sägewerk, die ich vorhin befragte, nicht die entmutigende Wirkung, die eigentlich zu erwarten wäre. Wohl hämmerte mein Herz schmerzhaft, als ich den Gesuchten nicht unter den Arbeitern entdecken konnte und hören musste, dass er seine Arbeit im Sägewerk bereits quittiert hat, doch ein Rest meiner Zuversicht blieb bestehen. Und Tildy, die mich mehr oder minder unverrichteter Dinge aus dem Sägewerk heimkehren sah, bestärkte mich darin.*
> *„Unser Herr im Himmel weiß, wo Ihr junger Mann sich aufhält, Kindchen", erklärte sie, „und solange wir auf ihn*

*vertrauen, werden wir den Gesuchten auch zur rechten Zeit ausfindig machen, dessen bin ich sicher!"*

*Ich muss gestehen, ich bewundere Tildys fast schon naives Gottvertrauen ebenso wie die Warmherzigkeit und Fürsorge, mit der sie mich regelrecht bemuttert. Bis vor wenigen Tagen hielt ich Gasthausbesitzer im Allgemeinen eher für ungläubige, gottlose Menschen, die andere zu übermäßigem Alkoholgenuss verführen, doch Tildy belehrt mich auf eindrucksvolle Weise eines Besseren. Ihr Interesse an ihren Mitmenschen, ja, ihre Liebe zu ihnen ist echt und entspringt, so vermute ich, ihrem Vertrauen zu ihrem liebenden Herrn im Himmel, und ich spüre, wie dieses Vertrauen sich auch in mir immer tiefer verwurzelt.*

*Auf jeden Fall werde ich gleich heute am späten Nachmittag, wenn die Hummerfischer ihr Tagewerk beendet haben, diesen einen unter ihnen, den der Sägewerksarbeiter mir nannte, aufsuchen: Nathaniel Hampton, der Charles auf seinem Hummerboot Arbeit angeboten hat, nachdem er diejenige im Sägewerk nicht mehr ausüben konnte, und ich …*

Charlie blickte auf, als Tildy sich ihr gegenüber am Tisch niederließ. Ihr breites Lächeln verhieß gute Neuigkeiten.

„Ich habe drüben im Laden eben mit Mrs Hampton gesprochen, Nathaniel Hamptons Frau. Sie sagte mir, dass ihr Mann heute nicht rausgefahren ist, weil die Gicht ihn zu sehr plagt. Sein Mitarbeiter ist heute alleine unterwegs." Wenn dies überhaupt möglich war, wurde ihr Lächeln noch strahlender: „Haben Sie das gehört, Liebes? Sein Mitarbeiter! Wenn Sie möchten, können Sie Nat gleich nach dem Frühstück aufsuchen und ihn nach diesem Mann fragen!"

„Tatsächlich? Das ist ja großartig!"

In Windeseile war Charlie auf den Beinen und nur Minuten später auf dem Weg, der sie laut Tildys Beschreibung zu Nat Hamptons Wohnhaus führen würde.

# Kapitel 13

*Die Liebe bewährt sich in der Treue,*
*aber sie vollendet sich in der Vergebung.*
(Manfred Hausmann)

Wie jeden Abend machte Frederik auf seinem Rückweg von Castle Garden im Gebäude des „New Yorker Stadtboten“ halt, um sich nach eventuellen Meldungen auf seine Annonce hin zu erkundigen. Gemäß seiner Anordnung war die Suchanzeige in jeder einzelnen Tagesausgabe der Zeitung erschienen, bislang jedoch ohne Erfolg. Abend für Abend erteilte ihm der junge Angestellte, bei dem er die Annonce aufgegeben hatte, dieselbe negative Auskunft.

So auch an diesem Abend, eine Woche nach deren erstem Erscheinen.

„Tut mir leid, aber ich fürchte, auch heute ist nichts für Sie dabei, Mr Kjeldsen“, erklärte er mit bedauerndem Unterton. „Vielleicht …“ Nach kurzem Zögern winkte er Frederik ein wenig näher und fuhr mit gesenkter Stimme fort: „Vielleicht sollten Sie die Möglichkeit in Betracht ziehen, dass Ihr gesuchtes Fräulein Charlotte von Rixtorf schlicht und einfach nicht gefunden werden *will*!“

Frederik stützte sich schwer auf den Tresen, der ihn vom Schreibtisch des Angestellten trennte, und nickte. „Daran habe ich, ehrlich gestanden, auch bereits gedacht. Allerdings weiß ich beim besten Willen nicht, aus welchem Grund sie ihren Aufenthaltsort absichtlich vor mir geheim halten sollte!“

„Eine neue Beziehung vielleicht, von der niemand wissen soll?" Der Angestellte, der aus Frederiks Besorgnis offensichtlich die falschen Schlüsse gezogen hatte, hob vielsagend die Schultern. „Wer weiß – welcher Mann kann schon ehrlich von sich behaupten, dass er die Frauen versteht? Ich an Ihrer Stelle würde meine Suche jedenfalls von jetzt ab anders gestalten. Statt mich auf die Anzeige zu verlassen, würde ich beginnen, die Leute hier in ‚Little Germany' persönlich nach ihr zu befragen. Falls sie nämlich tatsächlich in New York sein sollte, hält sie sich als kürzlich angereiste Deutsche mit neunzigprozentiger Wahrscheinlichkeit in diesem Stadtteil auf, und mit fast ebenso großer Wahrscheinlichkeit ist sie einigen der Bewohner bekannt. ‚Little Germany' ist nicht viel mehr als ein großes deutsches Dorf voller Klatsch und Tratsch, müssen Sie wissen!"

„Tatsächlich?" Zweifelnd blickte Frederik durch die mit Schreibtischen und Stehpulten möblierte Halle voller emsigen Treibens hinüber zur Eingangstür.

Um ein wenig Durchzug in dem überfüllten Raum zu schaffen, stand die Tür weit offen, und draußen schob sich die Frederik mittlerweile vertraute unüberschaubare Menge der heimkehrenden Arbeiter vorbei.

„Ich kann nicht behaupten, schon einmal ein derart überbevölkertes deutsches Dorf gesehen zu haben! Bei wem – oder wo – sollte ich denn da mit meinen Fragen nach Lotti beginnen?"

„Hm. In Gasthäusern, Geschäften, überall dort eben, wo sich die Menschen für gewöhnlich tr-", setzte der Angestellte an, doch eine helle Stimme fiel ihm mitten ins Wort.

„Lotti – Fräulein Lotti meinst du?"

Überrascht blickten die beiden Männer nach unten, wo zwischen einigen Stuhlbeinen plötzlich ein blonder Jungenkopf sichtbar wurde.

Kurz darauf zwängte sich das ganze Kind durch die eng beieinanderstehenden Stäbe und der Angestellte platzte ärgerlich heraus: „Titus! Was hattest du da unter meinem Schreibtisch zu suchen?"

„Nichts", gestand der Junge, den Frederik als den Blondschopf wiedererkannte, der ihm in der vergangenen Woche über den Weg gelaufen war. „Aber mir ist so langweilig alleine oben in der Wohnung, seit Fräulein Lotti nicht mehr da ist, und Resli hat heute auch keine Zeit, und ich dachte, ich könnte hier auf Vater und Johannes warten. Sie arbeiten heute wieder so furchtbar lange!"

Anklagend streckte er seinen Zeigefinger aus, der deutliche Spuren des staubigen Bodens trug, und wies auf die geschlossene Tür in der hinteren Wand des Raumes. In schwarzen Lettern war dort der Name des Zeitungsinhabers zu lesen.

Frederik beachtete es kaum, denn seine ganze Aufmerksamkeit richtete sich auf die allerersten Worte, die der Junger geäußert hatte: „Was hast du eben gesagt, mein Junge? Fräulein Lotti – du kennst ein Fräulein Lotti?!?"

„Sicher, sie hat doch bei uns gewohnt!" In der Hoffnung, sich damit alle weitere Schelte von dem Angestellten zu ersparen, wandte Titus sich strahlend an den Fremden. „Außerdem hat sie auf der *Eugenia* für mich gesorgt und mich wieder gesund gemacht!"

„Auf der *Eugenia*, sagst du?" Der Name des bekannten Schiffes ließ Frederik alle Zurückhaltung vergessen: Wie groß war die Wahrscheinlichkeit, dass sich zwei als Fräulein Lotti bezeichnete Damen auf ein und demselben Schiff befunden hatten? Mit einem Satz umrundete er den trennenden Tresen und ergriff Titus beim Arm. „Was weißt du sonst noch über dieses Fräulein Lotti – lautete ihr Familienname zufällig ‚Rixtorf'?"

„Ich glaube, ja!" Eine Spur Unsicherheit zeigte sich in Titus' Zügen, während er mit einem „Aua, du tust mir ja weh!" versuchte, seinen Arm aus Frederiks Griff zu befreien. „Aber das konnte ich mir nie so richtig merken! Frag Vater oder Johannes da drin, die können es dir bestimmt sagen!"

Frederik zögerte nicht eine Sekunde. Ohne auf den Angestellten zu warten, der aufsprang, um ihn zu seinem Arbeitgeber zu geleiten, bahnte er sich seinen Weg zur Kontortür des Zeitungsinhabers, den erfreuten Titus dicht auf den Fersen.

Noch an diesem Abend, ehe die Sonne unterging, mietete Frederik ein Reitpferd und machte sich auf den Weg nach Newark, zu dem Heim eines Auswanderers aus Upperdale.

Mrs Morgan hatte ihm diese Adresse mitgegeben für den Fall, den Frederik und Lottis englische Freunde am wenigsten erwartet hatten und der dennoch eingetreten war: Lotti hatte New York bereits verlassen und sich auf die Suche nach dem verschollenen Mr Carrington gemacht, während er, Frederik, hier im Hafen nach ihr geforscht hatte. Der Brief, den sie ihrer Schiffsbekanntschaft Johannes Steinbacher hinterlassen hatte, ließ keinen Zweifel daran.

An Frederiks Seite ritt ebenjener Johannes Steinbacher, und falls Frederik den Gesichtsausdruck des jungen Mannes, als dieser ihm von Lottis Brief berichtet hatte, richtig deutete, dann hatte Herr Steinbacher sehr persönliche Gründe dafür, Frederik in seinem Anliegen zu unterstützen.

*Liebe Reisegefährtin,*

setzte Charlie ihren Eintrag an der Stelle fort, an der Tildy sie vormittags mit ihrer erfreulichen Nachricht unterbrochen hatte, *nur etwas mehr als vierundzwanzig Stunden nachdem ich den Leuchtturm mit dem treffenden Namen Split Rock Light zum ersten Mal erblickte, führte mein Weg mich wundersamerweise erneut hierher. Ich sitze auf einer roh zusammengezimmerten Bank vor dem kleinen Wohnhaus und gebe mir Mühe, wieder diese innere Ruhe und den*

*Frieden zu verspüren, die mich bei meinem ersten, zufälligen Besuch hier erfüllten. Die äußeren Umstände sind dazu durchaus angetan: Es ist die Stunde des Sonnenuntergangs, da alles geschäftige Treiben des Tages, auch in der Natur, sich seinem Ende zuneigt.*

*Wie ein Kranz umgeben letzte rötliche Sonnenstrahlen den Leuchtturm und färben die Unterseite der Wolkengebilde violett, die sich über dem Meer zusammenballen, um landeinwärts zu ziehen; die Vögel in den Nadelbäumen rings um mich stimmen das letzte, verhaltene Lied dieses Tages an, und die Rose über dem Eingang des Häuschens bereichert die frische Abendbrise mit ihrem intensiven Duft. Und dennoch – bei dem Gedanken an das, was vor mir liegt, kann ich auch in dieser herrlichen Umgebung keinerlei Frieden spüren.*

*Ein Knoten bildet sich in meinem Magen, mein Herz pocht bis zum Hals, und meine Knie werden weich, denn vor mir liegt nichts anderes als meine erste bewusste Begegnung mit Myles' Bruder. Und wenn ich hier den Ausdruck „bewusste Begegnung" verwende, so meine ich auch genau dies: Mein erstes, unbewusstes Aufeinandertreffen mit Charles Carrington liegt nämlich bereits hinter mir. Gestern fand es statt, genau hier an diesem Ort: Charles ist tatsächlich niemand anders als der schlecht gelaunte Leuchtturmwärter, der Pirat ohne jegliches Benehmen.*

*„Hat Nat Sie geschickt?", so sprach er mich gestern anstelle eines Grußes ruppig an, und wenn ich zu dieser Zeit auch besagten Nat noch nicht kannte, so ist es doch heute der Fall. Bei Nat handelt es sich um den Hummerfischer Nathaniel Hampton, der Charles nach seinem Unfall im Sägewerk beschäftigte. Als ich den Fischer heute in aller Eile aufsuchte, teilte er mir mit, dass Charles heutzutage allerdings nur noch höchst selten gemeinsam mit ihm hinausfährt. Im Grunde vertritt er Nat nur dann, wenn dieser aus Gesundheitsgründen an Land bleibt, weil es seine Hauptbeschäftigung ist, den Leuchtturm in Gang zu halten.*

*Wenn ich Nats zurückhaltende Worte recht deute, ist Charles ein höchst ungeselliger Zeitgenosse, der es vorzieht, weitab von seinen Nachbarn zu leben und möglichst wenig von ihnen zu sehen oder zu hören. Eine Beurteilung, die ich nach unserem ersten Zusammentreffen nur bestätigen kann und die mir gleichzeitig wie eine Charakterisierung seines Vaters Sir Edmund erschien!*

*Offenbar hat der ältere Sohn Charles viel mehr vom Wesen des Vaters geerbt als mein immer zu Scherzen aufgelegter, offenherziger und mit vielen Freunden gesegneter Myles! Diese Tatsache erleichtert es mir einerseits, Charles gegenüberzutreten, da ich keinen zweiten Myles in ihm erblicken werde, andererseits aber erschwert sie mein eigentliches Anliegen: Schließlich suche ich Charles auf, um ihn zu einer Aussöhnung mit seiner Familie zu bewegen, und wie kann ich das bewerkstelligen, wenn er mich wie gestern nicht einmal zu Wort kommen lässt? Am Ende verbannt er mich von seinem Grund und Boden, sobald ich den Namen seines Vaters auch nur erwähne!*

*Jetzt wünschte ich beinahe, ich hätte Charles doch bereits vorhin bei seiner Rückkehr mit dem Hummerboot abgepasst, statt ihn hier beim Leuchtturm aufzusuchen, wo wir, so hoffte ich, ungestört miteinander sprechen können … Richtiggehend erleichtert war ich, als ich vor etlichen Minuten an die Tür seines Häuschens pochte und feststellte, dass weder er noch sein Respekt gebietender Hund zu Hause sind! Doch aufgeschoben ist nicht aufgehoben, wie meine Mutter stets sagte, wenn ich unliebsame Pflichten vor mir herschob, und da allmählich die Dunkelheit hereinbricht, wird Charles in kürzester Zeit eintreffen, um das Leuchtfeuer zu entzünden!*

*Deshalb, liebe Reisegefährtin, lege ich diese Nachricht jetzt beiseite und werde stattdessen beten, dass Gott meine Begegnung mit Charles segnet und mir einfühlsame, geduldige Worte in den Mund legt, sodass ich ihn überzeugen kann!*

Während Charlie ihr Schreibzeug in der Satteltasche verstaute, vernahm sie Hufschlag hinter sich, begleitet von einem kurzen, heiseren Bellen. Bedächtig wandte sie sich um und spähte durch die tief hängenden Zweige der Fichte, an deren Stamm sie Tildys Wallach angebunden hatte, wie es tags zuvor Charles Carrington mit seinem Reitpferd getan hatte.

Erwartungsgemäß handelte es sich bei dem näher kommenden Reiter um keinen anderen als ihn, der als pflichtbewusster Leuchtturmwärter pünktlich zum Einbruch der Dämmerung zur Stelle war. Wenn dies überhaupt möglich war, wurde seine Miene noch eine Nuance finsterer, als er sein Pferd auf sein Zuhause zu lenkte und Charlie gewahrte.

„Nicht Sie schon wieder!“, stieß er aus, laut genug, dass sie es bei der abnehmenden Entfernung zwischen ihnen hören musste.

Charlie schluckte: Kein Gruß, keine Anrede – Charles' Benehmen war in der Tat noch unfreundlicher als das seines Vaters, dem er auch äußerlich überraschend ähnlich sah, wie ihr heute, da sie die Identität des Leuchtturmwärters kannte, nur zu deutlich bewusst wurde. Vor allem besaß er das gleiche markant-männlich geschnittene Gesicht mit der geraden Nase und den hohen Wangenknochen, die gleichen blaugrünen Augen unter dichten Brauen, die ihr Gegenüber so einschüchternd anfunkeln konnten.

Unwillkürlich sah Charlie das Porträt in Lowerdale Manors Speisezimmer vor sich, das sie stets für ein Bildnis Sir Edmunds gehalten hatte, und wie ein Blitz traf sie die Erkenntnis, dass es in Wahrheit Charles zeigte, lediglich ohne die nachlässige Kleidung, den weit offen stehenden Kragen, die Bartstoppeln und das lange Haar, die ihn heute kennzeichneten. Ohne sich dessen auch nur annähernd bewusst zu sein, hatte sie jeden Tag während des Dinners in Charlie L. Carringtons Antlitz geblickt – und war dennoch aufgebrochen, um die vermeintliche junge Lady Charlie aufzuspüren. Hätte sie dasselbe getan, wenn sie geahnt hätte, dass sie nach allen Mühen und Gefahren ihrer Reise *diesem* Zeitgenossen gegenüberstehen würde?

Charlie schüttelte sich unbehaglich, sie war nicht in der Lage, einen klaren Gedanken zu fassen oder eine sinnvolle Erwiderung zu formulieren. Stattdessen beobachtete sie, wie Myles' Bruder näher kam, vom Pferd stieg, seinen eigenen Zügel um den Baumstamm schlang und dafür ungefragt den von Charlies Pferd löste. Sein Begleiter, der zottige schwarze Hund, schnüffelte unterdessen neugierig, aber ohne jede Drohgebärde an Charlies Rocksaum, bevor er mit seiner rauen Zunge über ihren Handballen fuhr. Offenbar war er nicht halb so misstrauisch und menschenscheu wie sein Herr.

„Habe ich Ihnen nicht bereits gestern deutlich gemacht, dass ich keine neugierigen Gaffer auf meinem Grundstück dulde? Also nehmen Sie Ihr Pferd, und verschwinden Sie, wenn ich bitten darf!"

Charles Carringtons drohender Gesichtsausdruck ließ unzweifelhaft erkennen, dass diese Aufforderung entgegen ihrem Wortlaut nichts mit einer Bitte gemeinsam hatte. Damit nicht genug, drückte er Charlie die Zügel in die Hand und schloss unsanft ihre Finger darum.

Aus irgendeinem Grund weckte diese Tat, die in ihrer Grobheit das absolute Gegenteil von Myles' zuvorkommender Art darstellte, Charlies Widerspruchsgeist. Ruckartig befreite sie ihre Hände aus Charles' hartem Griff und erklärte: „Nein, das werde ich nicht tun, jedenfalls nicht, ehe ich Ihnen mitgeteilt habe, was mich zu Ihnen führt, Mr Charles Lawrence Carrington!"

Bestürzt registrierte sie, dass ihr Gegenüber trotz seiner sonnenverbrannten Haut erbleichte. Hatte Nat Charles denn nicht ausgerichtet, dass eine „Bekannte aus seiner alten Heimat England", als die Charlie sich Nat vorgestellt hatte, ihn sprechen wollte? Es lag mit Sicherheit nicht in ihrer Absicht, den nichts ahnenden Charles zu erschrecken und sich damit die ohnehin wenig aussichtsreiche Möglichkeit eines vernünftigen Gesprächs mit ihm zu verderben.

Doch Charles hatte sich rasch wieder gefasst. „Ihre Mitteilungen, Miss, ganz gleich, welcher Art sie auch sein mögen, interessieren mich nicht im Geringsten! Also ersparen Sie mir und auch sich selbst Ihre Worte – sie sind reine Zeitverschwendung!"

Damit wandte er ihr den Rücken zu, löste bei seinem Pferd den Sattelgurt und führte es zum Stall, ohne Charlie weiter zu beachten.

Diese rüde Abfuhr ließ Charlie alle Rücksichtnahme samt ihrer Bitte um einfühlsame Worte, die sie eben noch an Gott gerichtet hatte, vergessen. „Wären Sie immer noch der Meinung, es sei Zeitverschwendung, wenn ich Ihnen sagen würde, dass die Verlobte Ihres Bruders Myles sich mit Ihnen unterhalten möchte?", rief sie ihm herausfordernd hinterher.

„Myles?"

Charles fuhr so ruckartig herum, dass sein Kopf gegen den niedrigen Türsturz des Stalles stieß. Für den Bruchteil einer Sekunde erhellte sich sein Gesicht, und seine fest zusammengepressten Lippen öffneten sich zu einem wehmütigen Lächeln, wie Charlie es sich erhofft hatte. Aber ebenso spontan, wie es erschienen war, erstarb das Lächeln, und derselbe bittere, unnahbare Ausdruck, der scheinbar unauslöschlich in Sir Edmunds Züge gemeißelt war, beschattete Charles' Gesicht.

„Jawohl, auch dann bin ich dieser Meinung", entgegnete er barsch. „Myles ist für mich ebenso gestorben wie mein Vater – wie meine ganze Familie, falls ich mich nicht deutlich genug ausgedrückt haben sollte!"

Begleitet vom schrillen Quietschen der rostigen Türangeln, fiel die Stalltür hinter ihm ins Schloss.

Außer sich vor Ärger brüllte Charlie gegen die geschlossene Tür: „In dem Fall wird es Sie sicherlich freuen zu hören, dass Myles in der Tat verstorben ist und dass von Ihrer Familie einzig und allein Sir Edmund übrig geblieben ist, Mr Charles Lawrence Carrington!"

Mit bebenden Händen lehnte sich Charles gegen die Boxenwand, nachdem er sein Pferd abgesattelt und gefüttert hatte. Noch während er damit beschäftigt gewesen war, hatte lauter Hufschlag auf felsigem Grund ihm verraten, dass seine unwillkommene Besucherin ihn verlassen hatte. Doch der Schock, den sie hinterließ, wurde deshalb nicht geringer.

Als Nat ihm bei seiner Rückkehr mit dem Hummerboot angekündigt hatte, zu Hause würde ihn Besuch aus seiner ehemaligen Heimat erwarten, hatte er mit keinem anderen gerechnet als Arthur Bridgeman, der einzigen sporadischen Verbindung zu seinem früheren Leben. Niemals hätte er die neugierige junge Lady vom Vortag in Erwägung gezogen und umso größer war der Schock über ihre Mitteilung: Myles, sein Bruder, war tot!

Vom Tod Lady Carringtons, seiner Mutter, hatte Charles durch Arthur bereits vor Jahren erfahren – aber Myles! Ein kleiner, immer zu Scherzen und Streichen aufgelegter Junge war Myles gewesen, als Charles die Heimat verlassen hatte, und im Grunde war er das in seiner Vorstellung (an den seltenen Tagen, da Charles sich einen kurzen Gedanken an die Vergangenheit genehmigte) auch immer geblieben. Dass Myles unterdessen ohne die Nähe und die hilfreichen Ratschläge seines älteren Bruders erwachsen geworden war, sich offenbar sogar verlobt hatte, nur um dann in derart jungen Jahren zu sterben, diese plötzliche Erkenntnis schmerzte ebenso sehr wie damals der Verlust seiner Mutter.

Einen Moment lang war Charles versucht, sich zu den Füßen seines Pferdes ins Stroh zu werfen und seinen Gefühlen freien Lauf zu lassen; allein seine jahrelange Gewohnheit, diese im tiefsten Innern zu vergraben, ließ das nicht zu. Stattdessen straffte er seinen Rücken, rief Bear, der geduldig vor der Box ausgeharrt hatte, bei Fuß und machte sich auf den Weg hinüber zum Leuchtturm. Es war höchste Zeit, das Leuchtfeuer oben in der Glaskuppel zu entzünden – eine Arbeit, die ihm im Normalfall ein tiefes Gefühl der Befriedigung verschaffte. Wegweiser zu sein für die Besatzung der Schiffe, die in Dunkelheit, Nebel und oft genug auch tosendem Sturm einen sicheren Weg an der gefährlichen Küste entlang oder in ihren Heimathafen suchten, verlieh seinem selbst erwählten, einsamen Dasein eine Berechtigung. Es hatte eine lebenswichtige, unter Umständen sogar lebensrettende Bedeutung.

Diesmal jedoch versah Charles seine Aufgabe nur mit halbem Herzen, die andere Hälfte samt allen Gedanken weilte bei den Worten seiner Besucherin – den Worten von Myles' Verlobter, als die sie sich offenbart hatte. Doch Myles war tot – ein weiteres Mal traf Charles diese Erkenntnis wie ein Schwerthieb –, seine ehemalige Verlobte dagegen hier, in Amerika, bei ihm. Es fragte sich nur, zu welchem Zweck?

Sicherlich hatte sie ihn nicht nur davon in Kenntnis setzen wollen, dass Myles gestorben war! Hatte sie ihn im Auftrag Sir Edmunds aufgesucht, seines Vaters, der sich darum sorgte, dass er nun gänzlich ohne Erben dastand, und sich aus diesem Grunde mit seinem Erstgeborenen versöhnen wollte? Seinem stolzen, sturen Vater mit den unbeugsamen Prinzipien sähe es durchaus ähnlich, eine unbeteiligte, unschuldige Person mit diesem Auftrag vorzuschicken!

Ja, nüchtern betrachtet, war dies die einzig mögliche Erklärung für ihr plötzliches Erscheinen in Pine Harbour, sagte sich Charles, auch wenn es noch lange nicht erklärte, *wie* sie beziehungsweise Sir Edmund ihn in dieser nördlichen, dünn besiedelten Ecke Amerikas aufgespürt hatten. Aber das würde er vermutlich nie erfahren. Charles hatte nämlich nicht die Absicht, sich den Rest der Nachricht oder der traurigen Geschichte, die die junge Frau für ihn bereithielt, anzuhören. Nicht, solange sein Vater nicht dazu bereit war, seinen Stolz zu überwinden und höchstpersönlich bei ihm vorzusprechen, um sich für seine unverzeihlichen Worte damals zu entschuldigen – und selbst in diesem Fall wusste Charles nicht, ob er sich für ein Friedensangebot entscheiden würde …

Noch lange nachdem er die zehn Lampen der altmodischen Winston-Lewis-Laterne entzündet und die zugehörigen

Parabolreflektoren ausgerichtet hatte, stand er in der Kuppel des Leuchtturms und folgte mit verschleierten Augen der Bahn des Lichtes auf dem aufgewühlten Meer.

Nur mit Mühe hielt Charlie die Zornestränen zurück, während sie den Wallach zu rasendem Galopp antrieb. Der Eindruck, den sie bei ihrem gestrigen ersten Zusammentreffen mit Charles Carrington gehabt hatte, hatte sich als wahr erwiesen: Der Mann mit dem piratenähnlichen Auftreten war nichts anderes als ein selbstsüchtiges, raubeiniges, gefühlloses Ekel. Wie konnte er seiner Familie gegenüber so verbittert sein, dass er nicht einmal anhören wollte, was sie ihm zu sagen hatte? Wie konnte er derart grausam behaupten, Myles und der Rest seiner Familie seien für ihn gestorben? Sir Edmund, dem Vater, traute Charlie so eine Einstellung durchaus zu, ja, im Grunde praktizierte er sie, indem er und der ganze Haushalt Charles totschwiegen. Aber bei seinem Sohn – Myles' großem Bruder – hätte sie niemals mit einer derartigen Haltung gerechnet! Die ganze Situation machte Charlie einmal mehr bewusst, wie viel sie mit Myles verloren hatte. „Oh Myles …"

Als trotz aller mühsam aufgebrachten Beherrschung die erste Träne über Charlies Wange rann, zügelte sie den Wallach, machte halt und stieg ab. Auf dem Stumpf einer Fichte am Wegrand ließ sie sich nieder, schlug die Hände vors Gesicht und schluchzte. War es zunächst Sehnsucht nach ihrem ehemaligen Verlobten und Frustration über die brüske Abweisung seines Bruders, die sich in diesen Tränen Bahn brachen, so mischte sich im Lauf der Minuten ein weiterer Gedanke darunter: Im Grunde hatte sie sich ja vorher bereits für eine solche Reaktion von Charles Carrington gewappnet, indem sie darum gebetet hatte, in diesem Fall weise und mit Einfühlungsvermögen reagieren zu können!

Sogar schriftlich festgehalten hatte sie dieses Anliegen, während sie auf ihn gewartet hatte – und doch alles andere als dementsprechend gehandelt!

Statt sich in seine Lage zu versetzen und zu überlegen, wie es wohl sein musste, aus heiterem Himmel mit seiner problematischen Vergangenheit konfrontiert zu werden, hatte sie sich von ihm provozieren lassen. Sie hatte ihm die Tatsache von Myles' Tod geradezu boshaft unter die Nase gerieben und sich damit als nicht weniger gefühllos erwiesen als er. Bei dieser Erkenntnis verwandelte sich ihr Ärger in tiefe Reue darüber, Myles' Bruder Gleiches mit Gleichem vergolten zu haben, statt seiner Unfreundlichkeit mit Liebe zu begegnen – einer Liebe, die die Ursache und die Grundlage dafür war, einander zu vergeben und sich nach Streit und zornigen, verletzenden Worten wieder miteinander zu versöhnen, wie sie es eigentlich von Charles hatte erbitten wollen.

Beschämt stellte die junge Frau sich vor, wie die herzliche Tildy an ihrer Stelle auf Charles' Abweisung reagiert hätte, oder auch ihre sanftmütige Freundin Mallory. Aber, überlegte Charlie, während sie ihr tränendurchweichtes Taschentuch ins Wasser der Bucht tauchte, um damit ihr Gesicht zu kühlen, noch war es nicht zu spät, ihr Versagen wiedergutzumachen. Noch war es nicht zu spät, Myles' Bruder mit Verständnis und Geduld darum zu bitten, sich mit seiner Familie auszusöhnen.

Kurz entschlossen machte sie sich auf den Rückweg zum Split Rock Light. Glücklicherweise hatte sie sich bislang nicht allzu weit von der Landzunge entfernt, sodass das Zwielicht des schwindenden Tages eben noch ausreichte, um dorthin zurückzugelangen. Schon von Weitem bemerkte sie das Licht in der Kuppel des Leuchtturms.

Gleichmäßig wie ein Uhrwerk schwenkte der flackernde Strahl über die unruhigen Wogen, streifte die Landzunge und den anschließenden Wald, verschwand für einen Augenblick hinter den Umrissen des Turms, um gleich darauf dieselbe Runde anzutreten, wieder und wieder im endlosen Kreislauf.

Oben auf der Galerie jedoch, unmittelbar neben der Lichtquelle, erhob sich eine lange, dunkle Silhouette, unverkennbar die Gestalt eines Mannes. Reglos verharrte die Silhouette an dieser Stelle, auch als Charlie zum zweiten Mal an diesem Abend ihr Pferd an der Fichte festband und sich auf der Bank vor dem Wohnhaus niederließ. Irgendwann im Lauf des Abends würde er seinen einsamen Posten dort oben verlassen und ins Haus zurückkehren, und dann würde sie zur Stelle sein, um in ruhiger, einfühlsamer Weise auszuführen, wozu sie gekommen war.

Charlie lehnte ihren Kopf an die Hauswand, hüllte sich gegen den immer kälter werdenden Wind tiefer in ihr Umschlagtuch und wartete geduldig.

„Sie sind wahrhaftig immer noch da!“

Verwirrt öffnete Charlie die Augen und blickte auf. In der Tat, sie saß noch immer auf der Bank vor dem Leuchtturmwärterhaus, und vor ihr stand, eine flackernde Laterne in der Hand, Charles Carrington. Die Dämmerung, die sie eben noch umgeben hatte, hatte sich in tiefe Dunkelheit verwandelt: Sie musste während des Wartens eingeschlafen sein.

Doch anscheinend hatte sich das Warten gelohnt. Diesmal klang seine Stimme nämlich deutlich weniger aggressiv und statt sie erneut fortzuschicken – was sie ihm durchaus zugetraut hätte –, blickte er ruhig abwartend auf sie herab.

„Ja, das bin ich, das heißt, ich bin wieder umgekehrt, nachdem ich vorhin aufgebrochen war.“

Da Charles lediglich stumm nickte, fuhr sie fort: „Es tut mir leid, dass ich Ihnen die Nachricht von Myles’ Tod vorhin derart gefühllos an den Kopf geworfen habe, Mr Carrington, das lag eigentlich nicht in meiner Absicht!“

„Und was war es dann, was in Ihrer Absicht lag?"

„Nun, wie gesagt, ich bin hierhergekommen, um als Myles' ehemalige Verlobte mit Ihnen zu sprechen, über Familienangelegenheiten gewissermaßen!"

„Das habe ich befürchtet." Eine Spur seines vorherigen Zornes durchdrang erneut die tiefe Männerstimme. „Und selbst wenn ich die Ausdauer anerkenne, mit welcher Sie mir hier auflauern, sage ich Ihnen eines, Miss: Falls mein Vater Sie schickt – falls Sie in seinem Auftrag mit mir sprechen wollen, werde ich Ihnen jetzt ebenso wenig zuhören, wie ich es vorher getan habe! Dieser Mann ist vor langer Zeit für mich gestorben, und ich bin nicht gewillt, mir die Botschaft eines Toten anzuhören!"

„Das – das kann ich nachvollziehen, in gewisser Weise zumindest", stammelte Charlie und fragte sich einmal mehr, wie tief das Zerwürfnis zwischen Vater und Sohn damals gewesen war. „Doch ich versichere Ihnen, Mr Carrington, es ist nicht Ihr Vater, der mich zu Ihnen gesandt hat. Ihr Vater befindet sich zu Hause in England, während ich aus eigenem Antrieb zu Ihnen gekommen bin. Sir Edmund hat keine Ahnung davon, dass ich hier und jetzt mit Ihnen spreche!"

„Tatsächlich, ist das so? Woher soll ich wissen, dass Sie nicht irgendeine talentierte Schauspielerin sind, die mein Vater engagiert hat, um mich unter Vorspiegelung falscher Tatsachen zurück nach England zu locken, nur damit sein über alles geliebtes Lowerdale nach seinem Tod nicht in fremde Hände übergeht – jetzt, wo mein Bruder tot ist?"

Während er sprach ging Charles vor der Bank in die Hocke und hielt die Laterne dicht neben das Gesicht der jungen Frau, wohl in der Hoffnung, ihr Mienenspiel würde ihm eine eventuelle Lüge offenbaren.

Mühsam hielt Charlie seinem durchdringenden Blick stand, während sie in Gedanken verzweifelt nach einem Argument suchte, das sein Misstrauen besänftigen würde. Welchen sichtbaren Beweis gab es, dass sie tatsächlich Myles' Verlobte gewesen war und nur aus Loyalität zu dem Verstorbenen versuchte, mit seinem Bruder zu sprechen? Plötzlich wusste sie es. Mit den Worten „Wenn Sie mich kurz entschuldigen würden – ich möchte Ihnen etwas zeigen!“ erhob sie sich und schlängelte sich an dem vor der Bank kauernden Mann vorbei zu der Fichte und ihrem Wallach hinüber, wo sie sich an der Satteltasche zu schaffen machte.

„Hier!“ Sie streckte Charles, der ihr schweigend gefolgt war, einen leicht vergilbten, zerknitterten Umschlag entgegen. „Dies ist ein Brief von Myles, den er einst an Sie, seinen großen Bruder, geschrieben hat. Ich habe ihn nach Myles' Tod hinter einem Bilderrahmen in Ihrem ehemaligen Kinderzimmer entdeckt, nachdem er offenbar nie die Gelegenheit gefunden hat, Ihnen den Brief zu schicken. Bitte lesen Sie ihn, Mr Carrington, und dann urteilen Sie selbst, ob Sie mir glauben und meine Bitte anhören oder mich unverrichteter Dinge wieder fortschicken sollten!“

Zögernd nahm Charles den Umschlag entgegen, reichte Charlie im Austausch dafür die Laterne, entfaltete die Briefbögen und begann, in dem spärlichen Lampenlicht zu lesen. Nach geraumer Zeit ließ er das Schriftstück sinken und blickte Charlie fragend an: „Wie kamen Sie dazu, diesen Brief zu lesen, der doch offensichtlich für jemand anderen bestimmt war?“

„Ich …“ Charlie stockte. Dies war nicht die gerührte, milde Reaktion, die sie sich erhofft hatte, sondern klang nach einem erneuten Vorwurf! Dennoch antwortete sie geduldig: „Nachdem ich zuerst nur Anrede und Unterschrift gelesen hatte, dachte ich, er wäre für mich bestimmt, Mr Carrington. Sie müssen wissen, mein Name ist ebenfalls Charlie – Charlotte eigentlich, doch Myles hat mich Charlie genannt. Nach einer anderen Person, die ihm einmal sehr viel bedeutet hat, sagte er damals …“

Ihre Stimme verklang. Ein kalter Windstoß fegte durch die Zweige der Fichte und ließ Charlie erschauern, sodass die Laterne in ihrer Hand schwankte. Eine Spur des Schwankens glaubte sie auch in Charles' Stimme zu hören, als er anordnete: „In diesem Fall, Miss, begleiten Sie mich ins Haus und berichten mir, was immer Sie wollen – ich bin bereit, Ihnen zuzuhören!“

Und ohne ihre Antwort zu erwarten, schritt er auf den Eingang des Wohnhauses zu. Sein Hund, der bisher vor der Tür Wache gehalten hatte, kam ihm mit freudig wedelndem Schwanz entgegen.

Im Innern des Häuschens war es nicht bedeutend wärmer als im Freien, sodass Charlie mit einem erneuten Schaudern ihr Schultertuch enger um sich zog.

Charles wandte sich um und musterte sie, als nähme er sie zum ersten Mal bewusst als Person wahr. Unter dem eindringlich prüfenden Blick der grünblauen Augen fühlte Charlie sich nicht wohler als in Sir Edmunds Gegenwart.

„Ihnen ist kalt, Charlie", schloss er seine Betrachtung endlich ab und machte sich daran, den Kamin im Hintergrund des Raumes anzuheizen.

Diesmal waren es seine Worte und nicht die Kälte, die der jungen Frau ein unangenehmes Kribbeln über den Rücken jagten. Mit welchem Recht sprach er sie schlicht und einfach mit der Kurzform ihres Vornamens an, ohne den Zusatz von „Miss", wie nur ihre engsten englischen Freunde es taten? Wie es schien, hatten die Jahre seines Alleinlebens ihn in der Tat sämtliche Manieren vergessen lassen, und nur seine gewählte Ausdrucksweise verriet noch heute, dass er aus gutem Hause stammte.

Kopfschüttelnd nahm sie das Zuhause des Eigenbrötlers in Augenschein, einen quadratischen Raum mit gekalkten Wänden und einer niedrigen Decke. Wenn Charles sich zu voller Länge aufrichtete, schien sein wirrer Haarschopf dieselbe beinahe zu berühren. Ein Tisch aus dem hellen Holz, das auch bei der Sägemühle lagerte, zwei dazugehörige Stühle und ein offener, spärlich mit Geschirr gefüllter Schrank stellten allem Anschein nach Speisezimmer und Küche in einem dar, während der Kamin nicht nur der Beheizung, sondern auch der Nahrungszubereitung diente. Charlie schloss dies aus der Bratpfanne auf dem Kaminsims und dem Wasserkessel, der an einem schwenkbaren Arm über dem Feuer hing. Davon abgesehen, bestand die Einrichtung aus einem riesigen braunen Fell, das entfernte Ähnlichkeit mit Bears Hundepelz aufwies, auf dem Boden vor dem Kamin und einem einzelnen verschlissenen Polstersessel daneben. Eine der Eingangstür gegenüberliegende Tür führte vermutlich ins Schlafzimmer des Hausherrn, die gardinenlosen Fenster waren klein und nicht allzu sauber.

Sobald das erste Holzscheit Feuer gefangen hatte, ordnete Charles an: „Setzen Sie sich!"

Er schob den Sessel näher ans Feuer, nahm die Decke von der Rückenlehne und breitete sie über Charlie aus, sobald sie Platz genommen hatte, während der Hund es sich auf ihren Füßen bequem machte. Warm und flauschig bedeckte sein Körper ihre ausgekühlten Zehen.

„Ich hoffe, das genügt, um Sie aufzuwärmen! Und nun reden Sie, Charlie: Was genau wollen Sie von mir – heute, nach all den Jahren, die vergangen sind, seit ich England verlassen habe?"

Die braun gebrannten nackten Unterarme vor der Brust verschränkt, lehnte er am Kaminsims und starrte Charlie herausfordernd an. Obwohl Myles' Brief ihn dazu gebracht hatte, sie ins Haus zu befehlen (nicht zu bitten!), war er sichtlich nicht bereit, seine Abwehrhaltung aufzugeben. Vermutlich würde ihr Aufruf zur Versöhnung auch jetzt noch auf taube Ohren bei ihm stoßen.

Dennoch entschloss sich Charlie, alles auf eine Karte zu setzen: „Ich bitte Sie – und zwar aus eigenem Antrieb, wie gesagt –, sich mit Ihrem Vater zu versöhnen, Mr Carrington. Er hatte vor Kurzem einen Herzanfall – und vermutlich bekäme er augenblicklich einen weiteren, wenn er wüsste, dass ich mit Ihnen darüber spreche. Und der Arzt meinte, er wäre …"

„Stopp", unterbrach Charles sie mit rauer Stimme, „genug von meinem Vater! Ich weiß, ich habe versprochen, Ihnen zuzuhören, aber wenn Sie noch ein Wort über den Zustand meines Vaters verlieren, garantiere ich für nichts. Er ist selbst schuld an seiner Misere, er allein!" Charles' Brustkorb hob und senkte sich wie nach einer großen Anstrengung.

„Ich weiß, Mr Carrington, aber selbst in diesem Fall leiden alle anderen mit ihm, verstehen Sie das nicht? Wenn Sie es um seinetwillen nicht fertigbringen, ihm zu verzeihen, so tun Sie es um Ihrer verstorbenen Mutter und Ihres Bruders willen, tun Sie es um Ihrer Cousine Mallory, des ganzen Haushalts und Ihrer ehemaligen Nanny willen, die alle unter Ihrem Fortgehen leiden beziehungsweise gelitten haben ..."

„Meiner ehemaligen Nanny?" Überrascht ließ Charles seine Arme sinken. „Sie haben nicht nur meine Familie kennengelernt, sondern auch Nanny?"

„Richtig, kurz nachdem ich Myles' Brief gefunden und dadurch überhaupt erst von Ihrer Existenz erfahren habe ..."

Und während Charles ihr den Rücken zuwandte, die Arme gegen den Kaminsims stemmte und angestrengt in die Flammen starrte, schilderte Charlie ihm sämtliche Ereignisse, die sie letztendlich zu ihm auf den Split Rock Light geführt hatten. Als sie geendet hatte, schwieg Charles lange und anhaltend. Einzig daran, dass er sich bückte, um ein neues Holzscheit auf die ersterbenden Flammen zu legen, erkannte sie, dass er nicht eingeschlafen war.

„Ich muss gestehen, ich bewundere die Courage, die Sie – als Frau, meine ich – für diese Reise aufgebracht haben", bemerkte er schließlich. Sein Gesicht, das aufgrund seiner kauernden Haltung auf derselben Höhe war wie Charlies, schien ihr deutlich offener als zu Beginn ihres Gesprächs.

Charlie errötete. „Wie bereits erwähnt: Ich habe das nur getan, weil ich unbegreiflicherweise angenommen habe, auch Sie – ich meine die erste geliebte Person namens Charlie in Myles' Leben – seien eine junge Dame, nämlich seine Schwester!"

Verwundert bemerkte sie, wie sich Charles' Mundwinkel amüsiert nach oben zogen. Möglicherweise täuschte sie sich aber auch im flackernden Licht des Feuers, der einzigen Lichtquelle im Raum, denn er fuhr fort, als habe er ihren Einwurf gar nicht gehört.

„Aber bei allem Respekt, Charlie: Sie wissen nicht, was sich in jener Nacht des Streits mit meinem Vater zugetragen hat. Sie haben keine Ahnung, was für Vorwürfe er mir gemacht hat, welche ungerechtfertigten Anschuldigungen ich mir anhören musste und was für eine ungeheuerliche Tatsache er mir zu guter Letzt an den Kopf geworfen hat, als wollte er mir damit den Todesstoß versetzen!“ Charles nahm den Kopf aus dem Lichtkreis der Flammen und ein tiefer dunkler Schatten legte sich über seine Augen.

„Nein, davon habe ich tatsächlich keine Ahnung“, erwiderte Charlie mitfühlend. Beinahe war sie versucht, dem verbitterten Mann die Hand auf die Schulter zu legen. „Aber möglicherweise wäre jetzt eine gute Gelegenheit, sich das Ganze von der Seele zu reden, Mr Carrington. Wenn man solche Dinge mit anderen teilt, sind sie manchmal etwas leichter zu ertragen!“

„Sie wären ja doch nicht in der Lage zu begreifen, wie es ist, wenn man erfährt, dass das eigene Leben auf einer Lüge basiert, Charlie. Dass die eigenen Eltern einen so überzeugend getäuscht haben, während sie behauptet haben, einen zu lieben. Und zum Schluss überhäufen sie einen noch mit Beleidigungen.“

Charles’ Worte verloren sich in einem tiefen Atemzug – und damit war für Charlie der kurze, bruchstückhafte Einblick in seine Seele vorüber. Mit einer jähen Bewegung schob er die brennenden Scheite auseinander, stellte ein Schutzgitter vors Feuer und erhob sich.

„Genug geredet, Charlie. Ich denke, Sie haben alles gesagt, was Sie sagen wollten, ich habe Ihnen zugehört, und damit ist der Fall erledigt. Kommen Sie, ich begleite Sie zurück in die Stadt!“

„Mr Carrington …“, setzte Charlie an, doch dieser öffnete bereits die Tür und trat hinaus in die Nacht. Seinem Gast blieb keine andere Wahl, als ihm zu folgen.

„Wir reiten gemeinsam auf Ihrem Pferd“, bestimmte er, „meines hat ein lockeres Eisen und in diesem Zustand möchte ich ungern mit ihm durch die Nacht reiten. Ihr Wallach dagegen scheint mir kräftig genug, zumindest für eine Weile ein zusätzliches Gewicht zu tragen!"

Damit löste er bereits den Zügel von Tildys Wallach, schwang sich auf dessen Rücken und streckte Charlie auffordernd seine Hand entgegen.

Wiederum blieb ihr nichts anderes übrig, als sich seinem Willen zu beugen. Sie hatte den Eindruck, dass genau dies Charles Carringtons Art war, mit seinen Mitmenschen umzugehen: Ungefragt und ungebeten erteilte er Befehle und preschte voran, sodass die anderen keine Wahl hatten, als ihm zu folgen.

Mit mühsam unterdrücktem Widerwillen ergriff sie seine Hand und saß einen Augenblick später hinter ihm.

„Halten Sie sich an mir fest", kommandierte er und setzte den Wallach in leichten Trab, sodass Charlie, ohne Halt in Steigbügeln zu finden, der Anweisung wohl oder übel folgen musste. Zaghaft legte sie ihre Hände auf Charles Carringtons breite Schultern – und bemerkte, wie er vor Schmerz zusammenzuckte. Sie musste die alte Verletzung aus dem Sägewerk berührt haben, eine nicht vollständig verheilte Wunde oder Ähnliches. Kommentarlos packte Charles nun ihre Unterarme und legte sie um seine Körpermitte, wodurch er Charlie noch näher an sich zog. Nur Zentimeter trennten ihren Kopf von seinem Rücken, während ihre Arme durch den dünnen Stoff seines Oberhemdes die harten Bauchmuskeln spürten und jeden einzelnen Atemzug fühlten.

Unbehaglich lehnte Charlie sich zurück, soweit es möglich war, ohne die ihr aufgedrängte Umklammerung zu lösen, bis ihr Vordermann unwillig brummte: „Nun seien Sie nicht so zimperlich, Charlie, ich bin weder giftig, noch habe ich die Absicht, Ihnen irgendetwas Ungehöriges anzutun! Ich will Sie lediglich heil zurück in Ihre Unterkunft bringen!"

Zimperlich? Charlies Unbehagen verwandelte sich in kindlichen Trotz. Nach allem, was sie auf sich genommen hatte, um ihn zu finden, nannte dieser Mensch sie zimperlich! Entschlossen rückte sie nach vorne, bis ihre Wange gemütlich an seinem Rücken lehnte, und genoss die Wärme, die – physisch betrachtet zumindest – von Charles Carringtons lebendigem Körper ausging.

Eingehüllt in diese Wärme, war sie nahe daran, zum zweiten Mal im Lauf des Abends einzuschlafen, als sich die Bäume vor ihnen lichteten und ein trotz der späten Stunde noch erleuchtetes Haus sichtbar wurde.

„Pine Harbour. Wo genau wohnen Sie, Charlie?", durchbrach Charles' Stimme die Stille, die seit seiner letzten Bemerkung geherrscht hatte und die lediglich vom Schnauben des zunehmend erschöpften Pferdes, seinen immer langsamer werden Huftritten und dem Rauschen der Wogen am nahen Strand unterbrochen worden war.

„Im Bayside Inn, unmittelbar am Flussufer! An der nächsten Wegkreuzung rechts, dann …", erklärte Charlie.

„Ich weiß, wo das Bayside liegt", schnitt Charles ihr das Wort ab und bemühte sich, den Wallach für die verbleibende Strecke noch einmal in eine schnellere Gangart zu versetzen.

Wenig später erreichten sie das Gasthaus. Stimmengemurmel und gedämpftes Licht drangen aus seinem Inneren, während der Wallach ums Haus herum auf den Stall zuschritt. Noch ehe er vor dem Tor zum Stehen gekommen war, schwang Charles sein Bein über den Widerrist und glitt aus Charlies Umklammerung zu Boden.

„Gute Heimreise, Charlie", murmelte er, bereits im Gehen begriffen.

„Heißt das, Sie kommen nicht mit mir nach England, Mr Carrington – Sie wollen sich nicht mit Ihrem Vater aussöhnen?"

Laut und gequält drang ihre Stimme an sein Ohr, sodass er sich unwillkürlich noch einmal zu ihr umwandte. Aber nicht einmal das sanfte Mondlicht, das sein Gesicht erhellte, nahm seiner Antwort die Schärfe.

„Sie haben es erfasst, Charlie, genau das heißt es! Und nun leben Sie wohl!"

Sekunden später war er aus ihrem Blickfeld entschwunden. Fort. Fassungslos starrte Charlie auf die Stelle, wo die Dunkelheit seine kräftige Gestalt verschluckt hatte. Sollte dies alles sein, was sie mit ihrer Reise erreicht hatte: ein kurzes, schlichtes Nein, noch kürzer und gefühlskälter als ihre ganze Begegnung mit Charles Carrington?

Der Wallach, auf dessen Rücken sie noch immer saß, wieherte ungeduldig, und gleich darauf erklang Tildys Stimme von der Hintertür des Gasthauses.

„Sind Sie's, Charlie, Liebes? Gott sei Dank, er hat sie heil wieder zurückgebracht! Ich habe mir schon die größten Sorgen gemacht, weil Sie so lange ausgeblieben sind!"

So benommen und verstört, als ob sie gerade aus einem schlechten Traum erwacht sei, wandte Charlie der Wirtin ihre Aufmerksamkeit zu.

# Kapitel 14

*Gewonnen hat immer der, der lieben,*
*dulden und verzeihen kann.*
(Hermann Hesse)

*Liebe Reisegefährtin,*
*es ist weit nach Mitternacht, doch ich bin viel zu aufgewühlt, um mich zu Bett zu begeben. Nicht einmal meiner Wirtin Tildy, die mich nach meiner Rückkehr vom Split Rock Light erwartete und in ihrer liebevoll-Anteil nehmenden Art nach meinen Erlebnissen fragte, konnte ich mich anvertrauen, in solchem Maße bin ich außer mir!*
*Habe ich tatsächlich vor Kurzem behauptet, ich würde derzeit ein Wechselbad der Gefühle durchleben? Ich sage Dir, zu diesem Zeitpunkt wusste ich noch nicht, was ein solches Wechselbad ist – nun weiß ich es! Charles Carrington: allein der Name löst nach unserer Begegnung die gegensätzlichsten, widerstreitendsten Emotionen in mir aus!*
*Sein Äußeres besteht zur Hälfte aus Sir Edmund, zur anderen Hälfte aus einem Piraten, und sein Auftreten ist gänzlich das eines Schurken, eines Widerlings. Höfliche Anreden wie „Miss" oder „Ma'am" sind ebenso wenig in seinem Wortschatz enthalten wie die Ausdrücke „bitte" und „danke", und denke ich an seine unverschämte Art, mir Dinge zu befehlen und mich umherzuschieben wie eine Schachfigur, so würde ich am liebsten einen Bauernaufstand unter den Figuren seines Spiels anzetteln!*

*Falls er sich allen übrigen Mitmenschen und seiner Familie in England gegenüber ebenso benommen hat, ist es kein Wunder, dass Sir Edmund während ihres damaligen Streites die Beherrschung verlor und seinen Sohn abgrundtief verletzte, besitzt dieser doch dasselbe Talent, andere zu beleidigen.*

*Zimperlich nannte er mich, weil ich mich scheute, mich auf dem Pferderücken in geradezu intimer Weise an ihn zu klammern – nach allem, was ich seinetwegen auf mich nahm!!! Und DENNOCH fühle und leide ich mit ihm. Diese Wehmut in Charles' Blick, als ich Myles zum ersten Mal erwähnte, seine gebeugten Schultern und seine um den Kaminsims gekrallten Hände, als ich ihm von seiner Familie berichtete, die trostlosen Schatten in seinen Augen, als er die Auseinandersetzung mit seinem Vater erwähnte – all dies schmerzt mich zutiefst. Dieser in selbst erwählter Einsamkeit lebende, verbitterte, leidende Mann ist Myles' geliebter großer Bruder!*

*Deshalb will und werde auch ich ihm meine Zuneigung nicht verweigern, so schwer mir dies auch werden sollte, und vor allem werde ich mich nicht zufriedengeben mit seiner Weigerung, mit mir nach England zu reisen und sich mit der Familie zu versöhnen! Es ist mir unerträglich, diese zwei „gegnerischen" Parteien der Familie Carrington leiden und in jeder familiären und menschlichen Hinsicht darben zu sehen, nur weil sie beide zu stur und verbittert sind, den ersten Schritt zu tun. Also werde ich trotz Charles Carringtons Ablehnung vorläufig hier in Pine Harbour bleiben, für ihn beten und ihn lieben, wie ich ihn, wäre Myles noch am Leben, als meinen Schwager lieben würde. Und dabei werde ich abwarten, was Gott daraus macht …*

*Und wie ich meine liebe Wirtin einschätze, wird diese mir in der ganzen Angelegenheit mit Rat und Tat zur Seite stehen!*

*Liebe Reisegefährtin,*
*fünf Tage sind seit meinem letzten Eintrag vergangen: fünf Tage, in denen ich alles nur Erdenkliche unternahm, um Charles' Herz zu erweichen und seine Meinung zu ändern, ohne ihn direkt darum zu bitten. Das Ganze war die Idee Gregs, des mehr oder minder heimlichen Verehrers von Tildy. Wie so oft speiste er schon mittags im Gasthaus und war deshalb anwesend, als ich nach meinem Besuch bei Charles erst am späten Vormittag zum Frühstück erschien. Tildy kam ohne Umschweife wieder auf meine Erlebnisse vom vergangenen Abend zu sprechen, die ich, wie gesagt, bislang für mich behalten hatte. Doch angesichts der Sorgen, die mein verstörter Zustand bei Tildy ausgelöst hatte, konnte ich nicht anders, als ihr ungeachtet Gregs Anwesenheit endlich Bericht zu erstatten.*
*Als ich geendet hatte, drückte Tildy mir mitfühlend die Hand und bemerkte: „Kein Wunder, Liebes, dass Sie nach diesem Gespräch ein wenig aus der Fassung geraten sind. Aber Sie dürfen jetzt nicht aufgeben, hören Sie? Vielleicht braucht Ihr Mr Carrington einfach ein wenig Zeit, um sich an Sie oder den Gedanken, nach England zurückzukehren, zu gewöhnen!"*
*Greg stimmte umgehend zu: „Richtig, Miss Charlie, Sie dürfen nicht aufgeben, noch lange nicht! Wissen Sie, Ihre Situation erinnert mich an eine Geschichte aus der Heiligen Schrift, vielleicht ist sie Ihnen bekannt: Es ist das Gleichnis von der Witwe und dem hartherzigen Richter. Anfangs weigert sich der Richter, der Witwe Recht zu verschaffen, doch sie lässt nicht locker: Tag für Tag pocht sie an seine Tür und trägt ihm ihr Anliegen vor, bis er sich endlich, nur um Ruhe vor ihr zu haben, erbarmt und ihren Fall übernimmt. Genauso hartnäckig müssen Sie an die Tür dieses jungen Mannes pochen!"*
*„Das stellen Sie sich so einfach vor", wagte ich einzuwerfen, „da Sie ihn nicht kennen: Sobald ich den Namen seines Vaters nur noch ein Mal erwähne, wird er mich von seinem Grund und Boden jagen, dessen bin ich sicher!"*

*Greg jedoch ließ sich nicht beirren. „Nun, dann lassen Sie das! Suchen Sie ihn im Auftrag seines Arbeitgebers Nat auf, und übermitteln Sie ihm eine Botschaft, bringen Sie ihm eine Schale voll mit leckerem Gebäck, und sprechen Sie mit ihm übers Wetter, fragen Sie ihn in irgendeiner Angelegenheit um Rat – Hauptsache, Sie bringen ihm sich selbst und damit auch Ihr Anliegen in Erinnerung. Tag für Tag, bis er mürbe wird und allein um Ihrer Ausdauer willen nachgibt!"*

*Noch konnte ich mich nicht recht für dieses Vorhaben begeistern, während Tildy sofort Feuer fing: „Das – das ist einfach genial, Greg, eine ganz famose Idee! Ich muss gestehen, ich wusste gar nicht, dass du in der Lage bist, das Wort des Herrn auf diese Weise im Alltag anzuwenden!"*

*Ihre nussbraunen Augen strahlten, die feinen Fältchen in den Augenwinkeln vertieften sich, und aus ihren Worten sprach eine solche Bewunderung, dass Greg vor Verlegenheit errötete und ich mich schweigend von den beiden zurückzog (ich denke, nach diesem Vorfall könnte Gregs Werben um die Witwe Tildy bald Erfolg haben!).*

*Jedenfalls entschloss ich mich nach einer Weile gründlichen Nachdenkens, Gregs Ratschlag zu befolgen. Was habe ich dabei schon zu verlieren, liebe Reisegefährtin? Nichts (außer ein wenig Stolz, vermute ich), und dennoch kann ich damit alles gewinnen!*

*So ritt ich also unter den verschiedensten Vorwänden täglich zum Split Rock Light hinaus.*

*Beim ersten Mal überbrachte ich gemäß Gregs Vorschlag eine Botschaft von Nat (die ich mir vorher tatsächlich auftragen ließ) und wurde von Charles auf die bekannte rüde Weise wieder fortgeschickt, ehe ich der Nachricht ein persönliches Wort beifügen konnte. Am folgenden Tag begleitete ich den Boten von Pine Harbours Einzelhändler, der Charles in seiner Funktion als Leuchtturmwärter mit dem nötigen Walölvorrat für das Leuchtfeuer beliefert, doch Charles sah über mich hinweg, als wäre ich nicht vorhanden.*

*Ebenso bei meinem dritten und vierten Anlauf, mich ihm in Erinnerung zu rufen, als mein Ausritt mich „zufällig" in Sichtweite des Split Rock Light führte und ich Charles lediglich im Vorüberreiten einen Gruß zurief. So hervorragend Gregs Plan sich in der Theorie anhörte, so muss man sich doch fragen: Wie viele halbwegs glaubhafte Vorwände gibt es, einen menschenscheuen Einzelgänger, ja, fast schon Einsiedler, aufzusuchen?!?*
*Nichtsdestotrotz werde ich heute einen weiteren Versuch wagen und zu ihm hinausreiten, diesmal mit einem frischen Apfelkuchen, den ich unter Tildys Anleitung selbst zubereitete. Ob ich es wirklich wagen werde, ihm diesen persönlich zu überreichen, weiß ich noch nicht zu sagen; wahrscheinlich werde ich den Kuchen möglichst unbemerkt auf der Bank vor dem Leuchtturmwärterhäuschen abstellen und mich darauf verlassen, dass der Kuchen auch ohne mich sein Werk der Erinnerung tut.*

Tief hängende Wolken gingen nahtlos über in die stahlgraue, nahezu unbewegte Wasseroberfläche, die Schritte ihres Braunen und sogar das unablässige Donnern der fernen Brandung drangen seltsam gedämpft an Charlies Ohr. Scheinbar über Nacht hatte sich der milde Altweibersommer verflüchtigt, der sie seit dem Sonntagmorgen nach ihrer Ankunft in Pine Harbour mit Sonne und wolkenlos blauem Himmel beschenkt hatte.

Aus Rücksicht auf den Kuchen, den sie vor sich im Sattel balancierte, hatte Charlie für ihren heutigen Ritt zum Split Rock Light nicht die Strecke am Strand entlang und durch die Brandung gewählt, sondern den Weg durch den Wald, den sie in jener denkwürdigen Nacht gemeinsam mit Charles zurückgelegt hatte und den auch der Wagen des Einzelhändlers mit den Ölfässern vor etlichen Tagen entlanggerattert war. Heute jedoch bemerkte Charlie zum ersten Mal die Laubblätter am Wegesrand: vereinzelte bunt gefärbte Blätter zwischen den abgeworfenen braunen Kiefernnadeln und Fichtenzapfen des Vorjahres.

Prüfend warf sie einen Blick nach oben in die Baumkronen, und in der Tat, auch hier wurden erste gelb, braun und rötlich gefärbte Blätter sichtbar: Der Herbst stand vor der Tür. Hier, so weit im Norden, setzte er ohne Zweifel früher ein als in Europa. Spätestens in vier Wochen würden sich gewaltige Herbststürme über dem Atlantik zusammenbrauen und dessen Überquerung, also auch ihre eigene Heimreise, deutlich erschweren. Ein Schauder erfasste Charlie bei dem Gedanken, auf der Heimfahrt Ähnliches zu erleben wie den Sturm, der die *Eugenia* erfasst hatte, kurz bevor sie selbst am Fieber erkrankt war. Wenn sie solchen Unwettern künftig entgehen wollte, sollte sie ihre Bemühungen um Charles besser intensivieren!

Unwillkürlich schloss sich Charlies linke Hand fester um den Kuchen vor sich. Statt ihn lediglich als stummen Boten beim Leuchtturmwärterhaus zurückzulassen, würde sie ihn doch lieber persönlich überreichen und dabei das Gespräch mit Charles suchen – selbst wenn ihr einziges Gesprächsthema das Wetter sein würde, wie Greg vorgeschlagen hatte.

Klopfenden Herzens näherte sie sich dem Split Rock Light. Von Charles war weit und breit nichts zu sehen, weder vor seinem Wohnhaus oder dem Stall noch auf der anderen Seite des Felsens, beim Leuchtturm selbst. Aus der trennenden Felsspalte jedoch erklangen die lauten Schläge eines Hammers oder vergleichbaren eisernen Werkzeugs auf Stein. Vorsichtig den Kuchen ausbalancierend, stieg Charlie vom Pferd und näherte sich dem Klippenrand.

Auf der in den Fels gehauenen Treppe stand Charles. Der Wind und die in der Flut aufsteigenden Meereswogen hatten im Lauf der Jahre die untersten Treppenstufen glatt geschliffen – gefährlich glatt und abschüssig –, und Charles war nun dabei, die betreffenden Stufen zu bearbeiten. Mit kräftigen Hammerschlägen trieb er einen Keil in die Klippe, um auf diese Weise einzelne Felsstücke abzutrennen und die Stufen trittsicherer zu gestalten.

Trotz der relativ kühlen Luft perlte Schweiß von seinem nackten Oberkörper, den er, noch ehe Charlie sich bemerkbar machen konnte, nachlässig mit seinem zum Knäuel geballten Oberhemd abtrocknete. Einen Moment lang legte er Hammer und Keil beiseite, streckte und dehnte seinen Körper und massierte eine bestimmte Stelle nahe seiner rechten Schulter. Jetzt erst gewahrte Charlie die rote, leicht hervortretende Vernarbung, die sich dort auf seiner Brust neben den ansehnlichen Muskeln abzeichnete. Erschrocken sog sie die Luft ein – und weckte damit seine Aufmerksamkeit.

Abrupt ließ Charles seinen Arm sinken, legte den Kopf in den Nacken und starrte nach oben, während Bear, ebenfalls aufmerksam geworden, seinen Platz am Fuß der Klippen verließ und Charlie schwanzwedelnd willkommen hieß. Das stumme Kopfschütteln dagegen, mit dem Charles sie begrüßte, konnte sie nicht anders als feindselig bezeichnen.

„Einen guten Tag wünsche ich Ihnen, Mr Carrington!“ Charlie bemühte sich um einen freundlichen und dennoch beiläufigen Ton. „Ich sehe, Sie sind beschäftigt, und möchte selbstverständlich nicht stören …“

„Dann tun Sie's auch nicht!“, schnitt Charles ihr unwirsch das Wort ab, griff nach Hammer und Stahlkeil und trieb Letzteren mit einem mächtigen Hammerschlag in den Felsen.

„… doch ich habe Ihnen etwas mitgebracht“, beendete Charlie entschlossen ihren Satz.

„Was auch immer es ist – nehmen Sie es wieder mit, und verschwinden Sie, und zwar auf der Stelle! Ich habe Sie um nichts gebeten, werde Sie auch niemals um etwas bitten und ganz gewiss nichts von Ihnen annehmen!“

Der nächste Hammerschlag löste einen großen Splitter aus der Felsstufe, der etliche Handbreit in die Höhe flog und unmittelbar vor Bears Pfoten landete. Den buschigen Schweif zwischen die Hinterbeine geklemmt, zog der Hund sich zurück, während

Charlie spürte, wie Charles' unglaubliches Benehmen ihr das Blut zu Kopf steigen ließ.

Still senkte sie den Kopf und betete um Geduld. Auf keinen Fall durfte sie sich ein zweites Mal von ihm provozieren und zu einer unbedachten Reaktion verleiten lassen!

„Es ist ein Apfelkuchen, aber da Sie im Moment offenbar keine Zeit haben, ihn zu essen, werde ich ihn auf der Bank vor Ihrem Haus abstellen und dort warten, bis Sie mit Ihrer Arbeit fertig sind", beharrte sie.

Ein weiterer Felssplitter schoss am Klippenrand in die Höhe.

„Sie warten dort auf mich, um was zu tun?", lachte Charles höhnisch. „Mir dabei zuzusehen, wie ich Ihren vermutlich auch noch selbst gebackenen Apfelkuchen esse und vor lauter Dankbarkeit für diesen seltenen Genuss Ihre Füße küsse? Und dann soll ich Ihnen natürlich versichern, dass ich nichts lieber tue, als mit Ihnen nach England zu fahren, um vor meinem stolzen, aber verlogenen alten Vater zu Kreuze zu kriechen und auch noch seine Füße zu küssen, nicht wahr?!? Wissen Sie, was er mir damals, nachdem er mich einen elenden, nichtsnutzigen, seines Erbes nicht würdigen Versager genannt hat, nur weil ich mich in eine Bauerntochter verliebt hatte, noch offenbarte? Ich sei gar nicht sein rechtmäßig geborener leiblicher Sohn, sondern ein Bastard, der Sohn meiner einstigen Nanny, den er in jugendlicher Torheit gezeugt und unglücklicherweise auch noch adoptiert hätte! Dies, meine liebe Charlie, ist das wahre Gesicht des ehrenwerten Sir Edmund von Lowerdale, für den Sie sich mit solchem Eifer einsetzen!"

Charles' Stimme triefte vor Sarkasmus, und seine Augen bohrten sich mit unbarmherziger Kälte in Charlies, bis diese betroffen ihren Blick senkte.

„Und nun befehle ich Ihnen zum letzten Mal: Verlassen Sie mein Grundstück, und wagen Sie es niemals mehr, es zu betreten, sonst könnte ich die Beherrschung verlieren!"

Ein letzter einschüchternder Blick, und Charles kehrte ihr den Rücken; das Leinenhemd über die vernarbte nackte Brust und Schulter geschwungen, eilte er mit großen Schritten dem nahen Wald entgegen. Schweigend stellte Charlie ihren Kuchen am Klippenrand ab und machte sich auf den Rückweg nach Pine Harbour.

Erwartungsvoll richteten Frederik Kjeldsen und Johannes Steinbacher ihre Blicke auf die bescheidene Häuseransammlung am Flussufer. Dies also war Pine Harbour, ihr angesteuertes Reiseziel. Nachdem sie sogar nachts im Mondschein geritten waren und auf diese Weise sowohl Mr Bridgeman in Newark als auch Boston und den Küstendampfer in Rekordzeit erreicht hatten, waren sie nur fünf Tage nach ihrem Aufbruch soeben hier von Bord gegangen.

„Und nun, Frederik?“ Mit fragender Miene wandte Johannes sich an seinen Begleiter. Ihre gemeinsame Sorge um Lotti hatte die beiden Männer längst zu Kameraden und Freunden gemacht. „Wo beginnen wir mit unserer Suche?“

Forschend tasteten Frederiks Augen noch einmal über die Häuserreihe, um schließlich an einem Gaststättenschild haften zu bleiben. Mit einem Kopfnicken deutete er in die betreffende Richtung. „Dort im Gasthaus, würde ich vorschlagen. In irgendeiner derartigen Lokalität muss Lotti schließlich abgestiegen sein, und falls dies das einzige verfügbare Haus hier in Pine Harbour sein sollte, könnten wir durchaus …“

Er unterbrach sich. Rechts von dem langen hölzernen Anlegesteg, dessen Ende die beiden Männer eben erreichten, ertönte Hufgetrappel, das selbst die allgegenwärtigen Schreie der Möwen im Hafen übertönte. Pferd und Reiter hielten geradewegs auf die Neuankömmlinge zu. Die Hufe des Tieres schienen zu fliegen, der Umhang und die langen dunklen Locken des Reiters wehten fahnengleich hinter ihm her. Um ein Haar hätte das Pferd die schreckensstarren Männer überrannt, doch wenige Meter vorher schwenkte es zur Seite. Es raste so dicht an ihnen vorüber, dass der Luftzug ihre Rockschöße zum Flattern brachte, und donnerte anschließend die Hafenstraße hinunter.

„Puh, das hätte aber ebenso gut ins Auge gehen können! Ob dies hier oben im Norden wohl die übliche Art ist, Gäste zu begrüßen?“, scherzte Johannes, während er seinen Überrock zurechtzupfte und mit den Fingern durch sein zerzaustes Haar fuhr.

Frederiks Augen dagegen folgten dem Reiter so lange, bis dieser hinter dem Gasthaus verschwunden war: Diese halsbrecherische Art zu reiten, die wehenden kastanienbraunen Locken und Frederiks nur einen Wimpernschlag währender Blick auf das verbissene Gesicht des Reiters in Damenkleidung ließen keinen Zweifel offen: Er hatte seine Nichte gefunden.

„Lotti!“, rief er aus und setzte sich eiligst in Bewegung.

„Wie – du hast Lotti gesehen?“ Johannes hatte Mühe, mit Frederiks weit ausgreifenden Schritten mitzuhalten. „Wo ist sie?“

„Soeben dort vorne verschwunden!“ Frederik wies die Straße hinab. „Der Reiter – die Reiter*in* – war Lotti!“

„Wie bitte?“ Fassungslos blieb Johannes stehen und schnappte nach Luft, während Frederik, ohne innezuhalten, über die Schulter zurücksah und bestätigte: „So ist es, und nun beeil dich, ehe sie uns am Ende wieder entwischt!“

Kurz darauf erreichten die Männer das Bayside Inn, wo sie Pferd und Reiter aus den Augen verloren hatten.

„Hier entlang“, kommandierte Frederik nach kurzem Überlegen und eilte die seitlich des Hauses gelegene Einfahrt hinauf, die unmittelbar zu einem Stallgebäude und einer anschließenden Koppel führte. Und hier am Koppelzaun, wo sie ihr schwer atmendes Pferd angebunden hatte, fanden sie die Gesuchte. Während sie sich mit der linken Hand über das tränenüberströmte Gesicht wischte, holte sie mit der rechten Hand irgendetwas aus der Satteltasche heraus, ohne das Nahen der beiden Besucher zu bemerken.

Bis kurz vor der Stadt war es Charlie mit äußerster Beherrschung gelungen, die Tränen zurückzuhalten, die seit Charles' hässlichen Worten in ihr brannten, dann hatten sie ihr jedoch zunehmend den Blick verschleiert und brachen nun mit aller Macht heraus.

Aufschluchzend hielt sie endlich ihr Taschentuch vors Gesicht – und fuhr herum, als hinter ihr eine sanfte, unerwartet vertraute Stimme ihren Namen nannte: „Lotti!"

Das Taschentuch sank herab. Charlies Augen wurden weit vor Verwunderung, als sie, mühsam durch ihre Tränen blinzelnd, die beiden Männer gewahrte. „Onkel Frederik!"

Ihr heiserer Ausruf ging Frederik durch Mark und Bein. Mit ausgebreiteten Armen stürzte er ihr entgegen, gerade rechtzeitig, um sie aufzufangen, ehe sie ohnmächtig zu Boden sank.

Im Nu war Johannes an seiner Seite. „Tragen wir sie ins Gasthaus", schlug er vor und eilte besorgt voraus, um Frederik mit Charlie in den Armen die Tür zu öffnen.

„Um Himmels willen, was ist denn geschehen?" Die rundliche Wirtin stürzte ihnen entgegen, Entsetzen in ihren Zügen. „Das ist ja Charlie! Charlie, Liebes, was ist los, ist Ihnen etwas zugestoßen?"

Von Charlies rot geweintem Gesicht mit den geschlossenen Augen wanderte ihr Blick hoch zu Frederik und Johannes. „Sie haben ihr doch wohl nichts angetan, meine Herren?!?"

Eine Löwin, deren Junges in Gefahr war, konnte nicht drohender knurren als diese Wirtin, vermutete Frederik. Zu seinem Glück drang dieses Knurren auch zu Lotti hindurch.

„Alles in Ordnung, Tildy, das ist Frederik, mein Onkel", murmelte sie blinzelnd.

„Na gut, dann tragen Sie sie nach oben in ihr Zimmer, Mr Frederik!" Der barsche Tonfall verbarg Tildys Erleichterung nur fast, während sie den beiden Männern vorauseilte.

Eine Stunde später hatte Charlie sich genug erholt, um sich in einer ruhigen Ecke des Gastraumes mit ihren Besuchern zu unterhalten.

„Ich kann es immer noch nicht fassen, dass du hier bist, Onkel Frederik – und auch Sie, Herr Steinbacher!"

Ihre Stimme schwankte unsicher, und Johannes stellte enttäuscht fest, dass Lotti nach wie vor auf der formellen Anrede bestand. „Wie – auf welche Weise habt ihr euch gefunden, und vor allem: Wie habt ihr mich gefunden? Aus welchem Grund seid ihr beide mir gemeinsam hinterhergereist, wie es ja offensichtlich der Fall ist? Ich meine, ich will euch daraus keinen Vorwurf machen, denn ihr kommt genau zur rechten Zeit, doch …"

Sie verstummte betrübt. Noch saß der Schmerz über Charles' Verhalten zu tief, um ihn laut werden zu lassen.

Mitfühlend griff Frederik über die Tischplatte hinweg nach ihrer Hand und nahm sie fest in seine eigene. Er hatte nicht erwartet, seine Nichte in einem derart aufgelösten Zustand anzutreffen, und bedauerte, dass er ihr mit seinem plötzlichen Erscheinen einen weiteren, in eine Ohnmacht mündenden Schock versetzt hatte. Umso vorsichtiger wählte er nun seine Worte.

„Das will ich dir gerne berichten, Lotti! Dein ehemaliger Arbeitgeber, Sir Edmund …"

Schweigend lauschte Charlie, als er erzählte, wie der geheim gehaltene Anlass ihrer Reise durch Annabelle und Mrs Morgan bekannt geworden war, worauf Frederik als „Abgesandter" sowohl ihrer eigenen Familie als auch der Carringtons ihr hinterhergereist war, in New York ihre Spur zunächst verloren und sie durch Titus und Johannes schließlich wiedergefunden hatte.

Nachdem Frederik geendet hatte, murmelte sie lediglich leise: „Dann ist es also die Wahrheit: Charles ist nicht der ehelich geborene Sohn von Sir Edmund, und nicht Lady Carrington, sondern Mrs Morgan ist seine Mutter. Unglaublich."

„Bitte, was hast du gesagt?" Frederik beugte sich Charlie entgegen.

Sie winkte ab. „Nichts von Bedeutung. Ich habe nur festgestellt, dass Charles mir, deinen Worten nach zu schließen, heute Morgen die Wahrheit gesagt hat – wenngleich ich ihm nicht glauben wollte!"

„Charles Carrington? Dann haben Sie ihn also hier am Ort vorgefunden, Lotti?“, warf Johannes interessiert ein.

„Das habe ich in der Tat, doch es ist auch schon alles, was ich ausrichten konnte: Mr Carrington hat nämlich nicht im Entferntesten die Absicht, irgendeinen Kontakt zu seinem Vater herzustellen! Wenn das überhaupt möglich ist, ist er noch verbitterter als Sir Edmund, und allein mit ihm zu sprechen, ist ...“

Abermals verstummte sie und versuchte mit verzweifeltem Zwinkern, die erneut aufsteigenden Tränen zurückzuhalten.

„Das tut mir leid“, bemerkte Frederik. Er kannte seine Nichte, sodass es ihm nicht schwerfiel, die Verbindung zwischen ihrem Zustand und dem erwähnten Gespräch mit Mr Carrington herzustellen. Was immer dieser Mann gesagt und getan hatte, lag Lotti schwer auf der Seele – und wenn Frederik sich den Charakter des Vaters ins Gedächtnis rief, verwunderte ihn das keineswegs: Obwohl Sir Edmund sich bemüht hatte, ihn in zuvorkommender Weise mit allen notwendigen Informationen zu versorgen und dabei auch sein eigenes Fehlverhalten nicht zu verschweigen, hatte der ältere Mann seine Bitterkeit nicht vollkommen unterdrücken können.

Unwillkürlich ergriff der alte Beschützerinstinkt, den Frederik schon für Lotti verspürt hatte, als sie als Kleinkind auf seinem Rücken gesessen und Pferdchen gespielt hatte, wieder von ihm Besitz. Nach aller Mühsal, die seine junge Nichte wegen dieser Familie auf sich genommen hatte, hatte sie es wahrlich nicht verdient, nun derart betrübt und verstört zu sein!

„In diesem Fall ist es am besten, Lotti, du vergisst diesen Mann und die ganze Angelegenheit und begleitest mich so schnell wie möglich zurück nach Hause. Ich meine, du hast dein Bestes getan – wenn Mr Carrington nicht auf deine Bitte um Versöhnung eingehen will oder kann, ist das allein seine Schuld! Niemand wird dir deswegen Vorwürfe machen, am allerwenigsten Sir Edmund. Wie mir bei unserem Gespräch damals schien, rechnet er nicht damit, seinen Sohn noch einmal in diesem Leben wiederzusehen, geschweige denn, sich mit ihm auszusprechen.“

„Bist du sicher?“ Über den Rand von Frederiks gemustertem Herrentaschentuch hinweg, das er ihr schweigend gereicht hatte, richtete Charlie ihre dunkelblauen Augen auf ihn. Sie waren so groß und fragend, wie die des Kindes gewesen waren, an das er eben gedacht hatte.

„Ganz sicher!“, bestätigte er, und Johannes Steinbacher nickte bekräftigend. „Nun, dann ist es entschieden: Mit dem nächsten Küstendampfer fahren wir nach Boston und kehren dann umgehend nach Hause zurück! Und nun lasst uns etwas essen, ehe ich vor Hunger umkomme! Ich hoffe, deine Wirtin Tildy ist in der Lage, uns ein herzhaftes Mahl aufzutischen.“

Erwartungsvoll fuhr er mit der Zunge über seine Lippen, worauf ein schwaches Lächeln Charlies Gesicht erhellte. Onkel Frederiks nie versiegender Appetit und seine Angewohnheit, sich in dieser Weise die Lippen zu lecken, waren in ihrer Familie das Thema unzähliger Neckereien. Wahrscheinlich hatte er ganz recht: Sie sollte ihre selbstauferlegte Verantwortung für die Familie Carrington und ihr „Unternehmen Versöhnung“ ad acta legen und – endlich – nach Deutschland zu ihrer eigenen Familie zurückkehren! Etwas zuversichtlicher als noch wenige Minuten zuvor rief sie nach Tildy.

*Liebe Reisegefährtin,*
*ich sitze hier am Fenster meines Zimmers im Bayside Inn und starre hinaus in die Dunkelheit einer mond- und sternenlosen Nacht. So finster habe ich Pine Harbour seit dem Abend meiner Ankunft nicht mehr erlebt.*
*Liegt es wirklich nur an der tief hängenden, undurchdringlichen Wolkendecke, welche die nächtlichen Gestirne verbirgt, oder auch an meiner trüben, niedergeschlagenen Stimmung – für die es eigentlich gar keinen Grund gibt, nun, da Frederik*

*und Herr Steinbacher bei mir sind? (Nach allem, was zwischen uns vorgefallen ist, und dem Abschiedsbrief, den ich ihm hinterließ, halte ich es für besser, Johannes Steinbacher wieder so formell anzusprechen, um damit seiner offensichtlich noch immer vorhandenen Hoffnung auf mein Jawort keine Nahrung zu geben.)*
*Ich muss gestehen, zunächst schockierte mich ihr plötzliches Auftauchen, später jedoch, als Onkel Frederik mir die Hintergründe auseinandersetzte, empfand ich Erleichterung, ja, Freude darüber. Welch eine Wohltat, nach Charles Carringtons gehässigen Worten über seine Familie ein Mitglied meiner eigenen, liebevollen Familie um mich zu haben, noch dazu meinen seit jeher verehrten Onkel Frederik! Wie damals als Kind spüre ich in seiner Anwesenheit eine große Sicherheit und Ruhe und bin nur zu gern bereit, alle Entscheidungen und jegliche Verantwortung in seine Hände zu legen.*
*Er musste mich nicht einmal dazu überreden, meine Bemühungen um Charles endgültig aufzugeben. Widerspruchslos und, nach allem, was vorher am Split Rock Light geschah, auch vollkommen desillusioniert stimmte ich zu, Pine Harbour bei der nächsten sich bietenden Gelegenheit zu verlassen und nach Hause zurückzukehren. Nun bietet sich diese nächste Gelegenheit bereits am morgigen Tag, da es Onkel Frederik gelang, Tildys Verehrer Greg anzuheuern. Er wird uns mit seinem Fischkutter bis nach Boston befördern, sodass wir nicht auf den erst in etlichen Tagen zurückkehrenden Dampfer angewiesen sind.*
*Du siehst, liebe Reisegefährtin, so weit ist alles geregelt und in bester Ordnung, und dennoch kann ich diese düstere Stimmung nicht abschütteln. Irgendetwas stimmt nicht an dieser Regelung, und ich kann mich des Gedankens nicht erwehren, dass ich noch nicht alles für Charles getan habe, was in meiner Macht steht. So starre ich also grübelnd aus meinen beiden Zimmerfenstern in die Finsternis vor diesen Fensterscheiben und …*

Mit einem Mal hielt Charlie im Schreiben inne. Das Tischchen, an dem sie saß, befand sich vor dem Fenster, das auf die Koppel und den Pferdestall hinausging, und hinter der Scheibe war es tatsächlich vollkommen finster – doch hatte sie nicht eben durch das andere Fenster einen Lichtstrahl gesehen? Blass und schwach nur, und dennoch vorhanden!

Charlie legte ihren Bleistift aus der Hand und trat an das zweite, auf die Hafenseite hinausgehende Fenster. Wie eine greifbare dunkle Wand stand die Nacht vor ihren Augen, bis plötzlich ein weiterer Lichtstrahl aufblitzte und langsam, suchend, warnend über hohe Klippen, den Wellenbrecher und den Hafen glitt. Selbstverständlich, es war das Leuchtfeuer vom Split Rock Light, Charles' Leuchtturm. Sie hatte es bislang nur an jenem Abend gesehen, als sie ihn zum ersten Mal aufgesucht hatte. Hier am Hafen war es während der vergangenen mondklaren Nächte vermutlich zu hell gewesen, als dass man es bemerkt hätte, und sie hatte ohnehin nicht danach Ausschau gehalten. Umso deutlicher nahm sie es nun wahr.

Wie gebannt starrte sie auf die Stelle, wo sie den Split Rock Light vermutete, und wartete auf das erneute Aufblitzen des wandernden Lichtes. Da war es. Zuverlässig wie ein Uhrwerk erleuchtete es in regelmäßigen Abständen die gefährlichen Klippen rund um die Hafeneinfahrt sowie die Wogen, die sich im rauen Nachtwind zu hohen Wellenbergen türmten.

Treu und zuverlässig entzündete Charles Carrington jeden Abend bei Anbruch der Dunkelheit diese bedeutsame Laterne, die den Schiffen und Menschen draußen auf dem Meer eine sichere Heimkehr ermöglichte. Genau, wie seine Adoptivmutter, Lady Carrington, jeden Abend ein Licht im Fenster entzündet hatte, um ihn, Charles, sicher nach Hause zu bringen, und wie Mrs Morgan, seine Nanny und leibliche Mutter, es wahrscheinlich heute noch tat.

Charlie stockte der Atem, als ihr diese Parallele zum ersten Mal in voller Deutlichkeit bewusst wurde: Unwissentlich tat Charles seit Jahren genau das, was seine Familie für ihn tat beziehungsweise getan hatte! Fremden Menschen, Seeleuten ebenso wie unzähligen Passagieren, schenkte Charles das, was er sich selbst in seiner Bitterkeit versagte: die sichere Heimkehr!

Erregt schritt die junge Frau in ihrem Zimmer auf und ab. War das nicht ein unmissverständlicher Hinweis darauf, wie es in Charles' Innerem aussah, nämlich dass er sich im tiefsten Herzen genau danach sehnte, ganz gleich, wie sehr er vor ihr, Charlie, seine Familie verunglimpfte? Gäbe es doch nur ein Mittel, diese seine Sehnsucht an die Oberfläche zu bringen – sie ihm bewusst zu machen! Würde er doch nur auf die Stimme seines Herzens hören, die nichts anderes war als Gottes leises Reden zu seiner Seele!

Immer ruheloser wurden Charlies Schritte, bis sie sich eingestand, dass exakt dies ihre letzte Aufgabe, ihr letzter Liebesdienst an ihrem Beinahe-Schwager sein konnte: ihn irgendwie auf dieses Reden aufmerksam zu machen. Möglicherweise, indem sie ihn auf die entsprechende Stelle in Myles' altem Brief hinwies, an der das Licht im Fenster erwähnt wurde? Wie Charles dann letztlich damit umging, ob er sich aufgrund dessen auf eine Versöhnung einließ, war seine Entscheidung, aber ihr Part war es, ihn darauf hinzuweisen!

Abrupt stoppte Charlie ihren Lauf durchs Zimmer, schlüpfte aus dem Umhang, den sie wegen der empfindlich niedrigen Raumtemperatur über ihr Nachthemd gezogen hatte, und begann, sich noch einmal anzukleiden. In wenigen Stunden würde Frederik zum Aufbruch drängen, und sie gedachte, diese kurze verbleibende Zeit zu nutzen!

Zu ihrer Erleichterung lag das gesamte obere Stockwerk des Bayside Inn und somit auch Onkel Frederik und Johannes Steinbacher im Schlaf, denn kein Lichtstrahl drang unter den Türen hindurch, und auch der Gastraum im Erdgeschoss war bereits stockdunkel. Unbemerkt gelangte Charlie in den Stall und danach hinaus aus der Siedlung.

Aufgrund der einsetzenden Flut blieb ihr nichts anderes übrig, als den Weg durch den Wald zu wählen, so gefährlich dieser in der wolkenverhangenen Neumondnacht auch war. Obwohl der

Wind seit geraumer Zeit deutlich zulegte und sich dadurch gelegentlich ein heller, sternenbestückter Riss in der Wolkendecke bildete, war Charlies Sicht mehr als bescheiden, und sie verließ sich vollkommen auf das Gedächtnis ihres Wallachs. Ihm war diese Strecke mittlerweile so vertraut, dass er sich instinktiv zurechtfand. Dennoch hatte Charlie den Eindruck, der Weg hinaus zum Split Rock Leuchtturm sei noch nie so lang gewesen, und sie war heilfroh, als sich der Wald langsam lichtete und das Aufblitzen des Leuchtfeuers ihren Weg zeitweise erhellte.

Rasch legte sie die letzten Meter zurück, stieg umständlich vom Pferd und näherte sich dem Wohnhaus. Abgesehen vom darüber hinwegschwenkenden Licht des Leuchtturms lag es im Dunkeln. Offenbar hatte sich Charles bereits zu Bett begeben. Doch angesichts der Dringlichkeit, die Charlie verspürte, konnte sie darauf keine Rücksicht nehmen; und nach ihrem letzten Gespräch machte es vermutlich auch keinen Unterschied, ob sie ihn im Schlaf störte oder bei irgendeiner anderen Tätigkeit. Eilig klopfte sie gegen die Tür, sanft zunächst, nachdem sich im Hausinneren nichts rührte, jedoch mit zunehmender Heftigkeit.

Vergeblich.

Entweder hatte Charles einen ausgesprochen tiefen Schlaf oder aber er war nicht im Hause. Behutsam drehte Charlie schließlich den Türknauf, trat ins Haus und tastete sich mit den Händen voraus durch den vorderen dunklen Raum bis in das Hinterzimmer. Auch hier, im Schlafzimmer, fand sich keine Spur von Charles oder seinem Hund. Niemand reagierte auf ihren zaghaften Ruf von der Tür aus zur Mitte des Raumes hin, wo sie die Umrisse einer schmalen Lagerstatt zu erkennen glaubte. Charlie blieb keine andere Wahl, als im Leuchtturm nachzusehen.

Vorsichtig näherte sie sich dem nicht ungefährlichen Weg, der vom Wohnhaus zum Turm führte, und spähte über die Klippe hinab. Die Stufen, die Charles heute Vormittag bearbeitet hatte, wurden zwar nicht unmittelbar vom Leuchtfeuer beschienen, reflektierten in ihrem feuchten Zustand aber genug Licht, um erkennen zu lassen, dass die momentane Wasserlinie der steigenden Flut ein ganzes Stück unter dem tiefsten Punkt der Felsspalte lag.

Sogar wenn die Stufen später unter Wasser stehen sollten, wie der grünliche Algenbelag vermuten ließ, blieb Charlie ausreichend Zeit, sich hinüber zum Leuchtturm zu begeben, um mit Charles zu sprechen. Überdies würde Charles selbst sich wohl kaum im Leuchtturm aufhalten, falls die Gefahr bestand, dass die Flut ihm den Rückweg abschnitt.

Beruhigt von diesem Gedanken und dennoch auf äußerste Vorsicht bedacht, setzte Charlie einen Fuß auf die erste Stufe, prüfte die Sicherheit dieser Trittfläche und zog dann erst den zweiten Fuß nach. Sobald die Reflexionen des Leuchtfeuers ihren Weg das nächste Mal erhellten, nahm sie die zweite Stufe, beim folgenden Aufblinken die dritte. Auf diese Weise näherte sie sich langsam, aber sicher dem Grund der Felsspalte und somit auch ihrem Ziel auf der anderen Seite.

Vereinzelte Gischtspritzer erreichten ihre Taille, als sie etwa die Hälfte der Stufen hinter sich gebracht hatte, sodass sie ihren Weg noch vorsichtiger als bislang fortsetzte. Auf der untersten, bedenklich glitschigen Stufe angelangt, blickte sie prüfend auf das Wasser, das von beiden Seiten in den Klippenspalt drang. Bildete sie es sich nur ein, oder stieg der Flutpegel tatsächlich schneller und höher, als sie erwartet hatte?

Unsicher starrte Charlie auf die bedrohlich rasch heranrollende Woge, versäumte es, mit ihrem Fuß die nächste Trittfläche zu ertasten – und stolperte. Ein schwerer, eisenharter Gegenstand schlug gegen ihren rechten Knöchel, worauf Charlie mit einem Schmerzensschrei zusammensackte und niedersank. Neben ihrem Fuß ertastete sie Charles' Hammer und den Eisenkeil, den er in den Fels getrieben hatte. Offenbar hatte eines der beiden Werkzeuge sie zu Fall gebracht; dem rasenden Stechen in ihrem Knöchel nach zu urteilen, war es der schwere Hammerkopf gewesen.

Stöhnend fasste Charlie an die schmerzende Stelle. Sie spürte, wie sich unter ihren Fingern eine Schwellung bildete, während klebriges Blut aus einer Platzwunde drang. Unter großer Anstrengung presste sie ihre Lippen aufeinander, bis der erste Schmerz nachgelassen hatte, und bemühte sich aufzustehen. Doch allein der Versuch, ihre Muskeln anzuspannen, jagte neue Schmerzen durch ihren Knöchel und ihren Unterschenkel.

Verzweifelt schob sich Charlie auf der glatten Treppenstufe nach vorne, stemmte beide Hände auf die nächsthöhere Stufe in Richtung Leuchtturm und versuchte, sich selbst in die Höhe zu hieven. Wenn sie ihr ganzes Gewicht auf die Arme und das linke Bein verlagerte, musste es ihr einfach gelingen aufzustehen! Tausend Stiche zuckten durch ihren Knöchel, das Blut rann nun in einem feinen Rinnsal, doch sie schaffte es tatsächlich.

Einen Augenblick lang stand Charlie aufrecht auf ihrem linken Bein, dann wurde sie von Schwindel übermannt, kippte nach hinten und stürzte über die glitschigen Stufen hinab ins Wasser. Ein lauter Hilfeschrei kam über ihre Lippen, während sie spürte, wie der Sog der Tide ihr den Grund unter den Füßen entzog und an ihrer Kleidung zerrte, hinaus in Richtung der offenen See.

Charlies zweiter Hilfeschrei mündete in ein Gurgeln, als die nachfolgende Woge heranrollte und sie erfasste. In panischer Angst schloss sie den Mund, doch es war zu spät: Ein Schwall eisigen Wassers drang in ihre Luftröhre und ihre Lungen, sodass sie glaubte zu platzen …

„Sir Edmund! Ihr Spazierstock, Sir Edmund!"

Etwas eiliger als üblich schlurften die Schritte des Butlers über Lowerdale Manors Südterrasse und Sir Edmund hielt inne. Bedächtig nahm er von Mortimer den Stock entgegen, den er tatsächlich im Haus zurückgelassen hatte. Seit der ältere Herr es sich zur Angewohnheit gemacht hatte, nach seiner Mittagsruhe einen ausgedehnten Spaziergang zu unternehmen, hatte sich sein

Allgemeinzustand so weit verbessert, dass er das Fehlen seines Stockes kaum mehr bemerkte. Gemächlich durchstreifte er nun den Rosengarten, der jetzt, Mitte September, nicht mehr so viele, dafür jedoch umso intensiver duftende Blüten trug.

Hin und wieder blieb Sir Edmund stehen, um sich mithilfe seines Hutes ein wenig frische Luft zuzufächeln. Es war ausgesprochen warm und sonnig für die Jahreszeit. Nach einer Weile verließ er den Rosengarten in östlicher Richtung, schritt am Fliederwäldchen entlang, das im Frühjahr dringend einen radikalen Rückschnitt benötigte (in Gedanken notierte er sich eine entsprechende Anweisung für den Gärtner), und machte plötzlich erneut halt.

Stimmen drangen an sein Ohr, mehrere hohe, helle Stimmen, und dann ein Lachen. Es war das glucksende, nicht enden wollende Gekicher eines Kindes. Waren Kinder im Park des Herrenhauses? Auf welche Weise hatten sie sich nur Zutritt verschafft? Beunruhigt beschleunigte Sir Edmund seine Schritte und umrundete das Fliederwäldchen, bis er zum Schwimmteich gelangte. Unmittelbar nach Mallorys Unfall hatte er eigentlich beabsichtigt, den Teich mit Erde auffüllen zu lassen, dieses Vorhaben aber in der darauffolgenden Aufregung um Mrs Agnes Morgan, Miss Charlotte und ihre Reise wieder aus den Augen verloren.

Nun glitzerte das kleine Gewässer in alter Pracht in der Nachmittagssonne, das halb verfallene Badehäuschen wie einen alternden Wächter an seiner Seite. Vor dem Badehäuschen aber drängte sich eine Gruppe Menschen: etliche kleine Mädchen in sommerlich bunten Kleidern, daneben vereinzelte Jungen in feuchten Hosen und mit teilweise nassem, dicht am Kopf anliegendem Haar. Obwohl die Wasserfläche sich nur leicht kräuselte, konnte ihr Bad noch nicht lange zurückliegen.

Sir Edmund wollte eben seinem Ärger über ihr unerlaubtes Eindringen Luft machen, als er bemerkte, um wen sich die Kinder scharten: Auf den altersschwachen Gartenstühlen in ihrer Mitte saßen Mrs Morgan und Annabelle und Mallory befand sich unmittelbar daneben in ihrem Rollstuhl. In ihren porzellanweißen schmalen Händen lag ein Buch, aus dem sie den Kindern nun vorzulesen begann, worauf das Kichern und Lachen abrupt verstummte.

Die Mädchen ließen sich zu den Füßen der Damen nieder, die Jungen legten sich bäuchlings auf die warmen moosigen Steinplatten und alle hingen wie gebannt an Mallorys Lippen. Verblüfft nahm Sir Edmund, noch halb verborgen hinter den Büschen und zu weit entfernt, um einzelne Worte zu verstehen, die Szene in sich auf.

Mallorys Wangen waren gerötet, und ihre Augen strahlten vor Freude, während sie laut und deutlich eine Geschichte vorlas. Nach einer Weile ließ sie das Buch sinken und stellte eine Frage. Ein drahtiger kleiner Junge, der bislang mit offenem Mund gelauscht hatte, richtete sich aus seiner liegenden Haltung auf und antwortete. Daraufhin reichte Mallory das Buch an ihn weiter und er begann zu lesen. Selbst aus der Entfernung erkannte Sir Edmund, dass es dem Jungen nicht leichtfiel, die einzelnen Buchstaben zu ganzen Wörtern zusammenzusetzen, doch Mallory lächelte ihm so ermutigend zu, dass er nach jedem gestammelten Wort voller Eifer fortfuhr.

Sir Edmund war sprachlos: Seine gelähmte Nichte erteilte den Dorfkindern Schulunterricht – oder zumindest etwas Vergleichbares –, während Mrs Morgan und Annabelle lediglich zuhörten. Nachdem er das Geschehen noch einige weitere Minuten beobachtet hatte, trat er vollends hinter dem Flieder hervor und machte sich mit einem lauten Räuspern bemerkbar.

Der drahtige Junge, den Sir Edmund anhand seines abgebrochenen Schneidezahnes als den Sohn seines Verwalters identifizierte, sprang erschrocken auf und riss sich zum Gruß die Kappe vom Haar, die übrigen Kinder starrten den alten Herrn lediglich ehrfürchtig an. Auch Annabelle erhob sich.

„Sir Edmund! Ich … wir wollten Sie nicht belästigen …“

„Es war meine Idee, die Kinder an den heißen Tagen hier baden zu lassen, nachdem ein Junge aus dem Dorf im Fluss ertrunken ist“, sprang Mrs Morgan ihrer Tochter bei. „Und im Lauf der Zeit hat sich daraus dieser … Unterricht entwickelt. Aber selbstverständlich wollten wir Sie damit nicht behelligen! Falls es Sie also tatsächlich stören sollte, dass wir diese Zusammenkünfte so weit vom Haus entfernt abhalten …“ Unvollendet ließ sie ihren Satz in der Luft hängen.

Sir Edmund nickte gnädig. „Nun gut, für heute mögen Sie fortfahren, doch über das weitere Vorgehen in dieser Angelegenheit wird noch zu sprechen sein, Mrs Morgan! Mallory!“

Leutselig winkte er seiner Nichte zu, die daraufhin lächelnd das Buch an ein anderes Kind weiterreichte. Sir Edmund setzte seinen Weg fort, zügig und doch langsam genug, um zu bemerken, wie das jüngste der Mädchen auf Mallorys Schoß kletterte und sich vertraulich an sie schmiegte.

Während des ganzen Spaziergangs ließ den alten Herrn das Bild von Mallory, die freudig ihren Arm um das Kind legte, nicht mehr los.

# Kapitel 15

*Vergebung ist keine einmalige Sache,*
*Vergebung ist ein Lebensstil.*
(Martin Luther King)

Mit weit ausgreifenden Schritten durchmaß Charles seinen Dienstraum direkt unterhalb der Galerie, über der sich die Glaskuppel des Leuchtturms erhob. Dieser Raum war, seit Charles sich vor fast einem Jahr als Leuchtturmwärter zur Verfügung gestellt hatte, sein Refugium geworden. Es war sein Rückzugsort, an dem es ihm gelang, jeden Gedanken an die Vergangenheit und an andere Menschen auszublenden und sich allein auf das zu konzentrieren, was hier oben wichtig war: die rettende Funktion des Lichtes.

Die heutige Neumondnacht war nicht die erste, die er wachend hier oben verbrachte. Ihm war nur zu deutlich bewusst, wie gefährlich Wind und Wolken die ohnehin höher als üblich auflaufende Flut im Bereich zwischen den Klippen und dem Hafen machten, dennoch konnte er sich heute einfach nicht auf seine Aufgabe konzentrieren. Egal, ob er seinen Blick auf die finstere See richtete oder auf den darüber hingleitenden Lichtstrahl, ständig sah er die junge Frau vor sich, die ihn seit Tagen so hartnäckig verfolgte. Oder zumindest verfolgt hatte, bis er sie vor etlichen Stunden erneut – und diesmal mit Sicherheit endgültig – vom Split Rock Light vertrieben hatte.

In seinem ohnmächtigen Zorn hatte er ihr buchstäblich die Felssplitter um die Ohren fliegen lassen, bis sie schlussendlich das

Weite gesucht hatte. Er selbst hingegen hatte sein Werkzeug beiseitegeworfen und sich in den Wald zurückgezogen, um ihn erst wieder zu verlassen, als es Zeit war, die Lampen anzuzünden. Was hatte diese junge Frau mit der Bitte um Versöhnung, die sie hierhergeführt hatte, nur an sich, das ihn so heftig reagieren ließ, wo er seine Vergangenheit doch längst überwunden geglaubt hatte? Und wie konnte er sich, falls dies wirklich zutraf, erlauben, einer unschuldigen außenstehenden Person mit solch erbarmungsloser Härte zu begegnen?

Ein weiteres Mal schritt Charles ruhelos hinaus auf die Galerie, dann hinein in den Laternenraum, wo er die Reflektoren kontrollierte, und wieder zurück in seinen Dienstraum, während Bears Blicke ihn verständnislos verfolgten.

Wie gewöhnlich lag der Hund auf seinem warmen Platz vor dem winzigen Ofen des Raumes, diesmal jedoch, ohne Schlaf zu finden. Plötzlich richtete er seine Ohren auf und hob lauschend den Kopf. Er winselte leise. Da Charles ihm keine Beachtung schenkte, erhob sich das Tier und trabte zur Tür, kratzte und winselte erneut. Endlich weckte sein Verhalten Charles' Aufmerksamkeit.

Er entzündete eine Sturmlaterne, öffnete die Tür und ging die Treppe hinunter, um Bear auch die Tür ins Freie zu öffnen. Zu seiner Verwunderung eilte der Hund bellend voraus und warf sich mit seinem ganzen Gewicht gegen die geschlossene Eingangstür. Alarmiert schob Charles sich an ihm vorüber, drückte die Klinke herunter und hielt die Lampe in die Höhe.

Zunächst sah er nicht mehr als die leeren Stufen in der Felsspalte, an denen die Neumondflut leckte, und Bear, der sich ohne zu zögern von der untersten Stufe ins Wasser warf. Was in aller Welt mochte ihn dazu veranlassen?

Eine Sekunde später beschien der Strahl des Leuchtfeuers auch die Umgebung, und Charles konnte einen hellen Punkt, der wie ein aufgeblähtes Stück Stoff in der aufgewühlten See trieb, erkennen. Mit seinen kräftigen Pranken unermüdlich paddelnd, hielt Bear genau auf diese Stelle unweit der Stufen zu. Plötzlich verschwand sein Kopf von der Wasseroberfläche, und blitzartig wurde Charles bewusst, was sich da vor seinen Augen abspielte: Schon einmal hatte Bear nach einem Schiffbruch einen Ertrinkenden gerettet.

In einer einzigen fließenden Bewegung stellte Charles die Lampe ab, entledigte sich seines Hemdes und der Schuhe, und wie von selbst fanden seine Füße bereits den Weg hinab zum Klippengrund. Beim folgenden Lichtblitz gewahrte er Bears Kopf wieder oberhalb der Wasserlinie, zwischen seinen breiten Kiefern etwas – einen Körper – hinter sich herziehend.

Doch selbst aus dieser Entfernung bemerkte Charles, wie mühsam der Hund vorankam, wie sehr Strömung und Wind ihn vom Kurs auf die Klippen zu abtrieben. Wie zuvor Bear ließ auch er sich über den Stufenrand fallen und strebte mit geübten Schwimmzügen auf seinen Hund zu.

Die Kälte raubte ihm den Atem, die Strömung riss ihm beinahe die Hose vom Leib, doch sein Drang, dieses Menschenleben in Not zu retten, war stärker. Mit vereinten Kräften gelang es Herrn und Hund schließlich, die Person aus den Wellen zu bergen und über die Stufen auf den oberen Klippenrand zu befördern.

An dem schweren, mit Wasser vollgesogenen Kleid erkannte Charles die Gerettete, noch ehe er sie auf den Rücken gedreht und mit der Wiederbelebung begonnen hatte. Es genügte, dass er ihr einmal Luft in die Lungen blies und auf ihren schmalen Brustkorb drückte; Charlie wandte sogleich den Kopf zur Seite und gab hustend und spuckend einen Schwall Meerwasser von sich. Sie konnte nicht lange unter Wasser gewesen sein, bevor Bear sie an die Oberfläche zurückgeholt hatte.

Jetzt atmete sie keuchend ein und öffnete die Augen. „Mr Carrington! Ich … musste … noch einmal mit Ihnen sprechen!“

„Was Sie nicht sagen!“ Seine Erleichterung, dass sie am Leben und bei vollem Bewusstsein war, nahm seiner Stimme den Spott. „Ich hoffe nur, das kann noch einige Minuten warten, denn zuerst müssen Sie ins warme Haus und raus aus Ihren durchnässten Kleidern!“

„In Ordnung", nahm sie die Anweisung widerspruchslos hin, worauf Charles sie kurzerhand hochhob und zum Wohnhaus trug.

Wenigstens hatte er sie nicht wie einen nassen Mehlsack über die Schulter geworfen, sondern hielt sie vor seiner Brust in den Armen. Charlie spürte, wie diese sich nach der Anstrengung ihrer Rettung in schnellem Rhythmus hob und senkte.

Auf einmal fiel Charles' Blick auf die frische, mittlerweile deutlich angeschwollene Verletzung an ihrem Knöchel. „Ist diese Wunde schuld daran, dass Sie im Wasser gelandet sind?"

„Ja. Ich bin gestolpert und gefallen, zunächst auf die Stufen. Doch dann habe ich das Gleichgewicht verloren und ..." Charlie stockte. Hörbar klappernd schlugen ihre Zähne aufeinander und ein Kälteschauder durchlief ihren Körper. „Doch Sie sind genau zur rechten Zeit gekommen, um mich zu retten!"

„Genau genommen war nicht ich es, der Sie gerettet hat, sondern Bear!" Ohne es zu wollen, presste Charles ihren bebenden Körper enger gegen seine Brust. „Er hat den Unfall bemerkt und ist zuerst ins Wasser gesprungen, ich habe ihm lediglich geholfen, Sie an Land zu ziehen!"

„Bear?"

„So ist es. Bear ist ein Neufundländer. Diesen Hunden liegt es im Blut, zu schwimmen und im Wasser treibende Gegenstände oder Personen an Land zu holen."

Bei den letzten Worten betrat Charles das Haus und setzte seine Last auf der Kante seiner schmalen Pritsche ab.

„Hier, suchen Sie sich etwas Trockenes zum Anziehen!" Er deutete auf einen schweren, mit Schnitzereien verzierten Schrankkoffer, eines der letzten Anzeichen seiner vornehmen Herkunft. „Ganz gleich, was, Hauptsache, es ist trocken. Wenn Sie fertig sind, kommen Sie hinüber an den Kamin, um sich aufzuwärmen. Ich werde unterdessen Feuer machen!"

Für sich selbst griff Charles nach einem Hemd und einer Hose, die über dem Fußende der Pritsche lagen, und schloss dann mit Nachdruck die Tür zum Wohnraum hinter sich.

Zögernd öffnete Charlie den Schrankkoffer. Wie nicht anders zu erwarten gewesen war, befanden sich darin nur Hosen, Westen und Herrenhemden sowie Socken und Unterwäsche, wenn auch von feinster Qualität. Sie konnte doch nicht … Aber die Kälte, die sich allmählich bis in ihr Innerstes ausbreitete, während sie ihre Finger und Zehen kaum mehr spüren konnte, belehrte sie eines Besseren. Verglichen mit einer ordentlichen Erkältung oder gar Lungenentzündung war das Tragen von Männerkleidung wahrhaftig das geringere Übel.

Hastig befreite Charlie sich aus ihrer triefenden Kleidung, wobei sie einige Knöpfe ihres auf dem Rücken zu schließenden Kleides einfach abriss, und trocknete sich in Ermangelung eines Handtuchs mit einem von Charles' Hemden Haut und Haar. Anschließend schlüpfte sie in ein anderes seiner Oberhemden, das ihr bis über die Schenkel hinabreichte. Während sie auch in ein Paar Hosen stieg und das Hemd in sie hineinsteckte, zwang sie sich krampfhaft, nicht an den eigentlichen Besitzer dieses Kleidungsstückes zu denken. Glücklicherweise fand sich im Koffer auch ein Gürtel, mit dessen Hilfe sie verhindern konnte, dass ihr die unförmige Hose über die Hüfte rutschte.

Indem sie ihr tropfnasses Kleid sozusagen als Schutzschild vor sich hielt, hinkte Charlie mühsam in den Wohnraum. Charles, der bereits in trockener Kleidung vor dem Kamin kniete und das Feuer entfachte, sprang auf und führte sie zum Sessel. Er nahm ihr das Kleid aus der Hand, ohne ihrem beschämenden Aufzug mehr als einen flüchtigen Blick zu widmen, und reichte ihr stattdessen eine Decke.

„Danke!" Aufatmend vor Erleichterung über seine ungewohnte Rücksichtnahme, überließ Charlie ihm das nasse Kleidungsstück und hüllte sich von den Schultern bis zu den Zehenspitzen in die Decke.

Doch Charles war noch nicht fertig mit ihr: „Zeigen Sie mir Ihren verletzten Fuß", befahl er.

Charlie fügte sich. Die Blutung hatte mittlerweile aufgehört, und das Salzwasser hatte auch die letzten Blutstropfen abgewaschen; die Schwellung hingegen hatte ihren Knöchel etwa auf das Doppelte des normalen Umfangs anwachsen lassen.

Behutsamer, als Charlie es ihm zugetraut hätte, tastete Charles die Schwellung ab und konstatierte sachlich: „Nichts gebrochen, denke ich, nur gestaucht. Mit ein paar Tagen Schonung wird das schon wieder!“ Damit ging er zu der Pumpe in einer Ecke des Raumes, befeuchtete einen sauberen Lappen mit Wasser und wickelte ihn sorgsam um den verletzten Knöchel.

Wie Feuerfunken, die wärmten, ohne zu verbrennen, empfand Charlie jede Berührung seiner langen, kräftigen Finger auf ihrer Haut. Doch obwohl sie sich deshalb ein wenig unbehaglich fühlte, ergriff sie die Gelegenheit, ihn in unmittelbarer Nähe zu haben, beim Schopf:

„Können wir jetzt noch einmal miteinander sprechen? Wenn Sie mir nur dieses eine Mal noch zuhören, Mr Carrington, gebe ich Ihnen mein Ehrenwort, dass ich Sie nicht weiter belästigen werde. Niemals wieder werde ich Sie in dieser Angelegenheit behelligen!“ Charlie verstummte. Sie wappnete sich für die bitteren Worte und Schmähungen, die sich vermutlich im nächsten Augenblick über sie ergießen würden, doch diese blieben aus.

Stattdessen erwiderte ihr Gegenüber: „Das glaube ich Ihnen sogar, Charlie: Sie werden mich nie wieder mit dieser Angelegenheit belästigen!“

Sanft befestigte er den notdürftigen Verband, nahm ihren Fuß von seinem Knie, auf dem er ihn während seiner Behandlung platziert hatte, und warf locker die Decke darüber.

„Dennoch können Sie sich Ihre folgenden Worte sparen. Ich werde auch ohne weitere Argumentationen mit Ihnen nach England fahren, um zumindest den Versuch zu unternehmen, ein Gespräch mit meinem Vater zu führen.“

„Sie werden …“ Charlie schnappte nach Luft. Ohne Zweifel hatte sie sich eben verhört, denn niemals würde Charles Carrington auf diese Weise kapitulieren und auf ihre Bitte eingehen. Nicht der hartherzige, bis ins tiefste Innerste verbitterte Sohn Sir Edmunds!

„Sie werden mit mir nach England kommen?", fragte sie schließlich ungläubig.

Charles, der noch immer neben ihrem Sessel kauerte, wandte sich ihr zu. Die Flammen zuckten über sein sonnengebräuntes Gesicht, spiegelten sich in seinen Augen und verliehen ihm mehr denn je das Aussehen eines unbeugsamen Piraten, doch falls Charlie sich nicht täuschte, war seine Stimme eine Spur weicher als sonst.

„Wie ich gesagt habe: ja. Ich will nicht der Anlass dafür sein, dass Sie sich in Ihrer Hartnäckigkeit und Unvernunft um Leib und Leben bringen, wie Sie es heute beinahe getan hätten! Wissen Sie überhaupt, in welche Gefahr Sie sich begeben haben, als Sie in einer stockfinsteren, windigen Nacht hier herausgeritten sind, ganz zu schweigen von Ihrem Weg über die Stufen des Split Rock Light während einer Neumondflut?"

„Mag sein, dass ich mir der Gefahr nicht in vollem Ausmaß bewusst war", gab Charlie ehrlich zu, „doch Ihre Einwilligung, mit mir zu kommen, macht meinen Einsatz mehr als wett!"

Eine Sekunde lang hielt sie Charles' Blick noch fest, dann senkte sie die Augen, und Charles wandte sich wieder dem Feuer zu.

Während der folgenden Minuten wechselten die beiden kein Wort. Charlie hatte den Eindruck, dass Charles von seinem Sinneswandel fast im selben Maße überrumpelt worden war wie sie selbst, und ihr lag nicht das Geringste daran, ihr neu gewonnenes Einvernehmen durch eine allzu freudige Reaktion oder eine unnütze Bemerkung darüber zu zerstören.

Mr Carrington würde sie zurück nach England begleiten – das allein zählte. Alles Weitere, wie ihr Bericht über das Licht im Fenster seiner Mutter, konnte warten, falls es überhaupt noch nötig sein sollte, darüber zu sprechen. Wie Charles starrte sie schweigend in die Flammen und genoss die Wärme, die sich in ihren eisigen Gliedern ausbreitete und diese angenehm schwer und müde werden ließ. Ehe sie jedoch einschlafen konnte, erhob sich ihr Gastgeber.

„Fühlen Sie sich weit genug wiederhergestellt, um den Rückweg anzutreten, Charlie? Wenn wir nicht bald aufbrechen, könnten wir unterwegs von der Morgendämmerung überrascht werden, und ich möchte Sie schließlich nicht dadurch kompromittieren, dass Sie eine ganze Nacht hier draußen bei mir verbracht haben!"

Erschrocken fuhr sie in die Höhe – und blickte geradewegs in sein grinsendes Gesicht.

„Sie … Sie scherzen!", stammelte sie, woraufhin sein Mund sofort wieder den gewohnten grimmigen Ausdruck annahm. Dennoch war sie zum zweiten Mal an diesem Abend angenehm überrascht: Selbst wenn sein Scherz auf ihre Kosten gegangen war – er untermauerte immerhin ihre Vermutung, dass Charles Carrington intensiver dachte und fühlte, als auf den ersten Blick zu erkennen war. Unter diesen Umständen fiel es ihr heute deutlich leichter, wie befohlen Halt suchend die Arme um seine Hüften zu schlingen, nachdem er sie schwungvoll auf den Pferderücken gehoben hatte.

Glücklicherweise erreichten sie das Bayside Inn noch während der Nacht, ehe einer der Fischer sein Boot für den morgendlichen Fang bereit machte und bei dieser Gelegenheit ihren ungehörigen Aufzug hätte bemerken können.

*Liebe Reisegefährtin,*
*dies ist vermutlich die letzte Nachricht, die ich auf amerikanischem Grund und Boden verfasse. Zwar verging seit dem ursprünglich von Onkel Frederik geplanten Morgen des Aufbruchs bereits eine ganze Woche, doch in Kürze wird es endgültig so weit sein: Wir gehen an Bord des Schiffes, das uns zurück nach Boston bringen wird, von wo aus wir direkt nach England weitersegeln werden.*

*Wir, das sind Onkel Frederik, Herr Steinbacher (der uns allerdings nur bis Boston begleiten und von dort nach New York weiterreisen wird), Mr Carrington und ich. Obwohl ich dies hier schwarz auf weiß festhalte, kann ich es noch kaum fassen: Charles Carrington kehrt tatsächlich nach Lowerdale Manor zurück, in der Absicht, sich mit seinem Vater zu versöhnen! Oder zumindest, um mit ihm zu sprechen, wie er selbst betont hat, als er mir sein Vorhaben mitgeteilt hat – in jener Nacht nach meinem Unfall und meinem Sturz ins Wasser.*
*Im ersten Augenblick, der auf seine bedeutsamen Worte folgte, traute ich meinen Ohren nicht, im zweiten war ich versucht, aufzuspringen und ihn sowie den ganzen Rest der Welt zu umarmen, was ich jedoch tunlichst unterließ. Einen Menschen wie Mr Carrington wagt niemand ungefragt zu umarmen, und ich bin sicher, er hätte mir diese Tat übel und seine Zusage auf der Stelle wieder zurückgenommen. Folglich versuchte ich, mir meine Verwunderung und Freude nicht allzu deutlich anmerken zu lassen, auch wenn sie in meinem Inneren aufbrachen als Quelle des Glücks: Mein Impuls bezüglich des Leuchtfeuers und des Lichtes im Fenster seiner Mutter war richtig gewesen; ich hatte recht daran getan, Mr Carrington ein letztes Mal aufzusuchen, und Gott hat nicht nur seine schützende Hand über mich gehalten, sodass ich nicht ertrunken bin, sondern auch meinem Unternehmen Gelingen geschenkt!*
*Was genau es letztendlich war, das Mr Carringtons Meinung änderte, werde ich wohl nie ergründen. Er zieht es nämlich noch immer vor, so wenig als möglich zu sprechen, und ich wage es noch immer nicht, nachzufragen oder ihn auf diese Stelle in Myles' Brief hinzuweisen, mit der ich ihn zu überzeugen hoffte, doch letztendlich spielt es auch keine Rolle. Alles, was zählt, ist die Tatsache, dass er einwilligte, mich zu begleiten, dass er einen Vertreter beziehungsweise Nachfolger für seine verantwortungsvolle Tätigkeit im Leuchtturm suchte und auch fand und nun bereit ist zum Aufbruch.*

*Soweit ich weiß, ist er mit Bear, von dem Abschied zu nehmen ihm sichtlich schwerfällt (doch Bear gehört nun einmal als „Diensthund" zum Leuchtturm), zu einem letzten kurzen Gang in den Wald aufgebrochen, während wir Übrigen buchstäblich auf gepackten Koffern an Pine Harbours Anlegesteg sitzen und darauf warten, dass das Schiffshorn die Ankunft des Küstendampfers verkündet.*

*Das heißt, genau genommen bin ich die Einzige, die auf ihrem Koffer sitzt: Mein verletzter Knöchel, der unterdessen deutlich abgeschwollen ist und weniger schmerzt, gestattet es mir nämlich noch immer nicht, längere Zeit zu gehen oder zu stehen. Doch über Mangel an Gesellschaft brauche ich mich hier auf meinem Koffer nicht zu beklagen.*

*Johannes Steinbacher weicht kaum von meiner Seite (sogar, während ich dies niederschreibe), bereit, mich jederzeit zu stützen, sollte ich mich entschließen aufzustehen, oder mir eine andere Hilfe zu leisten.*

*Ich fürchte, trotz meines klaren Abschiedsbriefes in New York hegt er noch immer die Hoffnung, mein Herz zu gewinnen. Weshalb sonst sollte er Onkel Frederik hierherbegleitet haben? Fast habe ich ein schlechtes Gewissen, dass ich ihn abwies – aber mein dringlichstes Herzensanliegen ist weiterhin, nein, jetzt mehr denn je, die Versöhnung der Carringtons. So hoffe und bete ich, dass er neben der Kraft, den bevorstehenden Abschied von mir zu akzeptieren, bald eine junge Dame findet, die ihn mit all seinen guten Eigenschaften nicht nur schätzen, sondern auch von Herzen lieben wird.*

*Abgesehen von ihm schwirrt auch unsere Wirtin Tildy besorgt um mich herum, erkundigt sich fortwährend, ob es uns auch an nichts für unsere weite Reise fehlt, oder drückt mich kurz und herzhaft an ihren üppigen Oberkörper.*

*Vor allem ihretwegen, liebe Reisegefährtin, werde ich deshalb mit diesen allerletzten Worten auf amerikanischem Boden meine Nachricht abschließen und die verbleibenden Minuten dieser offenherzigen, liebevollen Frau sowie ihrem hochgelobten, malerischen Heimatort Pine Harbour widmen. Leben Sie wohl, liebe Tildy!*

Kraftvoll pflügten die Schaufelräder des Dampfers durch die Wogen, während er Pine Harbours Hafenanlage mit dem felsigen Wellenbrecher hinter sich ließ und auf die offene See gelangte.

Im Heck des Schiffes stand Charles Carrington. Schweigend nahm er zur Kenntnis, in welcher Geschwindigkeit sich der räumliche Abstand zwischen ihm und seiner Wahlheimat vergrößerte. Jede Umdrehung der Schaufelräder ließ die Häuser Pine Harbours, die winzigen Inseln in der Flussmündung, die steilen Klippen und den Split Rock Light, seinen Leuchtturm, kleiner werden und verstärkte gleichzeitig Schmerz und Zweifel, die in seinem Herzen um die Vorherrschaft kämpften. In der Sekunde, da er Charlie seinen Entschluss, mit ihr zu reisen, mitgeteilt hatte, hatte dieser Kampf begonnen und war seither zu seinem ständigen Begleiter geworden.

Jedes Mal, wenn er in die Augen der hartnäckigen jungen Frau blickte, die ihr Leben aufs Spiel gesetzt hatte, nur um trotz der unmöglichen Art und Weise, wie er sie behandelt hatte, ein letztes Mal mit ihm zu sprechen, wusste er, dass es richtig war, ihren Wünschen nachzugeben. Es war nicht mehr und nicht weniger seine Pflicht, ihren selbstlosen Einsatz zu belohnen, indem er seinen verletzten Stolz überwand und in der Hoffnung auf eine Versöhnung den ersten Schritt auf seinen Vater zu machte.

Doch dieses Wissen bewahrte ihn nicht vor den Zweifeln, ob er nicht im entscheidenden Moment, da er seinem unnachgiebigen Vater gegenüberstehen würde, einen Rückzieher machen würde. Ob er nach den langen Jahren seines zurückgezogenen Lebens überhaupt noch fähig war, in angemessener Höflichkeit mit anderen Menschen, mit seiner Familie zu kommunizieren.

Es war ihm nicht entgangen, wie Charlie auf seinen teils absichtlich, teils aber auch ungewollt schroffen Tonfall reagiert hatte und immer noch reagierte. Würde er im Fall einer Versöhnung jemals in der Lage sein, sich wieder in der gehobenen Gesellschaft Englands zurechtzufinden oder wohlzufühlen – und wollte er das überhaupt?

Der Schmerz, den er empfunden hatte, als er sich von seinem treuen Gefährten Bear verabschiedet hatte, und der ihn nun bei seinen letzten Blicken auf die Küste und den Split Rock Light erfüllte, versicherte ihm genau das Gegenteil. Alles in ihm sträubte sich, sein Leben in der Einsamkeit, Freiheit und ungezähmten Schroffheit dieser Küste aufzugeben.

Mit finsterem Blick beobachtete er, wie sich die Strahlen der Nachmittagssonne in der Glaskuppel vom Split Rock Light brachen und der Leuchtturm ein letztes Mal für ihn aufblitzte, ehe sich eine weitere kleine Insel zwischen Schiff und Landzunge schob und ihm die Sicht darauf endgültig nahm.

Ein Räuspern an seiner Seite unterbrach sein Brüten und er wandte sich abrupt um. Nachdem seine Mitreisenden von der Backbordreling aus ihren Bekannten am Ufer zugewinkt hatten, hatte er sich allein gewähnt, doch er hatte sich getäuscht. Neben ihm stand Charlie, wegen ihrer Verletzung fest auf die Reling gestützt.

Sie trug dasselbe Kleid wie in der Neumondnacht, das Kleid, in dem er sie aus dem Wasser gerettet hatte und das vor seinem Kamin zum Trocknen gehangen hatte, während sie eine seiner Hosen und ein Oberhemd von ihm getragen hatte. Als er sie aufs Pferd gehoben hatte, um sie zurück nach Pine Harbour zu bringen, hatte er jede Einzelheit dieses ungewöhnlichen Aufzugs an ihr registriert: ihre schlanken Beine in der viel zu weiten, im Wind schlackernden Hose, die schmale Taille und den festen, biegsamen Oberkörper unter dem weißen Stoff des Hemdes, der sich im Lauf des Rittes deutlich spürbar an seinen Rücken gelehnt hatte – vor allem aber diese auffallend dunkelblauen Augen, die momentan wie seine eigenen auf die Küstenlinie gerichtet waren.

„Ich kann mir vorstellen, dass es Ihnen nicht leichtfällt, Ihren Leuchtturm zurückzulassen.“ In Charlies Stimme schwang Mitgefühl, während sie fortfuhr: „Ganz zu schweigen selbstverständlich von Ihrem Hund und der wundervollen Natur hier an der Küste. Tildy hat nicht ganz unrecht, wenn sie behauptet, Pine Harbour sei der schönste Ort, den Gott auf dieser Welt erschaffen hat, wenngleich ich ihre Aussage auf die ganze Felsenküste bis weit über den Split Rock Light hinaus ausdehnen würde. Auch mir fällt es schwer, wieder abzureisen – dabei war ich im Grunde nicht viel länger als ein paar Tage hier! Ich glaube, ich könnte mir sogar vorstellen, an diesem Ort zu leben. Und Ihnen ist er längst zur Heimat geworden, nicht wahr?“

Charles nickte, verblüfft über ihre Fähigkeit, seine Gedanken zu deuten. Über seine Gefühle zu sprechen kam dennoch nicht infrage.

„Gefällt es Ihnen denn nicht in Gloucestershire oder auf dem Gut, von dem Sie ursprünglich kommen?“, bemühte er sich stattdessen um eine oberflächliche Konversation.

„Oh, doch!“ Charlies Mundwinkel hoben sich und in ihren Wangen erschienen zwei zarte Grübchen. „Ich liebe meine Heimat und auch Gloucestershire, doch ihre Schönheit ist von anderer Art als diejenige hier jenseits des Atlantiks, verstehen Sie? Unsere deutsche Ostseeküste und Gloucestershire sind größtenteils beschaulich und sanft – von Menschenhand gezähmt, könnte man sagen. Die Menschen dort sind selbst höflich, gesittet und beherrscht, also von ihrer Vernunft bestimmt, die Hunde sind verzärtelte Haustiere oder bestenfalls Jagdhunde, die hochgezüchteten Rosen tragen die Namen vornehmer Ladys … Hier in diesem Land dagegen wuchern die Rosen natürlich und unbeschnitten über Hauseingängen, die Hunde ähneln wilden Bären und retten Leben, und alles ist von unglaublicher Weite und Schroffheit. Das ganze Land erscheint mir wie ein ungeschliffener, naturbelassener Edelstein, ein Rohling: Seine Schönheit erschließt sich dem, der bei aller unendlichen Weite auch die Einzelheiten sieht, der sich Zeit nimmt, zwischen die rauen, abweisenden Felsklippen zu blicken und hinein in das Dickicht der Wälder! Deswegen …" Charlie musterte Charles mit einem zögernden Seitenblick, doch seine Augen waren weiterhin unverwandt auf den Horizont gerichtet, sodass sie fortfuhr: „Deswegen habe ich irgendwie das Gefühl, dass Sie an diese Küste zurückkehren werden, Mr Carrington. Sie passen hierher, ja, möglicherweise *gehören* Sie hierher!"

„Sie meinen also, weil ich ebenso rau und ungeschliffen bin wie dieses Land, werde ich sämtliche Menschen in England derart verletzen und vor den Kopf stoßen, dass sie mich leichten Herzens wieder hierher zurückschicken werden."

Bei allem Sarkasmus glaubte Charlie, eine Spur von Unsicherheit in seinen Worten zu hören. „Das habe ich ganz und gar nicht gemeint, Mr Carrington, und das wissen Sie auch!", entgegnete sie entschlossen. „Nur darf man sich bei Ihnen ebenso wenig an den scharfkantigen Klippen – oder sollte ich sagen: an den scharfzüngigen Bemerkungen – stören, sondern muss sie umgehen und dahinterblicken!"

Nun wandte er ihr doch sein Gesicht zu. Eine Windböe fuhr durch sein Haar und blies ihm lange schwarze Strähnen in die Stirn. Unwillig schüttelte er sie beiseite.

„Tun Sie das denn, Charlie? Erkennen Sie dahinter irgendeine Art von Schönheit?" Sein Blick bohrte sich in ihren, herausfordernd und gleichzeitig verletzlich – oder bittend?

„Ich denke, ich bin gerade dabei, es zu lernen, Mr Carrington." Charlie erwiderte seinen Blick, ohne die Lider mit den langen, geschwungenen Wimpern zu senken, und keiner der beiden rührte sich von der Stelle.

Johannes Steinbacher, der sich ihnen unbemerkt genähert hatte, in der Absicht, Charlie zu einer Sitzgelegenheit in der Kajüte zu geleiten, machte schweigend kehrt. Es war an der Zeit, seine Bemühungen um diese junge Dame aufzugeben, und zwar ein für alle Mal. Nach der Art und Weise zu urteilen, wie sie diesen Mann anblickte, würde sie niemals die Frau an seiner eigenen Seite werden, auch nicht, nachdem sie diesen Mann nach

England zu seinem Vater zurückgebracht hatte, wie es von Beginn an ihre Absicht gewesen war.

Mit gebeugten Schultern gesellte sich Johannes wieder zu Frederik.

Gequält änderte Charlie ihre Sitzposition, denn die hölzerne, nur notdürftig gepolsterte Kutschbank war höchst unbequem. Ihre Beine waren nahezu taub, und sie musste ihre äußerste Beherrschung aufbringen, um ihre innere Unruhe nicht allzu deutlich zu zeigen. Gut ein halbes Jahr nach Antritt ihrer Reise näherte sie sich nun deren Ende und somit dem letzten, alles entscheidenden Teil ihres Abenteuers: Die Kutsche rollte unaufhaltsam durch Gloucestershire, auf die „Zwillingsdörfer" Upperdale und Lowerdale und damit auch auf das Herrenhaus und Sir Edmund zu.

Nach knapp sechs Wochen hatte das amerikanische Paketschiff, mit dem sie dank Frederiks Beziehungen den Atlantik überquert hatten (ohne in einen der gefürchteten Herbststürme zu geraten), im englischen Plymouth angelegt. Dort hatten sie für den Landweg nach Lowerdale Manor diese wenig komfortable Kutsche gemietet, an einer Zwischenstation kurz nach Plymouth übernachtet und waren nun dabei, auch die letzten verbleibenden Meilen hinter sich zu bringen.

Auf dem Platz neben Charlie saß Frederik. Die Hände über dem Bauch gefaltet und die Augen geschlossen, döste er vor sich hin. Die Tatsache, dass er seine Nichte trotz aller Komplikationen wohlbehalten nach England zurückgebracht hatte und in Bälde auch nach Deutschland zurückbringen würde, erfüllte ihn mit unerschütterlicher Ruhe.

Mit seinen lang von sich gestreckten Beinen und dem wie stets am Kragen offen stehenden Hemd wirkte auch Charles

Carrington auf der gegenüberliegenden Bank leidlich entspannt. Nur seine Blicke, die immer wieder nervös die Landschaft vor dem Kutschenfenster musterten, zeugten von seiner inneren Unruhe. In Wahrheit gab es vor dem Fenster nämlich kaum etwas zu sehen: So grau und düster dieser Novembertag begonnen hatte, neigte er sich eben dem Ende entgegen, und nur vereinzelte kahle Bäume, die sich wie ein Scherenschnitt vor dem etwas helleren Hintergrund abhoben, säumten die Straße, nachdem sie die letzte Ortschaft vor Upperdale durchquert hatten.

Charlie vermutete, dass Mr Carrington die Landschaft nach irgendwelchen längst vergessenen und doch schmerzhaft vertrauten Wahrzeichen absuchte. Wie gerne hätte sie ihm geholfen, alle Bedenken bezüglich seiner Heimkehr zu zerstreuen, ihm die Furcht vor dem Wiedersehen mit seinem Vater genommen. Die Wochen des Zusammenlebens auf dem Schiff hatten sie einander näher gebracht.

Wie Charlie es nach dem Abschied von Pine Harbour versprochen hatte, hatte sie sich bemüht, seinen schroffen, oftmals scharfzüngigen Umgangston zu überhören, und im Gegenzug hatte er sich angestrengt, sich ihr und Frederik gegenüber ein wenig zugänglicher zu zeigen. Doch die jahrelange Gewohnheit, alle Gefühle im tiefsten Inneren zu verschließen und sich seine Mitmenschen so weit wie möglich vom Leib zu halten, ließ sich nicht innerhalb weniger Wochen ablegen.

Manches Mal, wenn Charles sie als Antwort auf eine höfliche Frage harsch angefahren hatte, hatte sie sich gefragt, was ihr eigentlich an einem Mann wie ihm liegen konnte, und war doch immer wieder zum selben Ergebnis gekommen: Er war Myles' zehn Jahre älterer Bruder, und es war ihr Vorrecht und zugleich ihre Pflicht, ihn zu lieben, wie sie ihn als Schwager geliebt hätte. Einzig aus diesem Grund schluckte sie seine harten Worte und Beleidigungen und bemühte sich, lächelnd darüber hinwegzugehen.

Im Augenblick jedoch wünschte sie, er würde zu ihr herübersehen statt ständig aus dem Fenster, damit sie sich vergewissern konnte, dass er die Entscheidung, seinem Vater gegenüberzutreten, nicht im letzten Moment rückgängig machen würde. Unter gesenkten Wimpern hervor beobachtete sie ihn, als ob ihre Blicke ihn zwingen könnten, ihren Wunsch zu erfüllen.

In der Tat schien Charles diese zu spüren; er wandte den Kopf und sah Charlie ins Gesicht. „Nun ist es bald so weit", bemerkte er und sein rechter Mundwinkel hob sich zu einem schiefen, ironischen Grinsen. „In Kürze wird dem nichts ahnenden Sir Edmund auf Lowerdale die Überraschung seines Lebens beschert!"

Sie nickte. Im Einvernehmen mit Frederik hatten sie beschlossen, niemandem ihre Rückkehr nach Lowerdale Manor anzukündigen. Charles befürchtete nämlich, sein Vater könnte sich in diesem Fall weigern, ihn zu empfangen.

„So ist es", bestätigte Charlie, „und ich bin sicher, es wird eine freudige Überraschung für ihn sein!"

„Gut, dann ist zumindest einer von uns davon überzeugt." Charles' Grinsen wich einer düsteren, ernsten Miene.

„Sie vergessen, Mr Carrington: Er ist nicht nur Sir Edmund, der gestrenge Herr von Lowerdale Manor, sondern auch ein trauernder, einsamer alter Mann, Ihr *Vater*!"

Charlie konnte nicht anders: Sie streckte ihre Rechte aus und legte sie ermutigend auf Charles' Hand. Wenigstens auf diese Weise konnte sie die Zuversicht, die sie im Blick auf das Gespräch mit Sir Edmund spürte – wenn es denn tatsächlich stattfinden würde –, mit ihm teilen!

Allerdings hatte sie nicht damit gerechnet, dass er seine freie Hand über ihre legen und diese festhalten würde. Die Wärme, die von den harten, schwieligen Männerhänden ausging, stieg Charlie bis in die Wangen, doch sie brachte es nicht übers Herz, sich zu lösen. Wenn Charles Trost und Ermutigung in dieser Geste fand, sollte er ihre Hand in seiner behalten, solange es ihm beliebte!

Dass sie dabei den Kopf abwandte, um ihn nicht ansehen zu müssen, und stattdessen aus dem Fenster blickte, lag natürlich einzig daran, dass sie eben in Upperdales High Street einfuhren und Charlie keine brennende Lampe in Mrs Morgans Fenster erkennen konnte …

Längst brannten die Leuchter an den Wänden des Salons, das Feuer im Kamin loderte bereits den ganzen Tag. An diesen feuchtkalten Tagen, die auf den warmen September und einen sonnigen Oktober folgten, hielt Sir Edmund sich einen großen Teil des Tages hier auf. Zur Teezeit gesellte sich neben Mallory immer öfter auch Mrs Morgan hinzu, während Annabelle aufgrund der zeitig einsetzenden Dämmerung die Kinder aus dem Dorf nach Hause begleitete.

Seit jenem Nachmittag am Schwimmteich, als Sir Edmund mitten in die von Mallory und Annabelle abgehaltene „Lesestunde“ geplatzt war, waren diese Kinder regelmäßige Gäste auf Lowerdale Manor geworden. Bei gutem Wetter waren die Stunden weiterhin am Teich abgehalten worden, seit dem Kälteeinbruch aber fanden sie in der ehemaligen Verwalterwohnung statt, die Mrs Morgan bezogen hatte. Gemeinsam war es Mrs Morgan und Mallory gelungen, Sir Edmund sein Einverständnis zu dieser Sache abzuringen, und Mallory blühte im Beisein der Kinder regelrecht auf. Annabelles Erfahrung als Lehrerin und Mallorys Freude an der Gesellschaft der Kinder waren Argumente, denen Sir Edmund sich nicht verschließen konnte, und allmählich störte er sich immer weniger an den Stimmen und dem Gelächter, das gelegentlich bis zu ihm ins Herrenhaus drang. Nicht nur ihm erleichterte das neue Leben, das diese Kinder dem ehrwürdigen Lowerdale Manor einhauchten, die Wartezeit bis zu Mr Kjeldsens Rückkehr oder einer etwaigen Nachricht von ihm.

Auch an diesem Abend erhellte ein strahlendes Lächeln Mallorys Gesicht, während Mrs Morgan ihren Rollstuhl über die Schwelle des Salons und an den gedeckten Teetisch schob.

„Heute ist es Will zum ersten Mal gelungen, einen ganzen Abschnitt fehlerfrei und ohne Stocken vorzulesen“, berichtete sie stolz.

„Du sprichst von Will, dem Sohn des Verwalters?“ Sir Edmund nickte herablassend. „Das ist vermutlich eine große Leistung für den Jungen. Ich kann gar nicht verstehen, dass ein halbwegs intelligenter Mann wie Harold Westcott einen solchen Sprössling hervorbringen konnte!“

Mallory störte sich nicht an seinen schroffen Worten. „Du musst wissen, Onkel Edmund, Kindern wie Will, die nicht so schnell von Begriff sind wie ihre Altersgenossen, etwas beizubringen, gibt mir das Gefühl, endlich etwas Sinnvolles mit meinem Leben anzufangen.“

„Schön, schön. Doch nun lasst uns unseren Tee einnehmen!“

Nachsichtig betrachtete Sir Edmund seine immer lebhafter werdende Nichte, während Mrs Morgan wie stets den Tee ausschenkte.

„Bitte, Sir Edmund!“ Lächelnd reichte sie ihm seine gefüllte Tasse.

Ein warmes Gefühl durchrieselte Sir Edmund. Er konnte sich nur gratulieren zu seinem damaligen Entschluss, Agnes Morgan und ihre Tochter auf Dauer nach Lowerdale Manor zu holen. Es war die richtige Entscheidung gewesen, die beste, die er seit Jahren getroffen hatte, sowohl für Mallory als auch für sich selbst.

Ein Klopfen unterbrach seine Gedanken und Mortimer betrat den Salon. „Verzeihen Sie, Sir Edmund, ich weiß, dass Sie zur Teezeit nicht gestört werden wollen, doch diese Sache kann nicht warten, denke ich!“

Aufgeregt fuhr sich der sonst so gelassene, zurückhaltende Butler durch sein Haar und trat von einem Bein auf das andere. „Mr Frederik Kjeldsen ist zurück – und mit ihm Miss Charlotte von Rixtorf!“

„Mr Kjeldsen?“ Ruckartig stellte Sir Edmund seine Tasse ab, sodass die duftende, heiße Flüssigkeit über den Rand schwappte und sich auf die Tischdecke ergoss, und fuhr in die Höhe.

„Und Miss Charlie?“, riefen Mrs Morgan und Mallory einstimmig.

„Worauf warten Sie denn noch, Mortimer, führen Sie die beiden so rasch als möglich herein!“

Einmal mehr glich Sir Edmunds unwillige Reaktion einem Bellen, und ehe Mortimer Zeit fand, wie geplant hinzuzufügen, dass sich außerdem ein ihm unbekannter Mann bei Mr Kjeldsen befand, ertönte hinter ihm eine weitere Stimme:

„Hier sind wir bereits, Sir Edmund! Ich nahm an, dass Sie es nach all den Monaten des Wartens und Hoffens kaum erwarten können, uns zu sehen, und habe uns deshalb schon selbst Zutritt verschafft!“

Mallorys Augen wurden weit vor Verwunderung: Im Rahmen der Salontür stand Mr Kjeldsen, flankiert von ihrer Freundin Charlie, die ein triumphierendes Lächeln auf den Lippen hatte, und hinter Mr Kjeldsen … Fassungslos schlug sie die Hand vor den Mund, während Agnes Morgan neben ihr Halt suchend nach dem Rollstuhl griff und der breitschultrige Mann aus dem Hintergrund sich bedächtig an Charlie vorbei nach vorne schob.

Wie ein stark verjüngtes Spiegelbild stand er mit erhobenem Kopf vor Sir Edmund, der wortlos, mit einer Hand auf dem Herzen, in seinen Sessel zurücksank. Schweigen erfüllte den Raum, tiefstes, unbehagliches Schweigen, nur durchbrochen von Mrs Morgans heftigen, erregten Atemzügen.

Charlie schickte ein stilles Stoßgebet gen Himmel, als Charles sich umwandte, für ein, zwei lange Sekunden ihren Blick festhielt und anschließend langsam, wie ein Träumender, vor Sir Edmunds Sessel in die Knie ging. „Vater!“

Jede Härte, jede Angriffslust war aus seiner Stimme verschwunden und er wartete mit gesenktem Kopf auf eine Antwort.

Endlich, nach weiteren bangen Sekunden der Reglosigkeit und des Schweigens, streckte Sir Edmund seine Hand aus und legte sie auf die Schulter des jüngeren Mannes. Der gesenkte Kopf hob sich und zum ersten Mal seit langen Jahren blickten Vater und Sohn einander ins Angesicht.

Bedrückt lehnte Charlie ihre Stirn gegen die kalte Fensterscheibe. Der heutige Blick aus dem Kinderzimmerfenster unter dem Dach war fast identisch mit dem, der sich ihr an einem gewissen Tag im vergangenen Frühling geboten hatte – jenem Tag, an dem mit ihrer Entdeckung von Myles' Brief alles begonnen hatte.

Trübe, neblig und kalt im grauen Licht des Novembertages, das nur mit sehr viel gutem Willen als Licht bezeichnet werden konnte, lag der Park vor ihr, und ebenso sah es augenblicklich in ihrem Herzen aus. Dabei gab es eigentlich keinen Grund für Trübsinn oder Trauer: Ihr „Unternehmen Versöhnung" war geglückt. Seit knapp einer Woche war Charles Carrington zurück auf Lowerdale Manor, und nach den ersten, beklemmenden Momenten, als er seinem Vater stumm gegenübergestanden hatte, hatten die beiden sich tatsächlich ausgesprochen.

Welche konkreten Worte zwischen ihnen gefallen waren und inwieweit auch Charles' leibliche Mutter, Mrs Morgan, dabei eine Rolle gespielt hatte, entzog sich Charlies Kenntnis. Die Hauptsache war schließlich, dass Vater und Sohn einander wieder in die Augen sehen und ohne Zorn oder Bitterkeit miteinander sprechen konnten. Mit diesem Wissen würde Charlie sich offenbar begnügen müssen, denn seit dem Abend ihrer Ankunft hatte sie Charles, abgesehen von den Mahlzeiten, kaum mehr zu Gesicht bekommen, geschweige denn die Gelegenheit zu einem Gespräch mit ihm gefunden. Lediglich aus der Ferne hatte sie beobachtet, wie sich der bittere Zug um seinen Mund gelöst und ab und an sogar einem Lächeln Platz gemacht hatte (das allerdings niemals direkt ihr gegolten hatte). Und schon morgen in aller Frühe, in weniger als vierundzwanzig Stunden, würde sie gemeinsam mit Onkel Frederik zurück in ihre Heimat reisen.

Auf Lowerdale Manor wurde sie nicht länger gebraucht, und ihre Eltern wünschten sich nichts sehnlicher, als sie endlich wieder einmal in die Arme zu schließen. Und immerhin entsprach dies auch genau ihren eigenen Wünschen: Mit der Absicht, Myles' Familie miteinander zu versöhnen, um danach in Ruhe nach Holstein zurückzukehren und ihr eigenes Leben wiederaufzunehmen, war sie schließlich aufgebrochen! Wie konnte sie sich dann jetzt, nachdem alle Aufgaben erledigt und alle Probleme gelöst waren, nur so kraftlos fühlen wie ein Dampfkessel, dem aller Dampf entwichen war; so gedrückt, als wäre sie im Begriff, einen wichtigen Bestandteil ihres Lebens hier auf Lowerdale Manor zurückzulassen?

Seufzend wandte Charlie sich um zu dem Bilderrahmen, der Myles' Brief verborgen hatte, und zuckte erschrocken zusammen, als sich in ihrem Rücken plötzlich die Zimmertür öffnete.

„Hier sind Sie!"

Eilig trat Charles auf sie zu, noch immer ungewohnt in dem Anzug mit Weste und hochgeschlossenem Hemd und mit ordentlich gestutztem Haar, wie er es seit etlichen Tagen trug. Einzig die dunklen Bartschatten auf seinen Wangen erinnerten an sein früheres Ich.

„Ich dachte, ich finde Sie an Ihrem letzten Tag in England vielleicht auf dem Friedhof, wo Sie sich von Myles verabschieden, doch Mallory sagte mir, dass Sie hier oben sind."

„Das bin ich in der Tat", gab Charlie zurück. „Ich … irgendwie fand ich es passender, hier oben Abschied von allem zu nehmen, in dem Raum, den Myles mir einst gezeigt hat."

Sie verstummte verlegen. Tatsächlich hatte sie daran gedacht, ein letztes Mal Myles' Grab zu besuchen, doch mit dem Grab verband sie nichts weiter als das Bild eines Sarges mit einer leblosen Hülle. Hier oben im Kinderzimmer dagegen hatte sie ihn in Erinnerung, wie er lebte, mit all seinem Charme, seinem Witz und seiner Zärtlichkeit.

Eine Erinnerung, die weit weniger schmerzte, als zu erwarten gewesen wäre, wie sie plötzlich feststellte. Irgendwann im Laufe ihrer Rückkehr nach Europa, als sie in aller Stille Myles' ersten Todestages gedacht hatte und gleichzeitig damit beschäftigt gewesen war, die zwischenmenschliche Beziehung zu seinem Bruder zu festigen, hatte der Kummer über den Verlust seinen Stachel verloren. Zurückgeblieben waren nichts als angenehme, wohltuende Erinnerungen und eine gewisse unterschwellige Wehmut.

„Hier, exakt hinter diesem Bild“, in der Hoffnung, sowohl Charles als auch sich selbst damit auf andere Gedanken zu bringen, wies sie auf das Gemälde vor sich, „habe ich den Brief gefunden, der mich auf Ihre Spur gebracht hat, Mr Carrington – auch wenn ich zu der Zeit überzeugt davon gewesen bin, dass ich nach einer Lady namens Charlie Carrington suchen müsste!“

Der Gedanke daran, wie schmalspurig, fast schon naiv sie damals gedacht hatte, ließ Charlie kurz auflachen.

Charles stimmte mit ein. „Richtig, doch statt einer Dame, die Ihre Bemühungen zumindest teilweise zu schätzen gewusst hätte, trafen Sie auf mich, einen eigensinnigen, eigenbrötlerischen alten Griesgram, der Sie mit Vorliebe auf den Mond oder noch weiter ins All geschossen hätte!“

„Nun, ‚alt‘ ist vielleicht nicht unbedingt der passende Ausdruck – dem Rest Ihrer Ausführungen dagegen kann ich nicht widersprechen“, ging Charlie auf seinen leichten Tonfall ein, ohne ihren Blick von dem Gemälde zu nehmen.

Charles dagegen widmete *ihr* seine gesamte Aufmerksamkeit. Auch wenn hier im Kinderzimmer kein Seewind einzelne Locken aus ihrer Frisur löste und um ihr Gesicht tanzen ließ, wie es der Fall gewesen war, als er sie am Split Rock Light zum ersten Mal gesehen hatte, umspielten doch einige kastanienbraune Strähnchen das Oval ihres Gesichtes und betonten den sanften Schwung ihrer Lippen und die feinen Brauen über den strahlenden Augen.

Bei dieser ersten Begegnung war ein schmerzhafter Stich durch sein Herz gegangen, und auch jetzt nahm er jede Einzelheit dieses

Anblicks in sich auf, während er nachdrücklich fortfuhr: „Nein, Charlie, in aller Ernsthaftigkeit: Ich werde Ihnen niemals genug danken können dafür, dass Sie mir die Versöhnung mit meinem Vater ermöglicht haben. Dass Sie sich trotz meiner Weigerung nicht entmutigen ließen, sondern mich so lange gedrängt haben, bis ich endlich nachgegeben habe. Das ist – es ist einfach mehr, als ich jemals verdient hätte!"

„Es ist Gottes Gnade, denke ich! Wie viel ärmer wäre unser Leben, wenn wir immer nur das bekämen, was wir verdienen – wenn seine Liebe uns nicht beschenken würde! Danken Sie also lieber ihm statt mir, denn mir ist es Dank genug zu wissen, dass Sie mit Ihrem Vater wieder im Reinen sind. Und das sind Sie doch, Mr Carrington, nicht wahr?"

„Soweit es mich betrifft, ja, Charlie. Dass ich ihn nach all den Jahren mit jenem bedeutungsvollen Wort ‚Vater' begrüßt habe, hätte in seinem Innern die Tür zur Versöhnung geöffnet, sagte er. Und wir beide wissen, Charlie, dass ich dieses Wort ohne Ihre Mahnung in der Kutsche niemals ausgesprochen hätte … Selbstverständlich lassen sich zehn Jahre Verbitterung und Trennung nicht in wenigen Tagen überwinden, sodass wir plötzlich ein Herz und eine Seele wären. Doch ich denke, Vater und ich sind auf einem guten Weg dazu, einander so zu akzeptieren, wie wir eben sind, und das, was vielleicht noch zwischen uns steht, ans Licht zu bringen und einander zu verzeihen.

Im Grunde merke ich erst jetzt, da diese Zeit vorüber ist, welche Last in all den Jahren der Unversöhnlichkeit auf mir gelegen hat! Und meinem Vater scheint es nicht sehr viel anders zu ergehen. Er wird zusehends umgänglicher, und mittlerweile gesteht er mir sogar zu, selbst zu entscheiden, ob ich tatsächlich auf Dauer hier in Gloucestershire bleibe, um sein Erbe anzutreten, oder nach Amerika zurückkehre! In zweiterem Fall, sagte er, überlege er, auf Lowerdale Manor eine Schule zu eröffnen, die von meiner Halbschwester Annabelle und von Mallory geleitet werden soll! Allein diese Idee wäre früher undenkbar für ihn gewesen, außerhalb des Bereichs alles Möglichen!"

„Tatsächlich?“ Nun wandte sie sich ihm doch zu. „Das ist ja großartig, sowohl für Sie selbst als auch für Mallory, Annabelle und Mrs Morgan – Ihre leibliche Mutter! Ich freue mich so für Sie, Charles!“

Charlie strahlte übers ganze Gesicht, und ihre aufrichtige Freude sowie die Tatsache, dass sie ihn zum ersten Mal mit seinem Vornamen angesprochen hatte, ließen sein Herz höherschlagen. Sollte sie tatsächlich mehr für ihn empfinden, als er sich aufgrund der Behandlung, die er ihr von Anfang an hatte zuteilwerden lassen, erhoffen durfte – oder war es allein sein Wunschdenken, das ihm spätestens seit ihrer Unterhaltung an Bord des Küstendampfers die Fähigkeit zum klaren Denken raubte und ihm Dinge vorspiegelte, die in der Realität nicht vorhanden waren?

Er musste es wissen. Und zwar ehe sie am morgigen Tag abreiste und für immer aus seinem Leben verschwand. Doch wie er sich einschätzte, würde er, statt ihr seine Liebe zu gestehen, mit einigen ungeschickten, schroffen Worten alles zunichtemachen, was jemals an Verbundenheit zwischen ihnen gewachsen sein sollte. Hauptsächlich aus diesem Grund hatte er seit ihrer Ankunft auf Lowerdale Manor jede persönliche Unterhaltung mit ihr vermieden – bis zum jetzigen Zeitpunkt. Und auch jetzt lautete die große Frage: Wie sollte er ihr momentanes Gespräch auf dieses Thema lenken?

Charles zerrte und nestelte an dem ungewohnten, eng gebundenen Tuch um seinen Kragen, bis er den Knoten gelöst und den obersten Hemdknopf geöffnet hatte.

Unerwartet kam Charlie ihm zur Hilfe. „Und haben Sie Ihre Entscheidung bereits getroffen?“

„Nun …“ Charles zögerte, beschloss dann aber, alles auf eine Karte zu setzen. „Nein, noch nicht. Auf der einen Seite würde ich zwar liebend gerne so bald als möglich nach Pine Harbour und zum Split Rock Light zurückkehren, auf der anderen Seite jedoch verbringe ich auch gerne Zeit mit meiner Familie. Noch kann ich es ja kaum fassen, plötzlich wieder eine Mutter und obendrein eine Halbschwester zu haben!“

„Das kann ich nur zu gut verstehen!“ Unwillkürlich dachte Charlie an ihre eigene Zerrissenheit – ihre Sehnsucht, wieder mit ihrer Familie vereint zu sein, und ihren logisch nicht begründbaren Unwillen, Lowerdale Manor zu verlassen.

Doch Charles schien ihren Einwurf nicht gehört zu haben. „Außerdem gibt es da noch etwas, was diese Entscheidung beeinflusst“, fuhr er fort. „Sollte ich tatsächlich nach Amerika zurückkehren, dann nur unter der Voraussetzung, dass eine ganz bestimmte, äußerst entschlossene, hartnäckige Person, die zufällig einen ähnlichen Namen trägt wie ich, sich bereit erklärt, mit mir zu kommen!“

Er trat einige Schritte auf sie zu, so dicht, dass sie jede einzelne dunkle Bartstoppel auf seinem Kinn und jedes einzelne Härchen in seinem nun offen stehenden Kragen unterscheiden konnte, und legte beide Hände auf ihre Schultern.

„Aber …“, Charlie schlug die Augen nieder und stockte, „aber ich kehre morgen nach Holstein zurück, zu meiner Familie, die mich lange vermisst hat, und –“

„Dann komme ich eben mit dir!“, unterbrach sie Charles’ raue Stimme, ganz nahe an ihrem Ohr. „Ich bin bereit, auch dort zu leben, in deiner Heimat, solange du nur bei mir bist und dich bereit erklärst, meine Frau zu werden!“

Seine Augen in der Farbe der blaugrünen, schaumgekrönten Ostseewogen suchten ihren Blick und hielten ihn fest, während seine Hände von ihren Schultern nach oben wanderten und sich besitzergreifend um ihr Gesicht schlossen.

„Himmel, Charlie, ich liebe dich, und zwar mindestens seit dem Tag, an dem ich dir in meiner Ohnmacht gegenüber meinen Gefühlen die Felssplitter um dein wunderschönes Gesicht fliegen ließ und du dennoch zu mir zurückgekehrt bist. Bislang war ich nur zu feige, um es dir – und auch mir selbst – einzugestehen, doch heute …“

Ihre Haut erglühte unter seinen schwieligen Fingerkuppen, die mit ungeahnter Zärtlichkeit die Grübchen in ihren Wangen nachzeichneten, als sie endlich ihr Gesicht zu ihm hob.

„… heute kann ich dich nicht gehen lassen, ohne es dir zu bekennen: Ich liebe dich, Charlie, und ich hoffe aus tiefstem Herzen, dass auch du eines Tages deine Trauer um Myles weit genug verwunden haben wirst, um mich zurückzulieben – und wenn ich darauf warten muss, bis ich zum Greis werde."

Mühsam widerstand Charles der Versuchung, nicht auf der Stelle seine Lippen zu senken und sein Bekenntnis mit einem Kuss zu besiegeln – in der Hoffnung, damit seine unbeholfenen Worte wettzumachen.

„Aber nicht doch, Charles, du brauchst gar nicht zu warten – dein ‚eines Tages' ist bereits gekommen!"

Bebend legte Charlie ihre Hände in seinen Nacken und zog seinen Kopf zu sich herab, bis seine Lippen sich auf ihre legten. Sein Kuss war so leidenschaftlich und vehement, wie seine anfängliche Ablehnung es gewesen war, und dennoch hatte sie das Empfinden, niemals etwas Süßeres geschmeckt zu haben.

Genießerisch schmiegte sie sich an ihn und erwiderte sein unerwartetes und doch so willkommenes Geschenk.

# Epilog

*Liebe Reisegefährtin,*
*diese Stunden auf dem Kanal zwischen der englischen und der deutschen Küste sind unwiderruflich die letzten jener Reise, die vor nunmehr fast drei Jahren auf Gut Rixtorf begonnen hat.*
*Von diesem Ort brach ich damals auf voll ungeduldiger Erwartung, was mein neues Leben, meine Reise in die unbekannte Welt jenseits der Heimat, bringen würde, und dahin kehre ich nun, vorläufig zumindest, um etliche Erfahrungen reicher zurück.*
*Während all dieser Monate warst Du mir eine treue Begleiterin und Freundin: Geduldiger, als eine Freundin aus Fleisch und Blut es jemals sein könnte, ertrugst du meine wechselnden Stimmungen und Gefühle und wurdest unmittelbare Zeugin von Freud und Leid, Liebe, Schmerz, Verlust und am Ende eines Gewinnes, der mir unvergleichlich wertvoll erscheint:*
*Ich erlangte die Gewissheit, dass Gott an meiner Seite ist und meine Schritte lenkt, und erkannte, dass Vergebung und Versöhnung die einzig sinnvolle Antwort auf alle hässlichen, verletzenden Worte sind und gleichzeitig die unverzichtbare Grundlage liebevoller Beziehungen. Und nicht zuletzt gewann ich die Liebe eines Mannes beziehungsweise entdeckte meine eigene Liebe zu diesem Mann, die mich unerwarteter überfiel, als jeder Wegelagerer aus seinem Hinterhalt es vermocht hätte.*
*Während ich noch glaubte, ich müsste Charles meine Zuneigung allein wegen seiner Verwandtschaft zu Myles und damit*

*aus meinem Pflichtgefühl heraus schenken, wurde aus dieser Zuneigung Liebe. Seine groben Worte und sein ungeschliffenes Benehmen, die ich anfangs als zu einem Piraten passend einstufte und die noch immer gelegentlich zutage treten, schrecken mich nicht länger ab. Im Gegenteil: Je näher ich Charles komme, desto deutlicher erkenne ich in der Tiefe unterhalb der rauen Klippen die Empfindsamkeit und Aufrichtigkeit seines Charakters …*

*Und das in der Tat Unfassbare, Unglaubliche ist, dass Charles diese Liebe erwidert – oder war er es, der sie mir zuerst schenkte, und ich bin diejenige, die sie erwidert? Wie dem auch sei, alle beide mussten wir erst die endgültige Trennung voneinander vor Augen haben, um uns unsere wahren Gefühle einzugestehen.*

*Am Tag vor meinem Aufbruch nach Holstein – vorgestern, um konkret zu sein – wagte mein Pirat (welch unbeschreibliches, nicht in Worte zu fassendes Glücksgefühl das Pronomen „mein" in einem Menschen doch auszulösen vermag!!!) Charles den entscheidenden Schritt auf mich zu, und ich schäme mich nicht, zu bekennen, dass ich ohne jegliche Gegenwehr in seine geöffneten Arme fiel! Vermutlich erwartete ich seine Küsse so sehnsüchtig wie damals, als er mich aus der See geborgen hat, die frische Luft, und es war uns kaum möglich, uns voneinander zu lösen. Wie bereits bei unserem ersten gemeinsamen Ritt, als Charles mich herausforderte, mich an ihn zu klammern, hatte ich in seiner Nähe das Gefühl, endgültig zu Hause angekommen zu sein – und dennoch war es unumgänglich, dass wir uns noch einmal für eine gewisse Zeit trennen mussten.*

*Nach allen Sorgen, die ich meinen Eltern während der letzten Monate bereitet habe, muss und möchte ich sie jetzt persönlich aufsuchen, um sie zu beruhigen. Unterdessen wird Charles auf Lowerdale Manor versuchen, seiner Familie näherzukommen, die plötzlich aus einer ganz neuen Konstellation besteht (nämlich aus einem Vater, einer bislang nicht als Mutter*

*betrachteten leiblichen Mutter und einer Halbschwester), und einen Entschluss bezüglich unserer gemeinsamen (!) Zukunft zu fassen.*
*Im Frühjahr dann wird Charles nachkommen, um bei meinen Eltern auf Gut Rixtorf um meine Hand anzuhalten und mich nach unserer baldigen Hochzeit mit sich zu nehmen an den Ort, an dem wir – so Gott will – unsere eigene Familie gründen werden.*
*Und wo immer dieser Ort auch sein wird, ob auf Lowerdale Manor im lieblichen Gloucestershire oder am romantisch-schroffen Split Rock Light in Maine – ich werde ihm voller Freude und Erwartung an der Seite meines Gatten Charles entgegengehen!*

*PS: Auch wenn diese letzte Nachricht möglicherweise etwas verworren klingt, liebe Reisegefährtin, kannst Du ihr sicherlich eines entnehmen: In Zukunft, vor allem während der Zeit der Trennung von Charles, wird der Wortlaut zu Beginn meiner Berichte ein anderer sein, der mir jedoch fast schon ebenso vertraut ist wie der bisherige: „Dear Charles"!!!*